AMY GILES

Jetzt ist alles, was wir haben

AF178042

AMY
GILES

jetzt ist alles, was wir haben

Aus dem Englischen
von Isabel Abedi

**Unterrichtsmaterialien zu diesem Buch sind zum Erscheinungs-
termin erhältlich unter www.schullektuere.de.**

Erstmals als cbt Taschenbuch Oktober 2020
Copyright © 2017 Amy Giles
Copyright © für die deutschsprachige Ausgabe 2018
cbj Kinder- und Jugendbuchverlag
in der Verlagsgruppe Random House GmbH,
Neumarkter Straße 28, 81673 München
Alle deutschsprachigen Rechte vorbehalten
Die Originalausgabe erschien 2017 unter dem Titel
»Now Is Everything« bei Harper Teen,
an imprint of HarperCollins Publishers
Übersetzung: Isabel Abedi
Umschlaggestaltung: Geviert
Umschlagmotive: Shutterstock (trekandshoot, Peppersmint, swa182)
TP • Herstellung: LW
Satz: KompetenzCenter, Mönchengladbach
Druck: GGP Media GmbH, Pößneck
ISBN 978-3-570-31365-7
Printed in Germany

www.cbj-verlag.de
Dieses Buch ist auch als E-Book erhältlich.

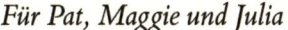

Für Pat, Maggie und Julia

jetzt

Um mich herum wimmeln die Notfallsanitäter über den Hügel wie Ameisen auf der Jagd nach Verwertbarem. Wir schwingen auf verschiedenen Frequenzen. Ihre ist manisch und fieberhaft, sie suchen, was noch lebendig ist, während ich zuschaue, ohne wirklich etwas zu sehen.

Das Szenario, dem ich da unten entkommen bin, drängt alles andere in den Hintergrund. Starre Augen. Ein blut-getränktes Cornell-Sweatshirt. Unnatürlich verrenkte Hälse. Wütende Glutfäuste, die mir auf den Rücken trommelten, als ich unter dem Wrack hervorkroch.

Aber der Himmel strahlt in einem perfekten Knallblau, als hätte jemand vergessen, ihm zu sagen, er solle sich dieses selbstgefällige Grinsen aus dem Gesicht wischen.

Niemand überlebt einen Flugzeugabsturz. Ich dürfte gar nicht hier sein.

Schritte knirschen auf frostigem Laub. »Sie steht unter Schock.«

Ein Mann geht vor mir in die Knie. Er trägt eine marineblaue Windjacke mit gelb-reflektierenden »NTBS«-Buchstaben auf dem Ärmel.

Ich starre nach unten, auf seine billigen, schwarzen Leder-schuhe, sie sind Welten entfernt von den italienischen Designer-

schuhen, die sich im Schrank meines Vaters aneinanderrei-
hen.

»Hadley?«

Mein Blick wandert hoch zu einem kantigen Gesicht mit
feinen Fältchen um die blauen Augen, die behutsam Kontakt
aufnehmen.

Als ich seinem Blick begegne, lächelt er sanft.

»Sie werden dich jetzt ins Krankenhaus bringen, okay?«

Während ich an dem Anhänger herumnestle, der in der
Kuhle über meinem Schlüsselbein hängt, schiele ich runter zu
meinem linken Arm. Schlaff ruht er auf meinem Bauch.

»Es tut weh.« Die dünne Stimme klingt ganz und gar nicht
wie meine.

»Sie werden sich gut um dich kümmern.« Er deutet mit dem
Kopf zu den beiden Sanitätern, die mit einer Transportliege
hantieren.

Es war eine lange Klettertour den steilen Hang hinauf.
Dornige Zweige und scharfkantige Steine rissen an meinen
Klamotten, gruben sich in mein Fleisch, versuchten, mich zu-
rück in den lodernden Höllenschlund zu ziehen.

Ein Feuerwehrmann rennt an mir vorbei, nach unten zu
dem lodernden Rauch. Ich sollte ihm sagen, dass kein Grund
zur Eile besteht. Sie sind tot.

»Deine Großmutter ist benachrichtigt worden.«

Mein Blick hüpft zu ihm hoch. Er hält es für einen Hoffnungsschimmer. Die Fältchen um seine Augen vertiefen sich.

Seine Hoffnung beschämt mich. Ich werde diesen wild-
fremden Mann enttäuschen müssen.

BRADY: *Wir haben den 6. Januar. Uhrzeit ... 8:30 Uhr. Darf ich Ihre Stellungnahme aufzeichnen?*

CW: *Klar.*

BRADY: *Nennen Sie bitte Ihren Namen und Ihr Alter.*

CW: *Claudia Wiley. Siebzehn. Im Mai werde ich achtzehn.*

BRADY: *Miss Wiley, ich bin Gerald Brady, Oberinspektor der Flugsicherheitsbehörde NTBS. Wie Sie wissen, waren die McCauleys Opfer eines Flugzeugabsturzes. Hadley hat als Einzige überlebt. Da wir mögliche Ursachen für den Absturz ermitteln, vernehmen wir außer Zeugen auch Freunde und Familienmitglieder, damit wir uns, sozusagen, ein umfassenderes Bild machen können. Unter Hadleys Bekannten tauchte auch Ihr Name auf. Wenn ich es richtig verstanden habe, waren Sie beide im selben Lacrosse-Team?*

CW: *Also, na ja. Im Herbst haben wir beide in der Auswahlmannschaft gespielt und im Frühjahr in der Schulmannschaft. Aber das war's dann eigentlich auch schon. Ehrlich gesagt, verstehe ich nicht, warum Sie mich befragen. Hadley und ich waren keine Freundinnen ... wir mochten uns nicht mal besonders.*

BRADY: *Und warum nicht?*

CW: *Weil die McCauleys nicht gerade eine liebenswerte Familie sind. Waren, meine ich.*

BRADY: *Können Sie das etwas deutlicher machen? Was genau an den McCauleys war nicht liebenswert?*

CW: *Alles. Zum Beispiel, dass sie immer raushängen ließen, wie reich sie waren. Bei den McCauleys drehte sich ALLES ums Geld. Kucken Sie mich nicht so an, als wäre ich ein Miststück. Ich sag nur, wie's ist. Das können Sie jeden hier fragen.*

BRADY: *Können Sie mir vielleicht ein Beispiel geben?*

CW: *Da, also, da gibt es so viele, dass ich echt nicht weiß, wo ich anfangen soll. Aber okay, hier ist eins: Als die Band einmal Orangen und Grapefruits verkauft hat, um Geld für unseren Trip zur Rose Parade nach Kalifornien aufzutreiben. Da hat Hadley keine einzi-*

9

ge verkauft. Nicht mal 'ne leere Lattenkiste. Ist einfach an irgendeinem Tag bei der Schulband aufgekreuzt, mit einem dicken fetten
Scheck von ihrem Vater. Keine Ahnung, wie viele Nullen auf diesem Scheck standen, aber Mr. Rosen sind die Augen aus dem Kopf
gefallen. In einem Trickfilm wären seine Augen mit einem lauten
BOING aus ihren Höhlen geploppt und auf den Boden geknallt.
So lief das bei den McCauleys ab.

BRADY: Hm. Und welchen Mitschülern stand Hadley dann nah?

CW: Ehrlich gesagt nur Meaghan und Noah. Meaghan Maki und
Noah Berger. Das sind die beiden, mit denen Sie sprechen sollten.
Nicht mit mir.

Und Charlie. Charlie Simmons. Wenn irgendwer irgendwas weiß,
dann ist es Charlie.

BRADY: *Wir haben den 6. Januar. 8:37 Uhr. Darf ich Ihre Stellungnahme aufzeichnen?*

MM: *Ja.*

BRADY: *Nennen Sie bitte Ihren Namen und Ihr Alter.*

MM: *Meaghan Maki, siebzehn.*

BRADY: *Miss Maki, würden Sie mir bitte etwas über Ihre Beziehung zu Hadley erzählen?*

MM: *Ich weiß nicht, was Sie hören wollen. Ich meine, Hadley ist meine beste F-frrrrrr- …*

BRADY: *Miss Maki, glauben Sie, wir können weitermachen?*

MM: *Ja. Tut mir leid. Das hier ist heftiger, als ich dachte.*

BRADY: *Seit wann kennen Sie Hadley McCauley?*

MM: *Schon ewig, seit der zweiten Klasse. Wir fangen beide mit »M« an. McCauley, Maki – also haben wir nebeneinandergesessen. Ms. White hat gemeint, wir würden ihr damit helfen, unsere Namen besser zu lernen. Ich meine, zwischen uns beiden hat es einfach gefunkt – zwischen Hadley und mir. Nicht zwischen mir und Miss White. Weil es zwischen uns bestimmt nicht gefunkt hat. Das war echt ein schlimmes Jahr. Ich kann nur sagen: Danke, lieber Gott, für Hadley. Tut mir leid, ich weiß, das hilft Ihnen nicht.*

BRADY: *Alles, was Sie uns sagen, ist hilfreich. Warum erzählen Sie mir nicht ein bisschen über ihre Familie?*

MM: *Also, ich weiß, dass es zu Hause nicht gerade gut lief, aber Hadley sprach nicht gern über ihre Familie. Außer über Lila. Eine lustige Lila-Geschichte hatte Hadley immer auf Lager.*

BRADY: *Sie stand ihrer Schwester nah?*

MM: *Super nah …*

BRADY: *Lassen Sie sich Zeit.*

MM: *Tut mir leid … Diese ganze Sache ist echt hart für mich. Das alles zu verarbeiten …*

BRADY: *Sind Sie in der Lage fortzufahren? Wir können einen neuen Termin machen.*

MM: *Nein ... ich versuch's.*

BRADY: *Erzählen Sie mir von Hadleys Vater. Wie war Hadleys Beziehung zu ihm?*

MM: *(stöhnt) Der Drillmeister? Er war ein Albtraum. Wussten Sie, dass er sie jeden Morgen um 4:30 Uhr aus dem Bett gescheucht hat, damit sie mit ihm laufen ging? Und sie hat's getan. Obwohl sie es gehasst hat. Und dann noch dieses Krafttraining. Ich glaube, er war so ein Vater, der lieber einen Sohn gehabt hätte statt einer Tochter, verstehen Sie? Er war ... komplett besessen von Hadley.*

BRADY: *Besessen? Inwiefern?*

MM: *Er war ein Kontrollfreak. Er hat Hadleys Leben zu seinem eigenen gemacht. Hat sie unter Druck gesetzt, aufs Cornell-College zu gehen, weil er aufs Cornell-College gegangen ist ... Lacrosse zu spielen, weil er Lacrosse gespielt hat ... Flugstunden zu nehmen, weil er einen Flugschein hatte. Oh, und dann gab es noch dieses Generalverbot, mit Jungs auszugehen.*

BRADY: *Aha ... Aber Hadley ging mit einem Jungen namens Charlie Simmons, habe ich recht? Wusste ihr Vater davon?*

MM: *Na ja, irgendwann dann schon. Als er es rauskriegte, hat sie Megaärger bekommen.*

BRADY: *Was für eine Art von Ärger?*

MM: *Den üblichen. Hausarrest. Ähm ... wann glauben Sie, darf ich Hadley sehen?*

BRADY: *Es ist 9:37 Uhr. Darf ich Ihre Stellungnahme aufzeichnen?*

...

BRADY: *Mr. Simmons, unsere Ermittlungen dienen dem Zweck, die möglichen Ursachen für den Flugzeugabsturz herauszufinden, damit wir die Flugsicherheit erhöhen können. Zu diesem Zeitpunkt können wir noch nicht feststellen, ob sich der Unfall auf technisches Versagen oder auf einen medizinischen Notfall oder auf etwas anderes zurückführen lässt. Wir würden Ihre Mitarbeit in diesem Verfahren wirklich sehr begrüßen.*

...

BRADY: *Wenn es Grund zur Annahme gibt, dass Sie im Besitz hilfreicher Informationen sind, ist unsere Aufsichtsbehörde befugt, Ihnen eine polizeiliche Vorladung zur Zeugenaussage zu erteilen.*

CS: *Bestens. Erteilen Sie Ihre Vorladung. Ich spreche nämlich nicht mit Ihnen oder mit Mr. Murray oder mit den Reportern oder mit Gott persönlich, bis mich jemand zu Hadley lässt. Also, wenn Sie das Krankenhaus nicht dazu bringen, diesen »Nur-direkte-Angehörige«-Scheiß sausen zu lassen, könnt ihr euch allesamt verpissen.*

damals

Der Himmel vor meinem Schlafzimmerfenster ist schwarz und unfreundlich. Er befiehlt meinem Körper, weiterzuschlafen, aber leider haben auf unser Haus selbst die himmlischen Gesetze keinen Einfluss.

Unten scheppert der Metalllöffel gegen den Glasbehälter, in dem sich Dads kostbare Gourmetbohnen befinden. Es folgt das nervenzerfetzende Knirschen der Kaffeemühle, das mir wie eine Kreissäge ins Trommelfell schneidet. *Whirr, whirr.* So klingt mein Wecker, fünf Tage die Woche.

Die Schwerkraft presst sich auf meinen schläfrigen Körper und drückt mich tiefer in meine Matratze. Aber mich für das bisschen Schlummern wieder den Schlaf zu kämpfen, lohnt sich nicht. Ich schlüpfe unter der warmen Bettdecke hervor, streife meinen Schlafanzug ab, zwänge mich in die schwarzen Lauftights mit den Reflexstreifen, dann in den Sport-BH und ins Top. Ich schnüre mir gerade die Schuhe zu, als er gegen die Tür bollert.

»Ich komm ja schon«, flüstere ich. Ich beuge mich vor und drehe zum Öffnen den Türknauf.

Dad schlürft geräuschvoll seinen Kaffee. Es erstaunt mich immer wieder, wie er mit diesem ganzen Kaffeegeschwappe in seinem Bauch laufen kann.

»Wir sind spät dran.« Er versucht nicht mal, seine Stimme für das schlafende Haus zu dämpfen.

Ich beeile mich, um ihn wenigstens von Lilas Tür fernzu-halten. Als ich in ihrem Alter war, hätte ich problemlos vier-zehn Stunden am Stück durchschlafen können, wenn mich jemals irgendwer gelassen hätte. Hat aber niemand. Ob's Lila glaubt oder nicht: Die Erstgeborene zu sein, hat nicht den ge-ringsten Vorteil.

Mit ihren zehn Jahren hält Lila mein Leben für aufregend. Ich gehe zu feierlichen Preisverleihungen mit meinem La-crosse-Team. Ich nehme Flugstunden am McKinley-Flug-hafen. Ihr ist noch immer nicht bewusst, wie viel von meinem Leben mir in Wirklichkeit gar nicht gehört.

»Mach schon, wir wollen los«, sagt Dad mit einem Blick auf die Uhr. Wenn wir eine Stunde laufen, hat er Zeit für eine kurze Dusche und kriegt noch den Zug um 6:17 Uhr. Das Aufstehen um diese gottlose Zeit von 4:30 Uhr passt in *seinen* Tagesplan. Ich komme nach Hause, gehe duschen, frühstücke, dann helfe ich Lila bei der täglichen Kleiderfrage. Ginge es nach Mom, würde Lila wie ein erbärmliches Barbiepüppchen rumlaufen. Hätte Lila das Sagen, würde sie aus der Haustür marschieren, als wäre sie die Moderatorin der MTV-Music-Awards. Sie fährt total auf Musik und Tanzen ab, deshalb habe ich sie damals angebettelt, mich zu ihrer Stylistin zu ernennen.

»Jede Diva, die etwas auf sich hält, hat eine«, klärte ich sie auf.

Es macht Spaß, Modenschau mit ihr zu spielen. Bevor sie geboren wurde, war ich sieben Jahre lang ein Einzelkind. An dem Tag, als Mom aus dem Krankenhaus kam, setzte sie Lila in ihrer Babywippe auf dem Boden ab.

Ich saß vor ihr und beobachtete sie stundenlang, um sicher-zugehen, dass sie nicht einfach aufhörte zu atmen. Der Gedanke, ihre Lungen könnten aufgeben, weil es zu anstrengend war, machte mich schier wahnsinnig. Wer glaubte, Leben und Atmen sei selbstverständlich, überschätzte die ganze Sache total. Indem ich Lila keine Sekunde aus den Augen ließ, rief ich sie durch meine eigene Willenskraft ins Dasein.

Und dann durfte ich sie auf den Arm nehmen. Hell und blond wie meine Mutter, mit großen, blauen Augen – anders als Dad und ich mit unseren langweiligen braunen Haaren und tristen Braunaugen – sah Lila aus wie meine höchstpersönliche Babypuppe.

»Jetzt bist du eine große Schwester«, sagte meine Mutter und lächelte auf mich herab, als spräche das pinkfarbene *ICH BIN EINE GROSSE SCHWESTER*-T-Shirt, das sie mir im Krankenhaus gekauft hatten, nicht für sich selbst.

»Du musst sie beschützen und dich wirklich gut um sie kümmern.«

Von allem, was meine Mutter jemals von sich gegeben hat, ist diese Aufforderung wahrscheinlich das Einzige, was ich todernst genommen habe.

Dad und ich dehnen uns in der Auffahrt, und auf der nachtschwarzen Straße übernimmt er die Führung. Vor jeder Whopper-Villa, an der wir vorbeikommen, gehen die Bewegungsmelder an und erhellen den Weg hinter uns. Unser Block ist eine Neubausiedlung, die auf dem Gelände einer ehemaligen Kartoffelfarm errichtet wurde, weshalb wir Imidacloprid, DDT und andere Pestizide im Grundwasser fürchten müssen, die für die erhöhte Krebsrate rund um Long Island verantwortlich sind. Daher gehört der Poland Spring-Wassertankwagen hier zum festen Inventar.

Unser Eigenheim-Modell hat die obligatorischen fünf Schlafzimmer, viereinhalb Badezimmer, Luxusküche, Granit-Arbeitsplatten und dreieinhalb Meter hohen Kassettendecken.

Anstelle des Heimkinos, das alle anderen Häuser haben, beauftragte Dad die Bauunternehmer, unseren Keller in ein Fitnessstudio umzuwandeln. Dad trainiert, als ginge es zu den Olympischen Spielen. Und das bedeutet: Ich tue dasselbe.

Ein paar Hunde bellen, als wir an ihren Häusern vorbeilaufen. Die Nachbarn sind sicher hellauf begeistert. Niemand sollte um diese Zeit wach sein. Nicht wir. Nicht die Hunde. Ich hechle zum Rhythmus meiner auf das Straßenpflaster eintrommelnden Füße. Ich schätze mal, so ähnlich läuft das auch beim Meditieren. Meine Aufmerksamkeit auf das Atmen zu lenken, hilft mir, den stechenden Schmerz in meiner Hüfte zu ignorieren. Die Oktoberluft ist schon so frostig, dass ich meinen Atem sehen kann. Bald wird es richtig kalt, aber unsere Joggingrunden sind über jedes Wetter erhaben.

»Die Deadline zur Vorab-Registrierung steht an«, schnauft Dad, während eine weiße Atemfahne seine Worte unterstreicht. Ich nicke. Er schaut mich abwartend an, aber ich tue so, als würde ich mich auf das Laufen konzentrieren.

»Erster November.«

»Jep.« Ich keuche.

»Cornells Lacrosse-Team hat letztes Jahr extrem gut abgeschnitten. Die von Brown waren ein bisschen besser, aber ...« Er bricht ab.

»Ich weiß.« *Du hast es mir erklärt.* Die präzise Wahl meiner Worte ist für mich eine wichtige Überlebenstechnik, so wie man in der Wildnis das Feuermachen oder das Sammeln essbarer Pflanzen beherrschen muss.

»Wir sollten an einem der nächsten Wochenenden mal hochfliegen. Uns noch mal umschauen. Und dann auch mit dem Trainer reden.«

Ich nicke.

Er keucht. »Zieh das Tempo an, du hinkst hinterher.«

17

Keine Ahnung, wie ich hinterherhinken kann, wenn wir Kopf an Kopf sind, aber ich ziehe an, gerade so viel, dass er sich jetzt anstrengen muss, mit mir Schritt zu halten.

Plötzlich hält er inne, krümmt sich, greift sich an die Brust. Er hustet und schnappt nach Luft.

»Dad, bist du okay?« Angst und Panik und irgendetwas unfassbar Leuchtendes an den Rändern meines Sichtfeldes nageln mich am Boden fest. Er antwortet nicht. Endlich richtet er sich auf und spuckt einen Rotzflatschen auf die Straße.

»Mir ist was in den Rachen geflogen«, schnauft er mit tränenden Augen. »Ich bin okay.«

Er rennt weiter und ich folge ihm.

Vor der dritten Stunde erwarten mich Meaghan und Noah an unseren Spinden.

»Na, Muscles?«

Meaghan beugt sich vor und zwickt mir zur Begrüßung in den Bizeps.

Noah lehnt mit verschränkten Armen und abschätzig heruntergezogenem Mundwinkel an seiner Spindtür. Als er mich sieht, weiten sich seine Augen.

»Du läufst wie meine Nana kurz vor ihrer Hüft-OP«, sagt er.

Ich hinke leicht, aber von dem schlurfenden Taumeln, das Noahs Großmutter draufhatte, bin ich ja wohl weit entfernt. Allerdings fühlt sich mein Körper trotz der zwei Ibuprofen so alt und verknarzt an wie ihrer.

Ich drehe an meinem Spindschloss und vergewissere mich, dass ich die richtigen Zahlen treffe. Mein Schloss ist so widerspenstig und unflexibel wie der gesamte Rest meines Lebens.

»Ich hab Ärger mit der Hüfte.« Ich durchwühle den Spind nach meinem Spanischbuch.

»Schon wieder?« Noah seufzt. Er zieht sein Handy aus der Tasche und tippt darauf herum. Mit einem zufriedenen Gesichtsausdruck dreht er das Display zu mir und zeigt mir eine Fitness-Website. »Das solltest du mal deinem Vater zeigen.«

»Drillmeister«, hustet Meaghan in ihre Faust.

Noah lächelt zustimmend, bevor er fortfährt. »Zehn Warnzeichen für ein *Über*training. Anhaltende Muskelschmerzen stehen ganz oben auf der Liste.« Noah wirft einen vielsagenden Blick auf meine schmerzende Hüfte.

Hinter ihm sehe ich Charlie Simmons auf dem Schulflur. Er läuft auf uns zu, das Spanischbuch unter den Arm geklemmt. Unsere Blicke treffen sich. Wahrscheinlich bilde ich mir das nur ein, aber ich hab das Gefühl, als würde Charlie seinen Kurs um ein paar Grad in meine Richtung korrigieren. Beschwören kann ich's nicht, weil ich die Gelegenheit nutze, herumzuwirbeln und in den Spiegel meiner Spindtür zu schauen, vorgeblich um mir durch die Haare zu wuscheln, bis ich sein Spiegelbild hinter mir weggehen sehe.

Sein hochgewachsenes, wunderschönes Spiegelbild.

Als ich sicher bin, dass ich mich wieder umdrehen kann, studiert Noah noch immer stirnrunzelnd die Liste. »Nummer fünf ist interessant. Wie steht es mit deiner Periode?«

»Das geht dich nichts an.« Ich knalle die Spindtür zu.

Als hätte ich ihm gerade das entscheidende Stichwort geliefert, reckt Noah den Finger in die Luft. »Reizbarkeit. Nummer sieben.« Er lässt das Handy wieder in der Hosentasche verschwinden.

Mrs. Marino steckt den Kopf aus einem der Klassenzimmer und wirft uns Nachzüglern finstere Blicke zu. »Was soll das Getrödel? Ab in den Unterricht!«

Hastig winke ich Noah zum Abschied und liefere mir mit Meaghan ein Wettrennen die Treppen rauf zu Spanisch.

Selbst mit meiner schmerzenden Hüfte stecke ich sie locker in die Tasche. Ich bin darauf gedrillt, gegen den Schmerz anzulaufen. Es ist der Ruhezustand, in dem sich der Schmerz einnistet – eine Kombination aus meinen steif werdenden Muskeln und meiner Unfähigkeit, zu ignorieren, was gefühlt werden muss. Als Meaghan und ich unsere Sitzplätze im Klassenzimmer einnehmen, läutet es gerade zum Unterrichtsbeginn.

»Gehst du nach der Schule mit mir shoppen?«, fragt Meaghan während sie ihr Hausarbeitsheft aufklappt. »Ich brauch ein neues Outfit für die Party bei Mike DiNardi morgen.« Dem Zwinkern ihrer grünen Augen nach zu urteilen, fährt sie mal wieder auf jemand Neuen ab.

Ich ziehe die Hausaufgaben hervor.

»Echt jetzt? Wer ist der Glückliche?«

Sie verdreht die Augen. »Mike DiNardi!«

»Oh, der Gastgeber. Alles klar.« Ich muss lachen.

»Also kommst du mit?«

»Kann nicht. Hab Flugstunde.«

Sie schaut genervt zur Seite. »Unfassbar.«

Beim Zusammenraffen meiner Arbeitsblätter senke ich den Blick und versuche, mir nicht anmerken zu lassen, wie sehr mich das getroffen hat.

Meaghan beißt sich seufzend auf die Unterlippe. »Tut mir leid. Hab nur Spaß gemacht. Ich …«

Lächelnd drehe ich meinen Kopf zu ihr.

Sie nickt feierlich und lässt es gut sein.

»Zur *Party* kommst du aber schon, oder?«, fragt sie mit ihrem todernsten Leg-dich-nicht-mit-mir-an-Blick. Meaghan nervt mich ständig damit, dass ich mehr für mich einstehen soll.

»*Hab endlich mal Eier*«, lautet – begleitet von geballten Fäusten – ihr Standardspruch.

»*Hätte ich sofort, aber leider ist mein Y-Chromosom mit der Liefe-
rung im Rückstand*«, lautet meine Standard-Retourkutsche.

Über die Jahre habe ich zahlreiche Ratschläge zum Um-
gang mit Vätern von ihr erhalten. Wobei ihr Vater das totale
Weichei ist.

Ich nicke. »Ich werd's versuchen.«

»Nicht versuchen. *Machen*! Ich brauch dich dort! Du bist
meine ...«

»Wing Woman?«, frage ich und wir müssen beide lachen.

»Geht klar«, sagt sie.

Es läutet. Señora Moore rauscht ins Klassenzimmer, im langen Folklorerock und mit Folklorebluse. Sie sieht aus, als ginge
es zur Fiesta Mexicana.

»*Hola.*«

»*Hola, Señora Moore.*« Eine Kakofonie der Teilnahmslosig-
keit schallt ihr entgegen. Nur die Insider-Gang redet ungerührt weiter, als wären sie die Sonne, die wir umkreisten.
Heute ist Madelyn an der Reihe, einen französischen Zopf
geflochten zu bekommen. An manchen Tagen beobachte ich
sie und denke an Jane Goodall und ihre Schimpansen, die sich
gegenseitig das Fell lausen.

Pat Michaels, die Beine zu einem weiten, gechillten V ge-
spreizt, hebt die Hand. »Kann ich aufs Klo?«

»*En español, Patricio!*« Señora Moore hebt den Zeigefinger.

Am anderen Ende des Klassenzimmers sitzt Charlie Simmons über sein Pult gebeugt und kritzelt wie immer vor sich
hin.

Sie geht zu ihm und tippt auf seinen Tisch.

»*Presta atención, Carlito!*« Sie zeigt mit zwei Fingern auf sich
und Charlie nimmt eine aufrechte Haltung an.

Ich starre auf seine honigbraunen Haare, die sogar im Licht
der Neonröhren schimmern, und auf die schmale, umgedrehte

Pyramide seines Rückens unter seinem eng anliegenden grauen T-Shirt. Er hat den hochgewachsenen, definierten Körper eines Schwimmers. Er war im Schwimmteam, hat aber aufgegeben. Charlie Simmons gibt alles auf. Er war im Robotik-Club und im Debattierteam. Klug, aber ein Aufgeber.

Genau in diesem Moment dreht er sich um und ertappt mich zum zweiten Mal an diesem Tag dabei, wie ich ihn anstarre. Ruckartig senke ich den Kopf, fange an, wie wild in meinem Heft herumzukritzeln und fühle, wie mir das Blut in die Wangen steigt. Allerdings erst, nachdem er mich angelächelt hat.

Ich wünschte, ich lebte in einer Welt, in der es Hoffnung gäbe für mich und Charlie Simmons.

BRADY: *Wir haben den 10. Januar. Uhrzeit … 10:17 Uhr. Darf ich Ihre Stellungnahme aufzeichnen?*

KM: *Selbstverständlich.*

BRADY: *Nennen Sie bitte Ihren Namen und Ihr Alter.*

KM: *Kathleen Moore. Ich war Hadleys Spanischlehrerin in der elften und zwölften Klasse.*

BRADY: *Was können Sie mir über Hadley erzählen?*

KM: *Hadley war eine kluge, gewissenhafte Schülerin. Sie hat mir immer Freude gemacht. Sie zu unterrichten, war das reinste Vergnügen. Sagen wir das nicht immer über die Stillen? Manche Lehrer ziehen die Stillen vor. Wir müssen es jedes Jahr mit so vielen Großmäulern aufnehmen, dass die Stillen ein Segen sind. Aber Hadley war anders. Hadley war auf eine Weise still, die mir Sorgen gemacht hat. Ihre Stille fühlte sich an, als … hätte sie jemand zum Schweigen gebracht.*

BRADY: *Zum Schweigen gebracht? Inwiefern?*

KM: *(seufzt) Bei Hadley wusste man nie so genau, was unter der Oberfläche ablief. Ja, sie war tatsächlich still, das allerdings nur in der Gegenwart von Erwachsenen. Im Unterricht gab sie keinen Mucks von sich, bis ich sie aufrief. Nur wenn ich sie aufrief.*

Also hab ich das in ihrem ersten Zwischenbericht erwähnt. Aber bedenken Sie bitte, dass wir für unsere Zwischenberichte nicht einfach unsere persönlichen Anmerkungen auf ein leeres Blatt Papier schreiben können. Es gibt eine Auswahl an Kommentaren, die wir ankreuzen müssen.

Der Kommentar, der in Hadleys Fall noch am ehesten meine Gefühle ausdrückte, lautete: »Mehr Teilnahme erforderlich«.

Tja, als das arme Mädchen am nächsten Montag zur Schule kam, war sie den Tränen nah. Sie bat mich um ein persönliches Gespräch. Sie flehte mich an, den Kommentar aus ihrem Bericht zu entfernen. Ich sagte: »Hadley, Schätzchen, dein Leistungsstand in meiner Klasse ist perfekt. Ich möchte nur, dass du dich ein bisschen öfter meldest, das ist alles. Und sie fragte mich: »Wie oft?« Ich dachte, sie scherzt. Aber dann habe ich den Ausdruck auf ihrem Gesicht gesehen. Sie wollte genau wissen, wie oft sie sich melden müsste, damit so etwas nie wieder passieren würde.

Ich schwöre Ihnen, von diesem Tag an, hob das Mädchen drei Mal in der Stunde ihre Hand. Sie zählte mit. Irgendjemand hat ihr eine Höllenangst gemacht, und ich verspreche Ihnen, ich war es nicht.

damals

Das Haus von Mike DiNardi ist unschwer zu finden, dank all der Autos, die kreuz und quer auf beiden Straßenseiten geparkt sind. Wir müssen ausweichen und uns ein paar Blocks weiter in die Jackson Street stellen. Auf dem Weg zu Mikes Haus kommen wir an Claudias weißem Acura vorbei, erkennbar an seinen fetten Kratzspuren am Seitenspiegel und an der Fahrertür. Mit halber Reifenbreite steht er auf dem Gehweg. Das Mädel kann ums Verrecken nicht Auto fahren, geschweige denn vernünftig einparken.

»Diese Schuhe sind *nicht* zum Laufen gemacht. Die sind zum Rumstehen und scharf Aussehen.« Meghan stoppt und lehnt sich gegen Noah, um ihren Füßen, die sie in nagelneue Stilettostiefel gequetscht hat, eine Pause zu gönnen.

Noah lacht. »Und um ein paar Zentimeter Höhe rauszuschinden, damit du heute Nacht nicht allen unter den Achselhöhlen stecken bleibst.« Er hakt sich bei uns beiden ein und wir schlendern weiter. Die ganze Straße entlang haben ungeduldige Anwohner ihre Gärten für Halloween geschmückt, obwohl es bis dahin noch drei Wochen sind. RIP Grabsteine verwandeln die Vorgärten in Friedhöfe, während an Pflöcken befestigte Kürbis-Luftballons im Wind herumschaukeln, als wollten sie verzweifelt entkommen.

Noah dreht sich zu mir. »Dass du dich ständig als Fahrer opferst, macht mir irgendwie schon ein schlechtes Gewissen.«

Ich schaue zu ihm hoch und erwidere sein Lächeln. Mit seinen 1,90 Metern blickt Noah auf jeden herab.

»Ich kann eh nix trinken, selbst wenn ich wollte. Morgen hab ich ein Spiel. Also, gönnt euch. Es sei denn, du willst nicht zu verkatert sein für Matt.«

Noah dreht sich weg. »Er kommt nicht.«

Meaghan wirft mir einen entnervten Blick zu, dann wendet sie sich wieder an Noah. »Und was ist diesmal sein Problem?«, knurrt sie.

Seit Matt auf dem College ist, hat er sich kein einziges Mal hier blicken lassen. Noah zuckt mit den Achseln.

Ein Windhauch wirbelt gefallenes Laub über unsere Füße. Meaghan bleibt noch einmal stehen, um sich an einen alten Ahorn zu lehnen. Sein breiter Stamm nimmt den halben Gehweg ein.

»Ihr wisst schon, wer sonst noch ziemlich heiß ist, oder?«, wechselt Noah das Thema. »Charlie Simmons.«

Auf dem Bürgersteig tut sich ein klaffender Abgrund auf, bereit, mich mit Haut und Haar zu verschlucken.

»Was?« Entgeistert starre ich ihn an.

Noah schlägt eine Hand vors Gesicht und reißt mit geheuchelter Verlegenheit die Augen auf. »Also *das* ist jetzt aber schon irgendwie schräg. Du etwa auch?«

Nur stolpernd kommt mein Herzschlag wieder in Gang. »Du *verarschst* mich, oder?«

»Ein bisschen.« Er legt seinen langen Arm um meine Schulter.

Noch immer gegen den Baum gelehnt, pflückt Meaghan ein aufgespießtes Blatt von ihrem Absatz.

»Wenn du zugibst, dass du ein Problem hast, ist das schon der erste Schritt.«

»Ich *habe* kein Problem«, entgegne ich, aber meine glühenden Wangen, die sich anfühlen wie kurz vor der Kernschmelze, verraten mich.

Meaghan und Noah tauschen wissende Blicke aus – die Art von Blicken, die mich aus unserem gemütlichen Trio heraus-katapultieren und mir das Gefühl geben, dass die beiden hinter meinem Rücken über mich reden.

»Du hast *so was* von einem Problem.« Meaghan lacht. »In jeder Spanischstunde starrst du seinen Rücken an. Und wenn er sich dann zu dir umdreht, machst du einen auf unsichtbar.«

»Na und?«, schnappe ich zurück und hebe meinen Kopf ein paar Zentimeter. »Ich habe Augen. Ich bin ein Mensch.«

Ich stürme voran, die steinernen Stufen zu Mikes Haus hoch. Noah rennt hinter mir her und holt mich auf dem Trep-penabsatz ein.

»Wenn ich dir das abnehmen soll, müsstest du mir schon einen handfesten Beweis liefern.« Er senkt den Kopf, um mich unter seinen dichten Wimpern zu mustern. Dann wedelt er mit der Hand durch die Luft, als ob ihm dieses ganze Gespräch stinkt. »Wie auch immer, ich hab gehört, er hat was mit Claudia.«

Mir dreht sich der Magen um. »Nicht *sie*«, stöhne ich.

Noah lacht und klatscht in die Hände. »Das ist ja wie beim Angelspiel. Du bist so leicht zu ködern.«

Jetzt ist auch Meaghan oben angekommen. »Had, Charlie ist perfekt für dich. Er ist heiß, er steht ganz offensichtlich auf dich und er ist der Abschleppkönig unserer Klasse.« Sie zählt Charlies ultimative Dreierkombi an den Fingern ab. »Einmal ficken, weiterschicken.«

Mit einem Augenzwinkern gibt sie mir zu verstehen, dass sie es halb im Scherz gemeint hat.

Als ich die Tür öffnen will, legt Noah seine Hand auf meine Schulter.

»Spaß beiseite, Claudia fährt voll auf ihn ab. Wenn du dich also an ihn ranmachen willst, dann am besten gleich.«

Besorgt starre ich ihn an.

»Na toll. Jetzt ist sie traumatisiert. Zufrieden?« Meaghan öffnet die Tür für uns.

»Ich?« Protestierend hält Noah seine Hand an die Brust. »Das hier geht ja wohl auf dein Konto, Madame *Einmal-ficken-weiterschicken.*«

Die Partys von Mike DiNardi sorgen immer für einen gigantischen Massenandrang; Schulter an Schulter quetschen sich die Leute in den Eingangsflur. Drinnen wurden bereits Sofakissen und ausgewählte Schoßplätze in Beschlag genommen. Ich folge Meaghan und Noah in die Küche und weiche der Gruppe Jungs aus, die eine Bierbong rumwandern lassen. Meaghan füllt einen Plastikbecher mit Mineralwasser und drückt ihn mir in die Hand; eine Requisite, damit ich mich nicht zum Idioten mache, dann suchen wir uns einen Platz im Esszimmer. Das Haus dampft vor erhitzten Körpern. Um mich herum rutschen die Träger knapper Kleidchen über betrunkene Schultern. Ich schiebe mir meine Ärmel bis zu den Ellenbogen hoch.

Die Party teilt sich in lauter Minigrüppchen. In den Zimmerecken stehen exakt dieselben Leute zusammen, die sonst in der Schulcafeteria um einen Tisch hocken.

Noah hat die Rolle des Paten. Nach allen Seiten Ghettofäuste und Umarmungen verteilend, bahnt er sich seinen Weg durch die Menge. Meaghan und ich hängen uns an ihn ran, während die Leute angeschwärmt kommen, um seinen Ring oder was auch immer zu küssen. Mit uns wird nur aus Höflichkeit geredet. Nach einer Weile wird Noah kribbelig und fängt an, die Party mit seinem Periskopblick abzuscannen, während er den Kopf im Rhythmus zur Musik wippen lässt.

»Ich zieh jetzt mal Leine, Mädels.« Blitzartig taucht er ein ins Gewühl, aber ich verliere ihn nie aus den Augen; bei seiner Größe ragt sein Kopf überall heraus.

Meaghan bleibt auch nur noch für einen Herzschlag an meiner Seite.

»Da ist Mike. Bin gleich wieder da.«

Genau aus diesem Grund hasse ich Partys. Je mehr Leute um mich herum sind, desto einsamer fühle ich mich.

Während ich an meinem Wasser nippe, umfasse ich mit dem freien Arm meine Taille und suche nach einem freundlichen Gesicht, das mich willkommen heißt. Die Blicke der anderen gleiten in vollem Bewusstsein an mir vorbei. Sie behandeln mich, als wäre ich Luft. Alle sind in ihre eigenen Gespräche vertieft, niemand fühlt sich berufen, mich in seinen Kreis rüberzuwinken. Aus dem Familienzimmer dröhnt mir Kims schallendes Gelächter entgegen. Wie eine rollige Katze streckt sie ihren Hintern in die Höhe, was Winona kichernd mit ihrem iPhone dokumentiert. Bis morgen wird sie über dreihundert Likes auf Instagram haben. Kims Arschfotos kommen immer gut.

Als sich eine Gasse zum Wohnzimmer bildet, fange ich Claudias Blick auf. Sie dreht sich zu Faith und flüstert ihr irgendwas zu. Die Art, wie sie beide zeitgleich losprusten, lässt außer Zweifel, dass es sich bei der Witzfigur um mich handelt. Das ist mein Todesstoß. Die Scheiße von Claudia bin ich gewöhnt, aber Meaghan und Noah sollten inzwischen echt gerafft haben, dass sie mich hier nicht als sozialen Outcast hängen lassen können.

Jetzt müssen sie halt selbst sehen, wie sie nach Hause kommen. Ich hab mich bestimmt nicht für diese Party gemeldet, um mich öffentlich demütigen zu lassen. »Nachschub gefällig?« Ein honigfarbener Wuschelkopf taucht hinter mir auf und beugt sich über meinen Becher.

Ich zucke zusammen und werfe einen verstohlenen Blick über meine Schulter.

Es ist nicht Charlies Anwesenheit, die mich überrascht: Er ist ein guter Freund von Mike. Um genau zu sein, ist Charlie ein guter Freund von allen, der Nomade, der auftauchen kann, wo er will, und überall ganz selbstverständlich dazugehört.

Überrascht bin ich davon, dass Charlie *mich* anspricht.

»Äh. Um ehrlich zu sein, es ist Mineralwasser.« Ich versuche, den Lärm zu übertönen, aber meine Zunge schwillt auf zehnfache Größe an und saugt jeden Tropfen Spucke aus meinem Mund. Sie fühlt sich an wie diese magischen Kapseln, die Lila und ich mal in die Badewanne geschüttet haben, um zu beobachten, wie sie zu gigantischen Wabbelmeerestieren aufquellen.

»Fährst du?«, schreit Charlie und imitiert mit den Händen das Lenkrad für den Fall, dass die dröhnenden Lautsprecher über uns seine Stimme übertönen.

Ich nicke. »Jep. Der auf ewig bestimmte Fahrer«, schreie ich zurück. Er zeigt auf sein Ohr, schüttelt den Kopf und bedeutet mir durch eine Geste, mit ihm zu kommen.

Ich starre auf seinen entschwindenden Rücken und für ein paar Sekunden bin ich wie gelähmt. Dann folge ich ihm.

Charlie gräbt uns ein Wurmloch durch die Menschenmasse in der Küche, dreht sich um und schaut über seine Schulter, um sich zu vergewissern, dass ich nachkomme. Als er mich sieht, lächelt er.

Auf die eiserne Hintertür zeigend, umfasst er mein Handgelenk und zieht mich das letzte Stück mit sich. Er hält die Tür für mich auf, bis wir die drei Steinstufen zur Veranda runtergelaufen sind.

Zigarettenspitzen glimmen in der Nacht wie Glühwürmchen. Die Herbstluft jagt mir eine Gänsehaut über die Arme. Ich reibe sie weg und wünschte, ich hätte meine Jacke nicht im Auto liegen lassen.

Charlie bemerkt es sofort. »Frierst du?«

»Nein«, sage ich aus Angst, dass die Wahrheit uns wieder nach drinnen befördern wird.

Er zieht seinen Hoodie aus und reicht ihn mir.

»Lügnerin.« Er feixt. Seine dunklen Augen funkeln im Licht der Halogenstrahler.

Ich schiebe seine Kapuzenjacke zurück. »Aber ich will nicht, dass *du* frierst.«

Er beugt sich vor. Als er mir den Hoodie um die Schultern legt, streifen seine Finger über meinen Hals, und mich durchzuckt der nächste Schauder.

»Ich friere so gut wie nie. Da muss es schon unter null sein.« Er trägt ein blaues T-Shirt, das gleiche Modell wie das graue, das er neulich anhatte. Es ist nicht zu eng, sondern passt ihm auf diese echt gute Art.

»Ich weiß noch, wie ich dich letzten Februar in Shorts auf dem Skateboard gesehen hab«, platze ich raus – gleichzeitig windet sich alles in mir. Oh Gott, gerade habe ich zugegeben, dass ich ihn seit fast einem Jahr stalke.

»Sag ich doch. Ich friere nicht.«

Lächelnd beiße ich mir auf die Lippen und heuchle Interesse an den hochgewachsenen Kiefernbüschen, die sich um das Grundstück ranken, während ich mein Gehirn, nach irgendeinem brauchbaren Satz durchforste.

Meaghan hat mit so was nie ein Problem. Wahrscheinlich hat sie schon bei ihrer eigenen Geburt mit dem entbindenden Arzt geflirtet.

»Also«, sagt Charlie und versucht, meinen Blick aufzufangen. Nervös schaue ich ihn an und hoffe, er hat mehr Talent als ich, das Gespräch in Gang zu halten. Ich will nämlich nicht, dass es aufhört.

»Ich finde, wir sollten uns langsam auf das nächste Level

begeben«, sagt er trocken und schiebt ein verführerisches Grinsen hinterher.

»Das nächste ... Level?«

»Du weißt schon, dieses ganze heftige, deftige Anschmachten. Ich dachte, jetzt wird's mal langsam Zeit für ein echtes Gespräch.«

Meine Wangen brennen, als ich daran denke, wie er mich gestern *zweimal* beim Starren ertappt hat. »Äh. Ich ...«

Sein Blick huscht über mein Gesicht. »Um dich in Verlegenheit zu bringen, braucht es nicht viel, was? Süß.«

Im Scheinwerferlicht des Hinterhofes, in dem mein schamrotes Gesicht offensichtlich im Zentrum seiner Aufmerksamkeit ist, bin ich komplett ungeschützt. Da drinnen ignoriert zu werden, scheint mir gerade doch die reizvollere Alternative zu sein. Ein würgend heißes Gefühl wirbelt durch meinen Magen.

Noah hatte recht. Ich bin das reinste Angelspiel.

»Geht dir einer dabei ab, wenn du ein Mädel verarschst?« Meine Augen brennen vor Scham.

»Was?« Seine Gesichtszüge entgleisen, dann verzieht er den Mund. »Nein, verdammt«, stöhnt er. »Ich dachte, ich flirte. War ich so schlecht?«

Ich starre ihn an und breche in schallendes Gelächter aus. »Wenn das Flirten sein sollte, dann ja: Das war echt grottenschlecht.«

Er lässt Daumen und Zeigefinger in die Luft schnellen. »Befehlstaste Z!« Ich kapiere sofort. Löschen, neuer Versuch.

Jetzt lachen wir uns beide kaputt, wodurch sich wenigstens ein Teil der aufgestauten Anspannung in mir löst.

»Ich hätte wohl besser auf Nummer sicher gehen sollen, nach dem Motto: Du hast echt richtig, richtig schönes Haar.« Er streckt die Hand aus und streicht zärtlich über eine Strähne, die mir über die Schulter fällt.

Es schockt mich, wie nervös mich seine Gegenwart macht. Meine Zunge vibriert wie eine Stimmgabel in meinem Mund. Ich fühle mich lebendig – unerträglich, schmerzhaft lebendig.

Wir entdecken eine Bank unter einem Baum und setzen uns. Es wird merklich kühler. Ich will nicht wieder rein, also schiebe ich meine Hände durch die Ärmel seines Hoodies. Als Charlie gerade nicht hinsieht, schnüffle ich instinktiv an einem der Ärmel, um seinen Körpergeruch einzuordnen, in den sich noch etwas anderes hineinmischt. Kalter Zigarettenrauch. Von der Party, nehme ich an. Dann stecke ich meine Hände in die Taschen.

»Deine?« Ich reiche ihm die Packung Zigaretten.

»Jep«, gibt er betreten zu und nimmt sie entgegen.

»Du rauchst?«, frage ich bestürzt.

»Hilft es, wenn ich sage, dass ich versuche, aufzuhören?«

Ich verziehe das Gesicht. »Ehrlich gesagt, hasse ich alles daran. Wie es riecht. Was es mit deinem Körper macht. Ich meine, es sind deine Lungen.« Ich zeige auf seine Brust. »Ich habe einfach nie kapiert, wie man so wenig Wertschätzung für sein eigenes Leben haben kann.«

Er nickt. »Ich weiß. Es war bescheuert, überhaupt damit anzufangen.«

»Warum hast du? Du warst mal im *Schwimm*team.« Ich sage das, als wären wir im selben Verein. Dem *Sport*verein.

»Hör mal!«, wehrt er mich ab. »Ich hab doch gerade gesagt, ich versuche, es aufzugeben.«

Ich rudere zurück. Und ich habe ihn einen erbärmlichen Flirter genannt. »Okay, hab's begriffen. Sorry für die Moralpredigt.«

Vornübergebeugt, die Ellenbogen auf den Knien, starrt er seine Sneakers an, dann hebt er den Kopf und mustert mich. Er öffnet die Packung, zieht eine Zigarette raus und hält sie zwischen unsere Gesichter.

»Für den Notfall.« Er klemmt sich die Zigarette hinters Ohr und dreht sich um. »Hey, Willie. Fang.«

Charlie schleudert Willie die Packung entgegen, dann dreht er sich wieder zu mir. »Ich werd mir mehr Mühe geben.« Sein Blick ist ehrlich, ein aufrichtiges Versprechen liegt darin.

»Danke«, sage ich und begreife, was für eine unfassbare, megagroße Sache diese Geste ist.

Er streckt seine Hand aus und greift nach meiner. Ich starre sie an, die Wärme seiner Handfläche durchströmt meinen ganzen Körper.

Ich bin siebzehn und hatte noch nie einen festen Freund, was, laut Meaghan, eine größere Katastrophe ist als unsere Staatsschulden und der Ausbruch von Masern/Ebola/Zika-Viren zusammen. Dabei ist es nicht so, als hätten die Jungs es nicht bei mir versucht. Erst vor ein paar Wochen hat mich Dylan Finnigan gefragt, ob ich mit ihm ins Kino gehen wolle, wobei er aus lauter Nervosität mit seiner Faust auf meinen Spind geklopft hat, die Segelohren rot entflammt. Doch selbst so ein liebenswerter Kerl wie Dylan ist den Haufen Ärger, den mich eine Zusage kosten würde, nicht wert. Das hat mein Vater letztes Jahr unmissverständlich klargestellt, als er bei der bloßen Erwähnung, mich könnte *möglicherweise* ein Junge ausführen, das Weinglas meiner Mutter gegen den Küchenschrank knallte.

Aber Charlie Simmons, der sein Selbstbewusstsein trägt wie eine zweite Haut, ist seit Jahren meine heimliche Liebe. Ich habe nur nie damit gerechnet, dass etwas daraus werden würde.

Dieser eine kleine Traum, den ich für mich behalten, in mir verborgen und in meinem Innersten geschürt habe, scheint gerade völlig unerwartete Wirklichkeit zu werden, was mir auf die beste und schlimmste Weise die Fußnägel aufrollt. Ich weiß, dass meine Realität ihn bei der erstbesten Möglichkeit zerplatzen lassen wird.

»Also Hadley. Irgendwelche amüsanten Anekdoten, die du mit mir teilen willst?« In seinen Augenwinkeln tanzen die Lachfältchen.

»Irgendwelche amüsa…?«

»Ach, vergiss es. Erzähl mir einfach von dir. Wie tickst du so?«, drängt er.

Mit seiner Hand in meiner und seinen Augen, die herausfinden wollen, welche Versatzstücke von mir sich wohl hinter meiner Fassade verbergen, fällt es mir schwer, einen schlüssigen Satz zustande zu bringen. Sein warmer Blick und die Wärme, die sein Körper ausstrahlt, bringen mich um den Verstand.

Mein Notendurchschnitt von 0,7 nützt mir in der wahren Welt rein gar nichts.

»Äh … ich spiele Lacrosse?«

»Erzähl mir etwas, das ich *nicht* weiß.« Er lacht. »Auf dem Lacrosse-Feld bist du so etwas wie eine Legende. Muscles McCauley.« Er hebt seinen Arm, lässt die Muskeln spielen und gibt seinen Bizeps zum Besten wie ein Superheld.

»Was? Nein!« Ich schnappe nach Luft. »Nur Meaghan nennt mich so.«

»Tut mir leid, dass ich deine Illusionen zerstören muss. Alle nennen dich so.« Er sieht mir an, was ich fühle, und versucht, es wieder herunterzuspielen. »Entspann dich. Es ist sexy.« Er schmunzelt.

»Sexy?«, jaule ich. »Es ist alles *andere* als sexy. Es klingt, als wäre ich der Terminator.«

Darüber muss er richtig lachen, was die Demütigung zumindest ein bisschen lindert.

Er rückt näher an mich heran und hält eine Hand in die Luft. »Ich schwöre dir, du bist nicht gebaut wie der Terminator.« Ich will es gerade gut sein lassen, als er seine langen Finger um meinen Oberarm schlingt. »Obwohl du schon beneidenswerte Geschosse hast. Ich sollte dich in meiner Nähe behalten, falls ich mal wieder ein Gurkenglas nicht aufkriege.«

Ich verberge das Gesicht hinter meiner freien Hand.

»Aber ernsthaft jetzt«, sagt er zwischen den Lachern. »Lacrosse ist also voll *dein* Ding?« Er versucht, tiefer zu dringen.

»Nein«, gebe ich zu.

»Vollgas gibst du aber trotzdem. Ich hab dich spielen sehen. Da draußen bist du die reinste Kampfmaschine. Nicht zu bremsen.« Er hebt den Arm und imitiert einen Wurf.

»Na ja«, sage ich unbestimmt.

Er kneift die Augen zusammen, um mich unter die Lupe zu nehmen. »Hast du ein Problem mit Komplimenten? Oder bist du immer noch sauer über den Witz mit dem Gurkenglas? War doch nur Spaß. Ein bisschen wenigstens.« Er versucht, meinen Blick aufzufangen und lächelt, als wäre es unser gemeinsamer Witz, als teilten wir bereits unsere kleinen Geheimnisse.

Schließlich seufze ich. »Ich spiele nur wegen meinem Vater«, gebe ich zu. »Lacrosse war voll *sein* Ding im College. Durch mich kann er seinen Traum weiterleben.«

»Echt jetzt?« Überrascht lehnt sich Charlie zurück.

Hier im Schatten des Baumes, wo uns von der Party nur ein schmaler Lichtstreifen erreicht, sind seine Augen so dunkel wie der Nachthimmel. Aber ich weiß, dass sie im richtigen Licht bernsteinfarben sind. Ich weiß es, weil ich ihn schon so lange beobachtet habe.

»Es macht aber echt den Eindruck, als ob du mit dem Herzen dabei bist«, sagt er. Ich starre in seine Augen, lange genug, um zu befürchten, dass ein Teil von mir sich dort verfängt und für immer mit ihm verschmilzt.

»Dann bin ich wohl eine ziemlich gute Lügnerin.«

»Hmmm.« Charlie zieht die Zigarette hinter seinem Ohr hervor und rollt sie zwischen seinen Fingern hin und her. Gerade als ich denke, jetzt zündet er sie an und zerstört alles, steckt er sie zurück und nimmt wieder meine Hand.

»Okay ... also, was macht Muscles McCauley, wenn sie nicht grad Lacrosse spielt?«

»Flugstunden nehmen?«, biete ich an.

Er stampft mit dem Fuß auf. »Hammer! *Flug*stunden? Wie krass ist das denn? Und damit kommst du jetzt?«

Ich lache, dann schaue ich auf unsere verschlungenen Hände. »Ehrlich gesagt, das ist auch nicht so mein Ding. Es ist eher mein Vater, der dafür sorgt, dass ich sie nehme.«

»Das also auch, hm?« Charlie kratzt sich an der Wange und räumt meinem peinlichen Geständnis ein paar Atemzüge Platz ein.

»*Cupcake Wars*!«, platze ich raus.

»*Cupcake Wars*?«, wiederholt er und lacht.

»Ja. Das kuck ich immer mit meiner Schwester.« Den Teil, dass wir es vor allem deswegen anschauen, weil Cupcakes, wie auch jede andere Sorte Junkfood im McCauley Haushalt zu den verbotenen Früchten zählen, lasse ich außen vor.

»Okay.« Schmunzelnd wiegt Charlie den Kopf. »Was noch?«

»Katastrophenfilme«, gebe ich zu.

»Ernsthaft? Ich auch!«

»Ich liebe sie! Je geschmackloser, desto besser. Vulkane, Tornados, Erdbeben, weltberühmte antike Kulturstätten, die wie Kartenhäuser in sich zusammensinken. Am besten in 3-D.«

Charlie nickt zustimmend. Dann zeigt er mit dem Finger

auf sich und mich. »Du und ich? Wir gehen zusammen in einen Katastrophenfilm, Muscles. Okay, red weiter. Bist grad so schön in Fahrt.«

Ich beiße mir auf die Lippe. »Ich mag Töpfern.« Keine Ahnung, wo das jetzt herkam. Vor Jahren hab ich mal einen Töpferkurs im Sommercamp gemacht, da war ich ungefähr so alt wie Lila jetzt. Ich hab's geliebt. Hab geliebt, wie der kalte, nasse Ton unter meinen Händen Form annahm. Unser Lehrer gab uns eine Kostprobe seiner Kunst auf seiner Töpferscheibe. Wir durften sie noch nicht benutzen. »Eines Tages«, sagte er damals mit einem Blick auf mich. Es juckte mich so in den Händen, einmal daran zu drehen. Ich konnte es nicht erwarten, auf der Highschool einen Töpferkurs zu belegen, aber dafür gab es in meinem Stundenplan niemals Platz.

All das erzähle ich Charlie und er hört mir intensiv zu, und dann kommen Meaghan und Mike nach draußen und setzen sich zu uns, womit meine perfekte Oase der Zweisamkeit ruiniert wäre.

»Rutsch rüber«, befiehlt Mike. Charlie rückt dichter an mich ran und legt einen Arm um meine Schulter. Mike setzt sich neben ihn und zieht Meaghan auf seinen Schoß.

»Juhu! Wir haben ein Double-Date!« Meaghan schwenkt ihre Siegerfäuste durch die Luft.

»Wo ist Noah?«, frage ich.

»Matt hat ihn überrascht«, sagt sie, kurz bevor Mike sich über sie beugt, seine Handfläche um ihren Hinterkopf schmiegt und ihre Lippen zu sich heranzieht. Hemmungslos fangen die beiden an, rumzumachen, direkt neben uns. Halb belustigt, halb entgeistert beäuge ich meine geräuschvoll schmatzende Freundin.

»So sieht Zurückhaltung bei Meaghan aus«, sage ich und grinse Charlie an.

»Warum lassen wir die beiden nicht ein bisschen allein?«
Charlie steht auf und zieht mich an beiden Händen hoch. »Dir
ist ja eiskalt.« Er umfasst die Hand, die vorhin nicht in seiner
lag, und reibt sie zwischen seinen weitaus größeren, weitaus
wärmeren.

»Komm, lass uns reingehen, damit dir warm wird.«

Drinnen ist die Party sichtlich ausgedünnt. Charlie beugt
sich zu meinem Ohr runter. »Ich hol mir nur kurz Nachschub«,
sagt er, bevor er das Bierfass ansteuert. Aus der Küche beobachte ich, wie Claudia im Wohnzimmer zu lautstarken
»Schaut-mich-an«-*Whooohoos* auf dem Tisch tanzt. Die wilden
Kicks lassen ihr kurzes Röckchen hochfliegen, immer wieder
sehe ich ihren Slip hervorblitzen. Was der springende Punkt
ist, denke ich. Morgen auf dem Spielfeld wird sie *wieder* zu
nichts zu gebrauchen sein.

Apropos, morgen früh. Ich werfe einen Blick auf die
Küchenuhr. Es ist schon nach elf.

»Fass ist fast leer«, schreit Charlie über die Musik hinweg,
als er wieder einen Arm um meine Schulter legt.

»Charlie?« Das glückliche Leuchten in seinen Augen verblasst, als er meinen düsteren Gesichtsausdruck bemerkt.

»Tut mir leid. Ich muss gehen. Ich hab morgen ein Spiel in
Riverhead.«

Blödes, *blödes* Spiel.

»Oh ... das ist ja richtig Scheiße.« Er sieht so enttäuscht aus,
wie ich mich fühle, und eigentlich sollte mich das nicht glücklich machen. Tut es aber.

Er schaut aus dem Küchenfenster zu Meaghan und Mike,
die immer noch versuchen, sich gegenseitig aufzufressen. »Ich
glaube nicht, dass Meaghan schon loswill. Mike kann sie nach
Hause fahren. Komm.« Wieder nimmt er meine Hand. »Ich
bring dich zum Auto.«

Mit mir im Schlepptau bahnt er sich einen Weg durch die Menge. Als wir schon fast an der Tür sind, springt Claudia vom Tisch runter.

»Charlie!«, kreischt sie. »Wo willst du denn hin?« Sie stürzt auf ihn zu und schlingt ihre Arme um seinen Hals. Von der schweißtreibenden Tanzerei ist das Make-up, mit dem sie sich auf jeder Party zukleistert, auf ihrem Gesicht zerlaufen. An ihrer verschwitzten Stirn kleben zerzauste, blonde Strähnen.

Charlie lässt meine Hand los und greift sich in den Nacken, um sich aus der Fessel ihrer Hände zu befreien.

»Hey Claudia.« Sanft schiebt er sie ein paar Schritte zurück. »Ich will grad raus.«

Blinzelnd und schielend versucht sie, ihn zu fokussieren. »Charlie, geh nicht«, bettelt sie, während sie ihn begrapscht. »Ich hab dich schon den ganzen Abend gesucht. Wo *warst* du?«

»Hinten im Hof.« Er windet sich aus ihrem Griff.

In diesem Teil des Hauses ist die Musik nicht so laut, weshalb ich ganz sicher bin, dass ich mir die folgenden Sätze nicht einbilde.

»Charlie«, Claudia beugt sich vor und legt ihre Hände auf seinen breiten Brustkorb, um sich abzustützen. Ihre Augen sind groß und ernst, ihre Stimme ist ein lautes Flüstern. »Soll ich dir einen blasen? Meine Blowjobs sind echt gut.«

Ich drehe mich zu ihren Leuten um. Warum sorgen die nicht für Ablenkung? Warum kümmern die sich nicht um sie? Stattdessen stehen Faith und Claudias sogenannte Freunde um sie rum und lachen sie aus.

Wieder wehrt Charlie ihre Hände ab. »Nein, Claudia. Stopp. Geh nach Hause oder was auch immer.«

Sie weicht zurück, verletzt, dann wütend. »Was ist dein *Problem*?«, fährt sie ihn an, dann bemerkt sie mich. Und zwar richtig. Stück für Stück sickert es in ihr Bewusstsein. Durch ihre auf Halbmast hängenden Augenlider trifft mich ein vernichtender Blick.

»Egal.« Sie dreht sich um und torkelt davon. Charlie greift nach meiner Hand und zieht mich durch die Eingangstür nach draußen. Auf dem Bürgersteig fährt er sich mit der Hand durchs Haar.

»Sorry«, bringt er schließlich kopfschüttelnd hervor.

»Du hast nichts gemacht«, sage ich, obwohl ich noch immer geschockt bin. »Was *war* das?« Ich zeige mit dem Daumen nach hinten.

»Das Mädel gehört ernsthaft in Behandlung«, sagt er. »Wo steht dein Auto?«

Ich zeige nach links. »Auf der Jackson.« Hand in Hand laufen wir über den schmalen Bürgersteig und steigen vorsichtig über die knorrigen Wurzeln hinweg, die sich alle paar Meter zwischen den Betonplatten hervordrängen.

»Also ... gehst du gleich wieder zurück zur Party?«, frage ich.

Entschuldigend drückt er meine Hand. »Ja ... Ist aber sicher bald vorbei. Wenn Mike erst mal das Bier ausgeht, hauen alle ab.«

Dass er nach *dieser* Sache wieder auf die Party geht, erschreckt mich. Was, wenn er nur deshalb Nein gesagt hat, weil ich direkt neben ihm stand? Welcher gesunde, leidenschaftliche, normale siebzehnjährige Junge würde da *nicht* Ja sagen? Und gibt es wirklich so etwas wie einen *schlechten* Blowjob?!

Als hätte er mir die Gedanken von der Stirn abgelesen, sagt er: »Ich werde mich von Claudia fernhalten.«

Bei der Vorstellung, wie viel er von meinem inneren Dialog mitbekommen haben könnte, überläuft mich ein Schauder.

Er lacht und wir bleiben vor meinem Auto stehen.

»Ich schwöre, du hattest die reinste Sprechblase über dem

Kopf. Ich konnte sie sehen. Es war alles in Großbuchstaben, fett gedruckt, mit vier, nein, *fünf* Ausrufezeichen.« Er imitiert eine riesige Blase über meinem Kopf.

Meaghan macht noch immer mit Mike rum und Claudia tanzt wahrscheinlich wieder auf dem Couchtisch, und gerade als es für mich interessant wird, muss ich diesen perfekten Abend beenden, nur damit ich noch ausreichend Schlaf vor dem Spiel bekomme. Noch nie habe ich mein eigenes Leben so gehasst wie in diesem Moment.

Ich wende den Blick ab. »Ich hab nicht das geringsten Recht, von dir zu erwarten, dass du irgendwas tust ... oder *nicht* tust.« Ich meine keine Silbe von dem, was ich sage. Ich sage es nur, um meine eigenen Erwartungen im Zaum zu halten, die gerade völlig verrücktspielen.

Widerwillig öffne ich den Reißverschluss, um ihm seinen Hoodie zurückzugeben. Anstatt ihn zu nehmen, legt er mir die Hände auf die Schultern und fesselt mich mit seinem Blick.

»Irgendwie hast du es aber doch«, sagt er. Er beugt sich vor und küsst mich. Ich presse beide Arme gegen meinen Körper, um sie davon abzuhalten, sich wie ein Lasso um seinen Hals zu schlingen. Dieser Kuss soll nicht aufhören. Niemals.

Als er zurückweicht, gesteht er mir: »Das habe ich schon so lange tun wollen.«

BRADY: *Wir haben den 10. Januar. Uhrzeit ... 13:05 Uhr. Darf ich Ihre Stellungnahme aufzeichnen?*

NB: *Ja.*

BRADY: *Nennen Sie bitte Ihren Namen und Ihr Alter.*

NB: *Noah Berger. Ich bin siebzehn.*

BRADY: *Noah, in welcher Beziehung stehen Sie zu Hadley?*

NB: *Wir sind Freunde. Enge Freunde.*

BRADY: *Erzählen Sie mir etwas über Hadley.*

NB: *Also, Hadley ist ungelogen einer der liebenswürdigsten, mitfüh-lendsten Menschen auf der ganzen Welt. Punkt.*

BRADY: *Okay, weiter bitte.*

NB: *Wissen Sie, Hadley ist ein sehr verschlossener Mensch. Es fühlt sich nicht gut an, so über sie zu reden. Hat sie irgendwelchen Ärger oder so?*

BRADY: *Nein, nichts dergleichen. Wir versuchen lediglich, etwas mehr über sie zu erfahren.*

NB: *Ja, aber warum?*

BRADY: *Die Ermittlungen laufen. Wir suchen noch immer nach den Ursachen für den Absturz. Ich verspreche Ihnen, Sie werden Hadley nicht hintergehen. Sie werden hier höchstens helfen. Ich möchte einfach ein paar Fragen über Hadleys Familienleben stellen. Unser Eindruck ist, dass Hadleys Vater ziemlich dominant war. Stimmen Sie dem zu?*

NB: *Oh Gott, ja.*

BRADY: *Also erzählen Sie mir ein bisschen davon.*

NB: *Tja ... okay ... also letztes Jahr, da hat er ihr verboten, Peer Helper zu werden. Hadley und ich wurden beide ausgewählt, was echt eine megagroße Sache ist. Es gibt nur neunzig ehrenamtliche Peer Helper von insgesamt vierzehnhundert Schülern. Quasi jeder muss einen anonymen Fragebogen ausfüllen, um herauszufinden, welchen Mitschülern man am ehesten seine Probleme anvertrauen würde. Hadley wurde genannt ... und zwar richtig oft.*

*Aber Hadley hatte einen Kurs, der genau auf den Tag des Peer Helper-Seminars fiel. Es war ein Vorbereitungskurs für den Uni-Aufnahmetest. Hadleys Dad war unzufrieden mit ihren Ergebnissen ... er hat sie diesen verdammten Test im letzten Jahr fünfmal wiederholen lassen. Ich hätte schon für ihr **SCHLECHTESTES** Ergebnis töten können. Aber er war der Meinung, sie könnte mehr.*

Mr. Murray — das ist unser Vertrauenslehrer, der das ganze Peer Helper-Projekt leitet — hat gesagt, dass man nur Helfer werden kann, wenn man an dem Seminar teilnimmt. Mr. Murray hat Mr. McCauley sogar angerufen und versucht, ihn umzustimmen. Ich meine, hallo? Hadley hätte echt mal auf einen Vorbereitungskurs verzichten können. Aber ein Nein von Mr. McCauley war in Stein gemeißelt. So liefen die Dinge halt bei ihr zu Hause.

BRADY: *War Hadley enttäuscht?*

NB: *Na ja, logisch. Aber so was passierte ständig. Sie hat sich einfach an die Enttäuschungen gewöhnt. Was echt richtig traurig ist. Wahrscheinlich mache ich sogar ein größeres Ding draus als sie selbst.*

Hören Sie, nichts von all diesem Zeugs, das ich Ihnen hier erzähle, hätte sie je in die Welt posaunt, okay? Wir sind eng befreundet. Mir und Meaghan vertraut sie. Und jetzt Charlie. Das war's. Wir alle brauchen jemanden, um uns anzulehnen. Gibt's darüber nicht sogar 'nen Song oder so?

jetzt

Ich kriege nichts und alles mit.

Gummiräder bewegen sich quietschend über den Linoleumboden, als sie mit mir zur Notaufnahme rasen. Aus den
Augenwinkeln sehe ich, dass der Flur von besetzten Kranken-
liegen überfüllt ist. Sie stehen dicht an dicht. An der Decke
flackert das verschwommene Licht der Leuchtstoffröhren.
Über mir schweben Gesichter, ihre Mienen sind professionell
und ausdruckslos. Wir fahren an einer Frau vorbei, deren
monotone Schreie blöken wie die Alarmanlage eines Autos.

Aber in meiner Brust ist es hohl und leer.

Irgendjemand sagt: »Findet ein Zimmer für sie. Die Journa-
listen versuchen schon reinzukommen.«

»Es sind alle besetzt. Ist wohl Vollmond heute«, antwortet
eine zweite Stimme, und dann lachen beide. Sie *lachen*, obwohl
sie von lauter sterbenden und gestorbenen Menschen umgeben
sind.

Als wir am Dienstzimmer der Krankenschwestern vorbeikommen, lässt mich eine Kaffeewolke ruckartig in die Höhe
schnellen.

Eine Hand drückt mich wieder runter. »Bleib liegen, Hadley. Versuch nicht, aufzustehen.«

Jetzt greifen weitere Hände nach mir und manövrieren

mich auf ein Bett. Ich befinde mich nicht in einem Zimmer, aber es gibt einen Vorhang, der sich an metallischen Ringen auf- und zuziehen lässt. Außerhalb des Vorhangs debattieren zwei Krankenschwestern über mich, als wäre ich hinter dem hauchdünnen Stück Stoff gar nicht mehr da.

»*News Twelve* hat schon Wind von der Sache gekriegt. Sie versuchen hier reinzukommen, um mit jemandem zu sprechen.«

»Hat sie schon was gesagt?«

»Nein, noch nicht, das arme Ding. Steht immer noch unter Schock.«

Ein Arzt rauscht mit einer Schwester herein, um mich zu untersuchen. Den dunklen Augenringen nach hatte er eine lange Schicht. Seine buschigen Brauen ziehen sich verärgert zusammen, aber den blutunterlaufenen Augen entgeht nichts. Während er meinen Arm untersucht, reckt er das Kinn in Richtung Kabinenecke. »Was macht das denn noch hier?«, fragt er barsch. Zeitgleich schauen die Schwester und ich zu dem roten Medizinrollwagen. Eine Schublade steht einen Spalt weit offen.

»Oh ... von dem Kardiopatienten. Sie haben ihn auf die Intensivstation ...«

»Schließen Sie das ab. Wenn irgendjemand ...«

»*Hilfeeeeeeeee! Bitte, ich brauche Hilfeeeeeeeeeee!*«

Auf der anderen Seite meines Vorhangs bricht das Chaos aus.

»Was denn *jetzt* schon wieder?«, brummt der Arzt in sich hinein. Diesmal reckt er sein Kinn der Krankenschwester entgegen. »Schauen Sie nach, was da draußen los ist.«

Kaum ist sie aus der Kabine verschwunden, stürmt sie wieder herbei und reißt mit einem Ruck den Vorhang zurück.

»Dr. Garfield, die brauchen Sie ... *jetzt*!« Sie hält ihm den Vorhang auf, und als er ihr folgt, zieht sie ihn wieder zu, als wäre das Ganze eine Matinee-Vorstellung. Unklar ist nur, ob ich zu den Zuschauern oder den Darstellern gehöre.

Irgendetwas kracht zusammen. Eine Stampede aus Füßen eilt zur Hilfe, Schreie ertönen. Was auch immer da draußen vor sich geht, es wieder in den Griff zu kriegen, nimmt eine ganze Krankenhausarmee in Anspruch.

Der Lärm, das Chaos, all das gehört zu einer anderen Welt, einer anderen Dimension. Nicht zu meiner. Ich bin gar nicht wirklich hier. Ich bin mit ihnen gestorben. Ich *muss* mit ihnen gestorben sein. Ich *sollte* mit ihnen gestorben sein.

Ich sollte nicht hier sein.

Meine Füße berühren den Boden, bewegen sich auf den Rollwagen zu. Ich ziehe die leicht geöffnete Schublade ganz auf. Darin liegt ein eingeschweißtes Plastiktablett, auf dem eine fein säuberliche Reihe chirurgischer Instrumente schimmert.

Mit den Zähnen reiße ich die Folie auf und ziehe das Skalpell heraus.

Ich weiß, sie wollen mich einfach wieder zusammenflicken, aber es ist nicht nur mein Arm, der gebrochen ist. Ich bin in eine Million Bruchstücke zersplittert. In winzige Scherben, an denen sich jeder schneiden wird, der versuchen sollte, mein Chaos in den Griff zu kriegen.

Der erste Schnitt ist kinderleicht von links nach rechts, am Handgelenk entlang. Die Klinge ist scharf, das Fleisch ist weich. Blut sprudelt heraus, es sieht mehr fest als flüssig aus, bis es mir rot den Arm herabläuft.

Der nächste Schnitt ist anspruchsvoller. Mein linker Arm schmerzt furchtbar, aber der Schmerz erinnert mich, warum ich das hier tun muss, warum ich das, was begonnen hat, zu Ende bringen muss. Denn der Schmerz in meinem Arm ist nichts im Vergleich zu all dem, was ich verloren habe.

damals

In meinem nassgeschwitzten Trikot und dem kalten Regen, der gegen Spielende eingesetzt hat, hat mich ein heftiger Schüttelfrost gepackt.

Im Bus ist die Heizung ausgefallen, was die Rückfahrt zum Parkplatz zu einer Tortur machte. Sogar Charlies Kuss von letzter Nacht – der mir unaufhörlich durch den Kopf kreist – reicht nicht aus, um mich warm zu halten. In meinem Auto drehe ich die Heizung voll auf und rase nach Hause, um endlich eine heiße Dusche zu nehmen. Als ich in der Auffahrt einparke, krampft sich die vertraute Angstfaust um meinen Magen.

Ich streife meine Sportschuhe ab und gehe durch die Eingangshalle zur Küche. Mom steht an der Kochinsel beim Gemüseschnippeln, ein geöffnetes Kochbuch zur Linken, ein Weinglas zu ihrer Rechten. Sie schaut von ihrer Arbeit auf und rümpft angeekelt die Nase.

»Hadley, geh hinten rum.« Sie zeigt auf die Tür unseres Garderobenraums, der von der Garage abgeht. »Vor allem, wenn du in *diesem* Aufzug nach Hause kommst.« Sie lässt das Messer in der Luft an mir hoch- und runterwandern.

»Ich bin doch nur verschwitzt.« Ich beuge mich über die Anrichte, um mir eine Weintraube aus der Obstschüssel zu pflücken. Sie schüttelt den Kopf. Der feuchte, leicht riechende Körper ihrer eigenen Tochter zerstört ihre sorgsam gepflegte Illusion eines perfekten Zuhauses.

Mein Vater schießt aus dem Arbeitszimmer, eine Windböe vor dem Sturm, seine Schritte sind das Grollen des Donners, sie kommen näher, näher. Er baut sich vor mir auf, die Hände in die Hüften gestemmt, bereit, mich in die Mangel zu nehmen, wie nach jedem Spiel, zu dem er nicht persönlich erschienen ist.

Ich bereue, dass ich nicht doch als Erstes in die Dusche geflitzt bin.

»Habt ihr gewonnen?«

»Ja.«

»Wie viele Tore hast du geschossen?« Seine dunklen Falkenaugen nehmen mich ins Verhör.

»Eins.«

Angewidert kräuselt er die Lippen, als wäre ich saure Milch. Sichtlich unbeeindruckt blendet er mich aus und widmet sich dem Poststapel auf der Arbeitsplatte.

»Was ist das?« Auf Armeslänge hält er mir einen Briefumschlag entgegen. Er kommt von der Schule und ist an mich adressiert. Nicht an »Die Eltern von Hadley McCauley«. An Hadley McCauly. Ich zucke mit den Achseln und strecke meine Hand aus. Er ignoriert meine Geste und reißt den Brief auf.

»Liebe Hadley«, liest er laut, »wir laden dich hiermit zum Peer-Helpers-Einführungswochenende ein ...« Murmelnd überfliegt er ein paar weitere Zeilen, dann schaut er auf. Seine dunklen Augenbrauen ziehen sich zu einer Brücke der Gleichgültigkeit zusammen. »Nicht schon wieder diese Scheiße!«

Ich kann meine Freude nicht unterdrücken. Ich fühle, wie sich ein Lächeln über mein ganzes Gesicht ausbreitet. »Oh ja,

Noah hat mir davon erzählt. Wann ist es?« Wieder strecke ich die Hand aus, aber er hält den Umschlag so, dass er außerhalb meiner Reichweite ist.

»Ich dachte, wir hätten denen schon im letzten Jahr abgesagt«, wiederholt er genervt. Meine Hand sinkt nach unten.

»Hab ich. Sie machen ein Training für Leute, die gerne ein Peer Helper sein wollten, aber nicht genommen wurden.«

»Also ... dann hat das nichts mit dem Lacrosse-Club zu tun?«, hakt er verwirrt nach.

Ich schüttele den Kopf und schlucke schwer. »Es geht nur darum, die Fähigkeiten eines Helfers zu erwerben, verstehst du ...?« Ich zucke mit den Schultern.

Er schaut mich an, als wären mir gerade zwei Köpfe aus dem Hals geschossen.

»Was soll das für einen Sinn haben?«

Hilflos hebe ich eine Schulter. »Ich würde da echt gern hingehen«, sage ich flehentlich. Ich will es mir nicht noch einmal von ihm kaputt machen lassen, aber die Enttäuschung sickert schon in mich hinein und brennt mir im Magen. Kopfschüttelnd liest er weiter.

»Es ist wieder so ein Übernachtungs-Workshop. 11. November.« Er wirft einen Blick auf den Kalender, der an der Pinnwand hängt. »Du hast am 12. ein Turnier.«

»Oh.« Fieberhaft versuche ich den Ball zurückzuspielen und eine Lösung zu finden, die alle zufriedenstellt. »Couch Kimmel wird nichts dagegen haben, wenn ich einmal aussetze.«

Sein Gesicht verdunkelt sich, Sturmwolken kündigen den Angriff an.

»Du willst mich auf den Arm nehmen, stimmt's?« Er dreht sich zu Mom, als trüge sie die Schuld an meinem plötzlichen Realitätsverlust. Die Luft knistert vor Spannung.

Mom nippt an ihrem Weinglas. Ihre blauen Augen funken

mir eine telepathische Nachricht zu. *Sag ihm, dass du es nicht ernst meinst.*

»Die Herbstturniere sind nur zum Training, Dad.« Bettelnd strecke ich meine Hand nach dem Brief aus.

»Du bist der *Kapitän* dieser Mannschaft«, sagt er leise. »Jedes Spiel zählt. Jedes ... einzelne.« Er reckt den Zeigefinger zu einem wutentbrannten Ausrufezeichen.

Ich werfe meiner Mutter einen flehentlichen Blick zu. *Sei einmal, nur ein einziges Mal auf meiner Seite.* Ihr Blick weicht mir aus und heftet sich stattdessen an den orangegrünen Gemüsehaufen vor ihrer Nase.

»Ich würde nicht fragen, wenn es mir nicht so viel bedeuten würde, Dad«

Er beugt sich vor, stützt sich mit den Fingerknöcheln auf die Granitplatte. Sein bohrender Blick zwingt mich nieder, bis mein flüchtiger Moment der Courage darunter zu Asche zerfällt.

»Es tut mir leid.«

»Miles«, setzt meine Mutter endlich an. »Sie hat einen Fehler gemacht. Lass es gut sein.« Sie hebt ihr Glas, ihre Hände zittern.

Er dreht mir den Rücken zu, die Schultern gestrafft, die geballten Fäuste wie geladene Waffen an den Hüften, mit der einen Hand umklammert er noch immer den Brief. Er knüllt ihn zusammen und wirft ihn auf den Haufen Kaffeesatz im Mülleimer.

Ein letztes Mal dreht er sich zu mir um. »Bring deine Prioritäten in Ordnung«, fährt er mich an, bevor er aus der Küche stürmt.

Mom stößt die Luft aus, als hätte sie die ganze Zeit·über den Atem angehalten. »Warum musst du die Dinge immer komplizierter machen, als sie sind?«, fragt sie mit zittriger Stimme.

Er hat sie kleingekriegt, vor Jahren schon. Jetzt versucht er auch mich kleinzukriegen. Sie beide vergiften mich, Stück für Stück, und lassen mich auf molekularer Ebene zu etwas anderem mutieren. Ich habe eine Höllenangst davor, dass er eines Tages mein jetzt schon zerbrechliches Rückgrat zweiteilen wird. Zum Glück lassen sie wenigstens Lila in Ruhe. Das stelle ich sicher.

Ich drehe mich um und gehe raus. Oben im Badezimmer drehe ich den Duschhahn auf. Heiß. So heiß, wie es nur geht, ohne dass mir das Wasser die Haut verbrüht.

Mein Zimmer ist das Abziehbild eines Musterzimmers. Nachdem meine Mutter es in einem Magazin entdeckte, buchte sie Maler und Raumdesigner, damit sie es exakt kopierten. Und als es sie dann später in den Fingern juckte, mein Zimmer zu renovieren, war ich vierzehn; alt genug, um selbst zu entscheiden, welche Farben ich gerne hätte. Ich wollte Grün. Ein beruhigendes, tröstliches Grün. Und Blau. Wie eine windstille, friedliche See. Stattdessen ließ sie meine Wände in Grellpink und Fuchsia streichen. Der gewaltige Kronleuchter, dessen Ausmaß eher für einen Ballsaal als für ein Schlafzimmer bestimmt war, baumelt schwer von der hohen Decke herab. In manchen Nächten schrecke ich schweißgebadet aus dem Schlaf, fest davon überzeugt, dass der Kronleuchter auf mich herabstürzt. Mein Zimmer ist Moms Geschmack. Es ist hübsch. Andere Mädchen würden es lieben. Nur ich nicht.

Lila und ich chillen auf meinem Bett, blättern durch eine Ausgabe der *Rolling Stone* und lachen über die Hochglanzbilder der Stars mit ihren tief ausgeschnittenen Dekolletés und rubinroten Lippen. Mein Haar ist noch feucht vom Duschen.

»Kuck mal die!« Eingehüllt in meine Tagesdecke aus künstlichem Tigerpelz, streckt Lila ihren Finger aus. Beim Lesen reibt sie sich das weiche Fell gegen die Wangen. »Ihre Hupen sind ja voll riesig.«

»Genau wie ihr Hintern.«

Sie hält sich das Heft vor die Nase. »Glaubst du, die sind echt?«

»Ihre Hupen oder ihr Hintern?«, frage ich und versuche, einen Lacher zu unterdrücken.

Ihre Hand kreist über die Seite. »*Alles*!«

Ich schau mir das Bild noch mal genauer an. »Ich glaub, ihre Ohren sind echt.«

Lila bricht in wildes Gekicher aus und enthüllt an der Stelle, wo eigentlich ihr Backenzahn sein sollte, ein klaffendes Loch. »Hey, wie viel hat die Zahnfee dir denn *dafür* geben? Sie sollte dich pro Kilo bezahlen.«

Lila imitiert die gelangweilte Reife einer Erwachsenen. »Es gibt keine Zahnfee, Hadley.«

»Echt nicht?« Ich schnippe mit den Fingern. »Zu blöd. Ich bin nämlich ziemlich knapp bei Kasse. Ich hatte gehofft, du könntest mich sponsern, mit all diesen Zähnen, die dir ständig aus dem Gesicht fallen.« Sie tut so, als ob sie sich in meinem Pelz die Nase schnäuzen würde. »Nur zu! Ich kann dieses Ding nicht ausstehen.«

Ihre Augen werden groß und ernst. »Hey, du musst mir helfen, meinen Auftritt zu proben.«

Bald geht die Talentshow der Schule los. Als ich so alt war wie sie, habe ich Bachs *Allemande* auf der Flöte vorgespielt. Und Lila? *Beg for It* von Iggy Azalea.

Dass der Song steinalt ist, stört sie kein Stück.

»Ich steh auf Retro-Hip-Hop«, sagt Lila, obwohl Iggy nicht mal lange genug out ist, um die Auszeichnung Retro überhaupt zu verdienen.

»Lila, die Lyrics —«

»Ich werd die Karaoke-Version verwenden! Ohne Lyrics. Nur zum Tanzen!«

»Lila! ›Beg for it‹?«

»Die Lehrer haben doch keine Ahnung, was das heißt.«

»Jeden ... anderen ... Song! Und mach bloß nicht dieses Ding mit deinem Hintern!«

Sie springt vom Bett und dreht mir den Rücken zu.

»Du meinst das da?« Sie streckt den Hintern raus und lässt ihn kreiseln.

»Lila!« Schockiert schlage ich die Hände vors Gesicht.

»Meine Güte, Hadley. Du bist so eine Oma.«

Ich halte eine Hand hinters Ohr, als wäre ich schwerhörig. »Hä?«

Mein Handy klingelt und unterbricht unser Gekicher. Die Nummer sagt mir nichts.

»Halllllöööchen?« Zu Lilas Vergnügen trällere ich wie eine alte Dame und warte, wie sie reagiert.

»Hadley?«, fragt eine verwirrte Stimme.

»Jawollja! Das bin ich. Verzeihung. Wer spricht denn da?«

»Charlie.«

»OH!« Die Hitze steigt mir vom Nacken bis in die Wangen. Lilas Kopf zuckt erschrocken zurück, wie bei einer Schildkröte, die sich in ihr Haus zurückzieht.

»Sorry! Ich hab grad mit meiner kleinen Schwester rumgealbert.«

Dagegen erhebt sie Einspruch. »KLEIN?«, wiederholt sie mit in die Hüften gestemmten Händen.

»Passt es gerade nicht?«, fragt Charlie.

»Ja. Nein. Ähm ... Wart mal kurz.« Ich presse die Hände gegeneinander und bitte Lila lautlos: »Gib mir eine Minute ... okay?«

Sie stolziert zur Tür. »Das ist ein Junge, hab ich recht?«, ruft sie lauthals und rennt raus, als ich ein pelziges Kissen nach ihr werfe.

»Bin wieder da«, sage ich und ringe um meine Fassung.

»Wie alt ist deine Schwester?« Seine Stimme klingt warm vor Freude und wärmt auch mich von innen heraus.

»Zehn – und morgen wird sie einundzwanzig. Sie vergöttert Iggy Azalea.«

»Oh nein.«

»Oh ja.«

Er lacht sanft. »Du klingst richtig glücklich, wenn du von ihr sprichst.«

»Echt? Kann sein.«

»Es ist süß.«

Ich lege meine kühle Handfläche auf meine flammende Wange. »So wie mein Rotwerden und das notorische Anstarren?«, schieße ich halb im Scherz zurück.

Charlie räuspert sich. »Fürs Protokoll: Ich habe mich auf *mein* notorisches Anstarren bezogen. Jetzt weiß ich auch, warum du eingeschnappt warst.« Er lacht verschämt. »Und ja, du errötest unfassbar leicht. Ich wette, du wirst genau jetzt wieder rot.«

Ich nicke, obwohl er mich nicht sehen kann. »Stimmt.«

Das Echo unseres betretenen Schweigens dauert ein gefühltes Jahrtausend.

»Wer hat dir meine Nummer gegeben?«, platze ich panisch heraus, um die peinliche Stille zu füllen.

Sein Tonfall verändert sich. »Tut mir leid«, sagt er. »Hätte ich dich nicht anrufen sollen?«

»Nein … ich meine … doch! Es freut mich, dass du angerufen hast. Ich bin nur neugierig.«

»Meaghan. Bevor Mike sie nach Hause gebracht hat.«

»Oh.« Ich muss grinsen. Jetzt weiß ich, warum ich den ganzen Tag nichts von Meaghan gehört habe. Sie hat wahrscheinlich mit beiden Händen unterm Hintern darauf gewartet, dass ich ihr von Charlies Anruf erzähle.

»Wie war's denn noch auf der Party?«

Was ich *wirklich* wissen will, ist, ob Claudia ihn noch mal angegraben hat. Ich greife nach der Tigerdecke und reibe das künstliche Fell gegen meine Wange, so wie Lila vorhin. Es ist so sanft und beruhigend, als würde man sein Gesicht in einer Wolke vergraben. Jetzt ist mir klar, warum sie das Fell liebt, auch wenn es grottenhässlich ist.

»Claudia hat geheult, dann gekotzt und dann noch ein bisschen weitergeheult.«

»Ja, überrascht mich nicht. Sie war komplett nutzlos heute, der Coach hat sie fast das ganze Spiel auf der Bank sitzen lassen.«

»Ja.« Pause. »Wusstest du, dass alle sechs Sekunden irgendwo auf der Welt ein Blitz einschlägt?«

»Äh ... nein?«

»Und dass Bienen zweihundertsiebzig Mal pro Sekunde mit den Flügeln schlagen?«

Stirnrunzelnd versuche ich seiner chaotischen Gedankenkette zu folgen. »Charlie, was schaust du dir da gerade an?«

»*Buzzfeed*. Ich hab drüber nachgedacht, wie jede Sekunde, die ich nicht mit dir verbringe, eine verpasste Gelegenheit ist. Heilige Scheiße! Hör dir das an: In exakt derselben Zeit, die ich gebraucht habe, um dir das zu sagen, wurden fünf Babys geboren. Wir verschwenden kostbare Sekunden. Lass uns auflegen und was zusammen machen, ins Kino gehen oder so.«

»Jetzt?« Fassungslos, als wäre der Kronleuchter gerade wirklich im Begriff, auf mich herabzustürzen, lasse ich die Tigerdecke fallen. »Also, jetzt passt gut«, sage ich, ohne darüber nachzudenken.

»Na dann, ja, dann also jetzt. Kuck dir all die unfassbaren Sachen an, die jede Sekunde passieren. Uns rennt die Zeit weg, Hadley. Ich komm dich abho...«

»Nein«, sage ich entschlossen. »Wir treffen uns. Wo?«

»Okay.« Er hält noch mal inne, offensichtlich versucht er zwischen den Zeilen zu lesen, um meine Stimmung auszuloten. »Wie wär's beim Kino? In einer Stunde? Wir schauen einfach, welcher Film gerade läuft.«

»Okay. Wir sehen uns in einer Stunde.«

Ich lege auf und grinse.

Einfach hingehen und gucken, was läuft? Wer macht auch nur *irgendetwas* ohne einen Zehnpunktplan im Vorfeld?

Charlie Simmons, genau der.

Ich probiere und verwerfe vier verschiedene Oberteile, bevor ich mich für einen dunkelblauen Pulli und Jeans entscheide. Mein Laptop summt; Noah ruft mich auf FaceTime an. Ich drücke auf Annehmen und vor mir erscheint sein Gesicht.

»Hey.« Er mustert mich mit einem Lächeln, aber um seine Mundwinkel zuckt es verdächtig. »Du strahlst ja regelrecht. Was ist passiert?«

»Tja, Charlie Simmons hat mich eben angerufen«, quiekse ich. »Ich bin grad auf dem Sprung, wir wollen ins Kino.«

Noah zieht die Augenbrauen zusammen. »In dem Outfit?«

Ich lasse die Schultern sinken. »Ich hab mich schon *vier Mal* umgezogen.«

Er entlässt mich mit einem Winken. »Du siehst gut aus. Aber morgen früh will ich alle schmutzigen Details hören.«

Noah streckt die Hand aus, um sich abzumelden.

»Warte«, bremse ich ihn. »Wie war's gestern Abend? Mit Matt?«

Leicht angewidert verzieht er das Gesicht. »Lass mal, erzähl ich dir später. Zieh los und hab Spaß.« Er wedelt mit der Hand, als wollte er mich förmlich wegfegen. Ich schicke ihm einen Handkuss und klappe meinen Laptop zu.

Bevor ich nach unten renne, platze ich in Lilas Zimmer.

Musik dröhnt mir entgegen. Lila steht auf ihrem Bett und starrt ihr Spiegelbild an, während sie ihre Hüften im Rhythmus schwingt. Ihr T-Shirt ist hochgeknotet, damit es so viel Bauch wie möglich zeigt.

»Hey, Kiddo. Planänderung. Ich geh noch mal weg.«

»Das war ein Junge, oder?« Sie grinst. Hinter dem Krater ihres fehlenden Zahns flutscht ihre Zunge hervor.

»Nein, es war kein Junge, Schlaumeier.« Ich lüge um ihretwillen. »Halt dich von Dad fern, okay?«

Sie verdreht die Augen und konzentriert sich auf ihren kreisenden Hintern. Allein bei der Vorstellung, Dad könnte ins Zimmer platzen und sie *dabei* erwischen, sterbe ich tausend Tode.

»Und hör damit auf!« Ich hebe den Zeigefinger und schlage die Tür zu. Dann stürme ich die Treppen runter. Ich hab weder einen Plan noch eine Ausrede auf Lager. Wo gehe ich hin? Wie soll ich hier rauskommen?

Dad steht am Küchentresen, schweißglänzend und nur mit seinen Nylonshorts bekleidet, trinkt er ein Glas Wasser. Für Mitte Oktober hat seine Haut einen unnatürlichen Nougatton, und bei der Vorstellung, wie er sich seine künstliche Bräunung aufsprüht, wird mir übel. Er stellt das Glas ab und kneift sich in die Hüfte, um seine Fettröllchen zu überprüfen. Sogar ich kann sehen, dass sein magerer Körper, den er fast so zwanghaft kontrolliert wie meinen, kein Extragramm zu viel hat.

Dad ist schon so was wie magersüchtig. Aufgewachsen ist er als das dicke Kind, das für seine Rettungsringe und Männerbrüste gehänselt wurde, vor allem von seinem Vater, der gestorben ist, bevor ich ihn kennenlernen konnte.

Kinderfotos von Dad gibt es nicht in unserem Haus. Er hasst es, seine »Vorher«-Bilder zu sehen. Im Sommer, bevor er aufs College ging, hat er Ernst gemacht, die ganzen Pfunde abgespeckt und die Uni als neuer Mann betreten. Er wurde Mitglied einer Studentenverbindung und mutierte – *hastenicht-gesehen* – zu einem dieser Arschloch-Burschen, was sich bis weit in sein fortgeschrittenes Alter gehalten hat. Und da er seine unglückliche Kindheit mangelnder Selbstdisziplin zuschreibt, ist er extrem darauf bedacht, dass von uns keiner ein Fettsack wird. Auf seiner selbsterklärten Mission kontrolliert er jeden Krümel, der in unsere Münder wandert.

Es gibt ein Foto, auf das Dad besonders stolz ist: Eingerahmt steht es auf einem freischwebenden Wandregalbrett im Familienzimmer und zeigt ihn und seine College-Brüder hinter ihrer großkotzigen Kellerbar, mit ihren Ray Bans und Hawaiihemden unter Girlanden aus Plastikvögeln (es war eine *Vögelparty*. Alles klar? *Zum Totlachen!*). Über ihren Köpfen hängt ein riesiges, von Hand geschriebenes Banner: FETTE CHICKS MÜSSEN DRAUSSEN BLEIBEN!

»Du warst schon länger nicht mehr im Fitnessstudio. Statt Cardio pumpen wir Montagmorgen.«

»Okay.« Ich nicke zustimmend und schlüpfe in meine Jacke.

Sein Gesichtsausdruck verändert sich schlagartig.

»Wo zum Teufel willst *du* denn hin?«

»Bücherei.« Das ü wie in Lügen legt mir den Satz auf die Zunge.

»Und wozu?«

»Geschichtsprojekt. Ich muss am Montag mein Referat halten. Ich war so mit meiner Sorge um das Spiel beschäftigt, dass ich es total vergessen hab.« Die Lüge fällt mir leicht.

Er war derjenige, der vom heutigen Spiel besessen gewesen war. Ihn mit seinen eigenen Worten zu schlagen, befriedigt mich irgendwie.

Er hebt das Glas mit destilliertem Wasser zum Mund und starrt mich über den Rand hinweg an.

»Wann bist du zurück?«

»In ein paar Stunden. Kommt drauf an, ob es gut oder schlecht läuft.«

Er öffnet eine Küchenschublade, um die Körperfett-Zange herauszuholen. Ehe er Nein sagen oder entscheiden kann, dass es wieder Zeit sei, die Fettanteile meines Körpers zu messen, flitze ich nach draußen.

Die Luft ist wohltuend frisch, und je weiter ich mich von meinem Vater entferne, desto leichter fällt mir das Atmen.

damals

Charlie wartet vor dem Kino. Ein Windzug streift sein zerzaustes Haar, als ich auf ihn zugehe. Er sieht mich und lächelt, was das stetige kleine »Charlie«-Flackern in meinem Bauch wild auflodern lässt.

»Hey.« Er beugt sich vor und küsst mich sanft auf den Mund, als wollte er sich vergewissern, dass die gestrige Nacht kein einmaliger Zufallstreffer gewesen ist.

Ich neige den Kopf, um ihn auf halber Strecke zu treffen. Wieder klemme ich mir die Ellenbogen gegen die Rippen; der Impuls, meine Arme um seinen Hals zu werfen, ist einfach zu stark. Ich fürchte, ich muss Claudias gestrige Aktion entschuldigen. Charlie ist einfach unwiderstehlich.

Als er sich von mir löst, leuchtet das Glück in seinen Augen.

»Du siehst hübsch aus«, sagt er, während sein Blick über mein zweifellos langweiliges Outfit streift.

»Lügner«, necke ich ihn und greife seinen Witz von gestern Abend auf. Aber jetzt sind seine Augen ernst.

»Nein. Ich lüge nie«, sagt er. Und ich glaube ihm.

Er legt seinen Arm um meine Schulter und wir gehen hinein. Wir checken die Anzeigetafeln mit den laufenden Filmen.

»Hey, schau dir das an«, sagt er. »In fünf Minuten geht *Monkey Apocalypse* los. Perfektes Timing.«

Ich bin unsicher, ob das ein Witz sein soll oder nicht. »Im Ernst jetzt?«

»Oh, weil du ja so ein Filmsnob bist, Königin der Katastrophenfilme.« Er drückt meine Schulter und lacht. »Bei *Rotten Tomatoes* hat der Film 4 % auf dem Tomatometer gekriegt. Komm, wir gehen rein und machen uns drüber lustig. Ich hab gehört, die Spezialeffekte sind ganz okay.« Sein Grinsen ist ansteckend. Seine Fröhlichkeit dringt in jede meiner Zellen.

»Okay«, stimme ich zu. Um ehrlich zu sein: Zeit mit ihm zu verbringen, ist für mich ohnehin das Einzige, was zählt. Als ich nach meinem Portemonnaie greife, verzieht er das Gesicht. »Halt! Wir haben ein Date. Ich zahle.«

»Das *musst* du nicht«, widerspreche ich. Sein gesamter Körper versteift sich.

»Ich hab gesagt, es geht auf mich.« Er zieht sein Portemonnaie aus der Hosentasche und legt einen Zwanziger und einen Fünfer auf den Tresen. »Ich hatte gestern Zahltag«, sagt er, ein bisschen weniger scharf.

Er nimmt unsere Tickets entgegen, und wir laufen durch die Eingangshalle, in der uns eine gewaltige Wolke aus gebuttertem Popcorn einhüllt.

»Also ... wo arbeitest du?«, versuche ich, was auch immer *das* gerade sein sollte, zu glätten.

»Tja, ich hab *drei* Jobs.« Er lacht, aber es klingt verlegen.

»Morgens mache ich meine Zeitungsrunde. Um 4:30 fahre ich durch die ganze Stadt und werfe Tageszeitungen vor die Haustüren. Ganz der amerikanische Junge.«

»Komisch, dass wir uns noch nie über den Weg gelaufen sind. Ich steh nämlich zur selben Zeit auf, um mit meinem Vater joggen zu gehen.«

Am Eingang zum Kinosaal steht vor der Samtkordel der Platzanweiser, kostümiert wie ein glückloser Hotelpage. Charlie reicht ihm die Tickets und grinst mich über seine Schulter hinweg an, als hätte ich ihn gerade auf den Arm nehmen wollen. Dann weiten sich vor Erstaunen seine Augen.

»Das sollte'n Witz sein, oder?«

Ich schüttele den Kopf. »Nein. Ich dachte immer, wir wären die einzigen Gestörten, die um diese Uhrzeit auf den Beinen sind. Zu wissen, dass auch du da draußen bist, wird mir das Aufstehen erleichtern.«

»Sieht aus, als wäre unsere gemeinsame Zeit leider schon abgelaufen. Meine Route schrumpft immer mehr zusammen. Den Leuten wird langsam klar, dass sie alle wichtigen Nachrichten auch auf Facebook checken können.«

»Muddis Nachrichten«, sage ich lachend.

»Exakt. Ein paar Nachmittage pro Woche fülle ich die Regale bei *Greenway* auf. Und sonntags mach ich im Diner, in dem meine Mutter arbeitet, den Hilfskellner.«

»Oha«, sage ich im vergeblichen Versuch einer angemessenen Reaktion. »Und wie findest du noch Zeit zum Lernen?«

»Ich finde keine«, sagt er leichthin.

Ich beiße mir auf die Unterlippe. »Bist du deshalb aus dem Schwimmteam ausgestiegen?« *Und der Robotik-AG? Und dem Debattierklub?*

Mit einer Hand öffnet er mir die Tür und legt die andere auf meinen Rücken, um mich in den dunklen Saal zu führen.

»Bingo.«

An diesem Punkt wird mir klar, dass Charlie kein Aufgeber ist. Charlie ist ein Kämpfer.

Der Film ist grauenhaft. Auf der Plusliste steht, dass wir die einzigen Zuschauer sind, also können wir lauthals ablästern.

Charlie legt mir den Arm um die Schulter und zieht mich dichter zu sich heran, nur die Armlehnen verhindern, dass wir uns zu nahe kommen. Während des Films schaut er ein paar Mal über seine Schulter, um sich zu überzeugen, dass niemand den Saal betreten hat, und dann zieht er mein Gesicht an seins, um mich ausgiebig zu küssen, was mir jedes Mal den Atem raubt. Wir küssen uns während des gesamten Abspanns. Müsste ich jetzt die Testfrage beantworten, ich hätte nicht den Hauch einer Ahnung, wovon dieser Film überhaupt gehandelt hat.

Langsam erhellt sich der Saal. Es ist unser Signal, dass wir gehen müssen, dass unser Date zu Ende ist.

Lächelnd beiße ich mir auf die Unterlippe. Mit diesen öffentlichen Liebesbekundungen entdecke ich eine völlig neue Seite an mir – die mir mehr als nur ein bisschen peinlich ist. »Das hat echt Spaß gemacht – ich glaub, ich sollte …«

Er vergräbt seine Hände in den Hosentaschen und deutet mit der Schulter hinter sich. Die Worte purzeln nur so aus ihm raus. »Wollen wir noch ein bisschen zu mir? Ich wohne nur ein paar Blocks weiter.«

Ich will mich noch nicht verabschieden. »Okay«, sagte ich, ohne meine Optionen überhaupt erst abzuwägen. Die vielen Hindernisse und potenziellen Risiken blende ich einfach komplett aus.

Hand in Hand laufen wir durch die Straßen, bis Charlie vor *Sal's Pizza* stoppt, gleich gegenüber von der Bibliothek, in der ich jetzt eigentlich sitzen sollte. Der überwältigende Geruch nach Oregano und Meeresfrüchten ist ungefähr so verlockend wie eine volle Windel. Gerade als ich ihm versichern will, dass ich keinen Hunger habe, zieht er seinen Schlüssel raus und schließt die Metalltür neben dem Restauranteingang auf. Die windschiefe, knarrende Holztreppe führt zu einer weiteren Tür. Er nimmt einen zweiten Schlüssel und schließt auf.

Ich will Charlies Wohnung nicht durch die verstrahlte Brille meiner Eltern sehen, aber ich kann nicht anders. Alles sieht aus, als käme es vom Sperrmüll. Über die schäbige braune Couch ist eine orangegelbe Häkeldecke gebreitet. Rechts daneben steht ein kleiner runder Esstisch. Die Küche geht direkt vom Wohnzimmer ab und ist von drei Türen umgeben. Es riecht nach italienischem Essen und Mottenkugeln.

»Wo ist deine Mutter?«, frage ich und schaue mich um.

»Bei der Arbeit.« Er wirft seine Schlüssel und das Portemonnaie in eine angeschlagene Porzellanschale, die auf dem Tisch steht. »Sie kommt erst spät zurück.«

»Oh.« Wir sind allein. »Kann ich mal auf die Toilette?« Ich versuche Zeit zu schinden, um mir darüber klar zu werden, was ich davon halten soll.

Er führt mich durch die Küche, vorbei an einem uralten Ofen, so winzig, dass kein Thanksgiving-Truthahn hineinpassen würde.

»Bitte sehr.« Er öffnet die letzte Tür und knipst das Licht an.

Weil die alte Holztür verzogen ist, helfe ich mit der Schulter nach, um sie zu schließen.

Drinnen schiebe ich mit der Fingerspitze den Duschvorhang zur Seite.

Obwohl die Wanne sauber ist, hat das ständig tropfende Wasser seine algengrünen und schlammfarbenen Kalkspuren hinterlassen.

Der weiße Fliesenboden, alt und abgeschlagen, ist blitzsauber.

Als ich zurückkomme, sitzt Charlie auf der Couch und schaut Football im Fernsehen; einem kastenförmigen, alten Teil, wie man es an Sperrmülltagen in den Garageneinfahrten findet. Ich schäme mich zu Tode, dass ich das *bemerke*, dass ich das *denke*. Charlie streckt den Arm nach mir aus und ich setze mich zu ihm auf die Couch. Er legt seine Hand auf meine Wange, zieht mich zu sich heran und küsst mich, stürmischer als im Kino. Er beugt sich vor und drückt mich auf die Couch. Mein Verstand schaltet sich wieder ein; mit einer heftigen Armbewegung stoße ich Charlie von mir weg. »Whoa! Schalt mal einen Gang runter!«

Er lächelt gequält. »Tut mir leid.«

Peinliche Stille breitet sich aus, unsere Blicke kleben am Footballspiel, aber welcher Sender auch immer gerade läuft; meine Gedanken rasen wild im Kreis, wie ein Spinnrad, in dem sich die Fäden verheddern.

Ich schiele auf meinen Schoß, krampfe die Finger ineinander. Die bedrückende Atmosphäre seines Apartments zieht mich runter.

»Befehlstaste Z?«, neckt er mich. Als ich sein Lächeln nicht erwidere, seufzt er. »Hey. Es tut mir echt leid. Ich will das nicht kaputt machen. Es ist nur irgendwie ... ich mag dich einfach schon so lange.« Er zuppelt an einem Riss im Polster, an einer Stelle zwischen uns, wo die verrutschte Tagesdecke das verschlissene Sofa entblößt.

»Ich hab so oft versucht, dich anzusprechen, aber du hast echt ein unschlagbares Talent, wegzuschauen, wenn ich im Begriff bin, den Mund zu öffnen. Dabei hatte ich ein paar grandiose Sprüche auf Lager.« Er lacht unbeholfen. »So was wie: ›Hey, wie lief's denn bei dir so im Spanischtest?‹«

Er legt den Kopf in den Nacken, starrt die Decke an, und ich sehe, wie das nervöse Schlucken seinen Adamsapfel hüpfen lässt. Es bringt einen verletzlicheren, weniger selbstbewussten Jungen zum Vorschein, als den, über den ich die ganze Zeit fantasiert habe.

Vor Erleichterung lösen sich die nervösen Knoten in meinem Magen auf.

»Ich mag dich auch schon ziemlich lange«, gestehe ich und fühle, wie meine Worte mir die Hitze in die Wangen schießen lassen.

Sein Arm schlängelt sich wieder über meine Schulter, behutsam erforscht er das Terrain. Ich lehne mich zurück und kuschele mich an ihn, als täten wir das hier schon seit Jahren und hätten nicht erst gestern zum ersten Mal miteinander geredet. Aber hier bin ich und mache mit ihm rum, erst in der Öffentlichkeit und jetzt in seinen vier Wänden.

Charlie, der Abschleppkönig. Ist es nur das, worum es hier geht?

Wie oft ist am Montagmorgen, wenn in der Mädchen-umkleide der Wochenend-Gossip breitgetreten wurde, Charlies Name gefallen? »Ich hab gehört, Soundso hatte was mit Charlie.«

Vielleicht bin ich nicht mehr als das: der nächste Name, der am Montagmorgen auf Charlies Liste steht.

»Charlie?«, frage ich zögernd. »Also ... was machen wir hier eigentlich?«

Er richtet die Fernbedienung auf den Bildschirm. »Willst du was anderes sehen?«

»Nein ... Ich meine *das*.«

Ich wedele mit den Händen zwischen uns herum, versuche diesen Raum, diesen Moment zu definieren.

Er verzieht den Mund, offensichtlich kann er mir noch immer nicht folgen, hat keinen Schimmer, was ich eigentlich sagen will.

»Chillen wir hier nur zusammen rum?«

Er setzt ein belämmert ernstes Gesicht auf, aber das mühsam unterdrückte Lächeln bringt seine Mundwinkel zum Zucken.

»Muscles McCauley.« Er greift nach meiner Hand. »Willst

du meine feste Freundin sein?« Aus seiner Kehle platzt ein leises Schnauben und ich pruste los wie blöd.

»Du bist so ein Idiot, das ist dir klar, oder?« Lachend schubse ich ihn weg.

Er zieht mich zurück in seinen Arm und wir schauen das Footballspiel an.

Ein paar Minuten später drückt er meine Schulter. »Du hast meine Frage nicht beantwortet«, sagt er, und diesmal klingt er ernst.

Ich beiße mir auf die Lippe und schaue zu ihm hoch. »Ja. Klar.«

»Ja?«, wiederholt er, als könne er es selbst noch nicht glauben.

In meinem Bauch geht eine kleine Flamme an, eine, von der ich dachte, sie wäre vor langer Zeit ausgelöscht worden.

Eine winzige Fackel der Hoffnung.

jetzt

Ich lehne meine Stirn an das Krankenhausfenster und schaue zu, wie die Schneeflocken aus tiefhängenden Wolken fallen. Meine Haut presst sich gegen die kalte Glasfläche. Die kahlen Bäume tragen ein Kleid aus frischem Schnee, ihre Zweige sind zum Himmel gerichtet, als wollten sie beten. Oder, vielleicht, kapitulieren.

Das Gelände ist endlos. Von meinem Fenster aus kann ich nicht mal die Straße sehen. Ich glaube, darum geht es. Mein Fenster lässt sich auch nicht öffnen. Ich weiß, all das geschieht zu meiner eigenen Sicherheit. Aber sie können mich nicht ewig hierbehalten.

Janet betritt den Raum, ihre weißen Gesundheitsschuhe bewegen sich quietschend über den Linoleumboden. Ihr pausbäckiges Gesicht ist vergnügt.

»Oh, wie schön, du bist wach«, sagt sie, als sie mir das Frühstück bringt. »Wie fühlst du dich heute?«

Durchgeknallt, will ich sagen. Tue es aber nicht. Vor allem, weil die Tabletten, die ich bekomme, verhindern, dass ich überhaupt etwas tun will. Sie halten mich auch davon ab, etwas zu fühlen. Ohne Wut, Schuld, selbst ohne die Freude habe ich nichts. Ich will nur schlafen und nie wieder aufwachen müssen.

Janet kommt zu mir, um die Verbände zu prüfen. Sie hebt meine rechte Hand hoch, dann sanft meine linke.

Es hätte vorbei sein sollen. Aber nein, beim Anblick des ganzen Bluts musste ich natürlich umkippen, rückwärts in den Vorhang krachen und auf den Boden des Krankenhausflures. Dr. Garfield erwischte mich gerade noch rechtzeitig, um mich wieder zusammenzuflicken.

»Wenn du gegessen hast, machen wir einen Verbandswechsel, okay?«

Ich sitze auf der Heizung, den Blick starr nach draußen gerichtet. Janet erwartet eine Reaktion von mir.

»Ich glaube, wir sollten noch mal über die Anpassung deiner Tablettendosierung nachdenken.«

Ich zucke mit den Achseln und starre weiter aus dem Fenster.

»Brauchst du Hilfe beim Essen?«, fragt sie.

Gestern haben sie mir die Armschlinge abgenommen und mir einen Gips gemacht, mit einer Aussparung an der Stelle, an der sie mich wieder zusammengenäht haben.

Eigentlich sollten mit Edding gekritzelte Namen und lustige Bildchen den Gips zieren. Aber es sieht nicht danach aus, als ob ich meine Freunde in nächster Zukunft zu Gesicht kriegen würde.

Charlie hat lustige Bilder gemalt, denke ich und mein Magen krampft sich zu einer kummervollen Faust zusammen.

»Komm schon, Hadley. Du musst etwas essen.«

»Wozu denn?«, frage ich durch meine ausgetrockneten, verklebten Lippen. Ich versuche, darüber zu lecken, aber selbst meine Zunge ist lethargisch.

»Um«, sagt sie mit todernster Stimme, »zu leben.«

Ihre Augen sind groß und blau wie die einer Barbiepuppe. Sie sind wie Lilas Augen.

»Meine Schwester ...« Aber mehr kommt nicht aus mir heraus.

Ich drehe mein rechtes Handgelenk um, um noch einmal auf den Verband zu schauen.

damals

»Halt still!«, sagt Charlie und versucht, nicht zu lachen, aber aus seinen Augen lässt sich Lächeln niemals richtig vertreiben. Jetzt kneift er sie konzentriert zusammen, während sich sein blauer Stift seinen Weg über meinen Bizeps bahnt. »Hier!« Er setzt den Stift ab. Ich ziehe den Arm zu mir ran und versuche krampfhaft, einen Blick auf Charlies Kunstwerk zu erhaschen.

»Was ist das?«, frage ich. Meaghan beugt sich über Charlies Schulter.

Alle aus unserem Spanischkurs wissen, dass wir seit dem Montag nach Mikes Party zusammen sind. Zwischen der dritten und vierten Stunde wartete Charlie am Spind auf mich, eskortierte mich ins Klassenzimmer und setzte sich an meinen Nachbartisch. Als Meaghan reinkam und Charlie auf ihrem Platz sah, klappte ihr die Kinnlade runter; ich klopfte auf den Stuhl links von mir, damit sie mich auf der anderen Seite flankierte.

»Das ist Aprils Platz«, sagte sie knapp. Dann lächelte sie tapfer und ließ sich auf dem Stuhl rechts neben Charlie nieder.

»Hübsch«, kommentiert sie sein Kunstwerk jetzt mit einem anerkennenden Lächeln.

»Spann deinen Bizeps an«, fordert mich Charlie auf.

Als ich seine Anweisung befolge, schmeißen die beiden sich weg vor Lachen.

»Es ist ein Hase«, quietscht Meaghan. »Wenn du den Muskel anspannst, wackeln seine Löffel. Das ist megalustig, Charlie!« Sie gibt ihm eine High Five.

»Ich kann nichts sehen.«

Meaghan zieht ein Puderdöschen aus ihrer Tasche und beugt sich über Charlies Tisch, um es mir zu zeigen. Ich starre das Spiegelbild an, während ich lachend den Arm anspanne. Ich schaue zu Charlie hoch.

»Solche Muskeln sollten ihre Pracht zur Schau stellen«, sagt er und lässt seine Augenbrauen tanzen.

Während mich Meaghan (wie offensichtlich die gesamte Schule) mit dem Namen Muscles aufzieht, spricht Charlie ihn auf eine Art und Weise aus, die mir die Knie weich werden lässt. Heute früh am Spind flüsterte er in mein Ohr »Morgen, Muscles«, während seine Hand an meinem Arm herunterwanderte, an meinem Rücken, zentimeterweise tiefer ... und dann kam uns Mr. Johnson in die Quere.

Unser Schuldirektor hob zwei Finger in die Luft. »Mitkommen, alle beide.«

Nachdem er seine Tür hinter uns geschlossen hatte, setzten wir uns auf die Anklagesessel. Sie waren mir ebenso fremd wie das Schulzimmer zum Nachsitzen, das den Gerüchten zufolge irgendwo im Westflügel liegt. Mr. Johnson zog ein Blatt Papier aus seiner Schreibtischschublade und machte mit einem grellgelben Marker einen dramatischen Kringel um eine Textstelle, bevor es über den Tisch zu uns rüberschob.

Zurschaustellung von Zuneigung (ZvZ)
Die Melville Highschool ist eine Bildungseinrichtung.
Zurschaustellung von Zuneigung in jeglicher Form (z. B.

Händchenhalten, Umarmen oder Küssen, egal ob freund-
schaftlicher oder romantischer Natur) sind auf dem
Schulgelände unangebracht. Unmäßige oder wiederholte
ZvZ kann als unangemessenes Verhalten eingetragen
werden.

Charlie und ich lasen es zusammen, und offensichtlich sah ich
so entsetzt aus, wie ich mich fühlte, weil Charlies Hand unter
dem Tisch nach meiner tastete, um sie fest zu drücken.

»Haben wir uns klar verstanden?«, fragte Mr. Johnson.

»Kristallklar«, antwortete Charlie für uns beide.

»Also gut. Dann ab in eure Klasse«, entließ er uns. Wir er-
hoben uns.

»Ich möchte mich nicht genötigt sehen, eure Eltern dazu anzurufen.« Ich merkte, dass er diese Warnung zu meinem eigenen Schutz aussprach. Eiskalte Angst kroch mir den Rücken
herunter. Als wir weit genug von Mr. Johnsons Büro entfernt
waren, wandte ich mich an Charlie.

»Ernsthaft, er darf auf keinen Fall meine Eltern anrufen.
Wir müssen einen Gang runterschalten.«

»Das ist mir schon klar.« Charlie nickte, aber er sah verwirrt
aus. »Hast du deinen Eltern schon von mir erzählt?«, fragte er
mit einem verstohlenen Seitenblick auf mich.

Ich biss mir auf die Unterlippe. »Noch nicht. Aber wenn der
richtige Zeitpunkt gekommen ist, werde ich es tun.« Das war
gelogen. Es wird niemals einen richtigen Zeitpunkt geben, so
viel ist mir klar. Unklar ist mir nur, wie ich Charlie das be-
greiflich machen soll.

Señora Moore kommt ins Klassenzimmer gerauscht.

»*Hola!*« Zur Begrüßung lässt sie ihre Finger wackeln.

»*Hola Señora Moore*«, tönen wir zurück.

Der Ärmel meines Shirts ist noch immer bis zur Schulter

aufgerollt, mein Lacrosse-Hoodie hängt über der Stuhllehne. Señora Moore schaut verstohlen in meine Richtung, die Lippen zu einem amüsierten Lächeln verzogen. Sie kommt zu uns rüber, um Charlies Kunstwerk zu betrachten.

»Ah«, ruft sie verzückt aus. »*Muy buen trabajo, Carlito*!« Zum Rest der Klasse gewandt, artikuliert sie lautstark: »*Un conejo*«, und hält ihre Finger wie Hasenohren hinter den Kopf.

Meine Klassenkameraden drehen sich zu uns um und lachen über mein Tintenkuli-Hasen-Tattoo, was mein Stress-Thermometer prompt auf Touren bringt. Als mir die Röte ins Gesicht schießt, beugt sich Charlie zu mir rüber und drückt meine Hand. Seine Hand, so stark, so sicher, gibt mir Auftrieb und Halt zugleich.

Obwohl seit Mikes Party erst knapp drei Wochen vergangen sind, fühlt es sich so viel länger an. Zwei Wochen hintereinander habe ich die Flugstunden geschwänzt und meinem Fluglehrer Phil erzählt, ich müsse an einer umfangreichen Hausaufgabe arbeiten.

Auch in der »Bücherei« verbringe ich seither jede Menge Zeit, wann immer ich sie zwischen Charlies Arbeit und mein Lacrosse-Training quetschen kann. Ich muss zwar ein paar Stunden Lernzeit dafür opfern, aber dafür setze ich zum ersten Mal in meinem Leben etwas für mich selbst auf den Stundenplan, etwas, das mir beim Aufwachen ein Lächeln aufs Gesicht zaubert, selbst wenn es sich um die gottlose Zeit von 4:30 Uhr handelt.

»Hey, Muscles.« In der Mittagspause nimmt mich Meaghan im Flur beiseite. »Nur damit du Bescheid weißt, ihr seid gerade das Topthema der ganzen Schule.«

Sie trifft ins Schwarze. »Was ist an uns denn so spannend?«

Sie zuckt mit den Schultern und hebt die Hände. »Es ist einfach schräg, Had. Niemand kommt sich so schnell so nah.« Sie tut so, als würde sie mir lediglich die Nachricht übermitteln. Aber so klingt es nicht. Es klingt, als käme es von ihr.

Ich nagele sie mit meinem Blick fest, bis sie aufgibt. »Du hast mich zu lange als Wing Woman benutzt, um jetzt ein Problem mit Charlie und mir zu haben«, blaffe ich sie an.

»Hast ja recht.« Sie dreht den Kopf weg. Dann hüpft ihr Blick wieder zu mir hoch. »Ich glaube, ich bin einfach ein bisschen eifersüchtig«, gesteht sie und zieht die Nase kraus. Das bringt mich zum Lachen. »Du? Du kannst jeden Jungen aus der Schule haben!« Dann beuge ich mich vor. »Wenn du nicht schon jeden gehabt hast.«

Sie knufft mich, dann verdunkeln sich ihre Augen. »Aber ich hatte nie, was ihr beide habt.«

Der Anblick ihrer Wehmut bestätigt, was mein Herz bereits weiß: Das zwischen Charlie und mir ist echt. Die Leute sehen es, sie reden darüber. Sogar Meaghan. Und wenn das so ist, dann sind all meine Sorgen, wir würden das Ganze überstürzen, nichts als Ausreden. In Wahrheit versetzt mich allein der Gedanke, Sex zu haben, in Panik. Wie schon den ganzen Tag über, wandern meine Gedanken zurück zu gestern Nacht.

Mittlerweile laufen unsere Treffen immer nach demselben Muster ab. Wir fangen an, auf seiner Couch rumzumachen. Minuten später arbeiten wir uns zu seinem Zimmer vor, wobei sich unsere Lippen auf dem kurzen Weg durch die Wohnung kaum eine Sekunde voneinander lösen. Sobald wir uns auf das federnde Bett fallen lassen, das an die Wand seines winzigen Zimmers geschoben ist, werden seine Berührungen zielstrebig, während meine noch immer zögernd hinterherhinken. Ich habe Angst, *zu* viel zu erforschen, aber sein sanftes Stöhnen und die leidenschaftlicher werdenden Küsse ermutigen mich weiterzumachen.

Gestern Nacht sind wir weiter gegangen als je zuvor.

Und dann kam der unausweichliche Moment, in dem meine Angst vor dem, was jenseits dieses Punktes geschehen könnte, zu einem donnernden Trommelwirbel wurde, der alles andere auslöschte.

»Charlie, warte!« Sein angespannter Körper sackte ergeben über mir zusammen.

»Okay«, raunte er mir ins Haar. Wir schmiegten uns eng aneinander, keiner von uns traute sich, auch nur eine Bewegung zu machen.

Schließlich stützte sich Charlie auf seinen Ellenbogen und streckte die Hand aus, um sich eine lange Haarsträhne von mir um den Finger zu wickeln.

Ich holte tief Luft. »Es ist nicht so, dass ich nicht will. Ich meine ... ich will es. Ich hab nur ...«

Er beugte sich vor und küsste mich. »Ich kann warten.«

»Ich will, Charlie. Wirklich. Ich möchte nur bereit sein.« Ich hielt mich an seinem Blick fest, um aus diesen bernsteinfarbenen Teichen Mut zu schöpfen. Charlie ist wirklich der letzte Mensch, vor dem ich Angst haben sollte.

»Hallo?« Meaghan wedelt mit ihrer Hand vor meinem Gesicht und zieht mich zurück in den lärmenden Schulflur.

Meine Blicke schießen in alle Richtungen, ich muss sichergehen, dass uns niemand belauscht.

»Ich muss dich etwas fragen ... etwas ... Ernstes ...«, flüstere ich. Meaghan beugt sich näher zu mir. »Ich glaube ... ich bin so weit ... Ich will nur irgendein Verhütungsmittel nehmen«, schließe ich mit geheuchelter Tapferkeit.

Meaghan lehnt sich zurück und quietscht vor Entzücken. Leute bleiben stehen und starren uns an. Ich kneife sie in den Arm. »Hör damit auf! Lass es mich nicht bereuen, dass ich dir das erzähle.«

»AUA, ist ja schon gut.« Meghan reibt sich den Bizeps. »Und wie willst du verhüten?«

»Das ist es ja.« Ich raufe mir die Haare. »Ich hab keine Ahnung, welche Methode ... zu mir passt. Ein *Vaginalring*? Ich dreh ja schon durch, wenn ich meinen Tamponfaden nicht finde!«

Meaghan grölt vor Lachen. Einmal hab ich sie in heller Panik angerufen, weil ich davon überzeugt war, mein Tampon hätte sich auf Nimmerwiedersehen in die höhlenartigen Abgründe meines Uterus verabschiedet, bis mir nach vergeblichen Versuchen, den Faden zu finden, und Meaghans Beistand am anderen Ende einfiel, dass ich den Tampon mitten in der Nacht rausgezogen und vergessen hatte, mir einen neuen einzuführen.

»Nimm einfach die Pille«, sagt sie mit einem beiläufigen Schulterzucken, als würde es sich hierbei nicht um die Entscheidung meines Lebens handeln.

»Ich weiß nicht ...«, murmele ich zögernd.

Meaghan verzieht nachdenklich den Mund, während sie die Alternativen durchgeht. »Also, da wären Kondome. Wenn du es mit einem Player zu tun hast, was bei Charlie ja der Fall ist ...« Ich stöhne auf.

»Ich sag ja nicht, dass er *jetzt noch* einer ist«, versichert sie mir. »Aber Charlie hat Vergangenheit. Die gute Nachricht ist, es hilft, wenn wenigstens *einer* von euch beiden weiß, was beim ersten Mal zu tun ist. Aber solange Charlie keinen Test gemacht hat, würde ich für Kondome plädieren.«

Ich ziehe eine Grimasse. »Die kommen mir nur so ...«

Meaghan beugt sich vor und legt mir beruhigend die Hand auf die Schulter. »Hör zu, wir reden hier schließlich über *dich*. Kondome sind nicht immer die sichersten, musst du wissen. Es soll schon zu Unfällen gekommen sein.«

Allein von der Vorstellung schwanger zu werden, krieg ich Ganzkörperakne. »Oh, ich muss auf absolut alle Fälle *die* sicherste ...«

»Ich weiß, ich weiß«, unterbricht mich Meaghan. »Weshalb ich um deinetwillen die Pille vorschlagen würde. Die ist zu 99,9 % sicher. Aber sorg dafür, dass sich Charlie testen lässt.«

»Vielleicht sollten wir beides nehmen? Kondome und die Pille? Nur um ganz sicher zu sein.«

Meaghan kichert. »Had, das hier ist keine Fleißaufgabe. Du kriegst nicht mehr Punkte, nur weil du mehr tust. Mach dir keinen Kopf. Wenn er sich testen lässt und du die Pille nimmst, bist du komplett abgesichert.«

Das ist der logischste Plan.

»Es macht Sinn«, stimme ich zu.

Meaghan lacht und klopft mir auf die Schulter. »Ja, Muscles, Sex macht Sinn.«

Mike DiNardi und seine Gang laufen an uns vorbei. Ich spüre, wie Meaghan sich neben mir versteift. Sie bewegt ihre Hand, setzt zum Winken an. Mike wirft ihr einen flüchtigen Blick zu und schaut schnell wieder weg. Ein paar Meter weiter höre ich Billy mit verstellter Stimme quieken: »Kann ich auu-uuch kommen?« Die Jungs bepissen sich vor Lachen, zu laut, zu offensichtlich auf Meaghans Kosten. Mike drückt Billy gegen einen Spind. »Sei kein Arsch!« Er dreht sich zu Meaghan um und verzieht reumütig das Gesicht.

»Was zur Hölle, sollte *das* denn?«, frage ich sie. Ihre Augen verengen sich und sie presst die Lippen aufeinander.

»Nichts.«

»Das war ja wohl nicht *nichts* ...«

»Hör zu, du bist so mit Charlie beschäftigt gewesen, ich hatte keine Gelegenheit ...«

»Mach das nicht.« Ich hebe die Hand, um sie zu bremsen.

»Ich bin immer für dich da. Was geht da ab?« Ich deute mit dem Kopf in die Richtung von Mike und seinen Freunden.

»Nicht hier.« Diesmal schießen ihre Blicke in alle Richtungen, um auszuschließen, dass jemand lauscht. »Meinst du, du könntest nach der Schule zu mir kommen? Nur du und ich? Du könntest mir helfen, die Halloweenmeute im Schach zu halten, wenn sie bei uns klingeln.« Sie fragt zögernd, als könnte ich Nein sagen, als könnte ich sie jemals so verletzen.

Was mich allerdings befürchten lässt, dass ich ihr genau das in den letzten Wochen angetan habe. »Auf jeden Fall. Absolut kein Problem.«

Ich sage ihr nicht, dass ich eine Flugstunde habe. Dann werde ich eben Phil anrufen müssen und ein drittes Mal absagen. Und nach Meaghan werde ich bei Charlie vorbeischauen.

Wer einmal lügt, dem fällt es immer leichter.

»Charlie, warte!«

Wieder mal abgeschmettert, sinkt er neben mich, sein Arm liegt schwer auf meiner Taille. Während sein Kopf an meiner Brust ruht, streifen meine Finger durch seine Haare und an seinem Hals herab, wo ich seinen rasenden Pulsschlag fühle, dann folge ich den stählernen Kurven seines Unterarms. Als meine Fingerspitzen seinen Kiefer entlangwandern, schmiegt er sein Gesicht in meine Handfläche.

»Also, ich hab nachgedacht«, setze ich an.

»Denken ist gut«, sagt er abwesend, mit geschlossenen Lidern.

»Ich werde die Pille nehmen.«

Er reißt die Augen auf und stützt seinen Kopf auf dem Arm ab, ein Hoffnungsschimmer schnellt wie eine Sternschnuppe über sein Gesicht.

»Bist du sicher? Ich meine, ich hab Kondome.« Er zeigt zu

seinem Schreibtisch, sprungbereit, eins davon aus der Schublade zu ziehen.

Ich ziehe ihn an den Handgelenken zurück. »Ich weiß, dass sie sicher sind, aber nicht so sicher wie ich es brauche. Ich kann ... ich kann einfach *kein* Risiko eingehen. Verstehst du?

Entspannt lehnt er sich wieder an mich. »Geht klar.«

»Aber ...« Ich hebe warnend den Zeigefinger und verfolge die Linie von seiner Nase bis zu den Lippen, die sich unter meiner Berührung öffnen. Lächelnd ziehe ich den Finger zurück. »Wenn ich beim Frauenarzt die Hosen runterlasse, musst du dich testen lassen.«

Jetzt verziehen seine Lippen sich zu einem Lächeln. »Das klingt fair.«

Seine Hand streift über meine Schultern, gleitet tiefer, über meine Taille und kommt an meiner Hüfte zur Ruhe. Er nimmt einen tiefen, zufriedenen Atemzug.

»Dann ... wird es wirklich passieren? Also, bald?«

»Bald-isch«, sage ich relativierend.

Er rollt mit den Augen und vergräbt stöhnend sein Gesicht an meinem Nacken.

»Bist du okay?«

»Na klar, was denkst du denn?«, fragt er, und ich lache in mich hinein, als ich sein Dilemma an meinem Bein spüre.

Am Tag darauf, nach dem letzten Schulgong, wartet Charlie am Spind auf mich.

»Bist du sicher, dass du mich nicht dabeihaben willst?« Er hält meinen Rucksack fest, während ich ihn mit Schulbüchern fülle.

»Nein, geh zur Arbeit. Ich bin nervös genug«, sage ich, als Meaghan auf ihren hohen Hacken zu uns rüberstolziert und den ganzen langen Weg ein idiotisches Grinsen aufsetzt.

»Bist du so weit?« Als sie vor uns steht, spreizt sie ihre Finger zu einem V.

Ich zucke zusammen. »Meaghan!«, stöhne ich.

Charlie schüttelt den Kopf und schließt die Augen.

»Ich glaube, ich weiß, wovon sie spricht. Aber ich tu lieber so, als wüsste ich's nicht.«

Meaghan zeigt mit dem Daumen auf ihn. »Dachte nie, dass *er* die alte Jungfer ist.«

Charlie und ich treten verlegen von einem Bein aufs andere.

Ich wollte das hier wirklich allein durchziehen. Aber gestern hat mir Meaghan bei sich zu Hause erzählt hat, was ich verpasst habe, nachdem sie und Mike Schluss gemacht haben. Ich hatte einfach angenommen, es wäre so wie immer: Meaghan fährt auf einen Typen ab, Meaghan macht den Typen klar, Meaghan hat den Typen satt, Meaghan bricht dem Typen das Herz. Ich hatte nicht mitbekommen, dass es diesmal anders gelaufen war.

Als wir uns an ihrem Küchentisch gegenübersaßen, stürzten wir uns mit Gabeln und ohne einen Gedanken an Kuchenteller zu verschwenden auf den Rest meiner mitgebrachten Schoko-Karamell-Torte.

»Er hat seinen Freunden erzählt, ich wäre zu *bedürftig*«, sagte Meaghan, und das Wort kam bitter aus ihrem Mund, obwohl ihr gerade die Karamellglasur auf der Zunge zerschmolz. »Das Schlimmste an der Sache ist, er hatte irgendwie recht – ich hing an ihm«, fügte sie hinzu. »Ich meine, er verhält sich wie ein Arsch, versteh mich nicht falsch. Aber *bedürftig*? Das bin ich nicht. Du weißt das. Ich weiß das.«

Sie hörte auf, an ihrer Gabel zu lecken und starrte nachdenklich in die Luft. »Dich und Charlie so zusammen zu sehen ... keine Ahnung ... wahrscheinlich hab ich versucht, Mike zum »Richtigen« zu machen. Ich meine, du hast dein *erstes* Date und stößt auf Gold? Ich hatte so *unfassbar* viele Typen, dass ich echt erschöpft bin. Und ich bin noch nicht mal achtzehn!«

Ich nahm mir noch eine Gabel voll Kuchen. »Du bist diejenige, die mir gesagt hat, Charlie sei perfekt für mich.« Ich lachte.

Sie lachte nicht.

Meaghan zuckte mit der Schulter und starrte auf den Kuchen. »Ich dachte, ihr zwei hättet einfach ein bisschen Spaß. Dass das was Ernstes wird, hätte ich nie gedacht.«

Ich musterte Meaghan und versuchte zwischen den Zeilen zu lesen. Ihre Worte versetzten mir einen Stich. »Du hast also gehofft, Charlie würde mich am nächsten Tag wieder fallen lassen?«, fragte ich und konnte den hitzigen Ton meiner Stimme nur schwer verbergen.

»NEIN!« Ihr Blick schoss zu mir hoch und ihre Augen weiteten sich entsetzt. »Ich dachte, *du* würdest *ihn* fallen lassen.« Sie beugte sich wieder über die Tortenschachtel und versenkte ihre Gabel im letzten Stück. Zu jedem anderen Zeitpunkt hätte ich mit ihr um dieses Stück gekämpft.

»Also ... warum hast du mir nicht erzählt, was da alles mit Mike in die Brüche gegangen ist?«

Sie zog die Nase kraus. »Ich hab's *versucht*. Ich hab dir eine Nachricht geschickt, aber du hast dich nie zurückgemeldet.«

Mir klappte der Unterkiefer runter. Vage erinnerte ich mich an die kryptische Nachricht, die sie mir geschickt hatte, als ich gerade bei Charlie war. Ich hatte mir vorgenommen, ihr zurückzuschreiben, sobald ich zu Hause war, und dann hatte ich es total vergessen.

»Oh, Meaghan, das tut mir leid. Ich wollte dir –«

Sie fuchtelte mit ihrer Gabel herum, und schnitt mir das Wort – schnitt mich – ab. »Alles gut. Noah war da.«

Ihre Worte sollten mich verletzen und das taten sie auch.

»Also, es freut mich, dass Noah dir beigestanden hat«, sagte ich und starrte in die leere Schachtel, deren Inhalt wir verputzt hatten.

Sie beugte sich über den Tisch zu mir. »Du weißt, dass es mit Matt auch ziemlich scheiße läuft, oder?«

»Also, ja ... klar ...«, erwiderte ich, ohne mir einzugestehen, wie wenig ich tatsächlich wusste.

»Dann hat Noah dir erzählt, dass sie sich darauf geeinigt haben, sich auch mit anderen einzulassen?«, fragte Meaghan. »Und du weißt auch, dass das so viel heißen sollte wie: Matt hat schon jemand anderen gefunden?«

Unwillkürlich schnappte ich nach Luft, womit ich verriet, dass ich ganz offensichtlich nichts von alledem wusste.

Sie kratzte ein paar letzte Tortenkrümel aus der Schachtel. »Noah spricht nicht viel drüber, aber er ist total fertig.«

Die Stille war tonnenschwer; ich konnte fühlen, dass Meaghan mich verurteilte.

Ergeben stieß ich die Luft aus. »Dann sollte ich mich wohl mal in meine Tigerleggings schmeißen und mich auch bei Noah mit einer Riesen-Schokotorte entschuldigen.« Wir prusteten beide los, und es fühlte sich an, als könnten wir wieder nach vorne schauen.

Wie eine Dirigentin schwenkte Meaghan ihre Gabel durch die Luft. »Okay, du rufst jetzt bei Planned Parenthood an und machst deinen Pillen-Termin, damit du mit deinem Mann in die Kiste springen kannst.«

Erleichtert lachte ich auf, heilfroh, dass die Luft zwischen uns wieder rein war. Es klingelte an der Tür, und Meaghan erhob sich mit der Süßigkeitenschale, gewappnet für den ersten Ansturm von Kindern. Als ich die Telefonnummer von Planned Parenthood eintippte, schwitzten meine Handflächen.

»Morgen? Um halb drei?« Meaghan war zurück in die Küche gekommen, und ich wiederholte die Worte der Sprechstundenhilfe, während ich mir die freie Hand an der Hose abwischte.

Meaghan nickte. »Geht klar«, sagte sie, als machten wir diesen Termin zusammen. Nachdem ich unsere Freundschaft in den letzten Wochen so vernachlässigt hatte, musste ich dafür sorgen, dass die Dinge zwischen uns wieder richtig liefen, also würde ich ihr den Wunsch, mich zu begleiten, lassen.

Und jetzt, wo mich nur noch eine Stunde von dem Termin trennt, kriege ich schon wieder feuchte Hände.

Charlie beugt sich vor, um mir einen Abschiedskuss auf die Wange zu drücken.

»Wir werden sie in null Komma nichts mit Hormonen vollgepumpt haben.« Meaghan tätschelt Charlie ermutigend den Rücken. Im Weggehen dreht er sich noch einmal um und wirft mir über die Schulter einen letzten Blick zu.

Meine Blicke jagen über den Schulflur, um festzustellen, ob irgendjemand diesen Wortwechsel *nicht* mitbekommen hat.

»Meaghan!«, stoße ich hervor und schlage die Tür meines Schließfaches zu. »Im Ernst jetzt! Nicht so laut!«

Noah huscht zu uns rüber und steckt den Kopf zwischen uns. »Ich mag Geheimnisse. Worüber tuscheln wir gerade?«

»Über gar nichts«, sage ich, ohne Meaghan aus den Augen zu lassen. Noah neigt den Kopf und nimmt mich unter die Lupe.

»*Irgendwas* ist los. Meaghan?« Er dreht sich zu ihr.

Meaghan wedelt abwehrend mit den Händen. »Komm schon, Had. Es ist *Noah*!« Er beugt sich zu ihr runter, und sie stellt sich auf die Zehenspitzen, um ihre Hand an sein Ohr zu legen. »Hadley ist bereit für die Pille«, flüstert sie laut.

Noah blinzelt schockiert. Er dreht sich wieder zu mir um. »Du bist tatsächlich ein Mensch.«

»Nach reiflicher Überlegung werde ich das jetzt allein machen«, schieße ich über meine Schulter und stürze davon. Sie rennen hinter mir her und flankieren mich, jeder auf einer Seite.

»Ich komme trotzdem mit dir«, sagt Meaghan entschieden. Sie dreht sich zu Noah, der mit uns Schritt hält. »Was ist mit dir?«

»Klar, warum nicht? Das wird lustig. Ein kleiner Ausflug ins Grüne. Buddycheck.« Er greift nach meiner Hand und reißt sie in die Luft. Dann lässt er sie los und wirft sich seinen Schal um den Hals, bevor er sich durch die Tür schiebt. »Außerdem verteilen die da Kondome, als wären es Bonbons.«

Auf dem Weg zum Schulparkplatz fällt Noah wieder sein analytisches Urteil. »Heute läufst du nicht wie meine Nana. Hat der Drillmeister etwa sein Training gelockert?«

Ich lache nervös. »Ja, wenigstens für den Moment.« Wenn ein Körnchen Wahrheit enthalten ist, ist es keine Lüge.

Später am Nachmittag komme ich durch den Garderoben-raum nach Hause, wie immer mit meinem »Bücherei«-Ruck-sack im Schlepptau.

»Hadley? Bist du das?« Mom ruft mir aus der Küche ent-gegen. Ich höre den Chardonnay-Singsang in ihrer Stimme.

»Jep.« Ich streife die Schuhe ab und hänge meine Jacke auf. Dann renne ich an ihr vorbei die Treppen hoch.

»Wo willst du hin?«, ruft sie hinter mir her.

»Hausaufgaben «, sage ich und füge hinzu: »jede Menge.«

Ich muss all das aufholen, was ich durch meine heimlichen Treffen mit Charlie verpasst habe. Morgen habe ich drei Tests und mit dem Lernen nicht mal angefangen. Noch wichtiger:

Ich hab die erste Monatspille und muss ein gutes Versteck dafür finden.

Oben dröhnt mir Musik aus Lilas Zimmer entgegen. Meine Hand schwebt schon vor der Tür und ich will gerade anklopfen, als mein Handy klingelt. Ich ziehe es raus und sehe Charlies Nummer. Ich mache auf dem Absatz kehrt und renne zurück in mein Zimmer.

»Hey.« Ich schließe die Tür hinter mir.

»Wie ist es gelaufen?«

»Okay, denk ich mal.«

Stille am anderen Ende.

»Was ist?«, frage ich.

»Ich mach mir Vorwürfe, dass ich nicht mit dir gekommen bin.«

»Lass es. Glaub mir. Das war eine Erfahrung, die ich lieber ohne Zeugen gemacht habe.«

Er seufzt. »Okay.«

»Was ist mit dir?«

»Alles gut. Ich krieg bald die Ergebnisse. Bei mir wird sicher nichts sein. Ich hab immer gut aufgepasst.«

Das Wissen um die anderen Mädchen, mit denen Charlie im Bett war, krampft sich eifersüchtig um meinen Magen. Obwohl ich weiß, dass es komplett irrational ist, hasse ich diese Mädchen dafür, dass sie so etwas Intimes mit ihm geteilt haben.

Ich gehe zum Kalender, der an der Pinnwand über meinem Schreibtisch hängt. Heute ist die Deadline für die Vorabregistrierung für Cornell, der Termin ist rot umkreist.

Fast alles, was in meinem Kalender festgeschrieben oder rot umkreist ist, hat mit Deadlines zu tun, Tests, Lacrosse-Training, Flugstunden. Woche für Woche, Jahr für Jahr habe ich für die Dinge, die mir am wenigsten bedeuten, alles von mir selbst aufgegeben.

»Sie sagen, ab nächsten Mittwoch bin ich geschützt«, informiere ich Charlie, während ich diesen Tag in meinem Kalender umkreise.

Noch mehr Stille am anderen Ende.

»Charlie?«

Ich höre, wie er ausatmet. »Ich bin hier. Meine Fantasie ist nur gerade durchgedreht.«

Anstatt meine Vorabregistrierung für Cornell zu bestätigen, ziehe ich die Plastikverpackung aus meinem Rucksack und drücke die erste Pille heraus. Mit den letzten Tropfen aus meiner Wasserflasche kippe ich sie runter.

»So. Nummer eins ist versenkt. Jetzt sind es nur noch sechs.«

Charlies lacht anzüglich. »Der Countdown beginnt.«

Als wir den Abendbrottisch decken, ruft Dad an.

»Bestell deiner Mutter, ich komme heute erst spät von der Arbeit«, sagt er und legt auf. Ich warte das Freizeichen ab, bevor ich in mich hineinbrumme: »Bestell's ihr doch selbst.«

»War das dein Vater?«, fragt Mom, während sie Gabeln neben die Teller legt.

»Ja. Bei ihm wird's spät heute.«

»Hat er gesagt spät … oder …?« Ihr Blick streift mich, ich soll den Satz zu Ende bringen.

»Nur spät.« Ich zucke mit den Achsen und gehe raus.

Sie weiß es. Wir alle wissen es. Aber Mom hat ihr Gesicht so tief ins Weinglas gesteckt, dass sie sich vormachen kann, sie würde es nicht bemerken.

Was mich betrifft? Ich bin begeistert, wenn mein Vater »Überstunden macht«, oder es – immer häufiger in der letzten Zeit – nicht mal mehr nach Hause schafft.

Vielleicht kann ich heute Abend sogar noch in die »Bücherei« gehen.

Nach dem Abendessen helfen Lila und ich beim Tischabräumen. Lila dreht den Kopf weg und würgt, als sie ihr kaum angetastetes Essen in den Müll kippt und mir den Teller rüberreicht. Ich spüle ihn ab und stelle ihn in die Spülmaschine. Lila schrubbt den nächsten Teller sauber, ihre Schultern beben. »Keine Ahnung, warum das Spaghettikürbis heißt«, jammert sie und lehnt ihren Oberkörper so weit wie möglich vom Teller weg. »Nach Spaghetti hat daran nix geschmeckt.«

»Ganz deiner Meinung«, sagte ich und nehme ihr den Teller ab.

»Gestern in der Mittagspause gab es *echte* Spaghetti«, flüstert sie mir zu und verdreht schwärmerisch ihre Augen. Dad lässt uns keine Spaghetti essen; er sagt, Weißmehl mache uns zu Fettärschen.

Lachend spüle ich den Teller ab. »Ganz schön jämmerlich, wenn man anfängt, vom Mensaessen zu schwärmen«, sage ich. Ich deute mit dem Kopf in Richtung Mom, die gerade im Familienzimmer die Kissen aufschüttelt. »Pass aber auf, dass *die beiden* nix mitkriegen, sonst fängt Mom an, dir zum Lunch Spaghettikürbis einzupacken.«

Nachdem der letzte Teller sauber ist, greift Lila nach dem Halsausschnitt ihres Pullis und zieht ihn bis über die Nase, bevor sie die Schale mit den Essensresten zur Anrichte trägt.

»Wird das ein Überfall?«, frage ich.

»Ich kotz gleich«, sagt Lila, und das glaub ich ihr aufs Wort.

»Geh schon«, sage ich. »Ich mach hier fertig.«

Mom und Dad bezeichnen Lilas Weigerung, bestimmte Lebensmittel zu essen, als Trotzverhalten, und bilden sich ein, wenn sie sich mehr Mühe gäbe, würde es ihr schmecken. Es ist so offensichtlich, dass meine kleine Schwester nichts vortäuscht; selbst Lila kann diese kranke graue Farbe nicht in ihr Gesicht zwingen.

Sie murmelt ein »Dankeschön« durch ihren Pulli und flieht nach oben. Innerhalb von Sekunden vibriert die Decke von der lauten Musik und Lilas stampfenden Tanzschritten.

Mom kommt mit den Alltagsweingläsern zurück in die Küche und stellt sie auf den Tisch. Weil es in unserem Haushalt allen Ernstes so was wie die »Alltagsweingläser« und die »formellen Weingläser« gibt. Wir haben sogar »Weihnachtsweingläser« mit eingravierten Stechpalmenzweigen an den Rändern.

»Wer kommt denn?« Ich wische mir die Hände am Küchenhandtuch ab und werfe es auf den Tresen. Sofort ist Mom zur Stelle und faltet es, einmal, und noch einmal, bevor sie es sorgfältig auf die Landhaus-Küchenspüle legt.

»Heute ist das Vorstandsmeeting vom PTA. Wir müssen über den Highschool-Ball am Valentinstag sprechen.«

»Mom« stöhne ich. Seit Jahren gehört sie zu den Müttern, die sich in dieser Parent Teacher Association für alle möglichen Schulaktivitäten engagieren. »Vertrau mir. Niemand wird Lust haben, den Valentinstag an der Schule zu verbringen.« Jedenfalls nicht ich, so viel ist sicher.

»Aber Valentinstag fällt dieses Jahr auf einen Samstag«, jammert sie.

»Noch ein Grund, ihn nicht an der Schule zu verbringen.«

Sie schenkt sich ein weiteres Glas Wein ein. »Also, ich glaube, da liegst du falsch.« Sie baut sich am Küchentresen auf und schüttelt ihre blond zerzausten Haare, bevor sie an ihrem Glas nippt. »Und wenn du einen Freund hättest, wärst du anderer Meinung.«

Ungläubig starre ich sie an. »Wie lange lebst du eigentlich schon hier?«, fahre ich sie an. Sie nimmt einen tiefen Schluck und tut so, als wüsste sie nicht, wovon ich spreche.

Letztes Jahr, vor dem Homecoming-Ball hatte Mom ziemlich einen im Tee. »Marie hat mir erzählt, dass ihr Sohn Jake allen Mut aufbringen musste, um Hadley zu fragen, ob sie mit ihm zu Ball geht«, zwitscherte sie beim Abendessen drauflos. »Ist das nicht absolut süß?«

Ich interessiere mich null Komma null für Maries Sohn Jake, aber nach meiner Meinung hat mich natürlich keiner gefragt. Und keiner würde es jemals tun.

Dad lief rot an. Er riss Mom das Weinglas aus der Hand.

»Ich werde nicht zulassen, dass meine Tochter jeden hergelaufenen Hornochsen vögelt, der einen Blick auf sie geworfen hat«, brüllte er und schleuderte das Weinglas quer durch die Küche, sodass es am Küchenschrank zerschmetterte.

»Weißt du was?« Mit einem höhnischen Lächeln dreht sich Mom zu mir um. »Du bist grausam. Genau wie dein Vater.«

Ich kehre ihr den Rücken zu und gehe nach oben, um Charlie anzurufen. Ich muss dringend und auf der Stelle in der Bücherei für einen Test lernen.

Unten sind die PTA-Mütter am Schnattern. Um meinen Mantel aus dem Garderobenraum zu holen, muss ich an ihnen vorbei.

»Hadley!« Der Begrüßungsschrei von Mrs. Giovanni versperrt mir den Weg. Ihre Augen sind schon ganz glasig. Mein Blick streift den Küchentresen, drei leere Weinflaschen in weniger als einer Stunde, vier weitere warten darauf, geleert zu werden.

Ich hebe die Hand und winke in die Runde. Mrs Whiley, Claudias Mom, hat nur ein unterkühltes Lächeln für mich übrig. Wie die Mutter, so die Tochter.

»Mom, ich geh in die Bücherei.« Sie ist schon viel zu angeschickert, um sich einen Kopf zu machen. Mit ihren perfekt manikürten Fingernägeln wedelt sie mir zu.

Der Blick von Mrs. Wiley nagelt mich fest. »Bist du dort

mit Charlie verabredet?«, fragt sie und nippt an ihrem Glas. Ein eiskalter Wind zieht durch den Raum, er dringt mir bis ins Blut.

»Was?«, frage ich, sorgfältig darauf bedacht, jegliche Anzeichen von Schock oder auch nur von Verständnis aus meinem Blick zu eliminieren.

»Charlie Simmons. Dem Jungen, mit dem du ausgehst«, sagt sie mit einem Lacher. Er klingt blechern und hat scharfe Kanten.

Ich steige in ihr Spiel ein und zwinge mich ebenfalls zu einem Lacher. »Charlie *Simmons*? Wir sind nur Freunde.«

»Charlie?« Meine Mom blinzelt im krampfhaften Versuch, sich auf das Gespräch zu fokussieren.

»Wirklich?«, sagt Mrs. Wiley zweifelnd. »Claudia hat mir erzählt, ihr zwei wärt zusammen.«

»Nein.« Ich schüttele den Kopf. »Wir sind gute Freunde, das ist alles. Wir haben Spanisch zusammen.«

Mrs. Wiley schaut über den Tisch zu Mrs. Wheeler. Ihre zuckenden Augenbrauen telegrafieren die Nachricht: *Sie lügt.* Mrs. Wheeler schaut zu meiner Mutter und dann wieder zu Mrs. Wiley. Dann zuckt sie mit den Achseln.

»Charlie Simmons«, sagt Mrs. Giovanni und starrt in die Luft, als fände sie dort das Gesicht zum Namen. Und dann fällt es ihr schlagartig ein. Japsend dreht sie sich zu Mrs. Whiley um und packt sie am Arm. »Jillian! Weißt du noch? Der Klassenausflug? Als unsere Kinder in der Dritten waren? Charlies Mutter ... wie war noch gleich ihr Name ... Nancy? Wie sie da aufgetaucht ist – total *betrunken*?«

Mrs. Wiley nickt und füllt ihr Weinglas auf. »Oh ja, wie könnte ich das vergessen. Sie war auch betrunken, als Claudia ihren 17. Geburtstag gefeiert hat. Es war so *peinlich*.«

»Damals war sie doch gerade von ihrem Mann sitzengelassen

worden, stimmt's?« Mrs. Giovanni hält Mrs. Whiley ihr leeres Glas für Nachschub hin.

»Kellnert sie nicht in diesem Diner in der Stadt?«, fragt Mrs. Wheeler, als wäre das so beschämend wie der Job als Stadthure.

Mom schaut zu mir hoch, mit demselben verletzten Ausdruck, den sie auch hat, wenn Dad zu spät von der Arbeit kommt.

»Du interessierst dich nicht für diesen Jungen, Hadley, hab ich recht?« Ihr Gesicht verrät mir, dass sie die Wahrheit nicht wissen will.

»Nein, Mom. Natürlich nicht.« Die Augenbrauen von Mrs. Wiley fangen wieder an zu flattern.

Ob Mrs. Wiley mir glaubt oder nicht, ist mir im Grunde gleichgültig. Wir wissen beide, dass Mom es niemals meinem Vater sagen würde.

Ich bin schon im Begriff zu gehen, als Mrs. Giovanni mich zurückruft.

»Hadley, was meinst du zum Motto für den Valentinstag: Berühmte Paare aus der Geschichte oder vom Film?«

Ich halte inne und tue so, als ob mich das Ganze tatsächlich einen Scheißdreck interessiert.

»Klarer Fall: Film«, beschließe ich, bevor ich durch den Garderobenraum nach draußen flüchte.

Ich weiß nicht, wen ich mehr hasse: sie oder mich selbst.

jetzt

In meinem Zimmer spielt Janet eine Partie Rommé mit mir,
während im Flur die Sozialarbeiterin Lina mit Grandma
spricht. Begleitet von ihren umherwabernden Stimmen versuche ich, den Überblick über die Siebener und Pik-Karten auf
meiner Hand zu behalten.

»Aber *warum*?« Grandmas Tonfall klingt im Hintergrund
wie ein Trällern. Heute bin ich dankbar für die Medikamente.
Ohne sie könnte ich die Schuld nicht ertragen, die Grandmas
tränenverschmiertes Gesicht in mir wachrief. Selbst als sie
mich umarmte und Gott dafür dankte, dass ich am Leben war,
fühlte ich, was ich ihr angetan hatte.

»... es könnte das *Überlebensschuld-Syndrom sein*.«

Ich lege eine Karte ab und ziehe eine neue vom Stapel.

»... das Trauma, nach dem Unfall von ihren Angehörigen
wegzukriechen ... nicht im Stande zu sein, sie zu retten, bevor
das Feuer ausbrach ...«

Janet beobachtet mich über den Rand ihrer Karten hinweg,
ihre Augenbrauen sind zu einem dermaßen scharfen Winkel
hochgezogen, dass ich frage: »Stimmt was nicht?«

Unser Zimmer ist in ein gleißendes, kaltes Licht getaucht,
es reflektiert die Sonne, die von den schneebedeckten Bergen
herabstrahlt.

Der Sturm hat uns einen knappen halben Meter Schnee beschert, erklärte mir Janet, als sie heute Morgen eine halbe Stunde zu spät kam. Ich hab es geliebt, mit Lila im Schnee zu spielen. Vor meinem Zimmerfenster liegt ein Hügel, der sich wunderbar zum Schlittenfahren eignen würde. Lila hätte es geliebt. Aber bis jetzt hat es noch niemand dorthinaus geschafft. Die Schneedecke ist rein und unberührt, kein Fußabdruck weit und breit.

»Wir müssen sie noch eine Weile hierbehalten, verstehen Sie das? Um sicherzugehen, dass sie es nicht noch einmal versucht.«

»Mich interessiert vielmehr, wie so etwas überhaupt passieren konnte? Wie konnten Sie das zulassen? Wo waren Sie alle?«

Ich will Grandma erklären, dass niemanden eine Schuld traf. Es war richtig, mich liegen zu lassen, um anderen zu helfen. Die Notaufnahme war gerammelt voll von Menschen, die leben wollten. Die es verdient hatten, zu leben.

damals

Ich stürme das Tor, cradle den Ball im Fangkorb meines La-crosseschlägers und atme schnaufend durch meinen Mundschutz. Die rothaarige Verteidigerin der gegnerischen Mannschaft hat es auf mich abgesehen. Sie reckt ihren Schläger in die Luft und schreit mir ins Gesicht, aber ihr Versuch, mich kirre zu machen, scheitert. Auf dem Spielfeld bin ich furchtlos. Zu furchtlos, wie mir Coach Kimmel immer wieder sagt. Aber was mir da draußen passieren könnte, kümmert mich wirklich kein Stück. Im Gegenteil: Eine Verletzung wäre eine willkommene Pause. Sekunden, bevor die Rothaarige mich mit ihrer monströsen Schulter anrempelt, habe ich den Ball schon zu Faith gepasst.

Der Schiedsrichter pfeift ab, verkündet ein Foul, aber nicht, ehe Dad ihn anbrüllt. Coach Kimmel bläst Dad mit der Tril-lerpfeife ins Ohr.

»Wenn Sie Schiedsrichter sein wollen, melden Sie sich ver-dammt noch mal dazu an«, schreit sie ihn an. »Und ansonsten kommen Sie mir gefälligst nicht ständig in die Quere.«

Grinsend stellt Dad sich hinter sie und massiert energisch ihre steifen Schultern. »Entspannen Sie sich, Coach, ich bin auf Ihrer Seite!«

Sie erschaudert, als hätte der Sensenmann persönlich seine eiskalten Knochenhände an sie gelegt.

Ich habe gelernt, meinen Vater auszublenden. Als ich jünger war, brachten mich seine Rufe aus der Fassung und ließen mich an meinen Instinkten zweifeln.

Was nur einer der Gründe dafür ist, dass Coach Kimmel meinen Vater nicht leiden kann. Einige seiner Trainings-Taktiken gehen ihr gegen den Strich, vor allem, wenn sie ihren Grundsätzen eines fairen, sauberen Spiels widersprechen.

Ich nehme den Strafstoß an und passe den Ball zu Olivia, aber sie verfehlt ihn. »Zieh dir den Kopf aus dem Arsch, Hadley!«, donnert Dad durch seine trichterförmigen Hände zu mir herüber, aber in meinem Sturm zurück aufs Spielfeld verwandeln sich seine Worte in ein »bla-bla-bla«.

Schwungvoll spielt mir Faith den Ball zu. Ich cradle ihn und bahne mir den Weg zum Tor. Aber dann höre ich sie, die *andere* Stimme. »Lauf, Hadley!« Gefolgt von einem lautstarken *Whooohoo!*

Seine Stimme ist unverwechselbar.

Ich drehe mich um, damit ich einen Schulterblick nach hinten werfen kann. Keine drei Meter von meinem Vater entfernt steht Charlie und klatscht in die Hände. Der verärgerte Blick meines Vaters streift ihn von der Seite. Nervös und panisch drehe ich mich wieder zum Spielfeld und laufe direkt in den Schläger der Rothaarigen rein.

Sekunden später blicke ich in vier besorgte Gesichter, die sich über mir aneinanderdrängen. Coach Kimmel. Der Schiedsrichter. Mein Vater. Und Charlie. Coach Kimmel zieht mir den Mundschutz vom Gesicht. Ich will aufspringen, die Flucht ergreifen.

»Versuch nicht aufzustehen.« Coach Kimmel presst ihre Hand gegen meine Schulter und drückt mich zurück nach unten.

Der Schiedsrichter leuchtet mir mit einer Taschenlampe ins Auge.

»Die Pupillen weiten sich, aber sie ist blass«, sagt er. »Wie fühlst du dich, Hadley?«

Ich blicke in das wütende Gesicht meines Vaters. »Alles gut.«

Dad grinst mir mit einem Kopfnicken zu, von dem er äußerst selten Gebrauch macht. *Braves Mädchen.*

Der Schiedsrichter legt ein Kühlpack auf meinen Kopf. Ich halte es fest.

»Sie sollte sich für den Rest des Spiels hinsetzen«, sagt er.

»Einen Teufel wird sie tun«, widerspricht mein Dad. »Es geht ihr gut, das hat sie doch gerade gesagt.«

Wieder wirft ihm Coach Kimmel einen düsteren Blick zu.

»Hadley, du solltest es aussitzen«, schaltet Charlie sich ein. »Ich hab diesen Schlag bis in die Zehenspitzen gefühlt.« Er streckt die Hand aus und drückt mir die Schulter. Dad starrt auf Charlies Hand, als würde er mir an die Brust grapschen.

»Wer zur Hölle bist du?«, fragt er, und sein Gesicht läuft rot an.

Charlie klappt die Kinnlade runter. Er will gerade zu einer Antwort ansetzen, aber das darf ich auf keinen Fall zulassen.

»Ein Schulkamerad, Dad. Charlie ist in meiner Spanisch-klasse.« Der Selbsthass trifft mich wie eine geballte Faust und raubt mir den Atem.

Mit einem Ruck klappt Charlies Mund wieder zu. Er sieht mich an, verletzt, dann wütend.

»Yeah. Nur ein Freund.« Charlie steht auf und entfernt sich von den Umstehenden.

Der Schiedsrichter schüttelt den Kopf. »Schluss jetzt! Had-ley setzt aus.«

»Das ist *Bullshit!*« Mein Vater stürmt vom Spielfeld.

Coach Kimmel schaut zu mir runter, die blasse Sonne formt einen Heiligenschein um ihren Kopf, und ihr wettergegerbtes

Gesicht ist voller Mitgefühl. Sie streckt eine Hand aus und zieht mich vom Boden hoch.

Als ich noch einmal zum Spielfeldrand schaue, sehe ich meinen Vater. Mit verschränkten Armen starrt er zu mir herüber. Charlie ist verschwunden.

Auf dem Heimweg legte Dad los. Aber wenigstens richtete sich seine Wut nicht komplett gegen mich. Dass ich getroffen wurde, war meine Schuld, so viel stellte er klar. Offensichtlich hatte ich den Kopf mal wieder im Arsch stecken lassen. Aber den größten Teil der Fahrt verbrachte er damit, über Coach Kimmel zu fluchen, begleitet von gruseligen Schimpfwörtern, die sowohl ihre Intelligenz als auch ihre sexuelle Orientierung infrage stellten.

Dann wandte er sich an mich.

»Und wer ist dieser Kerl?«

In meinen Ohren summte es. »Wer?«

»Tu nicht so blöd. Der Typ, der zu dir kam, als du getroffen wurdest.«

Ich räusperte mich, um nicht zu quieken. »Charlie? Wir sind Freunde.«

Dad bremste an einer roten Ampel und starrte mich an, für einen unerträglich langen Moment.

»Dann nimm dich vor ihm in Acht. Er steht auf dich.«

Ich versuchte, es wegzulachen. »Nein, er –«

»Hadley?« Mein Name war ein strikter Befehl. »Versuch mich nicht für dumm zu verkaufen. Halt dich einfach von ihm fern. Ist das klar?«

Ich nickte und sah aus dem Fenster, damit mein Vater mir die Lüge nicht vom Gesicht ablesen konnte.

Jetzt, zu Hause angekommen und geduscht, rufe ich Charlie

an, drei Mal hintereinander, aber er geht nicht ran. Es ist Samstag. Sein freier Tag. Schließlich setze ich mich ins Auto, um zu seiner Wohnung zu fahren, meinen Rucksack werfe ich wie immer auf den Rücksitz.

Charlie und seine Mutter besitzen weder eine Fernsprechanlage noch einen elektrischen Türöffner. Wenn ich klingele, muss Charlie nach unten kommen, um mir aufzumachen. Als er mich sieht, legt sich sein Gesicht in wütende Falten.

»Bitte«, bettele ich. »Lass es mich erklären.«

»Ich hab's kapiert, Hadley«, sagt er genervt. »Ich meine, ich hab schon gespürt, dass irgendwas quer war.«

Ein kalter Wind fegt über den Bürgersteig. Ich reibe mit den Händen über meine Arme, fröstelnd, aber was mir die Kälte bis in die Knochen kriechen lässt, ist der wütende Ausdruck in Charlies Gesicht.

»Es ist nicht, was du denkst, Charlie.«

Er starrt mich finster an.

»Kann ich hochkommen? Bitte?«

Er tritt zur Seite, um mich reinzulassen. Seine Wut prickelt in meinem Rücken, als ich vor ihm die Treppen hochgehe. Oben schließt er die Tür hinter sich. Ich setze mich aufs Sofa und warte darauf, dass er zu mir kommt. Aber das tut er nicht. Er bleibt stehen, die Arme verschränkt.

»Charlie, ich habe meinen Eltern nichts gesagt, weil ...« Ich winde mich vor Scham. »... sie mir verbieten, mit Jungs auszugehen.«

Er zieht eine Augenbraue hoch. »*Wie bitte*? Du bist siebzehn!«

»Und ich zähle die Tage bis zum Achtzehnten.«

Er stößt einen tiefen Atemzug aus und verzieht noch immer verstört das Gesicht. »Warum hast du mir das nicht erzählt?«

Ich zucke mit den Schultern und schaue weg. »Keine Ahnung.« Ich bin noch nicht bereit, Charlie alles zu erklären.

Lügen lassen sich locker abspulen. Bei der Wahrheit ist die Spule weitaus strammer umwickelt.

»Es zählt nicht gerade zu meinen einfachsten Geständnissen.«

»Dann ... hast du dich rausgeschlichen, um mich zu sehen?«

Er lächelt, ganz offensichtlich zufrieden.

»An diesen Tagen war ich immer in der Bücherei.« Ich zeige aus dem Fenster, zu dem großen roten Backsteingebäude auf der anderen Straßenseite. »Ist eigentlich ganz lustig. Da ich die Bücherei immer im Blick habe, fühlt es sich im Grunde nicht wie Lügen an.«

Er setzt sich neben mich und schlingt mir den Arm um die Schultern. Ich lehne mich an ihn, so dankbar, dass er nicht mehr böse auf mich ist. Und da rieche ich es.

»Charlie!«

»Was?«

»Du hast geraucht!« Ich weiche zurück und starre ihn enttäuscht an. Er knabbert an seiner Lippe und zieht eine Grimasse.

»Ich weiß. Sorry. Ich war echt angepisst.«

»Du hast doch so gut durchgehalten.«

»Es ist echt nicht so leicht«, wendet er ein. »Aber ich versuche es. Nur heute hat es nicht geklappt.«

Ich runzle die Stirn, aber ich muss lockerlassen, vor allem nach dem, was ich ihm heute zugemutet habe. Er zieht mich wieder an seine Brust, wo ich mich ausruhe, mit dem verhassten Zigarettengeruch seines T-Shirts in der Nase.

»Dein Dad also«, vergewissert er sich noch einmal, und mir ist klar, dass er aus der persönlichen Begegnung vorhin seine eigenen Schlüsse gezogen hat.

»Ja ... er ... ähm ... er kann sich übertrieben in diese Spiele hineinsteigern.« Ich pflücke einen Fussel von Charlies T-Shirt.

Charlie legt seine Hand auf meinen Kopf, zärtlich streichelt er über die Beule.

»Wie geht es deinem Kopf?«

»Alles gut. Ich kann gut einstecken.« Ich versuche, darüber hinwegzulachen. Ich strecke mich, um ihn zu küssen, aber er weicht zurück.

Er schaut zu mir runter.

»Hadley. Gibt es da etwas, das du mir verschweigst?«

Ich werde stocksteif, der wissende Ausdruck in seinen Augen jagt mir einen Schrecken ein.

»Nein.«

damals

Es ist Mittwoch. Das eingekringelte Datum auf meinem Kalender erinnert mich daran, dass mein Körper ab heute keinen Eisprung mehr hat. Ab jetzt kann ich Sex haben. Der Kalender lügt nicht.

Mein bevorstehendes Abenddate mit Charlie nimmt mich so in Beschlag, dass ich beim Joggen mit Dad in ein Schlagloch trete.

»Zum Teufel noch mal, Hadley!« Grob zieht Dad mich hoch. »Du hättest dir den Knöchel brechen können, und was dann?« Er fängt an, sich über das Straßenbauamt aufzuregen. »Ich werde diesen Drecksäcken im Rathaus den Arsch aufreißen. Ich zahle Steuern genug —«

Ich laufe los, das trommelnde Geräusch meiner Turnschuhe auf dem Asphalt blendet seine Worte aus.

Schon den ganzen Morgen fühlt sich mein Magen wie verknotet an. Ans Frühstücken ist nicht zu denken, also fahre ich einfach zur Schule, wo Charlie mich an meinem Spind aufstöbert. Er beugt sich über meine Schulter. »Unser Abend steht noch?«, flüstert er mir ins Ohr.

Ich drehe mich in seine Umarmung und zwinge mich zu einem Lächeln.

»Mh-hm.«

Er gibt mir einen schnellen Kuss und nimmt meine Hand. »Die ist ja eiskalt«, sagt er und reibt meine Finger zwischen seinen größeren und immer wärmeren Händen. »Alles klar bei dir?« Er kommt näher und lehnt seine Stirn an meine.

»Um Gottes willen, nehmt euch ein eigenes Zimmer.« Claudia geht an uns vorbei und setzt ein höhnisches Grinsen auf.

Charlie schießt einen finsteren Blick zurück, während mir das Blut in beide Wangen steigt. Es fühlt sich an, als wüsste die ganze Welt von dem markierten Termin in meinem Kalender.

Vor dem Spanischunterricht erwartet mich Meaghan am Spind.

»V-Day«, sagt sie und streckt mir ihre Finger zum Victory-Zeichen entgegen.

»Lass das!«, schnauze ich sie an und knalle meine Spindtür zu.

Sie schaut in mein wütendes Gesicht und streckt ergeben die Arme in die Luft.

»Entspann dich, Mädchen. Was ist los? Sind dir die vielen Hormone aufs Gemüt geschlagen?«

Ich lehne meinen Kopf gegen den Spind. »Meaghan. Ich sterbe vor Angst.«

»Ohhhhh. Alles klar.« Sie hakt sich bei mir unter. »Ich dachte nur, ihr zwei zählt die Minuten.«

Ich sacke in mich zusammen. »*Tun* wir ja auch. Keine Ahnung, warum mich die ganze Sache so verrückt macht.«

Arm in Arm und mit zusammengesteckten Köpfen machen wir uns auf den Weg ins Klassenzimmer.

»Ich wette, wenn ihr zwei erst mal zusammen seid, ist deine Angst verschwunden. Was dich verrückt macht, ist nur das ständige Drandenken. Du machst dir einen zu großen Kopf, wie immer.«

Wie gern würde ich ihr glauben. »Du hast sicher recht.«

»Ich *habe* recht.«

Ich nicke und zwänge einen flachen Atemzug in meine ver-
krampften Lungen.

Drei Mal umrunde ich Charlies Häuserblock und versuche,
mir Mut zu machen; zum Einparken, zum Marsch nach oben
in Charlies Wohnung.

Aber bei jeder Parklücke – es gibt jede Menge davon – fahre
ich weiter. Mein Bauch tut weh. Vielleicht werde ich krank.
Vielleicht sollte ich zurück nach Hause fahren, damit ich ihn
nicht anstecke.

Doch mit jeder Runde lassen die Bauchschmerzen nach,
und natürlich ist mir klar, dass es in Wahrheit nur meine Nerven sind.

Wie mir die Uhr auf dem Armaturenbrett zeigt, bin, ich
schon viel zu spät dran. Ich lenke den Wagen in die Parklücke
vor Sal's Pizza, die wie durch ein Wunder frei geworden ist,
als hätte selbst das Universum genug von meinem Hin-
haltemanöver. Als ich auf den Klingelknopf drücke, ist Charlie schneller unten als je zuvor, was meinen Fluchtinstinkt sofort wieder weckt. Mit einem breiten Grinsen öffnet er die
Tür. Seine Haarspitzen sind noch feucht. Er hat eigens für den
Anlass eine Dusche genommen. Der frische Duft nach Seife
zieht zu mir rüber und schlingt seine unsichtbaren Finger um
meine Kehle.

»Ich war drauf und dran, dich anzurufen«, sagt Charlie und
gibt mir einen Begrüßungskuss. »Ich dachte schon, du kriegst
kalte Füße.« Er lacht über die absurde Vorstellung. Also lache
ich auch – ein herausgewürgtes Bellen. Während wir Seite an
Seite die Treppen hochgehen, hält Charlie meine Hand.

Die Wohnung flackert im sanften Schein erleuchteter Kerzen. Auf dem kleinen Couchtisch steht die untere Hälfte einer

durchgeschnittenen Zweiliterplastikflasche Cola. Darin steckt ein halbes Dutzend roter Rosen.

Mir wird schlecht.

Charlie fährt sich mit einer Hand durch die Haare. Meine schweißnassen Handflächen, meine trockene Kehle, meinen aufgewühlten Magen scheint er überhaupt nicht zu bemerken. »Wer glaubt, es sei auch nur eine *einzige* Vase in diesem Haus, hat sich geschnitten«, sagt er, und fügt hinzu: »Ich wollte Champagner besorgen, aber du trinkst ja nicht.«

Ich nicke schnell und denke, dass ich heute Abend eine Ausnahme gemacht hätte.

Es gibt jede Menge Mädchen, die Charlie für seine Bemühungen, die richtige Stimmung zu zaubern, vergöttert hätten. Wahrscheinlich dieselben Mädchen, die mein grellpinkes Zimmer mit dem Ballsaalkronleuchter geliebt hätten.

Und wie wirkt es auf mich? Es steigert meine Panik und verstärkt den Druck, diesen Termin durchzuziehen, der auf meinem Kalender umkringelt ist – *mit Tinte.*

Charlie nimmt mir den Mantel ab und hängt ihn über den Stuhl. Dann zieht er mich in seine Arme, hebt mein Gesicht und küsst mich, während er meinen Hinterkopf zärtlich in seine Hand bettet. Ich hebe die Arme, schlinge sie um seinen Hals. Meine Hände sind schwere Eisblöcke, sie zittern unübersehbar. Er weicht zurück und legt mir die Hände auf die Schultern.

»Bist du sicher, dass alles okay ist?« Sein Blick durchleuchtet mich bis ins Innerste, das gerade von einem ängstlichen Beben erschüttert wird.

»Bin nur'n bisschen nervös« presse ich zwischen meinen klappernden Zähnen hervor.

Er drückt mich an sich und seine Hände rubbeln energisch über meine Arme, mehr zweckorientiert als romantisch.

»Hilft es dir, zu wissen, dass ich auch nervös bin?«

»Warum solltest *du* nervös sein?« Er hat das hier schon mal gemacht, laut der Gerüchteküche aus der Schule eine Giacomo-Casanova-*lächerlich* große Anzahl an Malen.

Er lehnt sich zurück und lächelt. »Weil du es bist.«

Er zieht mich zur Couch, setzt sich und zupft an meinem Ärmel. Werden wir es hier tun? Auf der Couch mit der kratzigen Häkeldecke? Zumindest kann ich mich hinlegen; ich glaube, meine Knie halten mich nicht länger aufrecht. Ich will es einfach nur hinter mir haben. Das erste Mal wird so oder so schrecklich sein.

Zu meinem Erstaunen stellt er den Fernseher an.

»Weißt du, es muss nicht heute sein«, sagt er. »Wann auch immer es passiert, ich will es, weil du es auch willst. Nicht, weil du es mir zuliebe tust.« Er greift nach der Fernbedienung. »Hast du Lust auf einen Film?« Das Wort *stattdessen* schwingt mit, als er mir einen Arm um die Schulter legt.

»Ja.« Zutiefst erleichtert atme ich aus. Meine Lungen dehnen sich; ich kriege wieder Luft.

Charlie steht noch mal kurz auf. Als er zurückkommt, weht der beruhigende Geruch frisch ausgepusteter Kerzen hinter ihm her.

Er legt wieder seinen Arm um mich. »Es war die abgesägte Colaflasche, stimmt's?« Er küsst mich auf den Kopf.

»Den Teil fand ich ehrlich gesagt am schönsten«, sage ich. Übertrieben kitschig waren die Kerzen, die Blumen. Aber das, was jetzt ist, hier auf der Couch, in seinen Armen, *das* ist echt.

Als ich mich bei ihm einkuschele, hebe ich meinen Kopf und erlaube den Worten, an die Oberfläche zu steigen.

»Ich liebe dich, Charlie.«

Ein schockierter Ausdruck durchkreuzt sein Gesicht, und in meinem Körper knistert der elektrische Stromstoß des Bedauerns. Das hätte ich nicht sagen sollen. Ich hab ihn komplett verschreckt. Habe ich mich so getäuscht in uns beiden? Befehlstaste Z!

Ich bin schon kurz davor durchzudrehen, als Charlie mich in den Arm nimmt und sein Gesicht in meinen Haaren vergräbt.

»Ich liebe dich auch. Tut mir so leid. Das hätte ich vorher sagen sollen.« Er lehnt sich zurück und lässt seinen Blick durch das Zimmer gleiten, über die Blumen, die Kerzen, und dann verdreht er die Augen über das, was an diesem Abend so offensichtlich gefehlt hat. »Ich bin ein Vollidiot.«

Er küsst mich, und alles ist wieder gut. Mehr als gut. Ungefähr so verdammt perfekt, wie mein Leben überhaupt nur sein kann.

Wir machen es uns wieder gemütlich und schauen den Film.

Den ganzen Abend über vibriert mein Handy in der Tasche. Lauter Nachrichten von Meaghan.

Habt ihr es schon gemacht?

Jetzt vielleicht?

Jetzt?

Was ist mit jetzt?

Mir ist klar, dass sie witzig sein will, aber nach der vierten Nachricht höre ich auf, mein Handy zu checken.

Als der Film vorbei ist, schaue ich unsicher zu Charlie hoch. »Du bist nicht sauer ... oder?«, frage ich mit dem Anflug eines schlechten Gewissens.

»Sauer? Machst du Witze? Du hast buchstäblich gezittert

wie Espenlaub. Das es heute passieren würde, war einfach un-
vorstellbar.«

Auf der Treppe ertönen stolpernde Schritte. Charlies Kopf
schnellt in die Höhe, er ist in Alarmbereitschaft und lauscht
angestrengt. Schlüssel klimpern, als ob jemand Schwierigkeiten hat, die Tür aufzuschließen.

»Charlie, was ist los?«

»Nichts«, flüstert er. Blitzartig ist er auf den Beinen und
zieht mich mit sich von der Couch. »Ist es okay, wenn du in
meinem Zimmer wartest? Nur für ein paar Minuten?«

»Ja. Klar.«

Er zieht mich an der Hand durch die Küche in sein Zimmer.
Er schubst mich nicht gerade rein, aber es ist nah dran. »Dauert
nur eine Minute. Tut mir leid«, sagt er, während er mir die
Tür vor der Nase zumacht.

Seine Schritte entfernen sich aus der Küche zurück ins
Wohnzimmer. Ich presse mein Ohr gegen die Tür.

»Hi, Ma«, begrüßt er seine Mutter beiläufig.

»Was soll das hier?«, höre ich sie sagen. In ihrer Stimme
schwingt ein neckender Unterton mit. »Blumen?«

»Mhm.«

Ein Stuhl schabt über den Boden.

»War Hadley hier?«

Voller Schuldgefühle kneife ich die Augen zu. Im Gegen-
satz zu mir hat er seiner Mutter von uns beiden erzählt. Aber
warum versteckt er mich dann vor ihr?

»Mhm. Wir haben Fernsehen geschaut. Was ist passiert?«

Nach ein paar dumpfen Schlägen, die sich anhören, als hätte
sie gerade ihre Schuhe abgestreift, stößt sie ein erleichtertes
Stöhnen aus.

»Nix los heute Abend. Gus hat Regina und mich früher gehen lassen.« Da höre ich es. Die zu laute Stimme, das Lallen.

Charlie bleibt stumm. Was er als Nächstes sagt, ist so leise, dass ich es gerade noch so verstehe.

»Wo seid ihr beiden nach der Arbeit gewesen?«

Es folgt eine weitere lange Pause.

»Charlie, verurteile mich nicht, okay? Ich hab gut durchgehalten. Es war nur dieser eine Abend.«

Jetzt ist mir klar, warum ich mich hier verstecken soll.

Ich ziehe mein Handy aus dem Rucksack, um zu checken, wie spät es ist. Und da sehe ich die drei verpassten Anrufe, alle von zu Hause.

Als ich die Nachrichten abhöre, schlägt mir der Puls bis in die Ohren. Die erste Nachricht kommt von meiner Mutter.

»Hadley ... wir wollten nur wissen, wann du nach Hause kommst. Ruf mich an, wenn du die Nachricht abhörst.«

Die zweite Nachricht ist von meinem Vater.

»Wo zum Teufel bist du? Die Bücherei ist seit einer halben Stunde geschlossen.«

Die dritte Nachricht ist nur ein paar Minuten alt.

»Hadley. Geh an dein verficktes Telefon.«

Scheiße. Scheißescheißescheißescheißescheiße.

Im anderen Zimmer kümmert sich Charlie um seine Mutter, versucht sie zu überreden, ins Bett zu gehen und ihren Rausch auszuschlafen. Ich muss meine Eltern anrufen, aber ich will nicht, dass Mrs. Simmons mich hört.

Vor Charlies Fenster ist eine Feuerleiter. Leise öffne ich das Fenster und schleiche mich raus. Es ist nur ein Stockwerk. Ich könnte versuchen, die verrosteten Stufen nach unten zu klettern, aber die Leiter reicht nicht bis zum Boden, und ich habe keinen Schimmer, wie ich das hinkriegen soll oder welchen Höllenlärm ich damit verursachen würde.

Also bleibt mir nur, meine Eltern draußen vor Charlies Fenster anzurufen.

Der erste Klingelton ist noch nicht zu Ende, da nimmt mein Vater ab.

»*Wo ... bist ... du?*« In jedem Wort steckt geballte Ladung, jede Silbe ist ein gezielter Schlag in mein Gesicht.

»Hi Dad, tut mir leid. Ich hatte das Handy in der Bücherei auf stumm gestellt –«

»Ich hab dich gefragt, wo du bist. Die Bücherei hat vor fünfundvierzig Minuten geschlossen.«

Mein Blick streift den Müllcontainer hinter Sal's.

»Ich hatte Hunger und hab mir eine Pizza geholt. Ein paar Mädchen aus der Schule waren da –«

»*Pizza?*«, fragt er, und klingt jetzt aus einem anderen Grund verärgert. Aber mich beim Verzehr von Fettarschfraß erwischen zu lassen, kommt auf alle Fälle besser als die Wahrheit.

»Ja – tut mir leid.« Ich weiß nicht mehr genau, für welchen Teil ich mich entschuldigen soll.

»Beweg deinen Arsch nach Hause. Sofort.«

»Okay«, presse ich zähneklappernd hervor, halb aus Angst, halb vor Kälte.

Ich lege auf. Am offenen Fenster erscheint Charlie. Sein Gesicht ist total verblüfft.

»Alles okay?«, fragt er, schaut die Feuerleiter herab und versucht sich einen Reim darauf zu machen.

»Ich muss jetzt nach Hause.«

Er streckt seinen Arm nach draußen und hilft mir zurück ins Zimmer.

»Ich bring dich zum Auto.«

Auf Zehenspitzen folge ich ihm, vorbei an der geschlossenen Schlafzimmertür seiner Mutter.

Draußen auf der Straße bleiben wir vor meinem Auto stehen. Ich lehne mich gegen die Tür und greife nach seinen Gürtelschlaufen, um ihn näher zu mir heranzuziehen. Er konzentriert sich auf meine Haare, schiebt sie über meine Schultern zurück, dann widmet er sich meiner Jacke und streicht den Kragen gerade. Endlich schaut er mir in die Augen.

»Bist du in Schwierigkeiten?«

»Ein bisschen.«

Ich sage ihm nicht, wie sich alles in mir zu einem winzigen Knoten zusammenkrampft, wann immer ich mein Haus betrete, ganz egal, ob ich in Schwierigkeiten bin oder nicht. Wie sich jede Faser meines Körpers vor Erleichterung entspannt, wenn ich mich von zu Hause entferne, besonders, wenn mein Weg zu ihm führt. Wie ich jeden drohenden Ärger in Kauf nehme, weil mich einzig das Zusammensein mit Charlie vergessen lässt, was mich zu Hause erwartet.

»Ist alles okay?« Mein Blick gleitet hoch zu seiner Wohnung.

Sein Gesicht verhärtet sich. »Ich werde mich nicht für sie entschuldigen.«

»Charlie.« Ich recke mich, um seine Wange zu streicheln. »Das hätte ich auch nicht von dir erwartet.«

Er schaut weg und verzieht den Mund.

»Es ist, wie es ist. Sie schafft es über lange Strecken. Immer mal wieder, kommt ein Abend wie dieser.«

Ich wähle meine nächsten Worte mit Bedacht. »Ich wollte nur sicher sein, das mit *dir* alles okay ist.«

Er beugt sich zu mir herunter und presst flüchtig seine Lippen auf meine. Es geht schnell und ist als Abschiedskuss gemeint.

»Bei mir ist alles gut. Aber du machst dich jetzt besser auf den Weg, bevor du noch mehr Ärger kriegst.«

Er bleibt auf dem Bürgersteig stehen und schaut mir zu, wie ich davonfahre.

jetzt

Sie haben mich auf die Station für Jugendpsychiatrie verlegt, was sich anfühlt, als wäre ich aus der Einzelhaft in den Gefängnishof befördert worden.

Ich bin in einem Zweibettzimmer. Mein Bett ist akkurat bezogen, die Decken sind straff über die Matratze gespannt. Das andere ist ein wüst verknoteter Strang aus Decken, der aussieht, als hätte zwischen Benutzer und Bettzeug eine epische Schlacht stattgefunden.

»Ich muss mir ein Zimmer teilen?« Ich wirbele zu Janet herum.

»Fürchte ja«, sagt Janet, der die Panik in meinem Gesicht ganz offensichtlich nicht entgeht. »Wir prüfen unsere Patienten sehr sorgfältig, bevor wir sie zulassen. Wenn sie sich auffällig verhalten oder versuchen, einen anderen Patienten zu verletzen, verlegen wir sie auf eine andere Station.«

Janet fasst mich an der Schulter und führt mich den Flur hinunter, zum Gemeinschaftsraum. Ich werfe einen Blick hinein und Janet stupst mich in die Rippen, als wäre sie eine Mutter, die ihr kleines Kind drängt, neue Freundschaften in der Vorschule zu schließen.

»Alle mal herhören, das ist Hadley«, kündigt sie an. Köpfe wirbeln herum, um mich in Augenschein zu nehmen. Auf der

Heizung sitzt ein Pfleger, die Arme verschränkt, den Blick auf den laufenden Fernseher gerichtet, der hoch oben an die Wand montiert ist.

Als ich mich umdrehe, ist Janet verschwunden.

Ein halbes Dutzend Kids hängt auf den beiden Sofas ab, das eine Sofa ist knallblau, das andere waldmeistergrün. Die Mädchen bleiben auf dem blauen Sofa unter sich, ihre gekreuzten Beine sehen aus wie Origami-Schwäne. Die Jungs besetzen, typisch breitbeinig, das grüne Sofa. Um mir Mut zu machen, nestele ich an der leeren Stelle an meinem Schlüsselbein herum, auf der bislang immer mein Claddagh-Anhänger geruht hat. Bei meiner Einlieferung wurde er mir weggenommen; jegliche Art von Schmuck, Reißverschlüssen oder Schnürsenkel sind verboten.

Ich versuche, nicht *zu viel* auf einmal aufzunehmen, aber zwei der Mädchen kann ich einfach nicht ausblenden. Die eine ist blond und mindestens 40 Prozent ihres Haares verliert sich in einem bizarr abstrakten Muster auf ihrer Kopfhaut. Es sind nicht die klaren Linien einer Rasur, sondern es sieht aus, als wäre das Haar ausgefallen und hätte nur die Spuren einzelner Strähnen hinterlassen, die sich um die Schädeldecke und das rechte Ohr herumziehen. Chemo vielleicht, obwohl das Mädchen dann hier auf der falschen Station wäre.

Das zweite Mädchen hat kastanienbraune Locken und krallt sich mit geballten Fäusten an den Ärmeln ihres Pullis fest.

Ich suche mir einen Sitzplatz abseits von den anderen und hole meine Spielkarten raus. Sie gehören zu den wenigen persönlichen Dingen, die Grandma mir mitgebracht hat und die ich tatsächlich behalten durfte. Ich starte eine Runde Solitaire. Es gibt mir was zu tun und hilft mir, die ganzen Guck-mal-die-Neue-Blicke im Raum zu ignorieren.

Lockenköpfchen steht auf und nimmt mir gegenüber Platz.

»Mir ist langweilig.« Ihre Fäuste noch immer in die Ärmel-
enden ihres Pullis verkrallt, verschränkt sie ihre Arme auf
dem Tisch. Ich schätze mal, wir tragen dieselben schmalen
Gazeverbände ums Handgelenk.

»Willkommen im Club«, entgegne ich. Die neuen Pillen
sind das Sahnehäubchen der bisherigen Medikamente, sie halten meine Laune auf einem beständigen Niveau, nicht zu gut,
nicht zu schlecht.

»Hast du Lust, was anderes zu spielen?«

Sie starrt auf meine Karten, als wären sie eine Schachtel
Pralinen.

»Rommé?«, frage ich.

Sie nickt und winkt Spacko-Haar zu uns rüber.

»Ich bin Rowan«, sagt Lockenköpfchen. »Und das ist Melissa.« Melissa lässt sich auf einen Stuhl gleiten. Zum Gruß blinzelt sie mir mit flacher, ausdrucksloser Miene zu, in einem
abgehackten Rhythmus, der mich fasziniert; es sieht aus, als
trüge sie neue Kontaktlinsen, die ihre Augen komplett aus-
trocknen. Von Wimpern und Augenbrauen ist kaum eine Spur
zu sehen, da sind nur diese gesprenkelten blonden Haarfussel,
die sie aussehen lassen wie ein Vogelbaby.

Sie bemerkt mein Starren. »Trichotillomanie«, sagt sie mit
einer Stimme, die so flach ist wie ihre Miene.

»Ganz schön große Klappe, was?« Rowan zwinkert mir
grinsend zu, was zwei tiefe Grübchen auf ihren Wangen zum
Vorschein bringt.

Die Karten mit einer Hand zu mischen, dauert länger. »Ich
bin Hadley«, sage ich, während ich für jede von uns zehn Karten austeile.

Rowan schaut auf meinen Gips. »Tut's weh?«

»Nicht wirklich.« Ich fixiere mein Blatt, um nicht Melissas
Haar oder Rowans versteckte Handgelenke anzustarren.

Rowan schiebt die Karten in ihrer Hand hin und her. Ihre Ärmel rollen sich hoch und legen grobknochige Handgelenke frei. Da sind keine Verbände oder frisch vernähten Schnittwunden. Stattdessen sind die Innenseiten ihrer Arme Schlachtfelder aus alten Narben und frischeren Kratzspuren. Sie ertappt mich beim Starren und mustert meine verbundenen Handgelenke.

»Anfängerfehler«, sagt sie und ordnet das Blatt auf ihrer Hand.

»Was soll das denn heißen?«, schieße ich zurück.

Sie deutet mit ihrem Kinn auf meine Handgelenke. »Jeder weiß, dass du mit vertikalen Schnitten schneller blutest. Die horizontalen Schnitte sind für Drama Queens.«

Mir kocht das Blut hoch.

»Du glaubst, ich hab das getan, weil ich hier landen wollte?«

Ihr zynisches Grinsen drückt ihr ein Grübchen in die Wange. »Niemand will hier sein«, sagt sie, ohne den Blick von ihren Karten zu nehmen. »Ich sag dir nur, wie du's verkackt hast.«

damals

Auf dem Weg zur Cafeteria sehe ich, wie Mr. Murray vor dem Sekretariat mit Mr. Johnson spricht. Als ich vorbeigehe, schauen sie beide hoch.

»Hadley!« Mr. Murray hebt seinen Arm, um mich auf sich aufmerksam zu machen. Er winkt mich zu sich, während mich Mr. Johnson beäugt und dann mit einem Kopfnicken in Mr. Murrays Richtung in seinem Büro verschwindet.

Mr. Murray lächelt sanft, als ich ihm entgegenkomme. Ich habe ihn immer gemocht; er hat freundliche Augen. Es stimmt wirklich, dass unsere Augen die Fenster der Seele sind. Wenn du ein schlechter Mensch bist, kannst du es nicht verstecken. Es steht dir ins Gesicht geschrieben, offen für alle. Man muss nur wissen, worauf man zu achten hat.

»Ich wollte mit dir reden.« Als mich Mr. Murray in sein Büro führt, legt er mir locker den Arm um die Schulter, dieser Hauch von Berührung, wie es alle männlichen Lehrer machen, damit ihnen kein unsittliches Verhalten vorgeworfen wird.

»Ähm. Ich war grad auf dem Weg zum Mittagessen.« Ich deute über meine Schulter Richtung Cafeteria, aber er schließt die Glastür hinter uns.

»Setz dich.« Er zeigt auf einen der Stühle. »Es dauert nur ein paar Minuten.«

Mr. Murray hat kurz geschorenes, graues Haar aber ein junges Gesicht. An die Pinnwand hinter seinem Schreibtisch hat er gekritzelte Wachsmalbilder von »Daddy« geheftet. Entweder ist er ein alter Vater, der spät angefangen hat, eine Familie zu gründen, oder die Schüler der Melville Highschool haben ihn früh altern lassen.

Ich sitze auf dem Stuhl mit dem orangefarbenen Filzbezug, der über die Jahre schon jede Menge Hintern gesehen hat. Anstatt gegenüber von mir Platz zu nehmen, setzt sich Mr. Murray neben mich, auf den zweiten orangefarbenen Stuhl, der für Eltern/Schüler-Gespräche reserviert ist. Seine Absicht ist klar; ich soll mich entspannen, wohlfühlen. Er will mir die Befangenheit nehmen, damit wir uns besser unterhalten können.

Er stützt seine Ellenbogen auf die Knie und beugt sich vor. »Jetzt bist du also im Abschlussjahr. Große Entscheidungen stehen an. Wie läuft's denn soweit?«

»Bis jetzt gut«, entgegne ich und dehne meine Gesichtsmuskeln zu einem Lächeln.

»Schön! Keine Probleme in irgendeinem Fach?«

»Nein.« Ich schüttele den Kopf.

»Schön, schön.« Er nickt zufrieden. »Und wie ich höre, spielst du immer noch Lacrosse. Auswahlmannschaft, stimmt's?«

Seine Augen fixieren mich mit ihrem freundlichen aufmerksamen Schimmer.

»Jep.«

»Na dann.« Er dreht sich zum Schreibtisch und schiebt ein paar Unterlagen hin und her. »Ich hatte ein Gespräch mit Ms. Morales. Deine Ergebnisse im Zulassungstext sind *beeindruckend*. Was mich natürlich nicht überrascht.« Er dreht sich wieder zu mir. »Welche Schulen schaust du dir an?«

Irgendwas ist hier faul. Über solche Themen spreche ich mit

118

meiner Beratungslehrerin Ms. Morales, nicht mit dem Fach-
bereichsleiter.

Ich schlucke schwer. »Cornell.«

»Cornell ist wunderbar.« Mr. Murray nickt anerkennend.
»Ist das die Schule deiner Träume?«

»Mh-hm.« Ich versuche, jegliche Spur der Nötigung meines
Vaters aus meinem Gesicht zu verbannen.

»Großartig. Was macht die Schule zu deiner Nummer eins?«
Er streckt seinen Zeigefinger in die Luft.

»Hm. Sie haben ein gutes Lacrosse-Team.« Punkt eins wäre
abgehakt.

»Lacrosse?«, wiederholt er lachend. »Also gut. Was noch?«

Er lächelt weiter, lässt den Satz in der Luft hängen, wahrscheinlich will er mich ermutigen, die peinliche Stille zu füllen.

Ich zucke mit den Achseln und spüre, wie mir die Röte am
Hals hochkriecht.

»Hast du deine Anmeldung pünktlich eingereicht?«, fragt er
und beobachtet, wie ich reagiere.

Ich starre auf meine Knie. »Nein. Das hab ich leider ziemlich
verbockt.«

Ich kratze mir einen Fussel vom Bein. »Aber ich hab mich
beworben«, füge ich hinzu und fühle wieder Dads schwere
Hand auf meiner Schulter, als er sich hinter mich stellte, bis er
sich davon überzeugen konnte, dass ich auf Senden drückte.
Seine rasende Wut über meine verpasste Deadline hängt zu
Hause in der Luft wie ein schlechter Geruch.

»Okay ... also keine *totale* Katastrophe!« Mr. Murray lacht,
wahrscheinlich um die Stimmung aufzulockern.

»Mein Vater glaubt schon, dass ich bei Cornell angenommen
werde, aber wir haben uns für alle Fälle auch bei Harvard,
Yale und Brown beworben.«

»*Wir*«, wiederholt er, und jetzt bröckelt seine fröhliche Fassade. »Hadley …« Er faltet seine Hände im Schoß und schaut für einen Augenblick nach unten. »Du bist eine kluge – eine *außergewöhnlich* kluge – und gut ausgebildete Schülerin. Ich möchte trotzdem nicht, dass du dir falsche Vorstellungen machst. Du hast ausnahmslos Eliteschulen aufgezählt. Die sind ziemlich anspruchsvoll. Versteht ihr das, dein Vater und du?«

Ich nicke, aber, nein, mein Vater versteht es natürlich *nicht*. Oder zumindest weigert er sich, es zu akzeptieren.

»Ich ziehe auch Hofstra und Stony Brook in Erwägung«, füge ich hinzu, obwohl mein Vater keine Ahnung davon hat.

Sein Lächeln ist ermutigend. »Öffentliche Schulen?«

Ich nicke. Ja, öffentliche Schulen. Auch wenn mein Vater mich auf Cornell oder eine der anderen Eliteschulen schicken will – ich kann Lila nicht schutzlos zurücklassen.

»Das sind ebenfalls hervorragende Schulen. Immer noch anspruchsvoll, aber nicht *so*.«

Er macht eine Pause. »Denk dran, deine Wahl gut auszubalancieren. Die Schulen, die dich an deine Grenzen bringen … also die von dir erwähnten Eliteschulen … und für alle Fälle auch ein paar Schulen, in denen du auf Nummer sicher gehen kannst.« Er starrt mich weiter an, hinter seinen blassen Augen rotiert es wie wild. »Wenn du sagst, du ziehst die Schulen in Erwägung, meinst du damit aber nicht, du hast dich dort beworben?«

»Nein«, gebe ich zu.

»Dann nimm es in Angriff. Von Oktober bis Januar ist doch ein optimaler Zeitraum, stimmt's? Schieb es nicht mehr auf die lange Bank.«

Mit feuchten Händen umklammere ich meine Knie. Die Luft im Zimmer wird stickig. Meine Nerven prickeln mir im Rücken. Diese Unterhaltung bringt meine Schweißdrüsen auf Hochtouren.

Mr. Murray atmet geräuschvoll aus. »Okay. Also, Hadley, ich habe wirklich keinen Zweifel, dass du an einer exzellenten Schule angenommen wirst. Aber« ... er zieht eine Grimasse und stemmt bedeutungsvoll die Hände in die Hüften, »wäre es angemessen, zu behaupten, dass der Druck zu Hause, auf einer Eliteschule angenommen zu werden, ziemlich stark ist?«

Er schaut mich an, mit diesem sanften Das-ist-nur-ein-gemütlicher-Plausch-unter-Freunden-Tonfall, den Lehrer in ihrem Pädagogikstudium lernen müssen.

Seine Augen sind einfach so liebevoll. Ich fühle mich verpflichtet, ihm noch ein Stück weiter entgegenzukommen.

»Kann schon sein.« Ich lächele.

Er öffnet den Mund, um noch etwas hinzuzufügen, aber ich werfe einen gezielten Blick auf seine Wanduhr. »Tut mir leid. Ich habe heute Morgen nicht gefrühstückt und bin echt hungrig.«

»Natürlich.« Im Aufstehen fügt er hinzu: »Ich wollte dich schon die ganze Zeit wissen lassen, wie sehr ich es bedaure, dass du nicht zu unserem Team der Vertrauensschüler kommst. Ich hatte gehofft, ich könnte deinen Vater überreden. Aber er ...«

»Ich weiß.« Ich lasse ihn vom Haken und wende mich zur Tür. Niemand sollte sich je genötigt fühlen, einen Satz über meinen Vater zu beenden.

»Eins noch, Hadley«, hält er mich zurück. »Auch wenn du selbst kein Teil des Teams bist, du kannst dich an jeden dieser Schüler wenden, wenn du mit jemandem reden willst. Wie auch an mich. Jederzeit. Das ist dir doch bewusst, oder?«

Ich nicke und lächele. »Danke, Mr. Murray. Das mach ich ... wenn ich es brauche, meine ich.«

Ich mache mich auf den Weg zur Cafeteria, meine strapazierten Nerven sprühen Funken wie Hochspannungsleitungen. Macht sich Mr. Murray Sorgen, dass ich unter zu viel Druck stehe, oder steckt etwas anderes dahinter?

Noah und Meaghan sitzen schon an unserem Stammplatz beim Fenster.

»Da ist sie ja.« Noah winkt mich an ihren Tisch.

Meaghan zieht mir den Stuhl zwischen den beiden hervor.

»Von allen Tagen wirst du uns *heute* ja wohl *nicht* sitzen lassen«, sagt sie leicht angesäuert.

»Warum? Was ist denn heute?« Verständnislos schaue ich die beiden an. Sie wechseln ungläubige Blicke und schütteln ihre Köpfe.

Noah rollt die Augen himmelwärts, dann macht er eine Geste in meine Richtung.

»Damit willst du uns jetzt ernsthaft abfertigen?«

Meaghan beugt sich übergriffig weit zu mir vor. »Wie lief es denn nun letzte Nacht?«

»Aaach … stimmt.« Ich greife nach ihrem Eistee und nehme einen großen Schluck. Nach diesem sonderbaren Gespräch mit Mr. Murray ist mein Mund wie ausgetrocknet. Ich war noch nicht dazu gekommen, ihnen von gestern Nacht zu erzählen – wie auch, wenn Noah und ich im Weltliteraturkurs bei Mr. Roussos nicht mal nebeneinandersitzen durften und in Spanisch Charlie zwischen mir und Meaghan saß.

»Es lief gar nicht.« Ich wische mir mit dem Handrücken über die Lippen.

Verwirrt starren die zwei mich an.

»Was …?« Meaghan schüttelt den Kopf.

»Ich hab gekniffen.« Ich zucke mit den Achseln.

»Ach, Süße.« Noah legt mir eine Hand auf die Schulter. »War seine Männlichkeit eine Nummer zu groß für dich?«

Er nickt wissend, mit einem schelmischen Funkeln in den Augen.

»Eklig!« Ich schubse seine Hand von meiner Schulter. »Hör auf, diese erotischen Internetstorys zu lesen. Die verdrehen dir den Kopf.«

»Also«, fragt Meaghan noch einmal. »Was ist passiert?«

»Ich weiß es nicht.« Ich starre auf das Meer an Mitschülern, die gerade ihr Lunch essen. Wie viele von ihnen haben es schon getan? Wie viele *tun* es? Ich weiß, dass ich in puncto Beziehung zur Minderheit zähle. Aber vielleicht stimmt was nicht mit mir, vielleicht werde ich nie den Mut aufbringen, es durchzuziehen.

Meaghan greift ein. »Darf ich meinen Senf dazugeben?« Sie lässt den Deckel ihres Eistees auf dem Tisch herumwirbeln.

»Du meinst, ein *Nein* würde dich stoppen?«, fragt Noah, und Meaghan greift an mir vorbei, um ihn vor die Brust zu stoßen.

»Dass du es auf deine To-do-Liste gesetzt hast, hat dir wahrscheinlich den Spaß an der ganzen Sache versaut«, schlägt sie mir mit einem Schulterzucken vor.

Ich nicke. »Du hast recht«, sage ich und hoffe, dass es so ist.

Meaghan klatscht einmal laut in die Hände. Themawechsel. »Okay, ich will dich jetzt nicht überrollen, aber ich hab Neuigkeiten. Ich hab die Zusage von Potsdam.«

Ich beuge mich vor und drücke ihre Hand. »Wie geil ist das denn? Glückwunsch!« Ich zeige auf Meaghan, dann auf Noah. »Sie zieht in den tiefsten Norden und weiter südlich als Miami kannst du nicht mehr gehen.«

Während Noah sein Kartenspiel aus der Manteltasche zieht, schnellt sein Blick zu Meaghan. »Die spinnt doch. Da regnet's von Oktober bis Mai. *Wehe,* ich krieg keine Zulassung für Miami!« Er legt den Kartenstapel ab und hält die Schwurfinger hoch. »Gott ist mein Zeuge, das hier ist der letzte Winter im Staate New York, den ich mir in meinem Leben antue.«

Meaghan kichert. »Genau dasselbe hat mein Großvater auch gesagt, bevor er sich in Florida niedergelassen hat.«

Es wird still. Zu still. Es ist die Art von Stille, die voller unausgesprochener Worte ist. Schließlich räuspert sich Meaghan und schaut zu Noah rüber. Sie hebt die Augenbrauen, mit einem vagen Kopfnicken in meine Richtung.

Noah mischt die Karten und teilt aus. »Also dann, jetzt bleibst nur noch du.« Ohne ihn anzuschauen, nehme ich das Blatt auf. »Jep.« Auch Meaghan greift nach ihrem Blatt. »Ich hab eine Theorie. Willst du sie hören?«

»Nicht wirklich«, sage ich.

Unbeirrt prescht sie vor. »Ich glaub, du hast die Deadline absichtlich vergessen, um deine Chancen auf eine Zusage zu sabotieren.« Mein Schweigen nimmt sie als Bestätigung. »Ich wusste es! *Hadley*! Du *musst* nicht nach Cornell gehen, nur weil dein Vater es will.«

Eine Flamme der anderen Art zischt plötzlich durch meinen Körper. »Scheiße! Warum zum Teufel sind plötzlich alle so besessen davon, auf welches College ich gehe?«

Ein paar Köpfe von den Nachbartischen drehen sich in unsere Richtung. Meaghan und Noah klappt der Unterkiefer runter. Fassungslos starren die beiden mich an.

»Tut mir leid«, rudere ich zurück. »Es ist nur so, dass mich Mr. Murray auch grad mit diesem Thema gegrillt hat.«

Meaghan sieht noch immer geschockt aus, aber sie nickt und lässt es gut sein.

Noch ein paar Sekunden herrscht beklommenes Schweigen. Noah atmet aus und schaut achselzuckend auf sein Blatt. »Nichts für ungut, aber zum Druckablassen ist Sex echt das perfekte Mittel.« Er schaut hoch und hält meinen Blick fest, sein leises Lachen ist sanft.

Ich grinse erleichtert. Noahs Talent, etwas Hässliches in etwas Komisches zu verwandeln, gehört zu den Dingen, für die ich ihn am meisten liebe.

BRADY: *Wir haben den 10. Januar. Uhrzeit ... 14:17 Uhr. Bitte geben Sie Ihren Namen und Ihr Alter an sowie Ihre Erlaubnis, dass ich Ihre Stellungnahme aufzeichnen darf.*

MM: *Meaghan Maki. Und ja, Sie haben meine Erlaubnis ... noch mal.*

BRADY: *Meaghan, erzählen Sie mir von Charlie und Hadley. Standen sie sich nah?*

MM: *Ja. Lächerlich nah.*

BRADY: *Sie klingen verstimmt. Hatten Sie das Gefühl, die Beziehung der beiden war zu symbiotisch?*

MM: *Nein ... ich meine ... was weiß ich. Vielleicht?*

BRADY: *Es gibt keine falschen Antworten.*

MM: *(atmet aus) Keine Ahnung. Ich meine, ich glaube, die beiden waren vom ersten Augenblick an total verrückt nacheinander. Ich meine, das ging echt schnell. Beängstigend schnell. Hören Sie, ich liebe Hadley. Ich wollte, dass sie glücklich ist. Vielleicht war es nur, wie krass intensiv sich das zwischen den beiden entwickelt hat. Das hat mir Angst gemacht.*

BRADY: *Angst? Inwiefern?*

MM: *Vielleicht nicht grad Angst. Keine Ahnung, ich kann das echt nicht mehr sagen. Nachdem sie zusammenkamen, ging nur alles so schnell. Einfach alles.*

damals

Die Lacrosse-Auswahlmannschaft trainiert im Duck Pond Park, einem Stadtpark mit zwei großen Spielfeldern und Stadionbeleuchtung für unser Abendtraining. Die Stimmung im Team ist heute ziemlich schräg. Jedes Mal, wenn ich mich umdrehe, sind die Mädels am Lachen oder Flüstern. Irgendwann sehe ich Faith mit der Faust vor dem Mund losprusten. Als sie mich bemerkt, zieht sie ihre Hand weg und läuft davon.

Nach dem Training muss ich aufs Klo. Im Waschraum bei den Becken hat jemand mit schwarzem Edding ein Strichmännchen beim Blowjob auf die Betonwand gezeichnet. Darüber steht mein Name. Rätsel gelöst.

Die kleine Flamme, die heute beim Lunch in meinem Körper aufgeblitzt ist, entfacht einen Großbrand. Ich stürme aus den Toiletten, meine Füße berühren kaum den Boden.

»Wer war das?« Ich zeige auf die Klotür während die anderen ihren Kram zusammenpacken. Claudia und ihre Gang kichern los. Es schürt die aufgestaute Wut in mir nur noch stärker.

Coach Kimmel kommt zu uns rüber. »Wer war was?«

»Im Waschraum. Jemand hat meinen Namen geschrieben und ...«

Coach Kimmel bringt mich mit erhobener Hand zum Schweigen. Während ich warte, hämmert mein Herzschlag mir bis in die Ohren, pocht hinter meinen Augen. Coach Kimmel betritt die Toiletten und kommt kopfschüttelnd zurück.

»Ihr Mädchen enttäuscht mich«, sagt sie.

»WER WAR DAS?«, brülle ich. Olivia schaut zu mir, dann wandert ihr Blick in Claudias Richtung. In mir explodiert etwas.

»Du *Schlampe*!« Kreischend stürze ich mich auf Claudia, und bin so vollgepumpt mit Adrenalin, dass ich mit einem einzigen Satz auf ihr lande. Gerade zwei Schläge kann ich ihr verpassen, bevor Coach Kimmel mich von hinten am T-Shirt packt und mit solcher Wucht von ihr herunterreißt, dass ich stolpernd auf dem Hintern lande.

Während ich mich aufrappele, schaue ich zu Claudia, die von zwei ihrer Freundinnen vom Boden hochgezerrt wird. Sie nimmt ihre Hand vom Mund. Da ist Blut. Die Erkenntnis ernüchtert mich schlagartig.

Das Zittern beginnt in meinen Beinen und wandert in meinem Körper nach oben, bis es meine Zähne zum Klappern bringt. Ich schaffe es gerade noch auf die Sitzbank, bevor meine Beine nachgeben.

Coach Kimmel reißt ein Kühlpack auf, legt es über Claudias Gesicht und redet leise auf sie ein. Hasserfüllt schielt Claudia zu mir rüber. Ich habe unsere Fehde auf das nächste Level getrieben.

Coach Kimmel schickt alle nach Hause. Mich behält sie bis zum Schluss da. Sie setzt sich neben mich, atmet hörbar aus und legt ihre Hände auf die Knie.

»Hadley«, setzt sie an. Als sie den Kopf schüttelt, verziehen sich ihre Lippen zu einer schmalen, weißen Linie.

»Ich weiß nicht, was passiert ist«, sage ich am Rand der Tränen. »Ich bin einfach durchgedreht.«

Sie starrt mich an, sondiert mich, versucht, tiefer in mich
einzudringen. Das Gewicht ihres Unmuts zieht ihre Mundwinkel nach unten. »Ich kann nicht behaupten, dass mich das
hier überrascht. Du stehst unter zu viel Druck. Jeder, der
Augen im Kopf hat, kann das sehen. Die Frage ist, wie gehst
du damit um? Denn das«, sie zeigt auf den Tatort, »ist in-
akzeptabel.«

Ich nicke und aus meinem Auge dringt eine Träne. Dann
noch eine.

»Was ist mit dir los, Hadley?«, fragt sie mich unumwunden.

Ich kann ihr nicht in die Augen sehen.

»Mit mir kannst du darüber sprechen«, sagt sie und drückt
mir bekräftigend das Knie.

Ich schüttele den Kopf. »Nichts. Ich bin einfach ... Claudia
und ich haben schon länger was am Laufen.«

Mein Coach wartet noch einen Moment, vielleicht auf die
Wahrheit.

»Na dann.« Sie zieht ihre Hand von meinem Knie und senkt
den Kopf. »Es wird Konsequenzen geben. Ich muss dich morgen auf die Bank setzen.«

Ruckartig fährt mein Kopf zu ihr herum. »Ich kann das
Spiel nicht verpassen.« Morgen ist der Peer-Helper-Work-
shop – der, bei dem ich nicht mitmachen durfte, weil Dad darauf bestand, dass ich zum Spiel muss.

»Das hätte dir vor deinem Wutausbruch einfallen sollen.«
Sie stöhnt leise auf. »Ich werde die Wileys anrufen und versuchen, die Sache wenigstens ein bisschen glatt zu bügeln. Wenn
ich dich morgen vom Spiel suspendiere, sehen sie vielleicht
von einer Anzeige ab.«

»Anzeige?«, schreie ich auf.

»Vertrau mir. Dich für ein Spiel zu suspendieren, wird das kleinere Übel sein.«

»Ja, aber es sind nur noch zwei Spiele übrig«, ächze ich.

»*C'est la vie.*« Sie zuckt mit den Schultern und starrt auf das Spielfeld, das unter der massiven Stadionbeleuchtung strahlt wie am helllichten Tag. »Deinen Vater sollte ich auch anrufen«, fügt sie sanft hinzu.

»*Nein!* Tun Sie das nicht.«

Sie hebt die Hand, um mich zum Schweigen zu bringen. »Er wird wissen wollen, warum ich dich morgen nicht spielen lasse. Ich will die ganze Sache ein bisschen entschärfen, um deinetwillen. Er ist auch so schon kaum zu bändigen während der Spiele.« Sie atmet aus. Ihre Schultern sacken nach unten. Und dann sieht sie wieder zu mir, bietet mir mit gezieltem Blick noch eine Chance, mich zu öffnen.

»Du weißt, dass du mit mir über alles reden kannst. Hab ich recht?«

Ich heuchle Unverständnis. »Klar.«

Ich stehe auf und überlasse es Coach Kimmel, sich um den Dreck zu kümmern, den ich hinterlassen habe.

Später am Abend versuche ich mich unter der brühend heißen Dusche zu beruhigen. Selbst nach dem Anruf von Coach Kimmel ist mein Vater ausgerastet und hat mir Hausarrest gegeben. Was bedeutet: Unser Haus müsste in Flammen stehen, damit ich entkommen könnte. Bis Montag in der Schule werde ich Charlie nicht sehen.

Nachdem ich auch den letzten Tropfen warmen Wassers aus dem Tank verbraucht habe, steige ich aus der Dusche, trockne mich ab und schlüpfe schnell in Jogginghose, Sweatshirt und warme Socken, bevor mich der Schüttelfrost wieder überkommt. Als ich mein Schlafzimmer betrete, entdecke ich den

Modekatalog von Tilly's auf meinem Bett, die aufgeschlagene Seite zeigt ein mit lila Filzstift umkringeltes Outfit. Am Rand der Seite klebt ein gelber Zettel, auf dem in lila Handschrift geschrieben steht:

Zu Weihnachten würde ich dieses Outfit LIEBEN
Achtung Anspielung
xoxo
deine Lieblingsschwester

Lila. Meine Schwester. Meine Fußfessel.

Ich war zehn, als mein Vater mit meinen Trainingseinheiten für Lacrosse anfing, so alt wie Lila jetzt ist. Wenn ich keine hundert Bauchpressen schaffte, nannte mein Vater mich Baby. Wenn ich sagte, es sei zu kalt zum Joggen, bekam ich zur Antwort, ich sollte mit dem Gejammer aufhören und die Zähne zusammenbeißen. Jetzt erst wird mir klar, wie sehr er mich damals noch geschont hat. Mit den Jahren wurde es schlimmer.

Vor drei Jahren, als ich vierzehn war, beschloss ich, mehr Rückgrat zu zeigen. Es war Meaghan, die mich darauf brachte. »Jetzt mal ernsthaft, er wird dich ja wohl nicht zum Joggen zwingen, wenn du nicht willst.«

Vor offenem Widerstand hatte ich zu große Angst. Also gab ich eine heftige Monatsblutung mit Magenkrämpfen vor, um das frühe Joggen zu umgehen. Den ganzen Morgen über hatte er grauenhafte Laune.

Mich selbst unsichtbar zu machen, war zu einer Überlebensstrategie geworden. Ich war mittlerweile geübt darin, die Zeichen zu deuten und mich in seiner Nähe lautlos zu bewegen. Aber Lila hatte noch nicht gelernt, seine wilden Dr.-Jekyll-und-Mr.-Hyde-Launen rechtzeitig zu erkennen und

sich von der Schusslinie fernzuhalten. An diesem Morgen pol-
terte sie die Treppen runter zum Frühstück, *zu* freudig. Zu
fröhlich. Zu sehr wie eine Siebenjährige.

»Was bist du denn so blendend gelaunt?«, blaffte er sie an, als
sie in die Küche galoppiert kam.

Sie setzte sich an ihren Platz und kippte sich Cornflakes in
die Schüssel, auf ihren Lippen noch immer das Lied, mit dem
sie am Morgen aufgewacht war. Sie trug ein Hello-Kitty-
Nachthemd mit passenden Plüschpantoffeln. Ihr feines, blondes Haar war noch vom Schlaf verwuschelt. Sie hob die
Milchkanne hoch.

Ich hätte es kommen sehen sollen. Ich hätte ihr helfen sollen.

Die Kanne war zu schwer. Beim Einschenken entglitt sie
Lila und knallte auf den Tisch. Die Milch ergoss sich in alle
Richtungen über den Tisch und auf den Boden.

Die sprichwörtlich vergossene Milch war der Auslöser. Ich
konnte kaum nach Luft schnappen, da war mein Vater schon
bei Lila und riss sie am Arm vom Stuhl hoch.

»Herrgott noch mal!« Er schüttelte sie, ihre Füße baumelten
wie abgestorbene Gliedmaßen in der Luft. Sie jaulte laut auf.
»Du wirst das sauber machen, bis auf den letzten Tropfen.
Und wenn du es *ablecken* musst.« Wieder schüttelte er sie am
Arm.

In ihrem verzerrten Gesicht spiegelte sich etwas, das größer
war als Angst.

»Lass sie in Ruhe!« Ich stürzte auf die beiden zu und zog
Lila von meinem Vater weg. Sie hatte einen wilden Blick. Ihr
Mund war aufgerissen zu einem stummen Schrei, der zu
einem durchdringenden Wehklagen wurde. Sie hielt ihre
Schulter fest.

»Sie ist okay«, sagte Dad, aber da war ein besorgtes Aufblit-
zen in seinen Augen.

Sie war nicht okay. Sie hörte nicht auf zu weinen. Und schließlich presste sie hervor: »MEIN ARM!«

Mom war shoppen, also brachten wir sie ins Krankenhaus.

Auf die Frage, was geschehen war, spielte mein Vater die Rolle des besorgten Elternteils. »Wir haben rumgetobt. Hadley und ich haben sie hin und her geschaukelt. Hadley hat wahrscheinlich zu feste gezogen.«

Auf dem Heimweg trug Lila eine Bandage. Keiner von uns sprach. Am nächsten Tag wurde ein teures viktorianisches Puppenhaus von Toy Store an unsere Adresse geliefert. Overnight Service.

Mom kriegt immer Blumen oder Schmuck oder einen Tag im Spa, nachdem es Streit gegeben hat. Lila bekam ein teures Spielzeug. Und ich – mir wurde nie etwas geschenkt. Ich habe keine Ahnung, warum er mich am schlimmsten behandelt und dabei nicht dieselben Gewissensbisse hat. Warum er mich mehr hasst als alle anderen zusammen.

Aber an diesem Tag schwor ich mir, alles zu geben, um sicherzustellen, dass er Lila nie wieder verletzte.

Ich schreibe Charlie eine Nachricht.

Der Abend ist gelaufen. Ich hab Hausarrest.

Ich warte auf seine Antwort. Anstatt zurückzuschreiben, ruft er an. Ich stehe schon am Abgrund. Seine Stimme wird mich in die Tiefe stürzen. Ich lasse die Mailbox angehen, dann stelle ich das Handy aus.

Ich schleiche mich ins Schlafzimmer meiner Eltern. Ich weiß, wo meine Mutter ihre Schlaftabletten aufbewahrt, für die Momente, in denen nicht mal mehr der Chardonnay ihr Leben erträglicher macht. Mit dem Daumen flippe ich den Deckel auf, kippe mir eine Pille auf die Handfläche und schlucke sie mit Leitungswasser runter. Bevor ich die Pillendose wieder wegstelle, starre ich hinein. Die Dose ist voll. Ich könnte so leicht dafür sorgen, dass all das aufhört, jetzt, in diesem Moment. Hastig verschließe ich die Dose wieder und stelle sie zurück ins Medizinfach. Es gab schon jede Menge Momente in meinem Leben, in denen ich mich selbst gehasst habe, aber das hier ist der erste Augenblick, in dem ich *Grauen* vor mir selbst empfinde.

Lautlos tapse ich zurück in mein Zimmer und rolle mich in meinem Bett zusammen, bis die Benommenheit mich von allem erlöst.

Am nächsten Morgen zerrt mich mein Vater aus dem Bett, damit wir das Spiel anschauen können. Mir ist immer noch schwummrig, aber die Pille hat gewirkt. Sie hat die Geräusche in meinem Kopf ausgeschaltet, die kreisenden Gedanken gelöscht.

Ich stehe am Spielfeldrand und schaue zu, wie das Team ohne mich punktet, in sicherer Entfernung von meinem miesgelaunten Vater und den düsteren Blicken der Wileys, von denen sich mein Vater zum Glück ebenfalls fernhält. Als ich ihm erzählte, dass ich Claudia verprügelt hatte, blitzten seine Augen auf; als schwelende Anerkennung einer Seite in mir, mit der er sich identifizieren konnte. Zur Raserei brachte ihn nur die Tatsache, dass ich mir eine Suspension eingehandelt hatte. Claudia zu verprügeln hat einen Teil von mir ans Licht gebracht, vor dem ich mich fürchte – den Teil von mir, den mein Vater erschaffen hat.

In der Halbzeit kommt Coach Kimmel vorbei, um zu sehen, wie es mir geht. »Alles gut?« Für einen besseren Eindruck hebt sie ihre schwarze Wrap-Around-Sonnenbrille an. Ich nicke.

»Er hat dir keinen großen Ärger gemacht?«, fragt sie und lenkt ihr ausgeprägtes Kinn in Richtung meines Vaters.

»Kommt darauf an, was Sie unter großem Ärger verstehen«, erwidere ich und bohre die Fußspitzen meiner Turnschuhe in die Erde.

Ihr Laserblick trifft mich, abwägend, nachdenklich, sinnierend. Bevor sie auf irgendwelche Ideen kommt, beuge ich mich vor und greife nach ihrem Arm.

»Es war falsch, Claudia zu schlagen. Ich weiß das. Ich hab es verdient.« Ich deute auf das Spielfeld.

Sie schüttelt den Kopf und öffnet den Mund, um noch etwas zu sagen.

»Coach Kimmel«, brüllt Olivia. Auf- und abspringend wedelt sie mit den Armen. »Die brauchen Sie hier.«

Coach Kimmel wirft einen Schulterblick auf ihr Team, dann dreht sie sich noch einmal zu mir.

»Hadley, du hast meine Telefonnummer. Du kannst mich immer anrufen, Tag und Nacht. Hast du verstanden?« Um ihren Punkt klarzumachen, bohrt sie mir ihren Zeigefinger in die Schulter.

Als sie außer Hörweite ist, dringt seine Stimme an mein Ohr.

»Hadley!«

Ich fahre herum. Charlie steht beim Toilettengebäude und winkt mich zu sich rüber. Ich werfe einen Blick nach rechts; mein Vater ist damit beschäftigt, Faiths Mutter das Ohr abzukauen, auf seinem Gesicht liegt ein breites Grinsen. Faiths Mom ist ebenso kuhäugig wie kuhhüftig. Sie suhlt sich in Dads Aufmerksamkeit — *kichernd*.

Mein Vater hat diese Wirkung auf Menschen, besonders auf Frauen. Seine durchdringenden Blicke geben Fremden das Gefühl, der geteilte Moment sei das Einzige, was zählt. Zu dumm für Faith's Mom, denn ihr »geteilter Moment« ist kompletter Bullshit. Zu Hause wird sich Dad bei meiner Mom darüber auslassen, wie die Muddi-Jeans dieser Frau um Gnade gebettelt hat.

Ich renne zu Charlie und wir verstecken uns hinter dem Gebäude.

»Du kannst hier nicht bleiben.« Ich werfe einen Blick über meine rechte Schulter, damit ich meinen Vater im Auge behalte.

»Ich hab mir Sorgen gemacht. Warum hast du mich gestern nicht zurückgerufen?« Er fasst mich an beiden Armen.

»Ich hatte einen schlechten Abend.« Seine Hände legen sich auf meine Schultern, er drückt mich sanft zurück, um in meinem Gesicht nach Antworten zu suchen.

»Was ist passiert?«

An der Hand ziehe ich ihn zu den Mädchentoiletten, diesmal werfen wir beide einen Blick nach hinten, um sicherzugehen, dass mein Vater noch immer Faiths Mom volllabert. Und als ich mich vergewissert habe, dass niemand auf den Toiletten ist, zeige ich Charlie Claudias Kunstwerk.

»*Das* ist passiert.«

Entgeistert starrt Charlie auf die Wand. »What the *fuck*?« Seine Stimme hallt von den Betonwänden zurück.

»Das war Claudia«, sage ich. Er dreht sich zu mir, seine Augen werden kalt und wütend. »Ganz schön ironisch, wenn ich daran denke, wie sie es dir als *ihre* Spezialität verkauft hat.«

»Bist du sicher, dass sie es war?«

Ich zucke mit den Schultern, lege den Kopf zur Seite und verschränke die Arme. »Sicher genug. Wenn sie es nicht war, würde es mir noch mehr zu schaffen machen, dass ich sie geschlagen habe.«

Ich seufze und schaue weg.

»Du hast sie ... *geschlagen*?«, wiederholt er.

Ich nicke. »Zwei Mal. Nicht gerade mein bester Moment. Coach Kimmel hat mich heute vom Spiel suspendiert. Und ich bin noch immer nicht sicher, ob die Wileys von einer Anzeige absehen.«

Wir verlassen die Toiletten, schauen noch mal nach meinem Vater, der nach wie vor Faiths Mom volllabert, wobei sie alles andere als gelangweilt aussieht. Dann verstecken wir uns auf der anderen Seite des Gebäudes, außer Sichtweite von allen.

»Das mit dem schlechten Abend war also kein Scherz.« Charlies Finger streicheln durch mein Haar. Ich starre auf meine Tennisschuhe.

»Und dann hat mir mein Dad Hausarrest gegeben.«

»Bis *wann*?« Wenn ich Hausarrest habe, haben *wir* Hausarrest.

»Bis er es vergisst.« Ich zucke mit den Schultern. Die Tatsache, dass ich ohnehin schon mit einem Minimum an Freiheit lebe, macht es schwer, sie noch weiter einzuschränken. Nach wie vor muss ich zur Schule und zum Lacrosse-Training. Wegen seiner Überstunden kann Dad mich unmöglich ständig überwachen, und sobald Mom anfängt zu trinken, vergisst auch sie, Dads ausführendes Organ zu sein.

Ich lehne mich an Charlie. Mit ihm kann ich wenigstens für einen Moment so tun, als wäre alles gut. Er strahlt Wärme und Energie und Leben aus. Ich will all das aufsaugen, bis unter die Haut, und hoffen, dass es das, was in mir gerade abstirbt, wieder anspringen lässt.

Seine Hände wandern meine Taille hinunter und ich winde mich aus seinem Griff. Der Schmerz in meiner Hüfte ist wieder da.

Auf der anderen Seite des Betonklotzes fällt ein Tor. Jubel dringt an unsere Ohren. Zwei Seemöwen jagen im Sturzflug

136

über die Mülltonnen und kreischen einander an. Irgendwo in der Nähe quietscht ein Mädchen und ein Junge lacht.

Das Leben geht weiter, mit mir oder ohne mich.

BRADY: *Wir haben den 12. Januar. Es ist 17:28 Uhr. Bitte nennen Sie Ihren Namen und Ihren Beruf.*

DK: *Dolores Kimmel. Lacrosse-Trainerin der Freedoms.*

BRADY: *Habe ich Ihre Erlaubnis, Ihre Stellungnahme aufzuzeichnen?*

DK: *Auf jeden Fall. Sie möchten über Hadley sprechen?*

BRADY: *Um ehrlich zu sein, ich würde mich gerne auf ihren Vater konzentrieren.*

DK: *(stöhnt) Gute Idee.*

BRADY: *Was können Sie mir zu ihm sagen?*

DK: *Ich weiß nicht mal, wo ich anfangen soll.*

BRADY: *Na ja. Welchen Eindruck hatten Sie von ihm?*

DK: *Keinen guten. Gar keinen guten. Ich arbeite seit zwanzig Jahren als Coach für Damen-Lacrosse. Mit herrischen Eltern hatte ich es mehr als genug zu tun. Aber dieser Kerl ... dieser Kerl war ein echter Hauptgewinn. Er hielt sich für so verdammt charmant. Bei fast jedem Spiel hatten wir eine Auseinandersetzung. Er hat mir vor meinen Spielern widersprochen, den Schiedsrichter angebrüllt, die anderen Coaches angebrüllt, ja, sogar die Spieler vom anderen Team. Aber was für mich echt gar nicht ging, war die Art, wie er seine eigene Tochter angeschrien hat. Sie war einfach nie gut genug. Hören Sie, ich erkenne die Anzeichen von Missbrauch. Ich bin selbst durch diese Hölle gegangen. Ich habe Hadley offen angesprochen und gefragt, ob ihr Vater zu Hause übergriffig wurde. Emotional hat er sie zweifellos missbraucht. Das war sonnenklar. Aber ... ich hatte so ein Gefühl, dass er sie vielleicht auch körperlich missbraucht hat.*

BRADY: *Warum haben Sie ihn nie angezeigt?*

DK: *Ich hatte keine Beweise! Wie können Sie jemanden auf bloßen Verdacht hin anzeigen? Mein Bauchgefühl war klar. Aber Hadleys Lippen waren versiegelt. Und ich sah niemals irgendwelche physischen Spuren, die etwas bewiesen hätten. Keine blauen Flecken,* *keine Schnittwunden. Haben Sie eine Ahnung, wie oft ich als Kind meinen Lehrern weißgemacht habe, ich wäre die Treppe runtergefallen? Um ehrlich zu sein – ich bereue es. Jedes Mal, wenn ich drauf und dran war, zum Hörer zu greifen, sah ich mir Hadley an und sie machte den Eindruck, als hätte sie alles im Griff.*

BRADY: *Hat Hadley Ihnen jemals etwas erzählt?*

DK: *Nein, nie. Und ich hab wirklich versucht, es aus ihr rauszukitzeln. Aber da lag der Hase im Pfeffer. In ein paar Monaten wird sie achtzehn. Ich fragte sie nach ihren Collegeplänen. Sie meinte, ihr Vater wollte, dass sie nach Cornell ging, weil das damals sein College war. Ich war erleichtert, dass sie zumindest einen Plan hatte, sich räumlich von ihm abzugrenzen. Aber ich hab sie gefragt: »Auf welches College willst du denn?«*

Und das hat mich echt umgehauen. Sie sagte, sie wollte zu Hause bleiben und auf ein örtliches College gehen. Ich hatte gedacht, sie würde bei der erstbesten Chance aus dem Haus stürzen, wie eine Fledermaus aus der Hölle, verstehen Sie, was ich meine? Auf welche Art hat dieser Kerl seiner Tochter ins Gehirn gefickt? Sorry für meine Ausdrucksweise.

jetzt

Rowan und Melissa folgen mir in mein Zimmer. Ich hab sie nicht eingeladen, aber es sieht nicht danach aus, als könnte ich sie abschütteln.

Rowan lässt sich auf das zweite Bett fallen. Als ihr Kopf auf die Kissen sinkt, macht es in mir Klick.

»*Du* bist meine Mitbewohnerin?«

»Du Glückliche« sagt Rowan, und überkreuzt ihre Füße.

Melissa macht es sich auf meinem Bett gemütlich. Geistesabwesend lässt sie ihre Finger über ihren Unterarm wandern, bis sie findet, wonach sie gesucht hat und ein einsames Haar samt Wurzel ausreißt. »Hör auf«, brüllt Rowan.

Dann schaut sie zu mir, ihre geschürzten Lippen locken ein tiefes Grübchen hervor. »Wusstest du, dass sie sich jedes einzelne Schamhaar ausgerissen hat?«

Es durchzuckt mich, erst wegen ihrer Worte, dann wegen der Vorstellung.

Melissa blinzelt zurück, ihr Gesichtsausdruck ist seelenruhig. »Für eine nackte Muschi wird man gut bezahlt.«

Das bringt Rowan zum Lachen. Melissa fällt mit einem langsamen Glucksen ein. Meine Brust krampft sich zusammen und erinnert mich daran, dass es nicht den geringsten Anlass zum Vergnügen gibt. Ich räuspere mich und mische die Karten. Ich setze mich ans andere Bettende, weg von Melissa.

»Noch eine Runde?« Ich fühle mich nicht wirklich wohl mit den beiden; Kartenspielen ist eine neutrale Beschäftigung, die uns was zu tun gibt.

Als ich anfange, auf dem Bett auszuteilen, zieht Rowan die Beine an und kniet sich hin. Wässriges Sonnenlicht sickert durch die Fensterscheiben und hebt den dunkelroten Schimmer in ihren kastanienbraunen Locken hervor. Rowan ist drall und kräftig, hat samtweiche Haut und gesunde Apfelbäckchen. Melissa ist das Gegenteil; blass und zerbrechlich, ihre Haut ist beinahe durchscheinend, als wäre sie aus Glas.

»Alsoooooo«, Rowan blinzelt von ihrem Blatt auf. »Du weißt schon, dass du hier so etwas wie eine Berühmtheit bist, oder?«

Stirnrunzelnd schaue ich zu ihr auf. »Häh?«

Sie wirft Melissa einen raschen Seitenblick zu, so wie es Meaghan und Noah immer getan haben. Melissa ist nicht der Typ für versteckte Botschaften; ihre Augen kleben an ihren Karten, während sie verwirrt die Stirn kräuselt. Rowan stößt einen verzweifelten Stoßseufzer aus.

»Hast du den Fernseher komplett ignoriert, seit du hier bist?«, fragt sie mich.

»Nein.« In mir erwacht etwas Unangenehmes wieder zum Leben, da ist dieses leichte Prickeln, wenn die Wirkung des Novocains nachlässt.

»Du warst täglich in den Nachrichten. Sie nennen dich das Wundermädchen.« Nachdem Rowan drei Zweier auf meiner Matratze abgelegt hat, nimmt sie eine Karte vom Stapel und gibt Melissa mit einem Fußtritt zu verstehen, dass sie an der Reihe ist.

»WAS?« Ich springe vom Bett auf.

Rowans Gesicht erhellt sich, was beide Grübchen zur Geltung bringt.

»Schön zu sehen, dass du wiederauferstehst. Die ganzen Zombies hier machen mich echt krank.« Diesmal reißt sie ihre Augen weit auf und macht eine übertriebene Kopfbewegung in Melissas Richtung.

Melissa lässt sich jede Menge Zeit, ihr Blatt zu studieren, also fährt Rowan fort. »Wir wissen alles über dich. War dir klar, dass du in der Schule die Saledictorian geworden wärst?

»*Salutatorian*?«, verbessere ich sie, während ich mich wieder aufs Bett setze. »Nein. Wer Zweitbeste des Jahrgangs wird, entscheiden die sowieso erst Ende März.«

Über das Leben vor dem Absturz zu sprechen, lässt die grauenhaften Bilder wieder in mir aufsteigen. Ich wechsele das Thema. »Weshalb seid *ihr* hier?«

Endlich legt Melissa zwei Sechser ab. Rowan starrt sie kopfschüttelnd an, als wäre sie ein Vollidiot. »Melissa ... du brauchst mindestens ein Dreierpaar, um rauszukommen.«

Melissa blinzelt. »Oh.« Dann nimmt sie ihre Karten wieder auf und fängt noch mal von vorn an.

Rowan schaut zu mir und zuckt mit den Schultern, ihr Gesicht ist ein offenes Buch. »Ich denke mal, mich nennt man eine Ritzerin.« Sie hebt beide Arme hoch.

»Warum?«, frage ich kopfschüttelnd.

»Scheiße, woher soll ich das wissen?« Sie fährt sofort aus der Haut. »Es hilft mir, den ganzen Kram loszulassen.«

»Wegen *so was* haben sie dich hierhergebracht?«

Sarkastisch verzieht Rowan den Mund. »Es gibt noch anderen Kram.«

Trichterförmig legt sie ihre Hand um die Lippen und flüstert laut: »Spoiler-Alarm: Wir sind *alle* in einer psychischen Krise.«

Ihr Blick schnellt wieder zu meinen Handgelenken. »Gestern war irgend so ein Typ hier, um nach dir zu sehen.«

Charlie?

Aber Rowans Gesichtsausdruck nach zu urteilen, handelt es sich eher um jemanden, den ich lieber nicht sehen würde.

»Ich glaube, es ist ein Bulle.«

damals

Am Montag mache ich mich um 6:50 Uhr auf den Weg zu Charlies Wohnung. Da ich noch immer selbst zusehen muss, wie ich zur Schule komme – und Mom auch bei Hausarrest ganz bestimmt nicht damit anfängt, mich in dieser Herrgottsfrühe hinzubringen – haben Charlie und ich beschlossen, zusammen zu fahren. So können wir vor Schulbeginn wenigstens eine halbe Stunde Zweisamkeit herausschlagen.

Kaum ist die Autotür zugeklappt, liegen wir uns in den Armen, versuchen über die Armlehnen zu klettern und im Geist das Armaturenbrett zurückzudrängen, damit wir uns nicht gegenseitig erdrücken.

»Lass uns irgendwo parken«, sage ich.

Stöhnend lehnt er sich zurück. »Und wenn die deine Eltern anrufen, und erzählen, dass du die erste Stunde geschwänzt hast, was dann?«

Ich lasse mich in meinen Sitz fallen und schlage mit dem Hinterkopf gegen die Kopflehne.

»Du schwänzt schließlich ständig«, wende ich ein.

Er zeigt auf die Straße. »*Ich* krieg keinen Hausarrest. Fahr.« Dann verspricht er mir: »Keine Sorge, wir kriegen das schon irgendwie hin.« Aber die eigene Angst, die ihm ins Gesicht geätzt ist, kann er nicht verstecken.

Seine unerschöpfliche Geduld erleichtert mich kein Stück, sondern löst stattdessen einen Panikstrudel in meinem Bauch aus. Ab welchem Punkt wird er seine Opferfreundin loswerden wollen, die nicht mit Jungs ausgehen, die kaum einen eigenen Atemzug nehmen darf, ohne um Erlaubnis zu fragen? Nicht mehr lange, dann wird er genug haben von mir, dem Warten, und dann wird auf irgendeiner Party eine Claudia auftauchen oder eine Kim oder eine Faith, die ihm nur zu gerne all die Dinge geben wollen, die ich nicht mit ihm teilen kann.

Soll ich dir einen blasen, Charlie?

Wie, na klar, logisch sollst du. Danke der Nachfrage!

Ich parke aus und biege an der Ampel links ab, nehme Kurs Richtung Schule. Zum Glück sind die Straßen leer, meine Gedanken sind nämlich völlig woanders, sie jagen im Küchenkalender zu Hause nach der Lösung unseres Problems. Dann fällt mir die geprägte Einladung ein, die vor ein paar Wochen mit der Post gekommen ist.

»Charlie!« Vor lauter Aufregung kralle ich meine Hände um das Lenkrad. »Samstagabend!«

»Was soll da sein?« Verwirrt schaut er mich an.

»Meine Eltern haben irgendeine Galaveranstaltung in der Stadt. Die werden erst spät nach Hause kommen.«

»Ohhhhh.« Verstehend hebt er seine Augenbrauen. »Und was ist mit deiner Schwester?«

»Stimmt, Lila.« Wie konnte ich Lila vergessen? »Mal sehen, vielleicht kann ich dafür sorgen, dass sie irgendwo anders übernachtet.«

Im Geist rattere ich die Namen ihrer Freunde durch. Es würde ihr tatsächlich guttun, mal aus dem Haus zu kommen. Ich muss nur sichergehen, dass niemand denkt, die Idee wäre von mir gekommen.

Claudia gibt jetzt Vollgas. In jedem Schulklo prangt das Blowjobbild mit meinem Namen und jetzt auch mit meiner Telefonnummer. Dasselbe im Jungsklo. Davon hab ich mich überzeugt, nachdem mein Handy unaufhörlich vibriert hat. Die meisten Nachrichten kann ich kaum verstehen, entweder gehen die Worte im Gelächter unter oder sind so leise, dass es sich anhört, als sprächen sie Klingonisch. Aber es sind nicht die obszönen Anrufe, die mir wirklich an die Nieren geht. Es sind die Anti-Mobbing-Maßnahmen.

Auf meinem Weg zu Spanisch rast mir Mr. Johnson auf dem Flur entgegen. Als er mich sieht, bleibt er abrupt stehen. Er hebt einen Finger, aber die richtigen Worte bleiben ihm im geöffneten Mund stecken.

»Ich weiß«, erlöse ich ihn.

Im selben Augenblick kommt Claudia um die Ecke gerannt – und schlitternd zum Stehen, als sie sieht, wie ich mit Mr. Johnson rede. Ihr fällt die Klappe runter; ihre blutige, aufgerissene Unterlippe verdankt sie mir.

Sie dreht sich auf dem Absatz um und fegt in einem solchen Affentempo die Treppen runter, dass ihre krausblonden Haare wie ein Umhang hinter ihr herfliegen. Wäre sie nur so schnell auf dem Spielfeld.

Mr. Johnson atmet auf. »Der Hausmeister wird sich jede einzelne Toilette vornehmen und überstreichen. Hast du irgendeine Ahnung, wer das getan hat?«

»Nein«, lüge ich. Wenn ich sie jetzt verpetze, wird das unseren Kleinkrieg nur noch weiter anheizen. An dieser Stelle muss Schluss sein.

»Ich werde deine Mutter anrufen und ihr mitteilen, dass wir das hier sehr ernst nehmen«, sagt er. Es ist ein lahmer Versuch weiterer Schadensbegrenzung.

Ich schüttele den Kopf. »Ich sag ihr, was passiert ist.«

»Bist du sicher?« Erleichtert mustert er mich.

»Absolut.« Um ihn zu beruhigen, setze ich mein strahlendstes Lächeln auf und hebe die Hand zum Abschied.

Heute hat Meaghan vor keiner Unterrichtsstunde am Spind auf mich gewartet, was ich seltsam finde, schließlich weiß ich, dass sie hier ist. Ihr alter Subaru Outback stand heute Morgen auf dem Parkplatz.

Als ich in die Spanischstunde komme, sitzt sie drei Reihen entfernt von Charlie, in dramatischer Pose, ihr Rücken ist steif wie ein Brett. Charlie deutet mit dem Stift auf sie und hebt die Schultern, aber als ich auf sie zugehe, winkt er mich zu sich heran. »Claudia hat ...«, fängt er an, mir die Neuigkeiten zu verklickern.

»Ich weiß«, sage ich und ziehe mein Handy aus der Tasche. »Mein Arsch vibriert schon den ganzen Tag.«

Sein Blick wird kalt.

»Alles gut«, versichere ich ihm. »Wirklich. Der Sturm wird vorbeiblasen.« Ich fange an zu lachen. »Verstehst du? Blasen?«

Er schüttelt den Kopf, kapiert noch immer nicht, was daran witzig sein soll.

»Lass mich mit Meaghan sprechen. Bin gleich wieder da.«

Ich gehe neben ihr in die Hocke, falte die Hände unter dem Kinn und stützte mich auf dem Tisch ab. Sie tut so, als ob sie mich nicht bemerkt. Es ist mir ein Rätsel, warum sie nie der Theater-AG beigetreten ist.

»Was ist los?«

Sie taxiert mich aus den Augenwinkeln. »*Olivia* hat mir erzählt, dass du Claudia während des Lacrosse-Trainings vermöbelt hast.«

Ich stöhne auf. »Gute Nachrichten verbreiten sich schnell.«

Sie fixiert das aufgeschlagene Buch auf dem Tisch. »Ich hab dich angerufen.«

»Oh«, ich hole Luft. Jetzt weiß ich, was los ist. Pflegeinten-
sive Meaghan.

»Ich hatte Hausarrest.«

»Und *das Telefon* wurde dir auch abgenommen?« Noch immer vermeidet sie den Blickkontakt.

»Nein«, gebe ich zu. »Aber mir ging es ziemlich beschissen.«

Sie verzieht den Mund. »Beschissen genug, um nicht mal
mit *Charlie* zu sprechen?«

Ich wähle meine Worte mit Bedacht. »Charlie ist einfach
gekommen, er hat mich beim Lacrosse aufgesucht. Sonst hätte
ich ihn auch nicht gesehen.«

Sie atmet tief durch die Nase ein. »Weißt du … du bist echt
verdammt nah dran, dich in eine von *ihnen* zu verwandeln.«
Sie zeigt quer durch den Raum zu Brian und April, die Hüfte
an Hüfte auf der Fensterbank sitzen wie siamesische Zwillinge.

Ich stoße einen frustrierten Seufzer aus. Meine Freundschaft
mit Meaghan war der *leichte* Teil meines Lebens. Warum muss
er jetzt aus dem Ruder laufen, nur weil ich mit Charlie zusammen bin?

»Hör zu, es tut mir leid. Ich hätte anrufen sollen.« In einer
flehenden Geste presse ich meine Hände zusammen. »Ich un-
terwerfe mich Ihrer königlichen Gnade.«

Sie schielt zu mir runter und schaut wieder weg. Aber ich
kenne Meaghan; ich habe das Zwinkern in ihren grünen
Augen gesehen. Ich hab es fast geschafft. Sie scannt die Zimmerdecke nach dem Urteil ab.

»Ähm … warst du schon auf der Toilette?«, flüstert sie so
leise, dass nur ich es hören kann.

Ich beuge mich noch näher zu ihr heran. »Plötzlich bin ich
das berühmteste Mädchen der Schule.«

Sie grinst. Ich stehe auf, meine Hüfte schmerzt von der
Anstrengung.

»Setzt du dich wieder zu uns?«

»Versprochen, dass du mich nicht mehr ausschließt?« Sie sammelt ihre Bücher ein und erhebt sich vom Stuhl.

»Ich verspreche es.« Aber ich weiß, dass ich dieses Versprechen nicht werde halten können.

Als ich nach Hause komme, steht Grandmas Auto in unserer Einfahrt.

Ich werfe meine Tasche im Garderobenraum ab und stürze in die Küche. Grandma sitzt mit Mom am Tisch, trinkt Lipton Tee mit Zitrone und isst ihre Lorna-Doone-Kekse, die sie zu jedem ihrer unregelmäßigen Besuche mitbringt. Grandma genießt es, einen Keks zum Tee zu essen, und in unserem Haus wird sie niemals welche finden. Außerdem glaube ich, dass dies ihre nicht gerade subtile Art ist, meinem Dad und seinen Essensregeln den Mittelfinger zu zeigen.

»Da ist sie ja! Meine Schöne!« Sie steht auf und breitet ihre Arme aus. Meine Mutter nippt an ihrem Tee und beobachtet schmallippig, wie Grandma mich in eine ihrer gewaltigen Umarmungen schließt.

»Lass mich dich anschauen.« Sie schiebt mich eine Armlänge von sich und bestaunt mich, bewundert jeden Zentimeter an mir, von meinen elektrisch aufgeladenen Haaren bis zu den Fußspitzen meiner abgewetzten Sneakers.

»Oh Hadley! Bin ich wirklich schon so alt, dass ich eine collegereife Enkeltochter habe?« Grandma seufzt, und ihre Hand mit den hervortretenden Adern flattert vor ihren Mund.

Meine Mutter verzieht das Gesicht. »Was glaubst du, wie ich mich fühle, eine *Tochter* im Collegealter zu haben?«

Behutsam nimmt Grandma wieder Platz auf ihrem Küchenstuhl. Sie reicht mir die Kekse. Moms kritischen Blick ignorierend, greife ich zu.

Grandma streckt ihre Hand nach meiner aus und drückt sie fest.

»Also Hadley, erzähl mal. Welche Schulen schaust du dir an?« Ihre Augen – blau wie die meiner Mutter, aber freundlich – strahlen mich voller Stolz an. Bedingungslose Liebe muss wohl immer eine Generation überspringen.

Mom schiebt die Serviette über den Tisch, damit ich die herunterfallenden Krümel damit auffange.

»Cornell«, erwidert sie, bevor ich zu einer Antwort komme.

»Oh.« Grandmas Stimme gefriert zu Eis. »Wie Miles?« Ihre Frage ist eingebettet in eine dicke Schicht aus Vorwürfen.

Mit einem dünnen Lächeln nippt Mom an ihrem Tee.

»Und welche Colleges noch?« Grandma wendet sich wieder an mich.

Wieder ergreift Mom das Wort für mich. »Miles ist sich ziemlich sicher, dass Cornell sie nimmt.«

Grandmas Blick verhakt sich in meinem. »Und ist es auch das College, auf das *du* gehen willst, Hadley?«

»Mutter! Halt dich da raus! Das hier ist *meine* Familie!« Dieser Streit zwischen den beiden ist alt. Der Schorf heilt nie wirklich ab, und kaum treffen die beiden aufeinander, pulen sie wieder daran herum.

Achselzuckend hebt Grandma ihre Teetasse. »Bist du dir da sicher, Courtney?«

Mit diesen paar Worten hat Grandma ihren Standpunkt klargemacht. Quietschend schiebt Mom ihren Stuhl zurück. Sie zuckt zusammen und schielt nach unten, um sicherzugehen, dass sie keine Kratzspuren auf dem Küchenboden hinterlassen hat.

»Weißt du was? Ich werde Lila von der Schule abholen. Warum macht ihr zwei euch nicht eine *schöne* Zeit?« Sie springt auf, schnappt sich ihre Handtasche und stürmt, einen eisigen

Windzug hinterlassend, nach draußen. Im nächsten Augenblick bebt das Haus, als sich das Garagentor öffnet und wieder schließt.

Grandma schaut mich aus ihren unschuldigen, blauen Augen an. Sie zuckt mit den Schultern. »Ich kann nicht anders.«

Ich ziehe noch einen Keks aus der Packung. »Genau das liebe ich an dir, Grandma.«

Kaum sind Mom und Lila zu Hause, fängt es an zu regnen.

»Sieht nicht danach aus, als würde sich der Sturm bald verziehen«, sagt Grandma, die am Fenster steht und nachdenklich zuschaut, wie ein heftiger Wind vorbeifegt und die Straßen überflutet. Mülleimer, die den ganzen Tag geduldig am Straßenrand gestanden und darauf gewartet hatten, dass ihre Besitzer sie zurück ins Trockene brachten, kippen um und rollen die Straße runter, dröhnend wie Riesentrommeln. Die letzten gefallenen Blätter heften sich wie orangegelbes Pappmaché an jede Oberfläche, die sie zu fassen bekommen.

Lila schlingt ihre Arme um Grandmas Taille. »Bleib hier! Du kannst in meinem Zimmer schlafen!«

Grandma lächelt zu ihr herab und streicht mit den Fingern durch Lilas Haare. Dann wirft sie einen Seitenblick auf Mom, die ihren Lipton Tee gegen ihr bodenloses Weinglas ausgetauscht hat.

»Natürlich, bleib«, sagt meine Mutter mit schneidender Stimme, während sie an ihrem Wein nippt, doch ihr Blick ist alles andere als einladend.

Grandma schürzt die Lippen. »Ich will euch keine Umstände machen, Courtney.«

»So ein Quatsch, Grandma«, wendet Lili ein. »Wir haben *fünf* Schlafzimmer und brauchen nur drei. Ich habe sogar ein ausklappbares Bett. Wir könnten eine Pyjamaparty veranstalten.«

»Sie wird im Gästezimmer übernachten, Lila«, sagt Mom scharf, dann wendet sie sich an Grandma. »Das Ausziehbett wäre viel zu unbequem für dich. Es ist für Kinder.«

Grandma nickt und lächelt, aber auf ihrem Kinn erscheint ein Grübchen, so wie bei Lila, wenn sie versucht, die Tränen zurückzuhalten. Sie dreht sich zur Vitrine, öffnet eine Schublade nach der anderen, bis sie findet, wonach sie sucht.

»Wann kommt Miles von der Arbeit?«, fragt Grandma vorsichtig, als sie nach den Tellern fürs Abendessen greift.

»Den Teller für ihn kannst du die sparen«, sagt Mom. »Er kommt immer so spät nach Hause.«

Ich schleiche mich dicht an Grandma heran und murmele: »Wenn überhaupt.«

Als Grandma ihre Augen schließt und den Kopf schüttelt, versteifen sich ihre Schultern

»Na gut. Dann eben nur wir vier Mädels.« Sie wirft einen Seitenblick auf Mom, die wie eine Wilde das Gemüse in Stücke hackt. Grandma geht zu ihr rüber und legt ihr die Hand auf die Schulter. »Es wird bestimmt nett«, sagte sie beruhigend. »So wie früher.«

Meine Mutter würfelt die Karotten in gewaltsamen Hieben.

»Klar. Nett«, sagt Mom. Sie hält inne, um einen tiefen Schluck aus dem Glas zu nehmen.

Gleichzeitig mit Lila strecke ich meine Hand nach der Schublade mit dem Silberbesteck aus. Unsere Finger berühren sich.

»Händchenhalten macht das Tischdecken ziemlich schwer«, sage ich im Spaß. Ruckartig zieht Lila ihre Hand zurück.

Ich lache, aber Lila nicht. Sie starrt mich an, dann geht sie weg.

»Was ist denn los mit dir?«, frage ich. Lila gibt mir keine Antwort.

Das Abendessen ist die reinste Katastrophe. Grandma und

Mom reden kaum ein Wort miteinander, und Lila ist angepisst, aber offensichtlich nur mir gegenüber. Während des gesamten Abendessens plappert sie unablässig auf Grandma ein und dreht mir dabei demonstrativ den Rücken zu.

Nachdem wir den Tisch abgeräumt haben, wobei Lila mich mit Schweigen gestraft hat, verziehen wir uns für die Hausaufgaben nach oben.

Ich bin kaum zwei Schritte von meinem Zimmer entfernt, als das Gekeife der beiden wieder an meine Ohren dringt.

»Nie fühle ich mich willkommen bei dir zu Hause!«, sagt Grandma, und ihre Stimme klingt brüchig, als würde sie weinen.

»Tut mir leid, dass ich dir nicht den roten Teppich ausgerollt habe, Mom!«

»Darum geht es nicht, und das weißt du ganz genau. Miles mag mich nicht ...«

Da hat Grandma nicht mal unrecht. Ständig macht mein Dad sich über sie lustig. »Sie erlaubt mir nicht, den Teebeutel wegzuschmeißen, Courtney! Sie denkt, man kann ihn mehrfach benutzen.« Er bricht in Gelächter aus, auf Grandmas Kosten. *Vor* Grandmas Augen, während meine Mutter nur dabeisitzt und zusieht. Nicht ein einziges Mal hat sie sich vor ihre Mutter gestellt. Geschweige, dass sie sich jemals vor eine von uns gestellt hätte.

»Ich schaue mich in eurem Haushalt um, und alles was ich sehe, sind *Dinge*. Nichts als *Dinge*. Ist das alles, was für dich zählt?«

Ich schließe meine Zimmertür und rufe Charlie an.

»Hey Muscles«, sagt er, und seine Stimme bringt mich innerlich zum Schmelzen.

»Was machst du grad?«, fragte ich und zupfe am Fell meiner Tigerdecke herum.

»Mich fragen, was du anhast«, sagt er und versucht, verfüh-
risch zu klingen. Als ob er das nötig hätte.

Ich schaue an meinen Schlabberhosen runter. »Fleece.«

»Sexy«, sagt er lachend.

»Meine Grandma ist zu Besuch.«

»Ja? Wie schön.«

»Sie übernachtet hier, wegen des Sturms. Es war *großes Kino*.
Sie –«

Ohrenbetäubende Musik schallt über den Flur. Sie kommt
aus Lilas Zimmer und ist eine klare Kampfansage.

Ich stecke mir den Finger ins Ohr, um wenigstens mein
eigenes Wort zu verstehen, aber es bringt nichts.

»Charlie? Ich ruf dich zurück, okay?«, schreie ich und lege
auf.

Ich gehe den Flur entlang und hämmere an Lilas Tür. Sie
antwortet nicht, also trete ich ein und erwische sie wieder mal
bei ihrer Arschwackelnummer.

»Lila! Mach die Musik leiser!«

Sie wirbelt zu mir herum, erst überrascht, dann kriegt sie
einen Wutanfall.

»Hau ab!« Sie stürmt auf mich zu und versucht mich aus
ihrem Zimmer zu schubsen. Ich strecke die Arme aus, um sie
zu stoppen.

»Was ist denn heute Abend mit dir LOS?«

Rote Flecken blühen auf ihren Wangen. »Du bist
SCHEIßE! Das ist los.«

»Was hab ich denn gemacht?«

»DENK MAL DRÜBER NACH!«, schreit sie und knallt
mir die Tür vor der Nase zu.

Als ich geschockt auf die Türe starre, höre ich, wie sich innen
der Schlüssel umdreht. Einem kleinen Kind den Türschlüssel zu
überlassen, ist eigentlich keine gute Idee. Außer in diesem Haus.

»Lila.« Ich klopfe ein paar Mal gegen die Tür. »Komm schon. Sag mir, was los ist. Bitte!«

Sie dreht die Musik wieder auf, irgendein instrumentales Technozeug. Vielleicht ist sie sauer, weil ich nicht genug Zeit mit ihr verbracht habe.

»Hast du Lust, *Cupcake Wars* mit mir zu gucken?«

Sie schmeißt etwas gegen die Tür.

Schließlich gebe ich auf und gehe zurück in mein Zimmer.

Mitten in der Nacht wache ich auf, weil ich aufs Klo muss. Lilas Nachtlampe malt ein dünnes, goldenes Dreieck auf den Flur. Es strahlt durch ihre Tür, die einen Spaltbreit offen steht.

Auf Zehenspitzen schleiche ich rüber, um nach ihr zu sehen. *Wirklich* sauer auf mich war sie bisher noch nie. Jedenfalls noch nie so wie jetzt.

Sie schläft, in Seitenlage, quer über ihr Bett ausgestreckt, ein Knie angewinkelt, einen Arm über dem Kopf, die Hand baumelt vom Bett herab. Lila sieht im Schlaf immer aus, als könnte ihr nichts auf der Welt etwas anhaben. Ich will dafür sorgen, dass es so bleibt, so lange wie möglich.

Auf dem Ausziehbett neben ihr liegt Grandma, und zwischen ihnen auf dem Nachttisch steht eine neue Packung Lorna-Doone-Kekse.

damals

Am nächsten Tag ist Lilas heiße Wut zur kalten Schulter geworden. Jeden Dienstag nach der Schule hat sie Tanzunterricht. Um ein bisschen Zeit mit ihr allein zu haben, sage ich Mom, dass ich Lila hinfahre. Sie bringt ihren iPod mit ins Auto und stopft sich die Kopfhörer in die Ohren.

Schweigend fahren wir die dreispurige Straße entlang. Die meiste Zeit des Jahres formen sich die Zweige der Bäume zu einer Schatten spendenden Markise. Aber an diesem kalten Novemberabend sind sie nackt und schaffen es trotz aller Anstrengung nicht, den rot gefärbten Himmel zu verdecken.

»Lila«, setze ich schließlich an. Sie wackelt mit dem Kopf und tut so, als wäre sie voll in der Musik versunken. »LILA!« Ich strecke die Hand aus und rupfe ihr einen Kopfhörer aus dem Ohr.

»HEY«, heult sie protestierend auf.

»LILA«, schreie ich. »Rede mit mir! Was ist los?«

Ihr Mund verzieht sich zu einem höhnischen Grinsen: »Wenn du nicht selbst draufkommst, werd ich's dir bestimmt nicht verraten.« Sie versucht, sich den Kopfhörer wieder ins Ohr zu stecken, aber ich greife nach ihrer Hand, während ich mit der anderen das Lenkrad steuere. Wir sind schon an der Tanzschule angekommen. Ich fahre bis an die Bordsteinkante.

»Du bist ganz schön unfreundlich, weißt du das?« Ich stelle den Schalthebel auf Parken. »Ich würde niemals so mit dir umspringen.«

Ihr Blick ist so empört, dass er mich förmlich zurück in den Sitz schleudert. Das Grübchen in ihrem Kinn ist wieder da, und ihre Augen füllen sich mit Tränen.

Ich strecke meine Hand nach ihr aus. »Du machst mir Angst. Bitte, sag mir, was los ist.«

»Vergiss es.« Sie reißt ihre Hand von mir weg und greift fluchtartig nach dem Türgriff.

»Lila! Wenn ich nicht weiß, was es ist, kann ich es nicht wiedergutmachen!«, schreie ich, als sie die Tür öffnet.

Sie steht draußen auf dem Bürgersteig, weinend, eine Hand am Türgriff, ihr Kinn und ihre Unterlippe zittern wie damals, als sie noch ein Baby war.

»*Du* solltest es wissen!«, schleudert sie mir entgegen.

Mit diesen Worten knallt sie mir die Tür vor der Nase zu, zum zweiten Mal in dieser Woche, und rennt ins Tanzstudio, hinter einer Parade von Zehnjährigen, die alle dieselben Yogahosen tragen.

»Aus Samstag wird wohl doch nichts.«

Am nächsten Morgen auf dem Schulparkplatz lehne ich mich an Charlie.

Er drückt seine Stirn gegen meine und seufzt. »Ist schon okay.«

Ich schüttele den Kopf. »Es tut mir echt leid. Lila ist sauer auf mich. Ich hab keine Ahnung, warum. Vielleicht, weil ich nicht mehr so viel Zeit mit ihr verbringe wie früher.«

Seine Hände liegen auf meinen Hüften und ziehen mich noch fester an ihn heran, schließen selbst die kleinste Lücke zwischen uns, bis wir beinahe zu einer Person verschmelzen.

»Es ist kein Sprint, sondern ein Marathon«, sagt er. Mein Ohr an seine Brust gedrückt, lausche ich seinem grollenden Lachen.

»Was soll das denn heißen?«

»Das sagt meine Mom immer, wenn sie einen Rückfall hat. Damit meint sie, dass sie sich auf einer Langstrecke befindet. Wir können nicht einfach aufgeben, nur weil uns das Leben immer mal wieder ein paar Steine in den Weg legt.«

Verstohlen blicke ich zu ihm auf. »Befindest du dich auf einer Langstrecke?«

Charlie hat die freundlichsten Augen, die ich je gesehen habe. Sie lächeln auf mich herab. »Gab es daran je einen Zweifel?«

Das ist die Ironie an der Sache mit dem Hausarrest: Jetzt muss ich wirklich zur Bücherei und kann nicht. Das Buch, das ich für mein Geschichtsprojekt brauche, ist für mich reserviert worden, ich muss es nur abholen.

»Mom, *bitte*.« Ich laufe hinter ihr her um die Kochinsel. »Meine Noten stehen echt auf der Kippe. Es ist Donnerstag. Ich muss am Wochenende an meinen Hausaufgaben arbeiten.«

Sie hält inne und nimmt einen tiefen Schluck Wein.

»Also gut. Gut.« Sie scheucht mich mit einer wirbelnden Handbewegung fort. »Aber mach schnell.«

Ich stürme die Treppen hoch, um mich umzuziehen. Tatsache ist: Ich *muss* in die Bücherei. Aber das heißt nicht, dass ich unterwegs keinen Zwischenstopp einlegen kann. Gerade als ich wieder runtergehen will, kommt Lila aus dem Bad und läuft in ihr Zimmer.

»Hey –«

Ehe ich ein weiteres Wort rausbringen kann, hat sie mir schon wieder die Tür vor der Nase zugeknallt.

Das Buch von der Bücherausgabe abzuholen, kostet mich gerade mal fünf Minuten. Jetzt wieder nach Hause zu fahren, wäre die reinste Zeitverschwendung. Vor allem, weil ich schon die Parkgebühren gezahlt habe. Also gehe ich über die Straße, stelle mich vor Sal's Pizza und rufe Charlie an.

»Ich habe eine Überraschung für dich«, sage ich, als er rangeht.

»Echt? Was denn?«

»Kuck mal nach draußen.«

Gespannt warte ich darauf, dass sein Gesicht am Fenster erscheint.

»Okay?«, höre ich ihn verwirrt sagen.

»Was siehst du?«

»Einen vollen Müllcontainer.«

»Nein, Charlie, nicht aus dem Schlafzimmerfenster. Das andere.«

»Oh.« Ich warte, bis er die Wohnung durchquert hat. In seinem Fenster spiegelt sich die untergehende Sonne, dann flattert der Vorhang.

»OH«, sagt er in mein Ohr und legt auf.

Die Tür fliegt auf. »Ta-taa.«

Charlie grinst. »Wow! Wie hast du das denn angestellt?«

»Bin aus dem Knast ausgebrochen.«

Er zerrt mich förmlich mit nach oben, knallt die Tür hinter mir zu und zieht mich in seine Arme.

»Das freut mich.« Seine Lippen liebkosen meinen Hals. »Besuche des Partners sind wichtig für das Wohlbefinden der Häftlinge.« Ich hebe meinen Kopf und drücke meine Lippen auf seine.

Er umfasst meine Hüften, zieht mich zu sich heran und unsere Küsse werden schlagartig drängender. Wir stolpern in Richtung seines Schlafzimmers, rückwärts, seitwärts, ecken an, stoßen uns am Küchentisch, ohne dass sich unsere Münder auch nur ein einziges Mal voneinander lösen. Seine Rollläden sind runtergezogen, das Zimmer ist dunkel.

Ich spüre, wie sich die Bettkante in meine Kniekehlen drückt, und ich falle, ihn mit mir ziehend, nach hinten. Seine Finger zerren an den Knöpfen meiner Bluse, während meine sein T-Shirt hochziehen. Das hier ist kein unbekanntes Territorium, wir waren auch früher schon an diesem Punkt, aber diesmal schalte ich den Kopf aus. Ich lasse einfach los, konzentriere mich nur auf seine Lippen an meinem Hals, meinem Schlüsselbein. Ich küsse seinen Hals, atme den Duft seiner Haut ein. Wir streifen die Schuhe ab, schleudern sie von uns; sein Schuh fliegt in die Luft und prallt am anderen Zimmerende gegen die Wand, wir schrecken auf, dann müssen wir lachen.

Bevor er zu weit geht, hält er inne und schaut mich an. »Bist du sicher?«, flüstert er.

Ich nicke und ziehe sein Gesicht wieder zu mir heran.

Nicht den kleinsten Gedanken habe ich an heute Abend verschwendet, keinen Zehn-Punkte-Plan aufgestellt, mich nicht mit vorzeitigen Sorgen geplagt. Und genau deshalb passiert es.

Es ist nicht wunderbar. Aber es ist auch nicht schrecklich, und das liegt daran, dass es mit Charlie geschieht.

Danach legt er sich neben mich, aber hält mich noch immer fest an sich gedrückt. An seine Seite geschmiegt, beobachte ich, wie sich mit jedem Atemzug sein Brustkorb hebt und senkt, und lasse dabei diese neu gewonnene Ebene in mir wirken – auf der ich ihn, mich, uns noch tiefer kennenlerne; wie unsere verschlungenen Gliedmaßen zueinanderpassen, wie verbunden wir sind, in jeder Hinsicht.

Er beugt sich zu mir, liebkost meinen Arm. »Alles gut?«

Ich fühle, wie sich ein zufriedenes Grinsen auf meinem Gesicht ausbreitet. »Ja. Und bei dir?«

Er lacht. »Das waren keine Klagen, die da eben aus meinem Mund gekommen sind.«

Mein Blick streift den Schulkalender an seiner Wand, das weiße Papier leuchtet im Dunkeln, neben all den Zeichnungen, an denen Charlie gearbeitet hat, weitläufige dystopische Landschaften, utopische Städte, Superhelden.

In mir nagt das Gefühl, dass ich irgendetwas vergesse. »Charlie? Welcher Tag ist heute?«

»Donnerstag«, sagt Charlie. Im Kopf gehe ich den Kalender durch.

»Was ist los?« Er küsst meine Stirnfalten weg.

»Irgendetwas ist heute. Aber es fällt mir einfach nicht ein.« Es liegt mir auf der Zunge, aber seine Lippen löschen alles aus.

»Ich sollte machen, dass ich hier wegkomme, bevor sie die Hunde auf mich hetzen.«

Ich knöpfe meine Jeans zu und greife nach meinem T-Shirt, das in einem Häufchen Bleistiftspäne liegt. »Du musst hier mal mit dem Staubsauger durch«, sage ich lachend und schüttle mein T-Shirt aus.

Er kuschelt sich wieder ins Bett, die eine Hand hinter dem Kopf, die andere ausgestreckt, um mich zu sich heranzuangeln. Ich klatsche seine Hand weg.

»Ich wünschte, du könntest bleiben.«

»Ich auch«, sage ich. »Aber vielleicht, wenn du artig drum bettelst ...«

Es trifft mich wie ein Kübel Eiswasser. Bettel drum. *Beg for it.*

»SCHEIßE!« Ich werfe mir das T-Shirt über. »Wie spät ist es?«

161

»Kurz nach sieben. Wieso?« Er setzt sich auf.

»Ohscheißescheißescheißescheiße!« Noch während ich meine Bluse zuknöpfe, rase ich ins Wohnzimmer.

Er springt in seine Jeans, greift nach seinem T-Shirt und jagt durch die Küche hinter mir her. »Du machst mir voll Angst! Was ist denn los?«

Ich reiße ihm meine Schuhe aus der Hand und streife sie über. »Die Talentshow! Sie ist heute Abend! Deshalb war Lila so sauer auf mich! Oh *Gott!*« Ich werfe mir die Jacke über. »Tut mir leid, dass ich so einen Abgang mache.«

»Nein, alles gut. Los. Beeil dich!« Barfuß jagt er mit mir die Treppen runter.

»Soll ich mit?«, fragt er, als er mir die Türe öffnet.

»Auf keinen Fall. Meine Eltern werden da sein. Scheiße! Warum hat mir niemand was *gesagt?*« Ich gebe Charlie einen Kuss, dann stürze ich zu meinem Auto. Aber ich weiß, warum mir niemand was gesagt hat. Weil es niemandem sonst etwas bedeutet hat. Nur mir. Bis es auch mir nichts mehr bedeutet hat.

»Du *solltest es wissen!*«

Ich habe Lila im Stich gelassen.

»Mal wieder in der Bücherei aufgehalten worden?« Mein Vater zieht ungläubig die Augenbrauen hoch, als ich neben meinen Eltern in der Aula Platz nehme.

Mom ist umzingelt von ihren PTA-Freundinnen, deren Kinder heute auf der Bühne stehen. Diesmal sind auch die Männer dabei. Über Moms Schulter hinweg sehe ich wie Mrs. Wiley ihre Lippen schürzt, den Blick starr geradeaus gerichtet, damit sie nur ja keinen Blickkontakt mit mir haben muss. Sie sitzt gleich neben Mom, was mich hoffen lässt, dass sie sich gegen die Anzeige entschieden hat.

»Entschuldigung«, sage ich, als ich meine Jacke abstreife und bete, dass ich meine Bluse nicht falsch zugeknöpft habe.

Es muss offensichtlich sein, für alle. Mein ganzer Körper strahlt es aus, meine geschwollenen Lippen, mein von seinen Bartstoppeln aufgerauter Hals. Ebenso gut könnte ein blinkendes Neonlicht mit Pfeilen auf meinen Kopf deuten. *Sex, Sex, Sex.*

Mom starrt mich mit ihrem aufgesetzten Lächeln an.

»Warum hast du so lange gebraucht?«, presst sie zwischen ihren zusammengebissenen Zähnen hervor.

Ich schlucke. »Keine Ahnung.« Heute fällt mir nicht mal eine Ausrede ein.

»Ich hab sie nicht verpasst, oder?«

»Nein. Aber sie ist gleich dran«, entgegnet Mom knapp, während sie das Programmheft durchblättert.

Zum Glück sitzt sie zwischen meinen Vater und mir. Hierhergeschleppt zu werden, hat seine Laune ohnehin schon ruiniert. Mein Zuspätkommen setzt noch einen drauf.

Die Schuldirektorin, Mrs. Peacock, tritt vor und kündigt den nächsten Auftritt an. Es ist ein kleiner Junge im Kampfsportanzug, der mit Karate-Kicks und Handkantenschlägen zu *Eye of the Tiger* auf der Bühne rumrennt. Die Erwachsenen quietschen vor Entzücken. Der Song ist endlos lang und ermüdet den Jungen gegen Ende sichtlich, seine Kicks werden kraftlos, die Schläge mehr und mehr zu einem Winken. Als es endlich vorbei ist, klatschen wir alle.

Mrs. Peacock tritt wieder vor, applaudierend, mit dem Spickzettel in ihrer Hand.

»War Robbie nicht großartig? Als Nächstes sehen Sie Lila McCauley mit einer Tanznummer.«

Bitte, Lila. Bitte hab ein anderes Lied ausgewählt!

»Beg for it.«

Die Musik ertönt, wummernde Bässe und Synthesizer, die

bei mir jedes einzelne Nervenende in Alarmbereitschaft versetzen.

Lila stolziert auf die Bühne, schleudert und stößt ihre Hüften zum Beat hin und her. Aber sie tanzt nicht nur. Sie singt auch, lippensynchron zu den anstößigen Lyrics. Den Lyrics, von denen sie mir versprochen hatte, dass sie niemand zu hören kriegen würde.

»*I'mma make you beg, I'mma make you beg for it.*«

Sie marschiert über die Bühne und zwingt jeden Einzelnen im Publikum mit ihren Blicken nieder, wie eine Raubkatze auf der Jagd.

Mein Vater lehnt sich vor und starrt meine Mom an, dann mich, aber länger als für den Bruchteil einer Sekunde erwidere ich seinen Blick nicht – denn meiner steht im Bann der wütenden Performance meiner kleinen Schwester.

Mein Herzschlag wummert mir in den Ohren. Ich achte nicht mal auf die Lyrics – bis sie mich treffen.

»*Am I waist slim, ass fat, you gonna have it.*«

Sie dreht dem Publikum den Rücken zu, geht in die Hocke und ... ohgottohgottohgott ... startet die Arschnummer!

Mrs. Wiley beugt sich vor und greift nach Moms Schulter. »Courtney, du musst *sterben*«, johlt sie. Genauer gesagt, ist der ganze Saal am Johlen.

Die Nächste, die sich umdreht, ist Mrs. Giovanni aus der Reihe vor uns. Sie lacht so heftig, dass ihr die Augen tränen. »Wusstest du das?«, keucht sie und wischt sich das Gesicht, während sie auf die Bühne zeigt.

Mom hat ihr künstliches Alles-gut-Lächeln aufgesetzt, das sie nach all den Jahren perfekt beherrscht. Normalerweise braucht sie eine halbe Flasche Chardonnay, damit es anhält. Aber jetzt sind ihre Wangen feuerrot und sie nickt und lächelt ihre Freundinnen an.

Das breite Lächeln, das mein Vater meiner Mutter zuwirft, löscht die lodernde Wut in seinen Augen nicht mal im Ansatz.

»Ich warte in der Eingangshalle auf dich.« Er steigt über unsere Füße hinweg und rauscht aus der Aula.

Das ist der Moment, in dem Lila ihn bemerkt. Sie hält inne, es verschlägt ihr die Sprache, sie kommt aus dem Rhythmus. Ich sehe, wie sie unter den hellen Scheinwerfen in Panik ausbricht. Mein Herz schlägt mir bis an die Rippen, es schlägt *für* sie.

Und dann fällt mir Charlie ein, am Spielfeldrand, beim Lacrosse.

Ich springe auf und fange an zu klatschen. »Los, Lila! *Whooo-hoo!*«

Die Musik ist noch immer am Wummern, ich klatsche und johle mit, laut genug, dass Lila mich hören kann, dass sie weiß, ich bin für sie da. Das Publikum fällt mit ein, und ich bin so dankbar, dass die einzigen Arschlöcher in diesem Saal meine eigenen Eltern sind. Lila läuft um die Bühne herum und stellt sämtliche Moves, die sie im Tanzunterricht gelernt hat, im linkischen Stil eines weißen Hip-Hop-Girls zur Schau. Als sie fertig ist, erntet sie tosenden Applaus. Nicht nur von mir. Der ganze Saal tobt. Bis auf meine Mutter.

»Schnapp sie dir und bring sie nach Hause.« Sie greift nach ihrer Tasche und stürmt aus der Aula zu meinem Vater.

Mrs. Peacock erscheint wieder auf der Bühne, ihr Gesicht sieht reichlich verwirrt aus. »Na, dieser Auftritt war ja wirklich ... *interessant.*« Raschelnd geht sie ihre Notizen durch. »Keine Ahnung, wie *das* unbemerkt bei unseren Proben durchflutschen konnte!« Das Publikum lacht hinter meinem Rücken, während ich mich bereits durch den Seitenausgang schiebe.

Ich entdecke Lila am Flur beim Bühneneingang. Wie festgefroren steht sie in dem Meer aus Kindern, die sich für ihren Auftritt aufwärmen, und krampft sich an ihrem Mantel fest. Ihre Augen sind riesig, ihre Wangen rosa. Ich muss daran denken, wie ich mich damals nach dem *Allemande*-Flötensolo fühlte. Ich war derart überwältigt von der Erleichterung, es hinter mich gebracht zu haben, dass mir schwindelig wurde.

Lila sieht nicht aus, als wäre ihr schwindelig. Sie sieht aus, als wäre sie krank.

»Wow! Du warst fantastisch!« Ich zwinge mich zu einem Lächeln.

Ihr Kinn puckert und ihre Unterlippe flattert. »Ist Dad sauer?«

Ich helfe ihr in den Mantel, treibe sie an. »Alles wird gut.«

An der Hand zerre ich sie in Richtung Tür. Normalerweise protestiert Lila, sie sei kein Baby mehr, wenn ich auf die Idee komme, in der Öffentlichkeit nach ihrer Hand zu greifen. Aber heute drückt sie meine Hand ganz fest und lässt zu, dass ich sie nach draußen in die Nacht ziehe.

»Wir müssen uns beeilen, Lila, okay?« Ich laufe mit ihr zum Auto, das ich einen Häuserblock entfernt geparkt habe, und überzeuge mich, dass sie fest angeschnallt ist, bevor ich heimwärts rase. Ich nutze jede mögliche Abkürzung, ignoriere Stoppschilder, fliege über Fahrbahnschwellen hinweg, denn ich muss Lila nach Hause bringen, bevor sie ankommen.

»Ich hatte nicht vor, es zu machen«, sagt sie, panisch, den Tränen nahe. »Bei den Proben hab ich die Karaoke-Version verwendet.«

Ich parke in der Auffahrt. Das Haus ist noch dunkel.

»Erzähl's mir später, okay?«, sage ich so ruhig wie möglich, während ich aus dem Auto stürze. »Komm.« Ich nehme wieder ihre Hand und dränge sie ins Haus. »Wir haben nicht viel Zeit.«

Wir sind gerade im Flur, als das Haus vom Öffnen des Garagentors erzittert.

»Lila, hör zu.« Ich packe sie an den Schultern. »Geh auf dein Zimmer und schließ die Tür ab, okay? Dann steck dir den iPod ins Ohr und leg dich schlafen.«

Schockgefroren bleibt sie stehen, ihre riesigen blauen Augen weiter aufgerissen als je zuvor. Was sie über meinen Vater weiß, ist gruselig genug. Der bei Weitem größere Horror ist das, was sie nicht weiß. Wenn sie erst mal herausfindet, was ich ihr alles verheimlicht habe, wird sie ihre Unschuld für immer verlieren.

Krachend wird die Tür zum Garderobenraum aufgerissen. »GEH!« Ich schubse sie die Treppen hoch und halte den Atem an, bis die Tür hinter ihr zuknallt.

»LILAAAAAA!« Ich wirbele herum, um mich meinem Vater zu stellen, der jetzt um die Ecke biegt, das Gesicht feuerrot, die Fäuste zu Vorschlaghämmern geballt.

Ich stelle mich vor die Treppe.

»Mach das nicht, Dad.« Ich versperre ihm den Weg.

»Zum Teufel, Hadley, geh mir aus dem Licht!« Er packt mich an den Schultern und will mich wegdrängen, aber ich weiche zurück, zwei Treppenstufen nach oben.

»Es war meine Schuld.« Ich schubse ihn vom Treppenabsatz, weg von Lila. »Es war meine Schuld.« Ich wiederhole mich, damit seine Wut sich auf mich konzentriert. »Ich hab die Nummer mit ihr geprobt. Ich hab ihr gesagt, das ginge in Ordnung.«

Er packt meinen Arm und zerrt mich von der Treppe runter.

»Du bist krank im Kopf! Weißt du das?« Die hohe Flurdecke wirft das Echo seiner dröhnenden Stimme zurück. Ich schicke ein Stoßgebet, dass Lila ihre Kopfhörer im Ohr hat.

Ich bewege mich rückwärts, locke ihn in die andere Richtung, weiter weg von meiner Schwester. Er folgt mir. Er rammt den Zeigefinger gegen seine Stirn. »*Ernsthaft* krank.« Seine Worte klingen wie zischender Dampf vor der Explosion eines Rohres.

Schritt für Schritt weiche ich weiter zurück, bis ins Familienzimmer, wo wir außerhalb von Lilas Hörweite sind.

»*Du hast uns lächerlich gemacht!*«

Er stößt mich, heftig. Ich verliere das Gleichgewicht und falle hin.

»Für das Maßregeln ist Miles verantwortlich. Ich kann da nicht hinsehen«, hat meine Mutter Mrs. Hawthorne mal in einer dieser elendig langen PTA-Zusammenkünfte vor dem Schultor gesteckt.

»Maßregeln? Inwiefern?«, hat Mrs Hawthorne mit hochgezogener Augenbraue gefragt.

»Ach, du weißt schon.« Moms Lippen verzogen sich zu einem koketten kleinen Lächeln. Sie hob ihre winzige, maniküre Hand und machte eine sanfte, wedelnde Geste. »Mal ein kleiner Klaps aufs Hinterteil. Nur um ihre Aufmerksamkeit zu kriegen.«

Während Mom im Auto kauert, weil das, was sie nicht sieht, auch nicht geschieht, krümme ich mich zu einer Kugel zusammen und beiße mir auf die Lippen, damit ich nicht schreie, wenn sein Fuß meinen Hintern tritt, meine Hüfte, meinen Rücken.

Es ist fast vorbei. Ich kann es aushalten.

Aber Lila könnte es nicht aushalten, und ich würde niemals zulassen, dass es ihr passiert.

Stunden später schrecke ich davon aus dem Schlaf, dass sich meine Zimmertür öffnet.

»Hadley?«, wimmert Lila. Im Nachthemd steht sie in der Tür. Ich winke sie zu mir rüber.

»Komm her.« Ich schlage die Decke zurück. Sie kriecht neben mich.

»Es tut mir l-l-l-leid«, stammelt sie unter Tränen.

»Alles gut.« Ich ziehe ihr die Decke bis unters Kinn.

Ihr Gesicht sieht völlig zerfurcht aus. Sie muss endlos lang geweint haben. »Das war nicht die Nummer, die ich geprobt habe. Ich wollte zur Karaoke-Version tanzen, zu der ohne Text. Ich hab die neue Musik erst heute Abend bei Ms. Ellison abgegeben, weil ich sauer auf dich war. Jedes Mal, wenn ich mitbekommen habe, wie du nach Hause gekommen bist, hab ich die Musik aufgedreht, damit du mich hörst. Aber du bist nie gekommen. Nicht ein einziges Mal. Und als du dann doch gekommen bist ... nur um mir zu sagen, ich soll die Musik runterdrehen.«

»Es tut mir leid, Lila. Ich hab es vergessen.«

»Du vergisst nie etwas«, sagt sie mit einem Kieksen in ihrer Stimme. Es bricht mir das Herz.

Ich rolle mich auf die Seite, die nicht schmerzt, damit wir uns in die Augen schauen können. »Ich weiß. Das heute war eine große Sache für dich. Ich begreife selbst nicht, wie mir das passieren konnte. Ich hab einfach ...« Ich drifte ab.

Aber ich begreife *doch*, wie mir das passieren konnte. Charlie ist mein Ein-und-Alles geworden, mein Refugium. Ich habe jegliche Verantwortung fallen lassen. Sogar Lila. Vor allem Lila.

»Hast du Hausarrest?«, fragt sie. Ich suche in ihrem Gesicht, um herauszufinden, ob sie mehr weiß.

»Was hast du gehört?«, frage ich.

»Er ist die Treppen hochgekommen, mit Gebrüll. Dann ist es still geworden.«

169

Ich decke sie noch einmal fest zu.

»Mach dir über mich keine Sorgen. Versuch einfach, zu schlafen, okay?«

Sie kuschelt sich dicht an mich heran, und ich schlinge meinen Arm um sie, halte sie fest, bis wir beide eingeschlafen sind.

jetzt

»Hadley McCauley«, sagt Dr. Bruce, den Blick auf die vor ihm liegende Akte gerichtet. *Meine* Akte. Er erhebt sich von seinem Stuhl. Warme, freundlich-braune Augen begrüßen mich. »Darf ich dich Hadley nennen oder ist dir etwas anderes lieber?«

»Hadley ist gut.« Ich nicke.

»Ich bin Dr. Bruce. Es freut mich, dich kennenzulernen.« Er beugt sich vor und schüttelt mir die Hand. Er ist der erste Arzt hier, der mich behandelt, als wäre ich freiwillig zu ihm gekommen. Er deutet zum Stuhl auf der gegenüberliegenden Schreibtischseite und setzt sich erst wieder, als ich selbst Platz genommen habe.

»Wie geht's deinem Arm? Tut er noch weh?« Er zeigt mit dem Stift auf meinen linken Arm.

Ich zucke mit den Schultern. »Ist okay.«

»Hadley ... Ich werde dir viele Fragen stellen. In Ordnung?« Ich nicke wieder. Er fragt, als ob ich die Wahl hätte.

»Gut. Wie fühlst du dich heute?«

Ich zucke mit den Schultern. »Okay.«

Er nickt. »Weißt du, warum du hier bist, Hadley?«

»Mit Ihnen ... jetzt?« Ich zeige auf meinen Stuhl.

Er nickt.

»Ich hab mir die Pulsadern aufgeschnitten.«

Er nickt. Gut. In seinem Test punkte ich schon mal bestens.

»Weißt du, warum wir dich hierbehalten, Hadley?« Sein Tonfall ist sanft.

»Um mich zu beschützen«, murmele ich gehorsam, um ihm zu geben, was er hören will.

»Richtig. Um dich zu beschützen«, plappert er mir nach. »Empfindest du dich noch als selbstmordgefährdet?«

»Nein.«

»Gut.« Das Lachen sickert in seine Stimme. »Hast du vorher schon einmal einen Selbstmordversuch gemacht?«

»Nein.«

»Hast du je darüber *nachgedacht,* Selbstmord zu begehen?«

Vor meinem inneren Auge erscheint die volle Pillendose meiner Mutter. Mein Knie zittert. Sein Blick gleitet über mein Knie, dann wieder zurück zu meinem Gesicht.

»Nein«, sage ich. Diesmal ist sein bestätigendes Nicken langsamer.

Er bombardiert mich mit weiteren Fragen, wie ich schlafe, esse, ob ich Stimmen höre oder Dinge sehe, die sonst niemand sieht. Er fragt mich, ob ich jemals in Erwägung gezogen habe, mich selbst zu verletzen.

»Wie fühlst du dich jetzt, Hadley?«

Diesmal kann ich meinen Ärger nicht im Zaum halten. »Nicht gerade super.«

»Nicht gerade super. Wie kommt das?« Sein suchender Blick ist vertraut, wie bei Mr. Murray und seinen gütigen Augen. Und Coach Kimmel. Und Señora Moore. Und Dr. Sher. So viele gütige Augenpaare und nicht eines von ihnen hat irgendetwas mitbekommen.

»Was glauben Sie wohl, wie das kommt?«, schnappe ich zurück. »Ich bin hier.« Er starrt zurück, als ob er darauf wartet, dass ich meinen Gedankengang zu Ende bringe. Was ich dann auch tue. »Und meine Mutter ist tot.« Mir bricht die Stimme weg.

Das letzte Mal, als ich sie gesehen habe, hing sie kopfüber, ihre angsterfüllen blauen Augen starr auf mich gerichtet, als wollte sie mich fragen: Warum?

Sein Blick wandert zu meinen Fingern, die an dem Verband knibbeln, der um mein rechtes Handgelenk gewickelt ist. Um mich davon abzuhalten, lege ich meine Hand in den Schoß. Aber er sieht es. Er sieht alles.

Er nickt und macht sich Notizen. »Wie schwer das hier für dich sein muss, ist mir bewusst, Hadley. Aber wie du dich fühlst, das kann ich mir nicht wirklich vorstellen, richtig?«

»Nein.« Ich schüttele den Kopf. Auch seine Worte sind gütig. Zu gütig.

»Das alles muss ein solcher Schock für dich sein.« Ich nicke. »Möchtest du mir erzählen, wie es sich anfühlt?«

Obwohl ich weiß, dass er hier die Therapeutennummer abzieht, fangen meine Augen an zu prickeln. Mein Bein zittert, bis der Moment vorüber ist. Ängstlich schüttele ich den Kopf. Wenn ich erst mal zu reden anfange, dann höre ich womöglich nie wieder auf.

»Hadley, wie fühlst du dich?«

»Das haben Sie mich schon gefragt.«

Er nickt, aber er sagt nichts. Die Stille dehnt sich aus wie ein elastisches Band. Seine tickende Uhr zählt die Sekunden.

»Grauenhaft«, sage ich und versage in meinem mir auferlegten Schweigegebot.

»Grauenhaft«, wiederholt er. »Bezieht sich dieses Gefühl auf deine Lage oder auf dich selbst?«

»Auf beides.«

Er gibt ein mitfühlendes Brummen von sich.

»Auf beides«, wiederholt er. »Kannst du mir erklären, warum?« Seine Stimme ist eine warme Decke. Es wäre so einfach, mich in sie einzukuscheln und von ihr trösten zu lassen.

Die Stille ist unerträglich. Dr. Bruce wirft die Angel aus, damit ich weiterrede.

Diesmal beiße ich nicht an.

»Hadley«, unterbricht er die Stille. »Hast du dich grauenhaft gefühlt, *bevor* du dieses Flugzeug betreten hast, oder danach?«

Mein Kopf schnellt nach oben. »Was hat denn das damit zu tun?«

Es ist ja wohl allen klar, warum ich versucht habe, mich umzubringen. Überlebensschuld-Syndrom. Hat er die Krankenakte nicht bekommen oder was?

»Du wirkst wütend. Weil du hier bist? Oder weil dein Versuch gescheitert ist?«

Mein Atem geht schneller. Welchen Versuch meint er?

»Was?«, frage ich, um Zeit zu schinden.

»Bist du wütend, weil du hier bist? Oder weil dein Selbstmordversuch gescheitert ist?«, stellt er klar.

Er beobachtet meine Reaktion und macht sich Notizen, sein Gesichtsausdruck ist immer noch freundlich.

»Ich bin nicht wütend«, sage ich, obwohl ich mir meines schneidenden Untertons wohl bewusst bin.

Dr. Bruce nickt und lächelt. Das war's dann wohl mit der vollen Punktzahl im Test.

Sein Lächeln zählt ebenso zum Inventar des Sprechzimmers wie die Bücher in den Regalen und der Farn auf dem Fenstersims.

»Hadley, könntest du mir helfen, zu verstehen, warum du versuchst dich umzubringen, nachdem du einen Flugzeugabsturz überlebt hast?«

Mir klappt die Kinnlade runter.

»Wollen Sie mich verarschen?«, frage ich während mir die Hitze ins Gesicht schießt.

Stillschweigend und mit seinem immerwährend gütigen Lächeln begegnet er meinem Ausbruch.

»Meine Mutter ist *tot*!«, schreie ich. »Sie hing kopfüber in ihrem Gurt! Ich hab's nicht mal geschafft, sie da rauszuziehen.«

Mr. Bruce zuckt nicht zusammen. Er verzieht nur mitfühlend den Mund.

»Das muss entsetzlich gewesen sein.« Er balanciert seinen Stift zwischen zwei Fingern. »Hadley, ich muss dich das trotzdem fragen. Deine Mutter hast du heute zwei Mal erwähnt. Aber was mich neugierig macht: warum du deinen Vater gar nicht erwähnt hast.«

Ich habe nichts weiter zu sagen.

damals

»Wie ist es hiermit?« Ich halte ein Paar Leggings mit Azteken-
muster und ein langärmeliges T-Shirt hoch.

Lila schüttelt niedergeschlagen mit dem Kopf und wühlt
sich durch die Schubladen ihres Kleiderschranks. Der gestrige
Abend hat in meiner feuersprühenden kleinen Schwester den
letzten Funken ausgelöscht. Schon den ganzen Morgen ist sie
in sich selbst zurückgezogen, ihre Bewegungen sind schwach
und halbherzig. Mittlerweile sind mir die Tricks ausgegangen,
ihre Mordsangst abzuschütteln.

Sie greift nach einer Jeans und einem marineblauen Pulli
mit Zopfmuster und zieht sich an.

»Eine Diva, die was auf sich hält, würde sich in solchen
Spießerklamotten nicht mal begraben lassen.«

Lila beim Anziehen dieses sterbenslangweiligen Outfits zu-
zusehen, macht mich fertig. »Lila, das bist nicht *du*«, sage ich
und zeige mit dem Finger auf ihre Klamotten. In Gedanken
füge ich hinzu: *Das bin ich.*

Sie zieht sich ihr blondes Haar aus dem Ausschnitt und
wirft es über ihre Schultern. Dann zuckt sie mit den Achseln,
die Augen groß und ausdruckslos.

»Lila!« Ich packe sie an den Schultern. »Lass nicht zu, dass er
dir das antut.«

Sie schaut zu mir hoch, und obwohl sie es nicht ausspricht und vielleicht nicht mal denkt, höre ich die Heuchelei in meinen Worten. Warum nicht? Ich lasse zu, dass er es *mir* antut. Bis jetzt war Lila die Einzige von uns, deren Licht er noch nicht ausgeblasen hat.

Sie weicht meinem Blick aus. »Tut mir leid, dass du wegen mir Ärger gekriegt hast«, murmelt sie.

»Ich hab doch ständig Ärger.« Ich schenke ihr ein Lächeln. »Manchen Leuten kann man es eben nie recht machen.«

Sie starrt auf ihre Fußspitzen, wägt ihre nächsten Worte ab und zieht eine Schulter hoch, als sie ihr schweres Geständnis ablegt.

»Ich hab Angst. Wenn du weggehst ...«

Ich drücke ihre Arme. »Daran arbeite ich schon.« Sie mustert mich skeptisch. »Ich habe mich bei ein paar Colleges in der Nähe beworben. Irgendwie hoffe ich, dass Cornell mich ablehnt.«

Ich lache, um den besorgten Ausdruck aus ihrem Gesicht zu vertreiben. Ihr Mund formt sich zu einem O. In ihre Augen kehrt ein Funken Licht zurück.

»Wird Charlie auch zu Hause bleiben?«, flüstert sie.

Im Zimmer ist plötzlich kein Milligramm Luft mehr vorhanden.

Ich beuge mich runter, bis sich unsere Nasenspitzen berühren. »Lila, was weißt du?«

»Tut mir leid.« Sie beißt sich auf die Lippe. »Ich hab dich am Telefon gehört.«

Ich schnappe nach Luft, ein schwacher, panischer Atemzug. Wenn es schon für Lila so leicht war ...

»Sonst weiß es keiner, ich schwöre!«

Meine Beine zittern. »Lila, du darfst es niemandem erzählen, okay?«

Sie grinst spöttisch. »Pah!« Meine kleine Schwester – da ist sie wieder!

Ich wäre nie auf den Gedanken gekommen, dass irgend-jemand von draußen meine Telefonate mit Charlie mitkriegen würde. Und die Dinge, über die wir sprechen ... allein bei der Vorstellung kriecht mir die Röte den Hals hoch. Ich schlage beide Hände vors Gesicht.

»Oh mein Gott, Lila. Was hast du gehört?«

Sie geht zum Bett, auf das ich ihre Leggings und das T-Shirt gelegt habe, inspiziert sie gründlich, dann streift sie wortlos ihre Spießerklamotten ab und tauscht sie gegen ein Outfit, das ihrer überlebensgroßen Persönlichkeit weit würdiger ist.

»Nichts, wofür du dir ins Höschen machen müsstest.«

Ich pruste so heftig los, dass ich mich verschlucke. »Dir ist schon klar, dass du die frühreifste Zehnjährige der Welt bist, oder?«

Ihr Versuch, sich das Lächeln zu verkneifen, scheitert. »Ehr-lich gesagt, bin ich froh, dass jemand dich mag. Langsam hab ich echt gedacht, mit dir stimmt was nicht.«

»Und warum das?«, frage ich und schlucke einen Lacher runter.

»Mein Gott, Hadley«, schnaubt sie und zieht sich mit einem Hüpfer die Leggings hoch. »Ich hatte schon zwei Freunde.« Zur Unterstreichung ihres Standpunktes streckt sie zwei Finger in die Luft. Wie sie so vor mir steht, die Hüfte raus-gestreckt, wild entschlossen, älter als zehn auszusehen, schießt mir plötzlich wieder dieses Bild von ihr in den Kopf, wie sie in ihrem Designerkleidchen, mit drei hochgehaltenen Fingern – vom kleinen bis zum Mittelfinger – dem Verkäufer im Super-markt ihr Alter klarmacht.

»WAS?«, keuche ich.

Einer Diva ebenbürtig und ungerührt von meinem Schock

178

zuckt sie mit den Schultern. Ich strecke mich – vorsichtig, wegen der Prellungen – auf ihrem Bett aus. »Jetzt überrundet mich schon meine kleine Schwester.«

»Ist er süß?« Sie lässt sich neben mich aufs Bett plumpsen. Seite an Seite liegen wir da, die Blicke auf die Zimmerdecke gerichtet; auf das Deckenfresko mit dem fliegenden Peter Pan. Hübsch, aber so gar nicht Lila.

»Sehr süß«, sage ich.

»Geiler Körper?«

»Lila!«

Sie kichert.

»Also was jetzt?«

»Ja«, gestehe ich.

»Ist er lieb?«

»Der Liebste von allen.«

»Gut.«

»Ich bin so froh, dass ich deinen Segen habe.«

Lila stößt einen tiefen Seufzer aus. »Ich glaube, ich muss mit Colin Schluss machen. Er wird zu klettig.«

»Echt?«, frage ich. »Inwiefern?«

Sie fixiert ihre stummeligen Fingernägel mit dem meerblauen Glitzernagellack.

»Na, in der Pause soll ich die ganze Zeit am Klettergerüst Ritterburg mit ihm spielen, aber ich will viel lieber mit meinen Freundinnen auf der Schaukel chillen.«

»Ja.« Ich nicke. »Lass ihn nicht zwischen dich und deine Freundinnen kommen. Das ist immer ein großer Fehler. Meaghan war deshalb auch schon ziemlich wütend auf mich.«

Sie atmet tief ein und dann durch ihre flatternden Lippen aus.

»Wie schaffst du es, ihn zu sehen?«

179

»Ist ziemlich schwierig«, gebe ich zu, und dann kommt mir eine Idee. »Lila, kann ich dich um einen Gefallen bitten?«

»Klar«, sagt sie.

»Mom und Dad gehen doch morgen auf diese Gala«, sage ich. »Könntest du dir vorstellen, bei einer Freundin zu übernachten?«

Verwirrt starrt Lila mich an, aber dann macht es Klick in ihr. Hoffentlich nicht in vollem Ausmaß. Ich hoffe, ihr frühreifes Gehirn ist noch nicht *komplett* entwickelt.

»Casey fragt mich schon die ganze Zeit, wann ich mal zum Übernachten zu ihr komme. Ich frage sie heute, aber ich bin ziemlich sicher, dass sie Ja sagt.«

»Wenn du Mom fragst, muss klar sein, dass die Idee von dir kommt, okay?«

»Ich bin nicht blöd, Hadley.«

Ich gebe ihr einen Stups und noch einen und noch einen, bis sie in einem wilden Kicheranfall auf ihrem Bett herumrollt.

»Okay. Ich muss jetzt zur Schule. Ab zum Frühstück mit dir. Der Löwe hat die Höhle verlassen.«

Ich küsse sie auf die Stirn und mache, dass ich aus dem Haus komme, um Charlie abzuholen.

Er steht an der Straßenecke vor Sal's Pizza. Als er mich sieht, lässt sein Lächeln die dunkle Straße heller strahlen als jede Laterne. Wie der Blitz ist er in meinem Auto, in meinen Armen.

»Du hättest doch nicht in der Kälte warten müssen«, unterbreche ich unseren Kuss. Wieder mal trägt er nur seinen Hoodie, während ich Fäustlinge, einen Schal und meinen Winterwollmantel anhabe. Auf der Windschutzscheibe meines Autos war heute Morgen sogar eine dünne Eisschicht.

»Mir wird nicht kalt«, sagt er, als versicherte er mir das nicht zum Millionsten Mal.

Ich starte den Wagen und fahre Richtung Schule, die Musik im Auto leise gestellt.

An der roten Ampel, nachdem ich Charlie von Lilas Auftritt erzählt und die Reaktion meines Vaters für mich behalten habe, grinst er mich an. »Wie kommt es, dass wir noch nicht über gestern Nachmittag reden?«

Ich spüre, wie mir die Röte am Hals hochkriecht und beiße mir auf die Unterlippe.

»Ich war nicht in der Lage, an irgendwas anderes zu denken.« Er streckt die Hand aus und wickelt sich eine meiner Haarsträhnen um den Finger.

»Ging mir auch so.« Ganz gelogen ist das nicht. Wäre die Talentshow nicht gewesen, hätte das allein die ganze Nacht hindurch meine Gedanken beherrscht.

»Ich habe möglicherweise gute Neuigkeiten«, lasse ich ihn wissen, als ich am grünen Pfeil links abbiege. »Sieht so aus, als würde es morgen Abend doch klappen.«

»Echt jetzt?« Er schaut zu mir rüber. »Wie hast du das denn angestellt?«

»Sieht so aus, als würde meine kleine Schwester Amor für uns spielen«, sage ich lachend. »Sie wird fragen, ob sie morgen Abend bei einer Freundin schlafen darf.«

»Wann gehen deine Eltern los?«

Ich rechne mir aus, wie viel Zeit meine Eltern brauchen werden, um in die Stadt zu fahren. »Wahrscheinlich gegen achtzehn Uhr.«

Er nickt. »Um zwei nach bin ich da.«

»Aber du kannst nicht vorne rein«, erkläre ich ihm. »Sicherheitskameras.« Mich das sagen zu hören, klingt so großkotzig, dass ich zusammenzucke. »Ich schreib dir, wenn sie weg sind, dann kannst du durch die Hintertür reinkommen.«

Charlie besitzt irgendwelche magischen Kräfte, die all die

Hässlichkeit aus meinem Leben löschen. Beinahe vergesse ich sogar den leeren, leblosen Blick meines Vaters, bevor er mich letzte Nacht zusammengeschlagen hat. Das schmerzerfüllte Laufen mit ihm heute Morgen. Selbst das morgige Spiel habe ich nicht mehr auf dem Schirm, bis mich Olivia im Schulflur daran erinnert.

»Fährst du oder nimmst du den Bus?«

»Hä?« Verständnislos starre ich sie an.

»Zu dem *Spiel* morgen«, sagt sie aufgeregt. Morgen ist das Abschlussturnier der Saison. Wir spielen in New Jersey. Mein Vater verpasst niemals ein Abschlussspiel. Was bedeutet, dass ich zwei Stunden hin und zwei Stunden zurück mit ihm im Auto festsitze.

Und plötzlich kann mich nicht mal mehr Charlie mit seinen Superkräften von meinem Grauen erlösen. Könnte ich nur im Schnelldurchlauf zum Spielende vorspulen. Ich muss es einfach schaffen, morgen um 18 Uhr zurück zu sein.

Meaghan und Noah haben unseren Stammtisch in der Schulcafeteria bereits in Beschlag genommen. Als ich zu ihnen stoße, teilt Noah gerade die Karten aus.

»Na, wie ist der Auftritt von Little Miss Sunshine letzte Nacht gelaufen?«, fragt er grinsend.

Ich seufze. »Du hast es schon gehört.«

Meaghan gackert so laut los, dass die Leute von den anderen Tischen zu uns rüberstarren. »Heilige Scheiße, Hadley. Die gesamte Schule hat es mitbekommen.«

»Die Bewertungen sind eingetroffen«, sagt Noah, beide Hände in die Luft gestreckt, »Lila ist eine Sensation.«

Meaghan spielt mit. »Lilas Performance ist lüstern ... ungeschliffen ...«

»Überragend«, fügt Noah hinzu.

»Das Beste, das der Grundschule seit dem Donut-Donnerstag passieren konnte.« Darüber bricht Meaghan in einen hysterischen Kicheranfall aus.

Ich stöhne auf, während ich die Karten in meiner Hand sortiere. Wenn sie nur wüssten ... das Lachen würde ihnen im Hals stecken bleiben.

Noah neigt den Kopf zur Seite, vorgeblich um sein Blatt zu prüfen, aber ich fühle, wie sein Blick mich trifft. »Meine Mutter war da. Sie sagt, dein Dad wäre empört nach draußen gerauscht.«

Ich nicke. »Kann man wohl sagen.«

Jetzt mustert er mich ganz offen. »Alles okay an der Homefront?«

Für eine Sekunde halte ich inne. Das hier ist einer der seltenen Momente, in denen Noah andeutet, dass er ahnt, was bei uns zu Hause ablaufen könnte.

Da er mir als Erster ausgeteilt hatte, muss ich eine Karte vom Stapel nehmen. Achselzuckend und fachmännisch umgehe ich die Frage mit exakt dem Minimum an Wahrheit, das meine Lüge glaubhaft macht.

»Er ist stocksauer auf mich.«

»Unfassbar«, murmelt Noah, während sein Blick erst Meaghan dann mich streift.

»Es *war* meine Schuld«, gebe ich zu, die Augen fest auf die Karten vor mir geheftet. »Mein Versuch, ihr diese Nummer auszureden, führte nahtlos dazu, dass ich die komplette Talentshow vergessen habe.«

»Aber ... was ist passiert? Als du nach Hause gekommen ist«, hakt Noah vorsichtig nach.

Ich sortiere mein Blatt. »Nichts Neues. Er hat mich angebrüllt, dann gab's Hausarrest. Ein anderer Tag, dieselbe Scheiße.«

Wieder tauschen Meaghan und Noah einen Blick aus. Ich tue so, als ob ich nichts bemerke.

»Und was die weiteren Neuigkeiten betrifft«, lenke ich vom Thema ab, »ich bin nicht mehr die einzige Jungfrau am Tisch.«

Ich lege meine Dame ab und genieße den Augenblick ihrer geplätteten Stille. Dann schnappen beide nach Luft.

Noah legt sein Blatt verdeckt auf den Tisch und klatscht langsam in die Hände. »Gut gepokert.«

Ich erzähle ihnen den Ablauf der letzten Nacht bis ins kleinste Detail, gerade so viel, dass ich sie nicht mehr im Nacken sitzen hab. Den Rest behalte ich für mich.

damals

Auf der zweistündigen Autofahrt am Samstag heuchle ich Dankbarkeit für jedes Fitzelchen von Dads Ratschlägen zum Spiel. Während wir von der Southern-State-Schnellstraße über die Verrazano-Brücke auf die Gateway-Schnellstraße fahren, lasse ich ihn nickend und lächelnd im Glauben, mit mir die Geheimnisse eines glücklichen Lebens zu teilen. Diese Ratgeber-Version meines Vaters, auch wenn es sich dabei um ungebetenen Rat handelt, ist so viel leichter zu ertragen als der andere Kerl mit seinen Hammerfäusten und Jackie-Chan-Kicks.

Mit meinem Mundschutz zwischen den Zähnen und dem Lacrosse-Schläger in der Hand spiele ich das beste Spiel meines Lebens, mache fünf Tore und drei Assists. Ich mache auch mehr Fouls als jemals zuvor. Mein Brennstoff ist der Schmerz, der mich pausenlos an Donnerstagabend erinnert und an all die anderen Momente, in denen mein Vater seine Wut an mir ausgetobt hat. Meine Muskeln betteln schreiend um Gnade, aber ich treibe meinen Körper über seine Grenzen hinweg.

Ich mache alles, was mein Vater mir im Auto aufgetragen hat. Ich remple die anderen Spieler. Ich ramme meinen Ellenbogen in mehr als nur einen Rücken. »Versehentlich« knalle ich sogar mit dem Schläger gegen den Kopf eines anderen

Mädchens. Es macht sich bezahlt, selbst als mich meine Verstöße auf die Strafbank zwingen. Unser Team gewinnt. Mein Vater wirft die Fäuste in die Luft und schreit sich am Spielfeldrand die Seele aus dem Leib, als wäre das hier sein eigener Sieg.

Er stürmt das Feld, packt mich an den Schultern und schüttelt mich, ohne die verächtlichen Blicke aus beiden Teams zu beachten. »Du warst verdammt *großartig* da draußen«, grölt er über meinen Kopf hinweg den hochgezogenen Augenbrauen einiger Eltern entgegen. Coach Kimmel beobachtet uns. Kopfschüttelnd geht sie weg und wirkt, unserem großen Sieg zum Trotz, niedergeschlagen.

»Wir sollten machen, dass wir nach Hause kommen«, sage ich, während ich vom Platz gehe. »Bevor wir im Stau stecken.«

Sehnsüchtig schaut Dad über seine Schulter zurück zu den Spielern, die noch immer auf dem Feld sind, er will teilhaben an ihrem Freudenfest.

»Was soll die Eile?«, fragt er. »Du solltest das hier genießen, Hadley. Es ist deins. Du hast es verdient.«

Ich habe es nicht verdient, ich habe es gestohlen. Ich brauchte das hier, um mir einen Vertrauensvorschuss zurückzuerobern. Zu viel davon ist in der letzten Zeit draufgegangen. Aber wenn ich ihn davon überzeugen will, dass ich zu Hause bleiben und auf ein örtliches College gehen möchte, dann muss ich zumindest versuchen, mich gut mit ihm zu stellen.

Auch wenn der Preis dafür ist, mich selbst in diesem Augenblick ein wenig zu hassen

Mom kommt nach unten geschlichen, im schwarzen Gewand, die feuchten, bräunungsgesprayten Schultern nackt. Sie hat Stunden an ihrem Make-up gearbeitet. Diamanten funkeln an ihren Ohrläppchen, ihrem Hals und ihren Handgelenken. Sie sieht aus wie eine Barbiepuppe in den Wechseljahren.

Eine Minute später kommt Dad im Smoking die Treppen runter und zerrt an seinem Kragen herum.

»Ihr zwei seht toll aus«, sage ich und zwinge mich zu einem Lächeln.

Dad macht ein finsteres Gesicht. »Erklär mir noch mal, warum ich mich einverstanden erklärt habe, mir das anzutun?«

Mom geht auf ihn zu und rückt seine Fliege zurecht. »Es wird Spaß machen.« Sie lächelt zu ihm auf.

»*Dir* vielleicht«, sagt er. »Ich hasse diesen Scheiß.«

Ohne mit dem Lächeln aufzuhören, beobachte ich, wie sich die beiden zum Abmarsch fertig machen. Als Dad sein Portemonnaie in die Hosentasche steckt, wendet er sich zu mir.

»Und deine kleine Schwester hat sich also plötzlich in den Kopf gesetzt, bei Casey zu übernachten?« Seine Augen werden schmal, während er mich unter die Lupe nimmt. »Und was machst du heute Abend ganz allein?« Ob das Argwohn in seiner Stimme ist? Oder schiebe ich nur Panik?

»Lernen, vielleicht einen Film schauen.« Ich zucke mit den Schultern. Er durchbohrt mich mit seinen Blicken, sucht nach dem Riss in meiner Geschichte.

»Wir sollten uns beeilen«, sagt Mom mit gepresstem Lächeln. Warum sollte sie all das in Kauf nehmen, wenn sie nicht wenigstens ihre Show abziehen kann?

Mit Getöse öffnet und schließt sich das Garagentor. Ich schaue auf die Uhr. 18:07. Kaum sind sie weg, da klopft es auch schon an die Hintertür. Zu früh. Allein das genügt, um mein Herz wie wild gegen meinen Brustkorb hämmern zu lassen.

Ich knipse das Licht auf der hinteren Veranda an. Da steht Charlie und grinst, als ich die Schiebetür öffne.

»Charlie! Sie sind *gerade* zur Tür raus!«, schreie ich mit wackeligen Knien.

»Ich weiß.« Er versenkt die Hände tiefer in den Taschen seines Hoodies. Ich hab vor einem anderen Haus geparkt, ein Stück die Straße runter. Hab sie wegfahren gesehen.«

»Oh.« Erleichtert atme ich aus. Für ein paar Sekunden stehen wir einfach nur rum. »Oh, okay. Komm rein!« Charlie lässt sich Zeit mit dem Eintreten, er durchquert das Familienzimmer, schaut sich in der Küche um, bis wir in die große Eingangshalle kommen. Er reckt den Hals vor, sein Blick wandert an der Wendeltreppe empor zum nächsten Stockwerk, dann weiter hinauf zu dem Lüster, der zwei Stockwerke über uns von der Decke herabbaumelt. Zu seiner Linken das Wohnzimmer. Zu seiner Rechten Dads Arbeitszimmer. Er stöhnt auf.

»Es ist so schlimm, wie ich befürchtet habe.« Seine Schultern sacken nach unten.

»Schlimm?«, frage ich. »Ist das sarkastisch gemeint?«

»Leider nicht.« Er lehnt sich an den Rundbogen vor der Küche, die Hände noch immer in den Tiefen seiner Kapuzenjacke vergraben. »Warum bist du noch mal mit mir zusammen? Hilf mir auf die Sprünge.«

Ich gehe zu ihm und lege meine Arme um seinen Hals.

»Muss ich dir das wirklich klarmachen?« Ich stelle mich auf die Zehenspitzen, um ihn zu küssen, um ihn daran zu erinnern, warum er hier ist.

Er zieht seine Hände aus den Taschen und schlingt sie um mich. »Wenn du dich auf mein Ghettoleben einlässt, bin ich ja wohl der Letzte, der sich hier beschweren sollte.« Er lacht, aber mir ist klar, dass er nur halb im Scherz gesprochen hat. Er neigt seinen Kopf nach unten, um meine Lippen zu berühren.

Kurz darauf lehnt er sich zurück und lächelt bedeutungsvoll, während er den Reißverschluss seines Hoodies aufzieht. »Ich würd ja liebend gern den Rest deines Hauses besichtigen.«

Sein Blick gleitet an den Treppen hoch. »Ich vermute mal, zu deinem Schlafzimmer geht's da lang?«

Als wir Hand in Hand nach oben gehen, hängt er seinen Hoodie über das Treppengeländer. Kaum hat er den Fuß in mein pinkfarbenes Zimmer gesetzt, bricht er in schallendes Gelächter aus.

»Damit hab ich nicht gerechnet.« Er geht auf mein Bett zu und hebt meine Tigerdecke hoch, während er sich belustigt umschaut.

»Jep, das ist das Werk meiner Mutter. Letztendlich hat sie doch das Prinzessinnengemach bekommen, von dem sie immer geträumt hat.« Ich nehme ihm die Decke aus der Hand und kitzele seine Wangen mit dem Kunstfell. Er umarmt mich von hinten, dreht mich zu sich herum und drückt seine Lippen auf meine, während seine Hände an meinem Oberkörper herab unter mein T-Shirt gleiten.

»Wart mal kurz«, flüstere ich. »Lass mich nur das Licht ausmachen.« Ich taste nach dem Lichtschalter hinter meinem Rücken.

»Nicht.« Ich spüre sein Lächeln an meinem Hals. »Ich will deine Muskeln sehen.«

Ich lache unbehaglich. »Das ist mir peinlich.«

»Warum?« Seine Hand schmiegt sich um meine Taille.

»Weil ...« Ich halte inne. »Ich will einfach nicht, dass du mich so bei Licht siehst.«

»Glaub mir«, murmelt er an meinem Kinn. »Du bist perfekt.«

Es trifft mich so tief, dass ich am liebsten alles beenden würde, jetzt sofort.

»Charlie, ich bin weit entfernt davon, perfekt zu sein.«

Meine Fingerspitzen finden den Lichtschalter, drücken ihn runter und stürzen uns beide in die Dunkelheit.

Wir kuscheln uns eng aneinander, während Charlie den Kronleuchter an der Decke nicht aus den Augen lässt.

»Wie geht noch dieser Chandelier-Song? *Ich möchte am Kronleuchter schaukeln*? Daran müsstest du eigentlich jedes Mal denken, wenn du ins Bett gehst.«

Ich muss lachen. »Na, ab *jetzt* bestimmt.«

»Er ist so riesig«, sagt er ehrfürchtig. »Alles hier.«

Ich nicke. »Stimmt.«

»Was arbeitet dein Vater noch mal?«, fragt er, während seine
Finger sanft durch meine Haare kämmen.

»Er ist ein Hedgefonds-Manager.« Meine Finger erkunden
seinen Bizeps.

»Diese Typen drucken quasi ihr eigenes Geld.« Ich nehme
einen Hauch von Neid wahr. »Es sind nur Dinge, Charlie«,
gebe ich Grandmas Worte wieder.

Er atmet aus. »Aber manchmal können Dinge hilfreich
sein.« Er trommelt mit den Fingern über meine Schultern.
»Mit dem Geld könntest du auf jede Privatschule gehen. Was
machst du auf einer staatlichen Schule?«

Ich zucke mit den Achseln. »Weil wir auf einer Privatschule
nicht die reichste Familie wären«, sage ich mit einem ironi-
schen Lächeln. Charlie dreht sich zu mir um, damit er mir in
die Augen sehen kann. »Mein Vater ist gerne der Beste, hat
gerne das Meiste. Das meiste Geld, die hübscheste Frau. Sogar
bei meiner Stellung im Lacrosse-Team geht es nur um ihn. Auf
einer Privatschule wären wir einfach wie alle anderen auch.«

Charlie schüttelt den Kopf und stöhnt leise auf. Er wirft
einen Blick auf meinen Wecker. Es ist fast sieben. »Um wie viel
Uhr kommen die beiden zurück?«

»Nicht vor Mitternacht. Eher gegen eins oder zwei.«

Seine Arme ziehen mich noch dichter an ihn heran.

»Wollen wir unten einen Film anschauen?«, frage ich.

»Okay«, sagt er, aber seine Hände gehen auf Wanderschaft. »Oder wir könnten …«

»… einen Film anschauen.« Lachend entziehe ich mich seiner Reichweite. »Lass uns das langsam angehen. Das ist alles noch total neu für mich.«

Ich taste nach meinen Klamotten, ziehe meinen BH an, dann meine Unterhose. Ich halte gerade meine Hose in der Hand, als Charlies Schlüsselbund aus seiner Hose fällt und mit einem lauten Knall auf dem Boden landet.

»Verdammt.« Er macht das Licht an.

Mit dem Rücken zu ihm schaue ich über meine Schulter. Da steht er, in seinen Boxershorts, seine Jeans in der Hand, mein halb nackter Anblick bringt seine Augen zum Funkeln. Doch plötzlich verdunkeln sie sich und werden kalt. In seinem Gesicht spiegelt sich das Grauen, dann die Wut, während er auf meine Hüften starrt, auf meine Haut, die aussieht wie gebatikt; mit ihren verblassenden gelben Prellungen und den frischen dunkelvioletten. Ich wirbele herum, um ihn anzusehen und die Beweise hinter mir zu verstecken.

»Hadley, was zum Teufel …!« In einem Satz jagt er quer durchs Zimmer und steht vor mir.

»Was?«, sage ich und steige blitzartig in meine Jeans. Sie reichen mir gerade bis zu den Knien, als er mich am Ellenbogen packt.

Er dreht mich herum und der Anblick all dieser Verletzungen lässt ihn aufstöhnen. Es dauert einen Moment, bis er Worte findet. »Woher hast du die?«

Ich will mich bedecken, verstecken, wegrennen. Wie ein Tier in der Falle. Lieber würde ich mir die eigenen Gliedmaßen abbeißen, als mich diesem Augenblick der Wahrheit in Charlies Augen zu stellen.

»Charlie, lass mich.« Die Scham wühlt mich innerlich auf.

191

Ich versuche, mich aus seinem Griff zu winden, aber er hält mich fest.

Er durchbohrt mich mit seinem Blick, tiefer, als jemals irgendjemand sich getraut hat, hinzusehen. »Lüg mich nicht an ...Hat dir das dein Vater angetan?«

Ich habe mir selbst beigebracht, die Wahrheit zu umschiffen, aber diesmal will ich nicht lügen, nicht bei Charlie. Ich befreie meinen Arm aus seinem Griff, ziehe mich fertig an und setze mich aufs Bett. Charlie kommt zu mir, wartet auf eine Antwort.

»Ja«, sage ich endlich.

Er beugt sich vor, schlägt die Hände vors Gesicht. »FUUU-UUUCCCKK!«

Ich presse meine Hände zwischen die Knie, und jetzt schlängelt sich eine andere Art von Grauen durch meine Adern.

»Ich wusste es. Fuck, ich wusste es.« Endlich setzt er sich auf und schaut mich an. Sein Blick sucht meinen. »Wie lange schon?«

Ich hebe eine Schulter, schaue weg. Ich habe keine Ahnung, wie ich darauf antworten soll. Als mich der erste Schlag traf, war ich sechs. Ich hatte meine Legosteine nicht vom Boden des Familienzimmers weggeräumt, wie mein Vater es mir aufgetragen hatte, und dann war er mit seinem nackten Fuß auf einen von ihnen getreten. Ich wusste nicht mal, was ich getan hatte, bis mein Gesicht brannte und mir die Tränen die Wangen hinunterströmten, mehr aus Schock als vor Schmerz. Er schlug mich nicht mehr, bis ich zwölf war. Ich hatte das Garagentor über Nacht offen gelassen und seine Golfschläger wurden gestohlen.

Charlie starrt vor sich hin, das Gesicht wutverzerrt.«Es gibt einen Grund, warum mein Dad nicht mehr bei uns wohnt. Meine Mutter dachte, sie könnte damit leben, von ihm verprügelt zu werden. Verlassen hat sie ihn, als er *mich* geschlagen hat. Seitdem hab ich ihn nie wiedergesehen.«

Ich sehe sie in seinen Augen, seine brennende Frage: Warum hat meine Mutter meinen Vater nicht verlassen? Aber es wird ihm wohl klar, als er sich umsieht, in meinem Zimmer, das hundert Prozent mit meiner Mutter und null Prozent mit mir zu tun hat.

Bestürzt schüttelt er den Kopf.

»Aber *du* kannst gehen.« Er dreht sich zu mir um und greift nach meiner Hand. »Wir sind fast achtzehn. Wir könnten irgendwo zusammenwohnen, du und ich.«

Meine Brust zieht sich zusammen, als träte jemand mit einem Stiefel auf sie, um mich zu zerquetschen. In meinen wildesten Träumen würde ich mir genau das ausmalen. Mit Charlie wegzulaufen und all das hier hinter mir zu lassen.

Ich schlucke heftig, kämpfe mit den Tränen. »Ich kann nicht. Ich kann Lila nicht allein lassen.«

Über die Jahre habe ich gelernt, wie ich meine Gedanken, meine Gefühle für mich behalten kann. Aber Charlie kann es nicht. Es ist ihm über das ganze Gesicht geschrieben, warum ich wirklich, warum ich wahrhaftig nicht von hier wegkann. Und in diesem Moment wird es real. Es gibt keinen Ausweg.

Wir gehen zusammen nach unten. Charlie hat seinen Arm um meine Schultern gelegt, den ganzen Weg, er kann es nicht ertragen, mich loszulassen, nicht mal für eine Sekunde.

Dröhnend öffnet sich das Garagentor.

Starr vor Panik bleiben wir beide auf der Treppe stehen.

»Du musst hier weg. Sofort.« Ich stürme nach unten.

Charlie nimmt die letzten drei Stufen mit einem Satz. »Warum kommen die denn so früh?« Er rast direkt hinter mir durch die Küche zum Familienzimmer.

»Keine Ahnung.« Ich reiße die Schiebetür auf und ein eisiger Windstoß bläst mir entgegen. Ich schubse Charlie in die Kälte.

Über die Schulter schaut er noch einmal zu mir. »Ich ertrag das nicht, dich so zurück-«

»GEH!« Scheppernd öffnet sich die Tür des Garderoben-raums und ich ziehe die Schiebetür hinter mir zu.

Mom kommt als Erste ins Haus, an ihren Wangen laufen schwarze Mascara-Rinnsale herab. Als sie die Treppen hoch-stürzt und sich mit der Hand die Wange hält, schaut sie mich nicht mal an.

Ein paar Sekunden später kommt Dad.

»Schlampe«, stößt er zwischen den Zähnen hervor und schaut zur Treppe hoch, wo Mom sich gerade aus dem Staub gemacht hat. Als er in die Eingangshalle marschiert, knistert die Luft um ihn herum.

Wir sehen es beide im selben Augenblick.

»Was ist das?« Er steuert geradewegs auf das Treppengelän-der zu.

Ich greife nach Charlies Hoodie. »Das gehört mir.« Er schnappt es als Erster.

Mit beiden Händen hält er die Jacke an den Schultern hoch, mustert die Größe, schnüffelt an ihr – und rümpft die Nase. Dann wühlt er in den Taschen und zieht eine Packung Ziga-retten raus.

»Du *rauch*st jetzt also?« Seine Augen springen fast aus ihren Höhlen.

Mein Herz schlägt den vertrauten Rhythmus der Panik an, der jetzt durch meinen Körper pumpt.

»Nein!«

Er zerquetscht die Packung zwischen seinen Fingern und wirft sie quer durch die Eingangshalle. Wieder hält er die Jacke in die Höhe, diesmal in seiner geballten Faust. »Ich frage dich das jetzt noch einmal. *Wem gehört diese Jacke?*« Er schüttelt sie in der Luft wie ein Tier, das seine Beute zu Tode rüttelt. Mir schießen die Tränen in die Augen.

Sei stark. Sei tapfer. Schau ihm in die Augen.

»Sie gehört Charlie. Charlie Simmons.«

Er macht einen Schritt nach vorne, steuert auf mich zu. »Der *Schulfreund* vom Lacrossespiel?«

Ich nicke.

»Du bist hinter meinem Rücken mit ihm ausgegangen. Nachdem ich dir gesagt habe, du sollst dich von ihm fernhalten.«

»Ja.« Ich versuche ein Milligramm Mut zusammenzukratzen, die Furchtlosigkeit, die ich auf dem Spielfeld habe, das Selbstvertrauen, das ich im Klassenzimmer zeige. Aber meinem Vater gegenüber bin ich ein hoffnungsloser Fall. Das Zittern in meiner Stimme verrät mich.

»Und du hast ihn *hierher*gebracht.« Er zeigt auf den Boden. »Während wir fort waren. Um rumzuhuren. In *meinem Haus?*«

Er spricht die Worte so langsam aus, dass es wehtut; wir befinden uns im windstillen Auge des Orkans.

Ich kann nicht mehr hinschauen. Es sind seine Augen, immer seine Augen, die mir panische Angst einjagen. Abgespalten. Heiß und kalt. Ich drehe mich weg wie ein unterwürfiger Hund.

»Ich mag ihn, Dad«, murmele ich. »Ich kann nichts dagegen tun, jemanden zu mögen. Ich bin siebzehn.«

Er schmeißt mir die Jacke zu; ich fange sie mit schwachen Armen. Dann schnappt er sich die Vase vom Tisch in der Eingangshalle und schleudert sie mit voller Wucht gegen die Wand. Der Anblick fährt mir durch die Glieder, als wäre es mein eigener Körper, der jetzt in tausend Stücke zerschmettert zu Boden fällt.

»IN *MEINEM* HAUS!« Er schreit mir ins Gesicht und

verpasst mir einen heftigen Schlag mit seinem Handrücken. Mein Kopf schwankt; meine Augen versuchen krampfhaft, sich wieder neu auszurichten. Es schockt mich; es schockt mich jedes Mal. Aber das Brennen verflüchtigt sich, ist fast schon Erinnerung. Es geht nie um den Schmerz. Den Schmerz vergisst man schnell. Es ist die Gewalt, die sich für immer ins Gedächtnis ätzt. Der Wahnsinn. Der Hass.

Unmittelbar darauf werden seine Augen traurig, wie jedes Mal; über das, was er ist und nicht unter Kontrolle hat.

Dieser Schlag verändert etwas in mir, mehr als alle anderen zuvor. Mein Herz, über das bereits eine Hornhaut gewachsen ist, verhärtet sich innerhalb von Sekunden. Ich bin wie besessen von blindem, haltlosem Zorn, der alles verbrennt, was sich ihm in den Weg stellt und mich von meiner immerwährenden Angst befreit.

»Du kannst mich schlagen, so viel du willst«, schreie ich, während mir die Tränen über das Gesicht strömen. »Ich *spüre* es nicht mehr. Es bedeutet mir *nichts*.«

Er zuckt zusammen, eine Spur von Unsicherheit funkt zwischen seine heiße Wut.

»Geh auf dein Zimmer«, sagt er leise, seine Schultern sacken runter, die Anspannung verlässt seinen Körper. Vorsichtig schiebe ich mich an ihm vorbei, in Erwartung des überraschenden Trittes von hinten, der mich zu Boden schleudert. Aber er bleibt aus. Ich jage die Treppenstufen nach oben.

Charlie schreibt mir die ganze Nacht hindurch, den ganzen nächsten Morgen.

Ich hab meinen Hoodie bei dir vergessen. Ich hab's gemerkt, sobald ich draußen war, aber ich konnte ja nicht zurückkommen, um ihn zu holen.

Ich weiß. Ich hab ihn.

Haben deine Eltern ihn gesehen?

Nein.

Gut. Ich hab wohl irgendwie eine Packung
Zigaretten in den Taschen gehabt.

Hab sie gefunden.

Tut mir leid. Sei nicht sauer auf mich. Ich versuch
es immer noch.

Ich weiß.

Warum sind sie so früh nach Hause gekommen?

Sie haben sich gestritten.

Bist du okay?

Alles gut.

Bist du sicher???

Ja. Keine Sorge, ich bin okay.

Ich denke nicht, dass er mir glaubt. Vielleicht weil ich ihn
schon so oft belogen habe.

Den ganzen Morgen über habe ich mich in meinem Zimmer
verschanzt, um meinem Vater aus dem Weg zu gehen. Das

Garagentor rattert; von meinem Schlafzimmerfenster aus sehe ich seinem davonfahrenden Auto hinterher. Ich stehle mich nach unten, um mir etwas zu essen zu holen. In der Küche treffe ich dann auch meine Mutter an. Still sitzt sie am Küchentisch und starrt mit leerem Blick auf ihre Kaffeetasse.

»Wann kommt Lila nach Hause?«, frage ich, während ich mir ein schnelles Sandwich zubereite. Sie blinzelt und starrt jetzt mich an.

»Was?«

»Lila. Um wie viel Uhr kommt sie nach Hause?« Sie sieht verstört aus.

»Mom?«

»Ich weiß nicht«, sagt sie, und ihre Stimme klingt flach. Ich gehe zu ihr rüber. Sie hat sich noch nicht geschminkt. Eine Wange ist rot. Er muss sie heftig geschlagen haben, sogar heftiger noch als mich. Heute Morgen hab ich mein Gesicht im Spiegel überprüft, und es hatte nur eine rosige Blüte auf der einen Wange, nichts, was sich nicht mit ein bisschen Make-up und Rouge ausgleichen ließe.

»Willst du, dass ich sie abhole?«, frage ich.

Sie atmet tief durch ihre Nase ein und versucht, einen klaren Satz zustande zu bringen. »Ja. Ich glaube, das ist eine gute Idee.«

Ich gehe zurück zur Kücheninsel und schneide mein Sandwich in zwei Hälften, ohne meine Mutter aus den Augen zu lassen. Es fällt mir schwer, Mitleid für sie aufzubringen. Aber in diesem Augenblick habe ich das Gefühl, dass sie und ich mehr gemeinsam haben, als wir uns beide eingestehen wollen.

Charlies Mutter hat seinen Vater verlassen. Mom könnte dasselbe tun, wenn sie wollte.

Ich lege mein Sandwich nieder und ziehe mir einen Stuhl zu ihr heran. »Du musst dir das nicht von ihm gefallen lassen.«

Das weckt sie aus ihrer Trance.

»Was?«

»Du könntest ihn verlassen. Wir müssten uns das alles nicht länger gefallen lassen.« Ich zeige auf ihre Wange.

Sie setzt sich aufrechter hin und füllt jeden Spalt ihres Rückgrates mit einer frischen Dosis Verleugnung.

»Ich würde ihn niemals verlassen«, sagt sie. In ihre leblosen Augen kehrt der Glanz zurück und der Strom ihrer Wut richtet sich wieder gegen mich, als wäre ich die Ursache all ihrer Probleme. »Und *du* fängst besser damit an, klügere Entscheidungen zu treffen.«

»Er schlägt auch mich, Mom«, schreie ich auf.

Ihre Lippen werden schmal und sie schüttelt vehement den Kopf.

»Nein. Das ist etwas anderes. Er *diszipliniert* dich.«

Mir schnürt sich die Kehle zu.

»*Disziplinieren?* Nein Mom. Er tri–«

»Irgendjemand muss es tun!« Sie fährt mir über den Mund, hält mich davon ab, die Wahrheit auszusprechen. »Du hast uns angelogen und hintergangen. Alle wussten Bescheid ... all meine Freundinnen ... nur ich nicht. Hast du den Hauch einer Ahnung, wie *demütigend* das ist?«

Ich öffne meinen Mund und bin drauf und dran, meine Hose runterzuziehen, um ihr zu zeigen, auf welche Weise er mich *diszipliniert*, als sie mich diesmal schon im Ansatz unterbricht.

»Charlie Simmons, Hadley. *Ernsthaft?* Was stimmt eigentlich nicht mit dir?«

Ihre Worte sind scharfe Stiche, nicht weniger schmerzhaft als seine Tritte. Vielleicht sogar mehr, denn jetzt ist mir klar, dass ich mit dieser Sache wirklich alleine klarkommen muss.

Ich erhebe mich und wickle mein Sandwich in eine Papierserviette, damit ich es unterwegs essen kann. »Ruf bei Caseys Eltern an. Sag ihnen, ich bin auf dem Weg, um Lila abzuholen.«

Ich verlasse das Haus und wünsche mir, dass ich niemals wieder zurückmuss.

BRADY: *13. Januar. 11:03 Uhr. Bitte nennen Sie Ihren ...*

MM: *Meaghan Maki. Siebzehn. Ja, Sie haben meine Erlaubnis, meine Stellungnahme aufzuzeichnen.*

BRADY: *Langsam werden Sie zum Profi. Es tut mir leid, dass ich Sie schon wieder hierher bemühen musste.*

MM: *Hören Sie, ich mache das nur, weil Sie gesagt haben, es würde Hadley helfen. Ich hab noch immer nichts von ihr gehört. Haben Sie eine Ahnung, ob die sie da überhaupt Briefe lesen lassen? Es ist echt schräg, dass sie mir nicht zurückgeschrieben hat.*

BRADY: *Da bin ich mir nicht sicher. Wie auch immer, beim letzten Mal sagten Sie, Sie wüssten nicht genau, ob Hadleys Beziehung zu Charlie so gesund war.*

MM: *Das habe ich bestimmt nicht gesagt. Ich sagte, es war einfach schräg, wie eng die beiden waren.*

BRADY: *Konzentrieren wir uns mal auf die Beziehung der beiden.*

MM: *Warum?*

BRADY: *Wir haben das Gefühl, dass Hadley möglicherweise in einer Gewaltbeziehung gelebt hat.*

MM: *Was? Nein. Auf keinen Fall. Das hätte ich gewusst. Davon hätte sie mir erzählt ...*

BRADY: *Ms. Maki?*

MM: *Vielleicht? ... Mein Gott! Ich steig da selbst nicht mehr durch. Sie hat sich einfach ... verändert, als sie mit Charlie zusammenkam. Und Charlie wurde echt besitzergreifend. Ich hab die beiden an ihrem Spind gesehen. Er hat sie umarmt, die Arme um sie geschlungen, einen auf total süß gemacht und so, bis ich näher dran war und sein Gesicht gesehen hab und dann ihres.*
Er hat sie total bedrängt und ihr war das unangenehm.
Und Hadley ist dann auch ziemlich schräg draufgekommen. Hat uns angeblafft, war ständig neben der Spur, hat alles Mögliche vergessen. Sie hat Lilas Talentshow vergessen. So was wäre ihr früher nicht passiert. Nie und nimmer. Bis Charlie kam.

BRADY: *Wir haben den 13. Januar. 11:47 Uhr. Bitte geben Sie Ihren Namen und Ihr Alter zu Protokoll.*

NB: *Noah Berger. Noch immer siebzehn, aber so wie die Ermittlungen hier ablaufen, bin ich wahrscheinlich dreiunddreißig, bis sie vorbei sind.*

BRADY: *Sind Sie damit einverstanden, dass ich Ihre Stellungnahme aufzeichne?*

NB: *Klar.*

BRADY: *Noah, würden Sie behaupten, dass Charlies Verhalten Hadley gegenüber besitzergreifend war?*

NB: *Charlie, besitzergreifend? Nein. Moment mal. Hat Meaghan Ihnen das gesagt? Die spinnt. Ich glaub, die sagt das, weil sie niemals eine Beziehung hatte, die länger als fünf Minuten gedauert hat. Das Mädchen ist ernsthaft bindungsgestört.*

BRADY: *Hatten Sie je das Gefühl, dass Hadley die Beziehung zu Charlie nicht gutgetan hat?*

NB: *Nein. Nie. Wenn überhaupt, dann könnte man sagen, dass Charlie Hadley wirklich Halt gegeben hat.*

BRADY: *Aus welchem Grund hätte sie Halt von Charlie gebraucht?*

NB: *Weil es zu Hause ziemlich beschissen für sie lief, als ihr Vater von der Beziehung erfuhr.*

BRADY: *Beschissen – inwiefern?*

NB: *(atmet aus) Keine Ahnung. Sie hat immer von Hausarrest gesprochen. Aber ich glaube, was da ablief, war weitaus schlimmer.*

BRADY: *Könnten Sie das etwas genauer ausdrücken?*

NB: *Okay, vom Ding her hatte sie STÄNDIG Hausarrest, aber nach ein paar Tagen hing sie dann trotzdem wieder mit uns ab oder traf sich mit Charlie. Also, was soll das für ein Hausarrest sein, stimmt's? Irgendwann hab ich dann gedacht, Hausarrest war vielleicht nur ein Code für irgendwas anderes, was bei ihr ablief. Verstehen Sie? Aber für was?*

damals

Am Montagmorgen wartet Charlie draußen vor Sal's auf mich, trotz der kalten, nebelfeuchten Luft, die aus den Straßen eine glitschige Schweinerei gemacht hat.

Ich halte am Bordstein und kurbele das Fenster runter.

»Einen Penny für deine Gedanken.« Allein die Worte auszusprechen, kostet mich Überwindung. Sein Gesicht ist aufgewühlt und sorgenvoll. Er steigt ins Auto, zwingt sich zu einem schwachen Lächeln, dann beugt er sich zu mir und drückt mir einen schnellen Kuss auf die Lippen, trocken und platonisch, als wären wir ein altes Ehepaar, das auf die Scheidung zusteuert.

Ich fahre an und konzentriere mich krampfhaft auf die Straße, aber durch meinen Kopf rasen die wildesten Gedanken. Charlie starrt geradeaus, er versucht nicht mal, Small Talk zu machen.

»Ist alles okay?«, frage ich und warte auf den grünen Pfeil an der Ampel.

Er schaut zu mir rüber und zuckt halbherzig mit den Schultern. Meine Hände am Lenkrad fangen an zu zittern. *Er macht Schluss mit mir.* Der grüne Pfeil leuchtet auf und ich drücke zu fest aufs Gas; die Räder drehen durch und der Wagen macht einen Satz.

»Whoa!« Instinktiv greift Charlie ins Steuer.

»Ich hab's«, blaffe ich ihn an, bringe den Wagen wieder unter Kontrolle und biege vorsichtig ab.

Dass Charlie mit mir Schluss macht, hat vielleicht auch etwas Gutes. Es wird mich zerstören, so viel ist klar. Aber es wird meine Konzentration wieder auf Lila lenken. Meine Beziehung zu Charlie hat mich schlampig werden lassen. Sie hat meine Vorsätze durcheinandergebracht.

Aber ich war glücklich. Ausnahmsweise war ich einmal glücklich.

Ich biege ab auf den Schulparkplatz, fahre in die erste Lücke, die ich sehe, jage die Kupplung auf Parken, schalte den Motor ab und wappne mich für das, was als Nächstes kommt.

Er rutscht auf seinem Sitz hin und her.

»Ich weiß nicht, wie ich dir das sagen soll …«, zögert er.

Ich schüttele den Kopf und starre auf meine Hände im Schoß. Es war zu schön, um wahr zu sein. Ich wusste es.

»Sag es … einfach«, wispere ich. Einen Schlag kann ich aushalten. Aber ein Schlag wäre leichter zu ertragen als das hier. Körperlicher Schmerz vergeht schnell. Schluss zu machen mit Charlie … das Heilen dieser Wunde wird unendlich viel länger dauern.

Wir holen beide tief Luft.

»Dein Dad ist gestern beim Diner vorbeigekommen.«

Geschockt reiße ich den Kopf hoch.

»Was?«

»Er hat eine Riesenszene gemacht. Hat meiner Mom gesagt, sie soll dafür sorgen, dass ich mich von dir fernhalte.« Charlie schaut aus dem Fenster, als ob er meinen Anblick nicht mehr ertragen könnte.

Jetzt ist mir klar, warum er mit mir Schluss machen will. Ich fühle, wie mir brennende Scham in die Wangen steigt.

»Oh, Charlie. Ich weiß nicht, was ich sagen soll. Es tut mir so leid.«

»Ich wollte es dir nicht erzählen. Ich wusste, dass es dich fertigmachen würde.«

In meiner Kehle sitzt ein riesiger Kloß. »Okay ... also ... jetzt ist mir klar, warum du Schluss machen will.«

»Was?«

»Du hast das alles nicht verdient, Charlie. Du verdienst etwas viel Besseres.«

Ich strecke die Hand nach dem Türgriff aus, damit ich zur nächstbesten Toilette fliehen und dort für mich allein zusammenbrechen kann. Er greift nach meinem Arm und zieht mich zurück.

»Wer hat hier irgendwas von Schlussmachen gesagt?« Verwirrt starrt er mich an.

»Du etwa nicht?«, frage ich.

»Nein.« Allem zum Trotz muss er lachen.

Ich werfe den Kopf gegen die Nackenstütze und atme aus. »Mir würde ja echt ein Stein vom Herzen fallen, aber dass mein Vater bei deiner Mutter auf der Arbeit aufgekreuzt ist, macht mir noch immer panische Angst.«

Ich kneife die Augen zu. »Was machen wir denn jetzt?«

Er zieht mich in seine Arme und lässt sein Kinn auf meinem Scheitel ruhen. »Das versuche ich auch gerade rauszufinden.«

Um uns herum parken jetzt immer mehr Autos ein; es wird Zeit, dem Tag ins Gesicht zu sehen.

Charlie nimmt meinen Rucksack,

»Wie hat er es rausgekriegt? War es mein Hoodie?«, fragt er, als wir auf das Schulgebäude zulaufen. Ich nicke und er stöhnt auf. »Scheiße. Das ist meine Schuld!«

Ich schüttele den Kopf. »Es ist nicht deine Schuld, Charlie. Er kam schon total geladen nach Hause. In dieser Stimmung hätte er auf jeden Fall einen Grund gefunden, sich über mich aufzuregen.«

»Was ist passiert?«, fragt Charlie.

»Er hat mir eine geknallt und mich dann auf mein Zimmer geschickt.« Als Charlie schmerzhaft das Gesicht verzieht, schaue ich weg. »Es war längst nicht so schlimm, wie ich dachte. Hasst mich deine Mutter jetzt?«

»Nein, natürlich nicht. Allerdings ist sie nicht grad ein Fan von deinem Dad.«

Charlie bringt mich bis zu meinem Spind, aber dass er tief in Gedanken versunken ist, lässt sich nicht übersehen.

»Hör zu, Hadley.« Er senkt den Kopf, damit es niemand sonst mitkriegt. »Du musst ihn anzeigen«, sagt er, sichtlich bemüht, seinen Worten Nachdruck zu verleihen.

Nein, gebe ich ihm mit einem Kopfschütteln zu verstehen.

»Warum nicht?« Er greift nach meinem Arm. »Er ist —«

»Schht!« Mit einem heftigen Kuss schneide ich ihm das Wort ab.

Meine Blicke jagen umher, erfassen alle, die an uns vorbeieilen. Jeder Einzelne von ihnen könnte irgendetwas aufschnappen.

»Na, ihr Süßen?« Meaghan gleitet auf uns zu und bestätigt meine Befürchtung. *Da hast du's!*, gebe ich Charlie wortlos zu verstehen.

»Was ist los?« Meaghans Blick schießt zwischen uns beiden hin und her. »Bin ich in irgendwas reingeplatzt?«

»Nein«, versichere ich ihr und knalle meine Spindtür zu, aber Charlie spielt nicht mit.

»Charlie, du siehst aus, als hättest du grad einen Herzinfarkt oder so was«, sagt Meaghan und beäugt ihn misstrauisch. »Was hat mein Mädchen denn angestellt, das dich so aufwühlt?« Sie zwinkert mir zu und hakt sich bei mir unter.

»Ich sorg dafür, dass keine Langeweile aufkommt«, sage ich und zwinge mich zu einem Lächeln, das ich nicht fühle. Ich drücke Charlies Hand. »Wir sprechen später. Okay?«

Charlie reißt die Augen auf und zieht vielsagend die Brauen hoch. »Ja, das werden wir.«

Ich gehe mit Meaghan zum Treppenhaus.

»Was bitte war *das* denn?« Als sie über die Schulter zeigt, fallen mir ihre frisch lackierten Fingernägel auf.

»Richtig schön, die neue Farbe.« Ich greife nach ihrer Hand und bewundere das tiefe Weinrot auf ihren Nägeln. »So was Dunkles ginge bei mir echt gar nicht.«

Demonstrativ dreht sie ihre Handflächen hin und her. »Ja? Du magst sie? Ich war mir erst nicht sicher, sie ist *echt* dunkel. Aber mittlerweile gefällt sie mir richtig gut.«

Manchmal wünsche ich mir, ich hätte die Art von Problemen, über die ich tatsächlich mit meinen Freunden sprechen *könnte*. Aber meine Zeit mit Meaghan und Noah ist zu kostbar. Und zumindest habe ich die Freiheit zu entscheiden, wer ich sein will, wie ich gesehen werden will, ohne dass irgendwelche schwarze Schatten über mir hängen. Und daran will ich festhalten. Dass Charlie die Wahrheit kennt, ist schlimm genug. Wenn Meaghan und Noah sie auch herausfinden, wird mein Vater in jedem Winkel meines Lebens sein. Dann werde ich nichts mehr haben, das mir gehört.

Das hier ist nicht vorbei. Wir müssen reden.

Ich weiß, was du denkst. Vertrau mir.
Ich hab drüber nachgedacht. Jede Menge.
Es ist nicht so einfach, wie du glaubst.

Ich werde dir helfen.

Versprich mir, dass du nichts unternimmst.
Bitte.

Lass uns später weiterreden.

Versprich es mir, Charlie!

»Leg das Handy weg, Hadley, oder ich nehme es an mich«, unterbricht Mr. Roussos seinen Vortrag. Ich lasse das Handy in meine Tasche gleiten und greife nach dem Stift. Die Aufzeichnungen vom letzten Freitag sind drei Mal unterstrichen:

Vergil führt Dante durch das Höllentor. Inschrift: »Ihr, die ihr hier eintretet, lasset alle Hoffnung fahren.«

»Wie ich schon sagte«, fährt Mr. Roussos fort. »Eins von Dantes Hauptthemen ist die göttliche Ordnung. Die auf Erden begangenen Sünden und die in der Hölle empfangenen Strafen müssen einander entsprechen. Die modernen Leser werden diese Strafen höchstwahrscheinlich als ... grausam und ungewöhnlich empfinden. Erinnert sich noch irgendjemand an das Prinzip der Widervergeltung ... die Seelenbuße ... für Homosexualität?« Stille. »Für alle Ewigkeit auf heißem Sand laufen.«

Noah wirft mir quer durch den Raum einen Blick zu und schlägt in gespieltem Schock die Hand vor den Mund. Mr. Roussos schaut zu ihm herab. »Was sollte das bedeuten?«

Noah hebt eine Schulter. »Ich mein ja nur, solange der heiße Sand in St. Bart's ist, komm ich damit klar.«

Die Klasse bricht in Gelächter aus, und selbst Mr. Roussos mit seinen strengen Regeln – alphabetische Sitzordnung, niemals sprechen, bevor man seine Hand gehoben hat – kann sich ein Lächeln nicht verkneifen, bevor er fortfährt.

»Also, fassen wir noch einmal zusammen: Der erste Kreis ist die Vorhölle, richtig? Die nächsten drei Kreise sind für diejenigen, die nur sich selbst geschadet haben, in Form von Wollust, Völlerei, Gier.« Er zählt die Sünden an den Fingern ab. »Dann haben wir Habgier, Zorn, Ketzerei. Vorsätzliche Sünden aus Bosheit.«

Er lässt uns einen Moment Zeit, um uns Notizen zu machen. »Die letzten beiden, am weitesten von Gott entfernten Kreise, sind für die Betrüger und Verräter reserviert.«

Um die Dramatik seiner Ausführungen zu unterstreichen, umkreist Mr. Roussos einmal das Klassenzimmer, dann bleibt er stehen und schaut sich um. Im denkbar schlechtesten Augenblick schaue ich von meinen Notizen auf und ihm direkt in die Augen. Er schleudert mir den Rest seines Vortrags mitten ins Gesicht. »Verrat. Der neunte Kreis.« Sein Blick durchbohrt mich. »Der niederste und dunkelste Ort, weiter vom Himmel entfernt als alle anderen. Bestimmt für jene, die ihre Liebsten verraten, ihre Freunde ... ihre Familie.«

Ich löse mich aus dem Bann seines intensiven Blicks, um den neunten Kreis in mein Arbeitsheft zu zeichnen und zu beschriften, aber Dantes *Inferno* und Mr. Roussos gehen mir heute definitiv zu tief unter die Haut. Davon werde ich echt depressiv.

Vor dem Spanischunterricht fange ich Charlie an seinem Spind ab.

»Gut«, sagt er, als ich auf ihn zukomme. »Wir müssen darüber reden.«

Ich gehe so dicht an ihn heran, dass mein Kopf unter seinem Kinn liegt, und blicke in alle Richtungen, um sicherzugehen, dass keiner zuhört.

»Charlie, du darfst es niemandem sagen.«

Schon mit seinem Kopfschütteln erhebt er Einspruch.

»Glaubst du im Ernst, ich kann hier tatenlos rumhängen, obwohl ich weiß, dass er dir wehtut? Nein, Hadley. Wir müssen —«

»Hör mir zu!« Ich greife nach seiner Hand und drücke sie fest. »In drei Monaten bin ich achtzehn. Es geht hier nicht mehr um *mich*.«

Er schaut zu mir runter und blinzelt verwirrt.

»Es geht um Lila«, fahre ich fort. »Sie ist es, um die ich mir Sorgen mache. Und beschützen kann ich sie nur, wenn ich in ihrer Nähe bleibe. So lange, bis auch *sie* gehen kann.«

»Hadley.« Er senkt den Kopf noch tiefer zu mir herab. »Das dauert noch Jahre.«

Ich nicke und schlucke. »Ich weiß.«

»Du kannst nicht im Ernst von dir verlangen, dass du das so lange durchstehst.« Er schaut mich an, als hätte ich mehrere Schrauben locker.

»Es ist kein perfekter Plan.«

»Es ist der beschissenste Plan, den ich je gehört habe«, platzt er heraus.

»Schhhht!« Verstohlen schaue ich mich um, ernte ein paar neugierige Blicke von Mitschülern und warte, bis sie an uns vorbei sind, bevor ich weiterrede.

»Ich weiß. Ich hab aber keinen besseren.«

»Doch, den hast du.« Er beugt sich zu mir runter, sodass wir uns direkt in die Augen schauen. »Ruf CPS an.«

»Die Kinderschutzbehörde? Du tust so, als hätte ich darüber nicht längst nachgedacht. Was sollen die vom CPS denn denken? Meine Mutter ist seit zwölf Jahren die verdammte Vorsitzende der PTA. Und neben dem, was mein Dad alles spendet, sieht Bill Gates wie ein Geizhals aus. Mein Vater macht das nur, weil er es von der Steuer absetzen kann, aber trotzdem: Es lässt ihn *gut* dastehen.«

Charlie hält inne, und als er den Mund öffnet, um mir zu widersprechen, lade ich nach. »Hör zu, Charlie. Ich werde höchstwahrscheinlich Saltutatorian, ich bin Kapitän der Lacrosse-Mannschaft, sogar die Anzahl der Pflichtstunden für ehrenamtliche Tätigkeiten hab ich *bei Weitem* übertroffen. Sehe ich aus wie ein Missbrauchsopfer? Nein. Wir sind eine reiche, weiße Familie. Niemand wird mir das abnehmen.«

»*Überzeuge sie*«, presst er zwischen zusammengebissenen Zähnen hervor. »Ich hab die Beweise gesehen.« Sein Blick gleitet zu meinen Hüften. »Tu es für Lila.«

Mir schießen die Tränen in die Augen. Alles was ich tue, tue ich für Lila.

»Charlie, glaubst du, ein Anruf genügt, und sie kommen angerauscht, um die Kinder aus ihrem Zuhause zu holen? Die machen erst mal eine Untersuchung. Und wenn der CPS Lila befragt, wird sie ihnen nichts sagen können.«

Ungläubig schüttelt er den Kopf. »Was? *Wieso* nicht?«

»Lila hat keine Ahnung«, sage ich. »Sie hat *Angst* vor ihm. Selbst die Art, wie er uns anschreit, bringt uns in Panik. Es ist wie ... ich hab nicht mal Worte dafür. Als ob er besessen wäre. Lila weiß, dass er meine Mutter ein paar Mal geschlagen hat. Diese Nächte waren der reinste Albtraum für sie. Aber dass er mich geschlagen hat, das hat sie noch nie mitgekriegt. Dafür habe ich gesorgt!«

Charlie blinzelt mehrere Male. Dann schüttelt er den Kopf, als wollte er sich von meinen Worten befreien.

»Nein. Tut mir leid, aber das kauf ich dir nicht ab. Es gibt einen Ausweg; es muss einen geben. Du hast ihn einfach noch nicht gefunden.« Er schweigt für einen Moment, dann erhellt sich sein Gesicht.

»Deine Großmutter! Erzähl ihr, was los ist. Sie kann das Sorgerecht für Lila beantragen.«

211

Ich starre an die Decke, meine Augen brennen.

»Und ihn damit in aller Öffentlichkeit demütigen? Das würde er niemals zulassen.«

»Er würde keine Wahl haben«, schießt Charlie zurück.

Es läutet zum Unterricht. Ich stoße einen tiefen Seufzer aus, mehr um Charlies willen als um meiner selbst. Das hier ist mein Leben. Ich hatte jede Menge Zeit, mich daran zu gewöhnen. Für ihn ist das alles völlig neu.

»*Vamos a llegar tarde.*« Ich nehme ihn an die Hand und führe ihn zum Spanischunterricht. Wir werden zu spät kommen.

15. Januar, 9 Uhr 37.

Ich habe meine Notizen überprüft. Dieser Fall ist nicht stimmig.

Am Wetter kann es nicht gelegen haben. Der Himmel war klar. Aus dem Cockpit wurden zu keinem Zeitpunkt technische Probleme gemeldet.

Autopsie und toxikologischer Bericht stehen noch aus, aber die ärztlichen Befunde lassen in keiner Weise – Herz, Diabetes – auf eine beeinträchtigte Verfassung des Piloten schließen. Eine Nussallergie, mehr nicht. Und hätte es einen medizinischen Notfall gegeben, hätten die beiden Mitfliegenden den Flugsicherheitsdienst anfunken können.

Da der Flugzeugrumpf beim Absturz in Flammen aufging, wurden die meisten Spuren vernichtet. Die einzige Überlebende, die Tochter, ist nach einem Selbstmordversuch in psychiatrischem Gewahrsam. Sie weiß als Einzige, was an jenem Tag im Cockpit wirklich passiert ist. Ich warte auf die Erlaubnis der Klinik, sie zu vernehmen. Noch ist sie nach Ansicht der Ärzte nicht imstande, über das Ganze zu reden.

Ich frage mich, ob hinter diesem Fall noch etwas anderes steckt. Möglicherweise ein krimineller Akt.

damals

Seit der Gala ist mein Vater nicht mehr mit mir gejoggt. An jenem ersten Montag dachte ich noch, es läge an seiner Wut auf mich. Dienstags hörte ich das Knirschen der Kaffeemühle. Gerade als ich den Reißverschluss meiner Jacke zuzog, knallte unten die Tür zu. Beim Blick aus dem Fenster sah ich ihn, er dehnte sich in der Einfahrt, und dann lief er los, allein, die dunkle Straße runter, die Bewegungsmelder zeichneten seinen Weg. Ich sollte erleichtert sein, aber ich bin es nicht. Die Galgenfrist ist eine tickende Zeitbombe, die zweifellos genau dann losgehen wird, wenn ich am wenigsten damit rechne.

Thanksgiving verbringen wir wie jedes Jahr bei Grandma. Dad ist in einer seiner dunklen, grüblerischen Stimmungen. Wie eine Gewitterfront kommen wir in Grandmas Haus, jeder von uns ist auf der Hut und still, darauf bedacht, Dad nur ja keinen Grund zum Ausrasten zu geben.

Dad vermeidet es um jeden Preis, auch nur ein Wort an mich zu richten. Mom und Lila geben alles, um die unbequeme Stille mit harmlosem Geplapper zu füllen. Den ganzen Nachmittag blickt Grandma besorgt zwischen Dad und mir hin und her. Ich würde sie so gern von ihrem gequälten Ausdruck befreien, aber ich finde beim besten Willen kein Thema, das vor Dad sicher ist. College, Lacrosse, die Schule, Lilas Talentshow ...

jedes von ihnen ist eine Tretmine, ein falscher Schritt von mir wäre genug, und sie würde explodieren, mir ins Gesicht.

Kaum hat Dad seinen Kaffee ausgetrunken, da sind wir auch schon wieder aus der Tür, rauschen nach Hause und lassen Grandma mit dem Aufräumen allein zurück.

Am Montag nach Thanksgiving überrede ich Charlie, mit mir für den Spanischtest am Mittwoch zu lernen. Auch wenn er übertrieben intelligent ist und es kaum nötig hat, einen Blick ins Buch zu werfen, muss ich noch immer darauf achten, dass meine Noten nicht abfallen.

Als wir an seinem kleinen Küchentisch noch einmal alles durchgehen, frage ich ihn etwas, das mir schon seit einer Weile im Kopf herumgeistert.

»Alsooooo ... schaust du dir eigentlich schon irgendwelche Colleges an?«

»Klar«, sagt er, als gäbe es nichts Leichteres als das. Er blickt von seinem Arbeitsheft hoch. »Wahrscheinlich Suffolk Community.«

Ich ziehe die Kappe von meinem Leuchtmarker ab, eine banale Geste, um von der größeren Frage abzulenken, die ich wirklich beleuchten möchte. »Du weißt, dass du auf ein besseres College gehen könntest. Du hast die Noten dazu.«

Während er weiterschreibt, drückt sich sein Stift tiefer in das Papier.

»Ich *könnte*. Aber Suffolk ist billiger.«

»Es gibt Stipendien —«

»Lass es gut sein, Hadley.« Seine Augen blitzen, als er mir über den Tisch hinweg einen Blick zuwirft. »Ich hab nicht den Arsch voll Geld wie du, okay?«

Ich zucke zusammen. »Ich wollte nicht ... deshalb hab ich ja das Stipendium erwähnt ...«

Ihm schießt die Röte ins Gesicht, ob aus Scham oder Wut, ist mir nicht klar. »Ich hab einen Plan«, sagt er und konzentriert sich auf sein Arbeitsblatt. »Ich geh zwei Jahre auf Suffolk, arbeite nebenbei weiter, spare mir Geld an, dann geh ich für die letzten zwei Jahre auf ein besseres College. So bleibe ich wenigstens nicht auf einem riesigen Studienkredit sitzen.«

»Es gibt auch Studentenförderung –« Ich halte inne, als seine Schultern sich versteifen. »Okay, tut mir leid. Ich wollte nur helfen.«

Sein Gesichtsausdruck verhärtet sich. »Ich rede einfach nicht gern über Geld. Jedenfalls nicht mit dir«, fügt er hinzu, als wollte er klarstellen, dass damit *vor allem nicht mit mir* gemeint ist. Das trifft.

Mein Rückgrat streckt sich, füllt sich mit Empörung. »Hey, jetzt mach mal'n Punkt. Ich hab nichts gesagt, wofür du dich dermaßen rechtfertigen müsstest.«

Er schüttelt den Kopf. »Nein, du musst gar nichts sagen. Aber jedes Mal, wenn du anbietest, das Dinner zu zahlen, entschuldigst du dich dafür, dass du jede Menge mehr Kohle hast als ich.«

»Was soll der Scheiß, Charlie? Ich hätte dich nicht für einen Neandertaler gehalten! Du musst nicht *jedes* einzelne Mal für mich bezahlen, wenn wir ausgehen.«

Er versucht, seine Empörung hinter einem Achselzucken zu verstecken. »Hör zu, das hier hat nur was mit mir zu tun, okay? Es nervt mich. Ich kann nichts für meine Gefühle.«

Ich nicke. »Okay. Deine Gefühle kann ich nicht ändern. Aber bitte mach mir kein schlechtes Gewissen, dass mein Vater einen Haufen Geld verdient. Es gehört mir nicht mal.« Er rollt mit den Augen, aber er nickt. Nach ein paar unangenehmen Minuten streckt er die Hand aus und drückt meine.

»Ich entschuldige mich zu einem Viertel«, sagt er grinsend.

Ich erwidere seinen Händedruck, froh, dass unser erster Streit zu Ende ist.

»Die Viertelentschuldigung ist angenommen.«

Ein paar Augenblicke lang herrscht noch mal Schweigen. Er nimmt einen tiefen Atemzug und dann lässt er seinen Stift auf den Tisch fallen. »Willst du die Wahrheit wissen?«

Ich schaue zu ihm hoch und nicke.

Er nagt an seinen Lippen. »Es geht mir nicht nur ums Geld. Ich hab Schiss, dass meine Mutter keinen Grund mehr hat, nüchtern zu bleiben, wenn ich weg bin.«

Diesmal bin ich diejenige, die ihre Hand ausstreckt, um seine zu drücken.

Ich starre auf den Kalender, den ich an meine Pinnwand geheftet habe, ich starre auf den winzigen roten Punkt der Verdammnis, auf den Tag, der kam und ging.

Ich bin drüber.

Als ich meine letzte Placebo-Pille nehme, zähle ich die leeren, ausgedrückten Blasen der Packung in meiner Hand. Ich habe keine einzige Pille ausgelassen. Es ist unmöglich. Ich habe alles richtig gemacht. Ich habe alle Einnahme-Hinweise des Beipackzettels penibel befolgt, habe die Pille jeden Abend auf die Minute genau zur gleichen Zeit genommen.

Ich mache eine rasche Online-Recherche.

Wenn du keine einzige Pille ausgelassen hast, ist es sehr unwahrscheinlich, dass du schwanger bist, wenn eine Periode ausbleibt. Es kann einfach sein, dass sich dein Körper an die Pille gewöhnen muss.

Es ist nur eine Periode. Ich bin okay. Ich bin nicht schwanger. Ich bin es *nicht.*

jetzt

Gruppentherapie ist genau wie diese Kurzvorträge in der Schule. Dort heißt es: Zeig uns, was du mitgebracht hast, und erzähl uns was drüber. Hier heißt es: Zeig uns, wer dich ange-fasst, geschlagen, dir wehgetan hat. Dann zeig uns deine Wunden, die sichtbaren oder die, die unter der Oberfläche lauern. Und immer dran denken: Es geht der Reihe nach.

»Also, dann hat er mich an der Kapuze gepackt und ins Badezimmer gezerrt. Sie ist nicht mal wach geworden, als er mir den Arsch versohlt hat. Aber das Geräusch, das mein Kopf gemacht hat, als er in der Kloschüssel hin und her geschwappt ist … *das* hat sie dann doch aufgeweckt.«

Rowan blickt in die kleine Gruppe, die im Kreis um sie he-rum sitzt. Durch ihre ausgestreckten Arme gibt sie versehent-lich das Gittermuster auf ihren Unterarmen preis.

Als Rowan fertig ist, wendet sich Linda an mich.

»Wie ist es mit dir Hadley? Irgendwas, das du heute mit uns teilen möchtest?«

Ich schüttele den Kopf. »Nein danke.«

Franklin reibt sich mit einem selbstgefälligen Lächeln die Brust. »Du bist ein Messie.«

Tabitha kichert. »In ihr drin herrscht das totale Chaos«, sagt sie, als säße ich nicht mit in diesem Kreis.

Wie ein erfahrener Staatsmann lehnt sich Franklin in seinem Stuhl zurück und lässt uns seinen weisen Rat zukommen. »Du musst echt mal ein bisschen rauslassen von dieser ganzen Scheiße.«

Linda dreht sich zu mir. »Franklin hat recht, Hadley. Von der Gruppe kriegst du nur das, was du reingibst.«

Mit diesen Worten verteilt sie an jeden von uns einen stumpfen Bleistift und ein Blatt Papier. Sie fordert uns auf, einen negativen Gedanken aufzuschreiben und ihm drei positive gegenüberzustellen. Ich lasse den negativen Gedanken aus und konzentriere mich stattdessen auf die ersten positiven, die mir in den Sinn kommen: Lila, Charlie, Meaghan, Noah, Grandma.

»Alle fertig?« Linda lässt den Blick durch die Runde schweifen. »Okay, dann tauscht euch mal mit der Gruppe aus. Maria, warum fängst du nicht gleich an?«

Maria kreuzt ihre Fußgelenke und räuspert sich. »Mein negativer: Es wird mir nie wieder gut gehen.« Sie holt tief Luft, um sich in den Griff zu kriegen. Franklin streckt die Hand aus und reibt ihr feste über den Rücken.

»Meine positiven: meine beste Freundin Angela, der Strand, besonders wenn ich ihn für mich alleine habe, und Laufen. *Mein Gott*, ich vermisse das Laufen.«

»Sehr gut, Maria«, sagt Linda. »Franklin?«

Franklin klammert sich mit beiden Händen an seine Liste. Zitternd rucken seine Knie vor und zurück. »Mein negativer: als ich Lenny gefunden habe.« Er starrt auf sein Papier. Sein Adamsapfel hüpft, als er schluckt, einmal, zweimal. Er nimmt alle seine Kraft zusammen, um mit erstickter Stimme weiterzureden. »Meine positiven: die Rangers, die Empanadas von meiner Grandma ... und meine Mutter«, endet er und wird rot.

Linda beugt sich vor und drückt Franklins Schulter. »Das hast du *großartig* gemacht, Franklin.« Sie schaut sich in der Gruppe um, beschwört uns mit ihren Blicken, Franklin beizustehen. Das heute war sein Durchbruch. Sogar mir ist das klar, und ich bin die Neue. Franklin hat noch nie den Namen seines Bruders genannt. Er hat Lenny dafür gehasst, dass er sich umgebracht hat. »Es war sein finales Fuck you!«, hat Franklin beim letzten Mal gesagt, seine Augen blutunterlaufen vor Zorn. »Wie kannst du dich verfickt noch mal umbringen, bevor du versuchst, mit deinen Leuten ins Reine zu kommen? Es ist, als hätte ... als hätte er es getan, um mich fertigzumachen. Er hat es getan, um es *mir* heimzuzahlen.«

»Donnie? Bist du so weit, Süße?« Linda schaut zu Donnie rüber, deren Schulterblätter sich noch immer wie die Flügel eines Vogels unter ihrem T-Shirt abzeichnen, obwohl ihre Kalorienzufuhr sorgfältig kontrolliert wird.

Wie auf Knopfdruck schluchzt Donnie los. »Ständig sagen mir alle, dass ich hier drin bin, damit es mir besser geht ... aber mir geht es *bestens*.« Mit tränenüberströmtem Gesicht schaut sie zur Gruppe hoch. »Ich *bin* nicht wie ihr, wie *keiner* von euch. Ich will einfach nur zurück nach Hause. Während ich hier drin bin, wird Zane sich eine andere suchen ...«

Zum Glück überzieht Donnie die Zeit, denn ich hab die Aufgabe völlig falsch verstanden. Alles, was ich getan habe, war eine Liste von Leuten aufzustellen, die mich *davor* glücklich gemacht haben. Keine Aussprache, keine Therapie der Welt wird jemals ausreichen, um mich von der Schuld zu erlösen, die auf mir lastet wie auf einem eingestürzten Haus.

Am Ende der Session stellt Linda sicher, dass jeder von uns seinen stumpfen Bleistift zurückgibt. Keiner von uns soll auf die Idee kommen, ihn in irgendeine Arterie zu bohren.

Draußen auf dem Flur sehe ich ihn. Er steht am Stationsempfang. Gerade spricht er mit Janet. Es ist derselbe Typ vom Tag des Absturzes, der mit den freundlichen Augen. Janet hat ihre Arme vor der Brust verschränkt und schüttelt den Kopf.

Eine Hand klammert sich um meine Schulter. »Es wird eng für dich.«

Ich wirbele herum. »Häh?«

Rowan kraust ihre Nase und grinst. »Beim nächsten Mal wird Linda dafür sorgen, dass du den Mund aufmachst.«

Der Mann am Empfang hat mich entdeckt und winkt in meine Richtung.

»Hadley!«

Janet reißt seinen Arm nach unten. »Jetzt *reicht* es aber!«

Die Wände schieben sich zusammen, kommen immer näher, wollen mich zerdrücken. Ich lehne meine Hand gegen die Betonwand, damit ich nicht umkippe. Rowan packt mich am Arm und zieht mich in unser Zimmer.

»Setz dich«, befiehlt sie mir, und ich lasse mich rittlings auf mein Bett fallen. »Steck den Kopf zwischen deine Knie.«

Ein paar Sekunden später steht Janet im Zimmer. Ich höre, wie sie über mich sprechen, aber ihre Stimmen klingen weit entfernt, als wären sie unter Wasser.

»Sie sah aus, als ob sie ohnmächtig würde«, sagt Rowan. »Oder kotzen müsste. Hadley, hier ist der Abfalleimer, wenn du kotzen musst.« Sie schiebt ihn mir unters Gesicht.

»Hadley. Bist du okay?« Janet kniet sich vor mich hin.

Ich nicke, obwohl es nicht stimmt, nein, ich bin nicht okay.

Und ich werde es nicht mehr lange schaffen, mein Schweigen aufrechtzuerhalten.

damals

Die nächste Party steht an, und Meaghan will ein neues Outfit für ein neues Objekt der Begierde, irgendjemand, der sie von Mike ablenkt. Am Montag nach der Schule gehen Noah und ich mit ihr in die Mall, die sich schon für Weihnachten herausgeputzt hat, in drei Wochen ist Heiligabend. Im Zentrum des ersten Stocks, zwischen Kate Spade und Michael Kors, hat Santa Claus seine Weihnachtswerkstatt aufgebaut, und eine lange Schlange von Kindern wartet darauf, ihre Wunschliste einzureichen. Ob der Wunsch, dass der eigene Vater sich in Luft auflöst, wohl auch etwas wäre, das Santa in Erwägung zöge?

Ziellos streunen wir herum und teilen uns eine Portion Zimt-und-Zucker-Brezel-Nuggets von Auntie Anne's.

»Ich sag ja nur, ich hab genau zwei Chanukkaleuchter in der gesamten Mall gezählt«, stellt Noah fest, während er nach Dekoelementen sucht, die theoretisch als nicht konfessionsgebunden durchgehen könnten, obwohl uns allen klar ist, dass das Ganze hier komplett auf Weihnachten ausgerichtet ist. Santa's dröhnendes *Ho-Ho-Ho* unterstreicht Noahs Worte.

»Ich kauf dir ein paar Schokoladentaler bei Godiva.« Meaghan tätschelt ihm beruhigend den Arm, dann wendet sie sich an mich. »Und was schenkst du Charlie zu Weihnachten?«

»Weiß noch nicht«, sage ich. »Ich will ihm nichts kaufen, das

ihm das Gefühl gibt, weniger für mich ausgegeben zu haben.«
Nach unserem Streit über Geld bin ich vorsichtig geworden.

Genau in diesem Moment laufen wir an Victoria's Secret vorbei.

»Komm mit!« Meaghan packt mich am Arm und zerrt mich in den Laden. Noah folgt uns.

»Was sollen wir hier?« Meine Blicke gleiten über die quasi nackten Models, deren Plastik-Knackärsche aus Satin- und Spitzenstrings heraushängen.

»Du wirst dir für deinen Mann jetzt was Hübsches zum Anziehen kaufen. Das wird dein Geschenk für ihn sein.« Sie navigiert mich in den hinteren Teil des Ladens, wo die sexy, *sexy* Ware ausgestellt ist.

Ich lege meine Hand hinter ein durchsichtiges schwarzes Bustier, es hängt an einer Stange und ist mit Haken, Ösen und Strapsen versehen.

»Das werde ich todsicher nicht« ... ich mache einen Schritt zurück, als wäre das Outfit drauf und dran, mit scharfen Zähnen ein Stück von mir abzubeißen.

»Nein, *das* doch nicht.« Meaghan schaut das Ungetüm kopfschüttelnd an. »Das ist viel zu fortgeschritten für dich. Ich dachte mehr an etwas in *der* Art.« Sie hält ein durchscheinendes, rotes Baby-Doll-Nachthemd hoch. Es hat ein Mieder aus Spitze und ein passendes Höschen, wenn man einen hauchzarten, zahnseidendünnen G-String überhaupt noch als Höschen bezeichnen kann.

Allein die Vorstellung, ihm in diesem Teil gegenüberzutreten, jagt mir flammende Hitze den Nacken hoch.

Noah nimmt es Meaghan aus der Hand und zieht eine Augenbraue hoch. »Nicht in der Farbe. Mit ihrem ganzen Rotwerden wird sie darin wie eine Treibhaustomate aussehen.« Er durchforstet den Ständer nach einer anderen Farbe.

»Leute, jetzt mal im Ernst. Ich kann das nicht«, protestiere ich.

Meaghan bleibt gnadenlos. Sie zückt ihr Handy und macht ein Foto.

»Mal schauen, was Charlie denkt.« Bevor ich irgendetwas einwenden kann, drückt sie auf Senden.

»Meaghan!«

Sie wirft ihr Handy zurück in die Tasche. »Hey, ihr werdet mir noch beide dankbar sein, das schwör ich dir. Scha-la-la-la-la.«

Eine Sekunde später klingelt mein Handy.

»*Das* ging schnell.« Noah lacht.

Ich erkenne die angezeigte Nummer nicht; ob er mich von der Arbeit anruft? Ich melde mich mit einem lauten Stöhnen. »Ich schwöre, das war nicht meine Idee.«

»Hadley?«

Ich halte inne, zwinge mein Gehirn, umzuschalten. »Mom?«

»Hadley ... hier gibt es ein Missverständnis«, sagt sie gepresst. Irgendwas läuft gerade ganz falsch.

»Mom, was ist los?«

Sie seufzt, aber ich höre das Schwanken darin. »Ich bin sicher, wir können das schnell aufklären. Eine Zumutung ist das. Wahrscheinlich brauchen sie nur einen Sündenbock –«

Im Hintergrund werden Stimmen laut, gefolgt von einem Schrei. »Lassen Sie mich *los*!«

»Wo *bist* du?«

Sie versucht, ihre Stimme mit überheblichem Selbstbewusstsein aufzublasen, aber scheitert kläglich.

»Ich bin auf der Polizeiwache.«

»Auf der Polizeiwache? Warum?«

»Es gibt keinen Grund zur Sorge. Du musst nur herkommen und Lila abholen.«

»LILA«, rufe ich aus. »Mom, was ...«

Sie stößt den Atem aus, hörbar genervt. »Hadley, *bitte*. Hör auf, mich mit Fragen zu bombardieren. Komm jetzt einfach her.«

Sie legt auf. Fassungslos starre ich meine Freunde an.

Noah steht vor mir, stocksteif wie die Schaufensterpuppe, hält er ein zartviolettes Nachthemd in die Höhe. Meaghan hat noch immer ihr Handy in der Hand.

»Ähm.« Sie hält es hoch. »Charlie mag das Nachthemd.«

Noah kommt auf mich zu und nimmt mich fest in den Arm. Am liebsten würde ich in Tränen ausbrechen.

Lila sitzt auf einem Stuhl in der Polizeiwache, ihre Füße reichen kaum bis zum Boden. Sie starrt auf ihre Schuhe runter, aber ich kann sehen, dass sie an ihrer Unterlippe nagt.

»Lila«, rufe ich zu ihr rüber.

Sie wirft sich in meine Arme und vergräbt ihren Kopf an meiner Brust, als wollte sie in mir verschwinden. Ich halte sie fest und beuge mich zu ihrem Ohr herunter. »War sie betrunken?«, flüsterte ich.

Lila nickt gegen meine Brust. Das hier ist schlimm. Richtig schlimm. Kriminell schlimm.

Der Officer, neben dem Lila gesessen hat, kommt zu uns rüber.

»Bist du die ältere Schwester?«, fragt sie. Ihr Gesichtsausdruck ist streng, aber irgendwie auch mitfühlend.

»Ja. Ich, ähm, meine Mutter hat mich herbestellt. Ich bin nicht sicher, was ich jetzt tun muss.«

»Kann ich deinen Ausweis sehen?« Sie streckt ihre Hand aus.

Ich öffne mein Portemonnaie und reiche ihr meinen Ausweis. Sie wirft einen flüchtigen Blick darauf und gibt ihn mir zurück.

»Warum ist sie hier?«, frage ich und fürchte mich vor der Antwort.

»Trunkenheit am Steuer. Fahrerflucht. Sie hat ein parkendes Auto auf der Willow Street gerammt und ist einfach weitergefahren. Einen Häuserblock weiter haben wir sie angehalten.«

Ich schließe die Augen, versuche die Vorstellung abzuschütteln. Was Lila gesehen haben muss, wie sie sich gefühlt haben muss ... Warum habe ich sie mit Mom allein gelassen, obwohl mir klar war, dass sie mehr trinkt als sonst? Wie konnte ich mir vormachen, Moms Menschenverstand reiche aus, um nüchtern zu bleiben, solange sie Lila fahren muss?

»Gibt es irgendwelche Verwandte, die Sie benachrichtigen können?«

»Hat ... ähm ...« Ich blinzele nervös. »Ist mein Vater schon benachrichtigt worden?« Sie nickt, wobei ihr Gesichtsausdruck nichts preisgibt. »Wurde er.«

Ich schaue zu Lila runter.

»Er ist wütend«, flüstert sie. Ich schließe meine Augen.

»Kann ich sie gegen Kaution freikaufen oder so was?«

Die Polizeibeamtin schüttelt den Kopf. »Ich fürchte, nein. Darum wird sich dein Vater oder ein anderer volljähriger Erwachsener kümmern müssen. Bis dahin behalten wir sie hier.«

»Hat er vielleicht gesagt, wann er kommt?«

Sie schüttelt den Kopf, ihre Lippen bilden eine gerade Linie.

»Okay, wir können unsere Großmutter anrufen.« Ich ziehe mein Telefon aus der Tasche.

Sie nickt. »Lass mich wissen, wenn sie drangeht.«

Ich setze mich auf den Stuhl und starre auf das Telefon in meiner Hand. Lila setzt sich neben mich. Was soll ich Grandma bloß sagen? Es wird ihr das Herz brechen.

Ich schaue zu Lila rüber. »Bist du okay?« Ihre Stirn hat diese winzigen Falten, die sie immer dann kriegt, wenn sie entweder krank oder besorgt ist, was bei Lila beides selten vorkommt. Ihr Kinn puckert und ihre Lippen verziehen sich, sie versucht, sich zusammenzureißen, sie versucht, cooler und älter zu sein, als ihre ganzen zehn Jahre zusammen. Aber sie schafft es nicht länger. Sie verbirgt ihr Gesicht unter meinem Arm und fängt an zu schluchzen.

Ich halte sie fest und tippe auf Grandmas Nummer. Beim zweiten Klingeln geht sie dran.

»Hi Grandma.« Ich drücke meine Wange gegen Lilas weiche Haare. »Wir brauchen dich.«

Nachdem wir Lila zu einem heißen Beruhigungsbad überredet haben, treffen Grandma und ich uns im Schlafzimmer.

»Dieser Bastard! Er will die Kaution nicht zahlen. Er lässt sie heute Nacht da drin, um ihr eine Lektion zu erteilen«, schnaubt Grandma, während wir mit einem Ohr auf die volllaufende Badewanne am anderen Ende des Flurs lauschen, in der Lila jetzt sitzt.

»Irgendwann muss er es tun«, gebe ich zurück. »Wenn auch nur um zu verhindern, dass es die Runde in der Stadt macht. Oder auf Facebook.«

Eine Weile lang starrt Grandma mich an, ihre blauen Augen werden an den Rändern rosa und glasig.

»Hadley, ich habe keine Ahnung, was mit meiner Tochter passiert ist. So habe ich sie nicht erzogen!«

Sie setzt sich auf meine Bettkante, hebt die Tigerdecke hoch und starrt auf den künstlichen Pelz, als wäre er das Armseligste, was ihr je unter die Augen gekommen ist. »Wir waren glücklich. Wir mussten uns durchschlagen, aber wir waren glücklich. Ich weiß nicht, wie ihr *das hier* so wichtig werden konnte.« Angeekelt lässt sie ihre Hände durch mein Zimmer flattern.

Ich lasse mich neben ihr auf das Bett fallen. Was, wenn Charlie doch recht hat? Vielleicht *ist* Grandma die Lösung. Ich beiße mir auf die Lippe und drehe mein Gesicht zu ihr.

Ich will ihr alles erzählen.

»Weißt du, was mir dein Vater gesagt hat? Er hat gesagt, er hat einen Anwalt beauftragt. Der wird dafür sorgen, dass es aufhört.« Sie schnippt mit den Fingern, ihre Augen blitzen. »Das ist es, was Geld macht. Es sorgt dafür, dass schlechte Dinge einfach verschwinden.«

Mit einem einzigen Fingerschnippen sind all diesen gefährlichen Vielleichts und Was-wäre-wenns, die in mir Wurzeln geschlagen haben, verschwunden.

Charlies Zuversicht hat mich angesteckt. Ich habe zugelassen, dass ich zu glauben anfing, Grandma *sei* die Lösung für unsere Probleme. Und jetzt weiß ich, es wäre sinnlos, es ihr zu erzählen. Weil Dad die Art von Macht besitzt, die Menschen und Dinge einfach verschwinden lässt. Selbst Grandma.

Nutzlose Worte haben sich in meinem Hals eingenistet. Sie würden Grandma nur aufregen, denn gegen Dad kann sie ebenso wenig ausrichten wie ich.

»Ach Süße«, Grandma tätschelt mein Knie. »Alles wird gut. Es tut mir leid. Ich wollte dir keine Angst einjagen.«

Ich nicke und wische die Tränen weg, die mir aus den Augen geschlüpft sind.

»Ich weiß«, versichere ich ihr.

Vor dem Einschlafen und bevor ich das Telefon auf lautlos stelle, checke ich noch meine Nachrichten. Es gibt eine von Noah.

Ich habe das Gefühl, dass die Dinge an der Heimatfront vielleicht nicht gerade sonnig

und zauberhaft sind. Du weißt, dass du mit mir über alles sprechen kannst, richtig?

Ich schreibe ihm ein rasches X und O zurück und füge ein GIF von einem Hund dazu, der sich im Versuch seinen Schwanz zu fangen, im Kreis dreht. Dann schalte ich mein Handy aus.

Mom kommt am nächsten Tag nach Hause. Jetzt straft Dad uns beide mit der Schweigenummer. Jeden Morgen geht er allein zum Joggen und jeden Abend kommt er – wenn überhaupt – erst spät von der Arbeit zurück.

Mom richtet ihre gesamte Energie auf die Weihnachtsvorbereitungen. Der Baum wird aufgestellt und sie schmückt die Flure von oben bis unten. Die drei Meter hohe Waldföhre ist mit goldenen Bändern und filigranen roten Ornamenten verziert. Der Weihnachtsschmuck, den wir in der Schule gebastelt haben, schafft es alle Jahre wieder nicht, sich den Platz am perfekten Baum zu erobern.

Ein paar Wochen lang herrscht Ruhe zu Hause. Zum ersten Mal seit Jahren komme ich zum Ausschlafen, und wenn Charlie nicht arbeiten muss, verbringe ich meine freien Nachmittage mit ihm. Seit Oktober hatte ich keine Flugstunde mehr bei Phil. Nach meiner dritten Absage verkündete er mir: »Wenn du bereit bist, wieder einzusteigen, ruf mich einfach an.« Seither habe ich mich nicht mehr gemeldet. Selbst mit dieser ganzen freien Zeit verschwende ich keinen Gedanken an einen neuen Termin.

Mein Leben fühlt sich beinahe glückselig normal an.

Am Montag vor Weihnachten, schlägt die Stimmung wieder um.

Dad macht unten seinen Kaffee, das Knirschen der Kaffeemühle weckt mich auf. Dann höre ich seine Schritte nach oben und über den Flur kommen. Im nächsten Moment erwarte ich den Schlag gegen meine Tür ...

Panisch schieße ich aus dem Bett.

Ich reiße die Tür auf und sehe gerade noch, wie seine Fingerknöchel vor Lilas Tür in der Luft schweben.

»Was ist los?«, frage ich und mache einen Schritt auf ihn zu.

Missbilligend schaut er mich an, als wäre ich ein Nichts, eine Fremde, die in seinem Haus lebt.

»Ich habe Lila für die Frühjahrssaison im Lacrosse angemeldet. Sie muss mit dem Training anfangen, damit sie in Form kommt.« Er klopft an die Tür und greift nach dem Knauf. Mit einem Satz bin ich neben ihm.

»Lila mag weder Lacrosse noch irgendwelchen anderen Mannschaftssport. Sie liebt Tanzen und Turnen«, rufe ich ihm ins Gedächtnis.

Naserümpfend schaut er auf mich herab. »Sie wird lernen, es zu mögen«, sagt er – so wie er Lilas Würgen kommentiert, wenn sie Spaghettikürbis oder Brokkoli vorgesetzt bekommt.

Er öffnet ihre Tür und schaltet das Licht an. Lila liegt seitlich ausgestreckt auf ihrem Bett und reibt sich verstört die Augen.

Jetzt weiß ich also, wie es mein Vater mir heimzahlen wird, dass ich ungehorsam war und mit Charlie zusammen bin: indem er Lila zu seinem Opfer macht.

»Los, aufstehen«, sagt er und hebt mit einem lauten Schlürfen die Tasse zum Mund.

»Was ist denn los?«, stöhnt meine kleine Schwester und hebt ihre Hand vor die Augen, um das grelle Licht abzuwehren.

»Wir gehen runter in den Fitnessraum. Du und ich«, sagt er und reißt ihr die Decke weg.

»Hey«, schreit sie, noch viel zu verschlafen und diffus, um Dads Jähzorn auszuweichen.

»Ich helf ihr beim Anziehen.« Ich stelle mich zwischen Lila und Dad.

»Du hast fünf Minuten. Ist das klar, Lila?« Er nickt einmal, dann verlässt er das Zimmer. Jetzt sind Lilas Augen weit aufgerissen und panisch.

»Was geht hier ab?«

Ich überspiele meine eigene Panik mit einem schiefen Lächeln. Wenn ich so tue, als gäbe es keinen Grund zur Sorge, wird sie fürs Erste sicher sein. »Sieht aus, als bräuchte Dad einen neuen Workout-Buddy«, sage ich und durchforste ihre Schubladen nach etwas Passendem zum Anziehen. Ich ziehe ein paar Yogahosen und ein Baumwoll-Shirt hervor.

»Hadley?« Aufgerissene Augen flehen mich um Rettung an.

»Ich komm mit dir, okay? Wir trainieren alle zusammen. Es macht bestimmt Spaß«, lüge ich.

Es klappt. Zumindest ein Teil der Panik fällt von ihr ab. In meinem Zimmer ziehe ich mir rasch ein paar Workout-Klamotten über, und dann gehen wir runter zum Fitnessraum. Als Dad mich mit Lila sieht, wird sein Gesichtsausdruck noch kälter, als er ohnehin schon ist.

»Ich dachte, ich trainiere auch«, biete ich an. »Ich kann helfen.«

Er legt eine Hand auf Lilas Schulter. Seine Hand ist so groß, und meine Schwester wirkt so klein unter ihrem Gewicht, als könnte Dad sie mit einem einzigen festen Händedruck zu Staub zermahlen.

»Wir kommen hier bestens klar. Geh zurück ins Bett oder wohin auch immer.«

Es ist keine Frage.

»Bist du sicher?«, frage ich und lasse meine Stimme fröhlich klingen, für Lila. »Ich hab seit einer Weile nicht gepumpt, ich könnte es echt brauchen.«

Er schaut mich nicht mal mehr an. »Du kannst hier rein, wenn wir fertig sind.«

Voller Entsetzen schaut Lila über die Schulter zu mir, als Dad sie zum Laufband führt.

»Du schaffst das«, gebe ich ihr lautlos zu verstehen, um sie zu ermutigen.

Sie wird damit klarkommen. Das weiß ich. Aber ich weiß auch, dass die Abriss-Phase gerade erst angefangen hat. Er wird sie Stück für Stück zerstören, genau wie mich, und so lange, bis nichts mehr übrigbleibt. Aber Lila ist nicht wie ich. Sie kann nicht lügen, sie kann nichts für sich behalten. Sie ist vorlaut und lebhaft und frühreif, und er wird es zu seiner Mission machen, ihren Willen zu brechen.

Uns läuft die Zeit weg.

Als ich von der Schule komme, steht ein Minivan in unserer Einfahrt. Die Stoßstange ist übersät von selbstbeweihräuchernden Aufklebern: »Mein Kind ist Ehrenschüler der Melville Highschool.« »PTA: Jedes Kind, eine Stimme« und dazwischen der pinkfarbene »Lacrosse Mom«-Aufkleber. Man muss kein Superdetektiv sein, um herauszufinden, dass Mrs. Wiley hier ist.

Als ich meine Schuhe im Garderobenraum abstreife, dringt das Gespräch aus der Küche zu mir rüber.

»Er kriegt schon sein Fett weg, da mach dir mal keine Sorgen. Karma findet immer seinen Weg«, sagt Mrs. Wiley und fährt im Flüsterton fort: »Ich glaube, Hadley ist gerade gekommen. Ich hab die Tür gehört.«

Das ist mein Stichwort. »Mom? Was ist passiert?«, frage ich, als ich in die Küche trete.

Auf dem Tisch zwischen den beiden steht eine halbe Flasche Wein und eine Schachtel Kleenex. Mom trägt nicht mal einen

Hauch von Schminke. Und es sind nicht ihre Tränen, die das Make-up fortgespült haben. Nichts deutet darauf hin, dass sie sich heute überhaupt geschminkt hat, was total untypisch für sie ist. Aus lauter Angst, einen Nachbarn zu treffen, würde Mom nicht mal die Zeitung aus dem Briefkasten holen, ohne sich das komplette Gesicht geschminkt zu haben.

Sie zieht die Nase hoch und schaut zu mir, dann zu Mrs. Wiley.

»Nichts, Süße. Ich brauchte nur eine Freundin zum Reden.« Mrs. Wiley greift über den Tisch und drückt meiner Mutter die Hand. »Warum gehst du nicht hoch und machst deine Hausaufgaben?«

Ihre Augen, so geschwollen und blutunterlaufen, als wäre sie verprügelt worden, bitten mich, sie in Ruhe zu lassen.

Ich nicke und nehme meinen Rucksack mit mir. Auf der Treppe, deren Geländer mit getrockneten Beeren und Stech-palmen umwickelt ist, bleibe ich stehen, um zu lauschen.

»Ich sollte diesem Arschloch sein Essen in Erdnussöl braten, dann wäre ich ihn los«, sagt Mom unter Tränen und lacht bitter.

»Courtney!«, entgegnet Mrs. Whiley tadelnd, aber dann fällt sie in Moms Gelächter ein.

»Es ist nicht so, dass ich keine Ahnung hatte«, bekennt Mom.

»Es tut mir so leid. Ich war unsicher, ob ich es dir sagen sollte.«

»Hör auf, dich zu entschuldigen«, sagt Mom. »Du hast dich einfach wie eine Freundin verhalten.«

Es folgt eine lange Pause.

»Warum sind Männer solche Vollidioten?«, fragt Mrs. Whiley abrupt. »Schau dich doch mal an. Du bist hinreißend. Was in aller Welt will er mehr?«

Mom zieht die Nase hoch. »Für Miles ist es niemals genug. Er ist nie zufrieden, mit dem was er hat. Es muss immer noch mehr sein.«

An dieser Stelle gehe ich weiter. Weil meine Mutter so dermaßen kurzsichtig ist. Alles was sie sieht, ist, wie Dad sie verletzt hat. Welchen riesigen Schaden er uns allen zugefügt hat – das will sie noch immer nicht sehen.

damals

Am Donnerstagmorgen zwänge ich mich in eine meiner Jeans. Ich halte den Atem an, ziehe den Bauch ein und bin trotzdem kaum im Stande, den Reißverschluss hochzuziehen. Die Jeans muss im Trockner eingelaufen sein. Sie wieder auszuziehen, dauert fast so lang wie vorher das Hineinkämpfen.

Ich zerre eine andere Jeans aus meinem Schrank. Gerade so eben kriege ich die Knöpfe zu.

Vor dem Spiegel ziehe ich mein T-Shirt hoch, schaue – *schaue* wirklich meinen Körper an. Ich ziehe das Shirt noch höher und lege die Hand auf meinen Bauch. Er ist größer, runder als sonst. Und weicher. Ich lasse meine Hand nach oben gleiten, berühre meine Brüste. Auch sie sind größer und empfindlich.

Ich stürze zu meinem Schreibtisch und klappe den Laptop auf.

Fast jede Website über Verhütung versichert mir, dass kein Grund zur Sorge besteht. Außer diesem einen verdammenden Artikel: Acht von hundert Frauen können auch bei korrekter Einnahme der Pille schwanger werden. *Wie, bitte, soll sie damit auch nur annähernd 99,9 Prozent sicher sein?*

Mein Herz rast, und meine Handflächen werden schweißnass, als ich mir die albtraumhaften Gespräche ausmale, die mir bevorstehen: *Charlie, ich bin schwanger. Mom, ich bin schwan-ger, Dad …*

Den ganzen Tag über vibriert die Angst in meinem Körper. Immer wieder fragt mich Charlie, was mit mir los sei. Nichts, versichere ich ihm jedes Mal, aber seine Lippen werden schmal, als ob ihn meine ständige Lügerei regelrecht killt. Ich kann mich nicht dazu überwinden, es ihm zu sagen, auch nicht Noah, nicht mal Meaghan, denn wenn ich es laut ausspreche, wird der Ausdruck in ihren Augen meine wildesten Ängste bestätigen und alles nur noch schlimmer machen. Aber diese Ungewissheit kann ich auch nicht länger aushalten, ich muss mir Klarheit verschaffen.

Nach der Schule fahre ich zu Walgreens und parke den Wagen, beobachte die Leute, die durch die Glastüren des Dro-geriemarktes rein- und wieder rausgehen. Als ich sehe, wie Mrs. Hawthorne – die Handtasche in der Armbeuge – hinein-marschiert, spüre ich einen metallischen Geschmack im Mund, als hätte sie mich auf frischer Tat in der Drogerie beim Studie-ren eines Schwangerschaftstests erwischt.

»Courtney, es tut mir leid, dass ausgerechnet ich dich darüber auf-klären muss …«

Ich starte den Wagen, schieße mit quietschenden Reifen aus meinem Parkplatz und die Straße hinunter zu Planned Parent-hood.

Die Rezeptionistin schaut von ihrem Computer auf. »Kann ich Ihnen helfen?«

»Ich nehme die Pille aber ich glaube, ich bin schwanger.« Es laut auszusprechen, lässt mich in Tränen ausbrechen.

Sie führt mich in ein Behandlungszimmer, höchstwahr-scheinlich um zu verhindern, dass ich die anderen Patienten im Wartezimmer beunruhige. Candy, die Krankenschwester, tritt ein, erst mal nur darauf bedacht, mich zu beruhigen. »Tief einatmen, Süße. Wie oft ist deine Periode bis jetzt denn ausgeblieben?«

Ich hebe einen Finger. »Nur einmal. Ich bin drei Wochen über die Zeit. Aber meine Brüste sind größer und sie tun weh ... und meine Jeans sitzen viel enger. Ich hab bestimmt drei Kilo zugenommen.«

»Du weißt, dass das Nebenwirkungen der Pille sein können, oder? Darüber haben wir doch mit dir gesprochen, oder nicht?«

Ich nicke. »Ja ... aber ich habe im Internet gelesen, dass acht von hundert Frauen trotz Pille schwanger werden.« Meine Stimme bebt.

»Ach, Schätzchen. Halt dich bloß vom Internet fern, wenn du so außer dir bist.« Beruhigend legt sie mir die Hand auf die Schulter und drückt mich. »Okay, du hast also eine Periode verpasst. Hast du, wie vorgeschrieben, nach den Placebos mit der neuen Packung angefangen?«

Ich nicke.

»Hast du irgendeine Pille vergessen oder eine von ihnen vier Stunden zu spät eingenommen?«

Ich schüttele den Kopf.

»Warst du krank? Hast du Antibiotikum genommen?«

Wieder schüttele ich den Kopf und kriege Schluckauf.

»Manchmal kommt die Periode nur ganz schwach. Nur eine bräunliche Schmierblutung in der Unterhose. Hast du irgendwelche Spuren davon bemerkt?«

Ich schüttele den Kopf, mein Versuch mit dem Schniefen aufzuhören, scheitert kläglich.

»Also, es ist trotzdem *nichts* Ungewöhnliches dabei, wenn die Periode einmal ausbleibt. Aber lass uns einen Test machen, dann sind wir ganz sicher.«

Sie reicht mir einen Plastikbecher und zeigt zur Toilette.

Als ich fertig bin, gebe ich ihr die Urinprobe zurück. Sie tunkt einen Streifen hinein.

»Jetzt müssen wir warten«, sagt Candy fröhlich. Im Zimmer summt das Neonlicht. »Du weißt, dass du Schwangerschaftstests auch in der Drogerie kaufen kannst, oder? Sie sind sehr zuverlässig.« Ihre Stimme klingt liebevoll, aber ich habe immer noch das Gefühl, dass sie meine Reaktion total übertrieben findet.

»Ich weiß«, sage ich mit immer noch zitternder Stimme. »Ich hatte Angst, dass mich jemand sieht.«

Wortlos warten wir. Dann schaut sie auf ihre Uhr und prüft den Teststreifen.

»Negativ, Schätzchen.« Sie beugt sich vor und nimmt mich in den Arm. »Bitte versuch, dich nicht jeden Monat aufs Neue verrückt zu machen. Wenn deine Periode zweimal hintereinander ausbleibt, *dann* macht es Sinn, uns anzurufen.«

Sie lehnt sich zurück und reibt sich über den Bauch. »Ich nehme jedes Jahr um diese Zeit drei Kilo zu. Es sind die Feiertage. Und: Ich bekomme im Winter nicht genug Bewegung.«

Natürlich! Lacrosse ist vorbei und ich hab nicht mehr jeden Morgen mit Dad trainiert. Außerdem habe ich ständig Pizza gegessen, wenn ich bei Charlie war. Deshalb habe ich zugenommen.

Bevor ich zu Charlie fahre, mache ich einen Zwischenstopp zu Hause, um die Lage zu checken. Hinter der Badezimmertüre höre ich das unterdrückte Weinen von Lila.

Ich klopfe an die Tür. »Lass mich rein«, flüstere ich.

Sie öffnet die Tür. Ihr Gesicht ist rot gefleckt und tränennass, ihre blauen Augen knallrosa angelaufen.

»Was ist passiert?«

»Mir tut alles weh.« Sie hat Schluckauf und reibt sich Arme und Beine.

»Vom Training?«, frage ich, entsetzt darüber, dass der Alb-traum angefangen hat. Sie nickt. Ich seufze erleichtert auf.

»Okay.« Ich öffne den Medizinschrank, krame die Ibuprofen für Kinder raus und gebe ihr eine Tablette. »Nimm die.« Dann ziehe ich den Duschvorhang auf und lasse Badewasser ein.

»Und nimm ein heißes Bad. Das wird helfen, ich versprech's dir.«

Sie streift die Klamotten ab, noch immer schluchzt sie un-terdrückt.

Ihr Kopfzucken ist ein typisches Anzeichen dafür, dass sie einen Weinanfall hatte.

»*Ich hasse ihn.*« Der Brustton ihrer Überzeugung jagt mir Angst ein.

Ich lege meine Hände auf ihre Schultern und drücke sie fest, um sicherzugehen, dass sie mich versteht. »Lila, du musst dir echt Mühe geben, ihn nicht aufzuregen, okay? Versprich mir das.«

In ihren Augen flackert der Kampfgeist auf. Diesen Zug habe ich schon immer am meisten an ihr geliebt – und ge-fürchtet. Sie ist leidenschaftlich, sie ist widerspenstig. Sie ist ein zehnjähriges Powerpaket voller Selbstbewusstsein. Und er wird alles daransetzen, es aus ihr herauszupressen.

»Ich hasse ihn auch.« Ich meine es aus tiefstem Herzen.

Zusammengekuschelt auf dem Sofa schauen Charlie und ich an diesem Abend fern.

»Hey, also ... meine Mom will Heiligabend zur Mitter-nachtsmesse. Ich soll dich von ihr fragen, ob du vielleicht Lust hast, mit uns zu kommen.« Charlies Ton klingt beiläufig, als wäre ihm das Thema gerade durch den Kopf geschossen, aber ich habe eher das Gefühl, als hätte er sich schon die ganze Woche zurechtgelegt, wie er mir diese Frage stellen soll. Er beißt sich auf die Innenseite seiner Wange und tut so, als ob er die Serie schauen würde, aber als das Gelächter des Studiopublikums vorüberzieht, ohne dass er eine Reaktion zeigt, wird mir bewusst, dass das hier eine große Sache ist.

»Ja, klar«, sage ich und flechte meine Finger in seine Hand, die über meiner Schulter hängt.

»Werden deine Eltern nichts dagegen haben, wenn du dich an Heiligabend verdrückst?«

»Nein«, sage ich, meinen Blick starr auf den Fernseher gerichtet. »Ich meine, es ist nicht so, dass wir da irgendetwas Besonderes vorhaben.« So wichtig, wie ihm das hier offensichtlich ist, muss ich einfach einen Weg finden, an diesem Abend aus dem Haus zu kommen, und wenn ich dafür die Regenrinne runterklettern muss.

Dann könnte ich ihm auch Heiligabend sein Geschenk geben. Ich bin noch mal zurück zum Einkaufszentrum gegangen, ohne Meaghan und Noah, die eh nur wieder versucht hätten, mich zu dem Nachthemd zu überreden, das wir nach dem Anruf meiner Mutter von der Polizeistation zurückgelassen haben. Schlussendlich habe ich mich für ein kurzärmeliges blaues Baumwollshirt entschieden, eins von denen, die ihm richtig, *richtig* gut stehen. Eingewickelt in Geschenkpapier liegt es in meinem Kleiderschrank versteckt.

»Ich weiß, dass du dir nichts wünscht, aber ich hab dir ein Geschenk gekauft. Es ist nichts Großes, also mach keinen Stress deswegen, okay?«

Ich rechne mit einer genervten Reaktion darüber, dass ich einen »Arsch voll Geld« für ihn ausgegeben habe. Stattdessen fangen seine Augen an zu leuchten. »Ist es das Teil, von dem Meaghan mir ein Foto geschickt hat?«

Ich spüre die Röte an meinem Hals hochkriechen wie Quecksilber im Thermometer.

»Nein, du Perverso.«

Diesen Kommentar nimmt er als Einladung zu irgendeiner durchgeknallten Ringkampftechnik, mit der er mich auf den Rücken wirbelt, sich breitbeinig über mich setzt und mich mit einem breiten Grinsen auf die Kissen nagelt.

»Komm schon, du magst doch meine Perverso-Tour«, sagt er.

Ich lache. »Du hast sie echt perv-fektioniert.«

Er beugt sich vor, um mich zu küssen, doch dann hält er inne. Sein Kopf schnellt in die Höhe, so wie ein Hund auf ein Geräusch reagiert, das nur er hören kann. Ich erkenne diesen Ausdruck vom letzten Mal wieder, noch bevor ich die knarrenden Schritte auf der Treppe höre. Angstvoll weiten sich seine Augen; gleich wird er mir wieder mitteilen, dass ich mich in seinem Zimmer verstecken soll.

»Warum gehst du nicht —«

Ich strecke die Hand aus und berühre seine Wange. »Es ist okay. Ich will sie kennenlernen.«

»Nicht jetzt«, widerspricht er und zieht mich mit sich hoch. »Doch. Jetzt.«

Die Tür geht auf. Sie tritt in die Wohnung, in ihrem schwarzen Kellner-Rock, der blütenweißen Bluse und bequemen schwarzen Sneakern an den bestrumpften Füßen. Ihre Wangen sind schlaff vor Erschöpfung. Aber als sie mich sieht, strahlt sie über das ganze Gesicht.

»Hadley?«, fragt sie mit einem breiten Lächeln.

»Hi, Mrs. Simmons.« Ich gehe auf sie zu, meine Hand zum Gruß ausgestreckt. »Wie schön, dass ich Sie endlich kennenlerne.«

»Pffffhhh.« Sie wedelt mit ihrer Hand in der Luft herum und grinst Charlie an. »Sei doch nicht so förmlich. Komm her.« Sie breitet ihre Arme aus und zieht mich hinein.

241

Ich rieche ihre Fahne, aber es ist mir egal. Und wenn schon. Wir beide haben eine Mutter, die trinkt. Wir beide haben einen Vater, der schlägt. Aber im Unterschied zu meiner hat Charlies Mutter das Leben über einer Pizzeria dem Zusammenleben mit einem gewalttätigen Ehemann vorgezogen. Schon allein deshalb habe ich mehr Respekt vor ihr, als sich Charlie jemals vorstellen kann.

»Setz dich«, sie winkt mich zum Sofa rüber. »Hast du Hunger? Soll ich was kochen?«

Charlie schüttelt den Kopf. »Nein, alles gut. Es sei denn –« Er wirft mir einen flüchtigen Blick zu.

»Nein danke, ich bin zufrieden.«

Sie lächelt uns an, es ist ein echtes Lächeln, ein Ich-bin-glücklich-meinen-Sohn-so-glücklich-zu-sehen-Lächeln. Irgendwie liebe ich sie in diesem Moment.

»Na, dann lass ich euch zwei mal in Ruhe. Alles, was ich jetzt will, ist ein heißes Bad und dann ab ins Bett.«

Sie wirft mir noch einen Blick zu und lächelt wieder, es reicht bis in ihre liebevollen Augen. Charlies Augen.

»Es ist so schön, dich endlich kennenzulernen, Hadley.«

»Das geht mir genauso, Mrs. Simmons.«

Sie hält inne und schaut mich warnend an. »*Daran* müssen wir wohl noch arbeiten. Nenn mich Nancy.«

Ich nicke misstrauisch. Ich darf Erwachsene nicht beim Vornamen nennen. Sie geht aus dem Zimmer, und kurz darauf höre ich am Holz-auf-Holz-Geräusch, wie die Badezimmertür gewaltsam in den Rahmen gezwängt wird. Dann läuft das Badewasser ein.

Neben mir atmet Charlie aus.

»Siehst du? War doch gar nicht so schlimm.« Ich schlinge meine Arme um ihn. Er starrt auf den Fernseher. »Die Leute reden über sie.«

»Charlie?« Ich versuche, seinen Blick auf mich zu lenken. »Dieselben alten Hexen, die sich über deine Mutter die Mäuler zerreißen, hängen ständig bei uns zu Hause ab und trinken literweise Weißwein. Die sind doch nur ein Haufen Heuchle-rinnen.«

Anstatt sich bestätigt zu fühlen, regt sich Charlie nur noch mehr auf. Er schüttelt den Kopf. »Sie waren immer fies zu ihr. Und sie ... sie hat das echt nicht verdient.«

Ich drücke ihn noch etwas fester an mich. »Nein. Das hat sie nicht.«

Schon draußen vom Parkplatz aus rieche ich, dass jemand den Kamin angemacht hat. Aber als ich ins Haus komme, riecht das Feuer toxisch, unnatürlich. In der Küche sitzt Dad, allein am Tisch, mit einem Glas Scotch. Er hebt es an die Lippen, die Eiswürfel klirren, als er meinen Blick auffängt.

»Wie war's in der *Bücherei?*«, fragt er, während er das Glas wieder absetzt. Mein Magen krampft sich zusammen.

»Gut. Wo sind Mom und Lila?«

Mit einem genüsslichen Schmatzen presst er die Lippen auf-einander,

»Im Bett.«

»So früh?«

Da ist das vertraute Funkeln in seinen Augen. Er ist auf Streit aus.

Der Geruch dringt wieder an meine Nase.

»Irgendwas stimmt nicht mit dem Feuerholz«, sage ich, um seine Aufmerksamkeit von mir abzulenken. »Es riecht so selt-sam.«

Er ignoriert meine Bedenken über das Feuer und hält sein iPhone hoch. »Weißt du Hadley, wenn du schon lügst, dann solltest du dich dabei ein bisschen klüger anstellen.«

Ich fühle den Herzschlag bis an die Rippen. Was weiß er?

Seine Finger tippen und scrollen auf dem Display herum.

»Da Jillian Wiley weiß, wo die Mutter deines Freundes arbeitet, habe ich sie gefragt, wo sie wohnen. Über Sal's.« Er schaut von seinem Handy hoch. »Günstiger Weise direkt gegenüber der Bücherei. Wo du inzwischen *so* viel Zeit mit Lernen verbringst.«

Jetzt erhebt er sich und schiebt geräuschvoll den Stuhl nach hinten, das laute Kratzen erfüllt die Luft mit Spannung. Langsam kommt er auf mich zu, und ich weiche zurück, schiebe mich ins Familienzimmer.

Im Gehen hält er noch immer sein Handy in die Höhe. »Ich habe diese App benutzt, um dein Handy zu orten.« Er wirft einen Blick auf das Display. »Heute hab ich gesehen, dass du dich nach der Schule auf der 532 Republic Avenue aufgehalten hast. Das fand ich höchst seltsam. Da sich dort ja eine Arztpraxis befindet.«

Ich weiche noch einen Schritt zurück in das Familienzimmer. Der strenge Geruch des Feuers, der mir in die Nase sticht, kommt von irgendetwas Chemischem. Schlagartig wird es mir bewusst: verbranntes Plastik.

»Also hab ich einen Blick ins Adressbuch geworfen.«

Im Familienzimmer bleibt er stehen, stemmt die Hände in die Hüften und wartet auf eine Antwort. Selbst wenn ich wollte, ich kriege keinen Ton heraus.

»Hältst du mich für einen Vollidioten, Hadley? Die ganze Zeit über bist du dir so schlau vorgekommen. So verdammt schlau, dass du sogar vergessen hast, deinen Suchverlauf zu löschen.«

Mein Entsetzen übertrifft jegliche Form der Empörung über seinen Eingriff in meine Privatsphäre. Mir wird fast schwarz vor Augen.

Er hat mein Handy benutzt, um mich zu stalken. Er hat in meinem Zimmer herumgeschnüffelt, hat meinen Computer durchstöbert.

»Bist du schwanger, Hadley?«

»Nein!«, schreie ich, als ich endlich meine Stimme wiederfinde.

Das Herz schlägt wie wild in meiner Brust.

Er nickt und dreht sich zum Kamin, greift nach dem Schürhaken und wühlt in der Glut herum. Da sehe ich sie. Die schmelzende Packung mit meiner Pille. Das Feuer hat das Plastik noch nicht komplett eingeschmolzen. Aber da ist noch irgendein Stück Stoff im Kamin, das ebenfalls in Flammen steht.

Mit angespannten Schultern zieht er den Schürhaken aus dem Feuer. Es ist eine subtile Andeutung, ein entferntes Donnergrollen vor dem Sturm. Die Art, wie sich seine Faust um den Griff krallt, die weiß hervortretenden Knöchel. Sein keuchender Atem. Ich warte darauf, dass er den Schürhaken fallen lässt und mit seinen Fäusten und Tritten auf mich einprügelt. Aber das ist es nicht, was jetzt passiert. Ich habe keine Zeit zu reagieren. Heißes Metall kracht in meine Hüfte.

Ich beiße die Zähne zusammen, versuche den Schrei in mir zu ersticken, bevor er herausbricht. Die Hitze dringt durch den Stoff meiner Hose an meine Haut. Im Fallen schäle ich mich aus meiner Jeans und reiße sie runter, gerade noch rechtzeitig, bevor der Stoff sich mit meiner Haut verbindet. Die Verbrennung pocht, wühlt sich tiefer in meine Hüfte, strahlt nach außen. Ich halte den Atem an, warte darauf, dass der Schmerz nachlässt, wie sonst auch. Aber heute nicht. Heute hat sich alles verändert.

»Du wirst ihn nie wiedersehen. Hast du das verstanden?«

Beim ersten Tritt rolle ich mich zu einem festen Knäuel zusammen.

»HAST DU MICH VERSTANDEN?« Er tritt mich wieder.

»Ja«, lüge ich.

Der nächste Tritt, auf den ich warte, bleibt aus. Ich hebe den Kopf, genau in dem Moment, als er den Schürhaken durch das Zimmer schleudert und einen Riss in der Rigipswand hinterlässt.

»Oh Gott.« Er lässt sich auf das Sofa fallen, vergräbt den Kopf in den Händen und stößt ein so urschreiartiges Heulen aus, dass es mir sogar noch mehr Angst einjagt als seine Wut.

Mit dem Gesicht noch immer in den Händen vergraben, schreit er: »Geh auf dein Zimmer!«

Ich springe auf und laufe so schnell ich kann nach oben, versuche, nicht zu humpeln. Mein Zimmer ist verwüstet, durchwühlt bis auf den letzten Winkel. Die Matratze ist halb aus dem Bettrahmen herausgerissen. Meine gesamte Kleidung ist quer über dem Boden verteilt, mitsamt den Bügeln, in rasender Wut aus dem Schrank gerissen. Das Shirt, das ich für Charlie gekauft habe, ist fort, zu Asche verbrannt im Kamin.

damals

Ich schicke Charlie eine Nachricht, dass ich ihn nicht abholen kann, weil ich zu spät dran bin, während ich es in Wahrheit einfach nicht ertrage, ihm gegenüberzutreten. Ich weiß, dass mir die letzte Nacht auf den ganzen Körper geschrieben ist, der heiße Schürhaken hat mehr als nur meine Hüfte gebrandmarkt. Die Brandwunde ist nicht so wild, ein breiter roter Streifen zwischen zwei dunkelblauen Flecken, wie eine Eisenbahnschiene. Meine Jeans waren ein guter Puffer und haben das Schlimmste verhindert. Ich habe Salbe auf die gerötete Haut aufgetragen und einen selbstklebenden Wundverband darüber befestigt. Die Stelle nicht zu sehen, hilft. Aber jeder qualvolle Schritt erinnert mich an letzte Nacht.

Als ich an meinem Spind stehe, schleicht Charlie sich von hinten an, sein Atem kitzelt mich im Nacken. Ich wirbele herum und stelle erschrocken fest, dass er einen Mistelzweig über meinen Kopf hält. Er beugt sich darunter und gibt mir einen schnellen Kuss. Mein Elend halte ich in mir verschlossen, ich will ihn nicht runterziehen, wenn er so glücklich ist wie jetzt.

Es ist der letzte Schultag vor den Ferien. Alle möglichen Mädchen tragen scharfe Weihnachtselfen-Outfits, sie sehen aus wie ein Haufen Möchtegern-*Mean Girls*. Sogar Meaghan trägt ihre Stilettostiefel, einen kurzen schwarzen Rock und einen hautengen roten Pulli, gekrönt von einer Nikolausmütze. Noah und sie kommen zu uns an den Spind.

»Schaut sie euch an«, Noah hält Meaghans rote Mütze am Zipfel hoch. »Jetzt ist sie fast so groß wie ein ganz normaler Mensch.« Neben ihm wirkt sie wirklich wie ein Weihnachtswichtel, selbst mit ihren hohen Absätzen.

»Ich bin so was von ferienreif«, quietscht Meaghan. »Die nächsten zwei Wochen stehe ich nicht vor Mittag auf.« Dann wendet sie sich an Charlie und mich. »Seid ihr Heiligabend schon verplant? Meine Eltern gehen morgen zu meiner Tante. Lasst uns eine Party bei mir machen, einfach ein bisschen Geschenke austauschen.«

Noah zuckt mit den Schultern. »Von mir aus gern, für mich ist das ein stinknormaler Abend.«

Charlie wirft mir einen flüchtigen Blick zu. »Also, wir sind morgen Abend mit meiner Mom verabredet. Vielleicht davor?« Er versucht, mir die Gedanken von der Stirn abzulesen, aber ich habe jegliche Anzeichen von Sorge, Zweifel oder Angst aus meiner Miene gefegt.

»Könnte klappen«, sage ich. »Ich check mal die Lage.«

»Ja, sieh mal zu, dass der Drillmeister dir den Abend freigibt.« Meaghan lacht und lässt mit der Zunge schnalzend eine imaginäre Peitsche durch die Luft knallen.

Charlie entgleisen die Gesichtszüge, und zwar komplett, als wäre er absolut nicht imstande, auf Meaghans Witz einzusteigen.

»Was denn?« Bestürzt schaut Meaghan ihn an. »Das sollte ein Witz sein. Sie weiß, dass es ein Witz war.« Panisch zeigt sie mit dem Finger auf mich.

Mit einem Lächeln stupse ich Charlie an. Er verlagert die Stellung seiner Hand, lässt sie tiefer an meiner Hüfte herabgleiten, nur ein winziges Stück, aber weit genug, um den wunden Punkt zu treffen. Ich stöhne auf, beiße mir auf die Lippen. Sofort lässt Charlie mich los, mit flatternden Fingern, als hätte meine Hüfte die Hitze des glühenden Schürhakens gespeichert und Charlie sich daran verbrannt.

»Sag mal, ist alles gut bei dir?«, fragt Noah und mustert mich eingehend.

»Alles gut.« Ich atme ein, reiße mich zusammen. »Hab mich gestern an der Hüfte gestoßen, nix Schlimmes.«

Der Schulflur lichtet sich. »Ich mach mich mal besser auf den Weg zum Unterricht«, sage ich und knalle meine Spindtür zu. Ich schaffe es nicht, Charlie in die Augen zu schauen. Ich kann ihm nicht erzählen, was gestern passiert ist. Wie viel schlimmer es jetzt gerade wird.

Ohne mich noch einmal umzusehen, haste ich den Flur entlang zur Klasse.

»Keine Geheimnisse mehr.«

Charlie fängt mich vor dem Spanischunterricht ab und zieht mich in eine ruhige Ecke.

Ich öffne den Mund, aber er fährt dazwischen. »Und keine Lügen mehr.« Als ich um Worte ringe, pressen sich meine Lippen aufeinander. Wahrscheinlich hält er mein Schweigen für Widerstand, weil er mir eine weitere Vorlage gibt.

»Ich will immer ehrlich zu dir sein, egal, was passiert«, sagt er und beugt sich dicht an mich heran. »Ich hab CPS angerufen.« Er wartet auf meine Reaktion.

Es schockt mich nicht. Es macht mir keine Angst. Es macht mich nicht mal wütend, dass er hinter meinem Rücken angerufen hat. Ich schaue ihn einfach nur an und nicke. Ich verstehe, warum er es getan hat. Und weil ich Charlie vertraue, will ich daran glauben, dass es das Richtige war.

»Ich finde, es war eine gute Idee.« Er blinzelt. Diese Reaktion hat er ganz offensichtlich nicht erwartet.

Es läutet.

»Wir sind spät dran«, sage ich.

Er schaut sich um. »Wir gehen heute nicht.« Er packt mich am Ellenbogen und steuert mich in die Richtung der Treppe, die zum Untergeschoss führt. Bis auf ein paar Klassenräume für Kunst und Handwerken ist dieser Teil des Gebäudes komplett ungenutzt.

»Wir schwänzen?«, frage ich verblüfft.

»Es ist der letzte Schultag vor den Weihnachtsferien in unserem Abschlussjahr. Ob wir auftauchen oder nicht, interessiert keine Sau, wenn es überhaupt jemand bemerkt.«

»Wir verpassen die *Feliz-Navidad*-Party«, sage ich, als ich hinter ihm die Treppen runtergehe.

»Ich werd's überleben, wenn ich keinen Flan bekomme.«

Hier unten klingt es wie in einer Sommernacht.

»Hab ich Halluzinationen oder sind das Grillen, die ich höre?«

Charlie grinst. »Hast du etwa nix vom Abistreich mitbekommen?«

»Nein«, gestehe ich und lasse mich von ihm den verlassenen Gang hinunterführen. Schule schwänzen ist sehr viel einfacher, als ich es mir vorgestellt habe.

»Vor zwei Jahren haben ein paar Zwölftklässler als Abschiedsgeste Hunderte von den Viechern in die Schule eingeschleust. Der Kammerjäger hat sie nicht alle erwischt. Hier unten ist es immer warm und das Schulgebäude schützt sie vor ihren natürlichen Feinden.«

Charlie stöbert ein leeres Klassenzimmer auf, dunkel und zugemüllt, mit unbenutzten Smart Boards und Materialien für den Kunstunterricht. Auf den Tischen stapeln sich die

Stühle. Und durch die dicke Staubschicht, die sich auf jeder einzelnen Oberfläche angesammelt hat, wirbeln wir allein durch unser Eindringen alles auf. Dieser Raum scheint wirklich seit einer Ewigkeit nicht genutzt worden zu sein.

Ohne das Licht anzumachen, zieht Charlie zwei Stühle vom Tisch, stellt sie einander gegenüber, und wir setzen uns in eine dunkle Ecke. Niemand würde je auf die Idee kommen, hier unten nach uns zu suchen, selbst wenn wir für Tage hier eingebunkert wären.

»Wann hast du angerufen?«, frage ich.

Er greift nach meinen Händen und hält sie in meinem Schoß. »Nach Thanksgiving.«

Ruckartig beuge ich mich vor. »Du hast aber keinen Namen genannt, oder?«

»Natürlich nicht«, sagt er. »Ich hab gesagt, ich muss anonym bleiben.«

Ich kratze mir die Nase; der Staub kitzelt mich. »Was haben sie dich gefragt?«

Sein Mundwinkel verzieht sich. »Sie wollte wissen, ob ich den Eindruck hätte, deine Schwester und du wärt in akuter Gefahr.«

»Was hast du gesagt?« Vielleicht muss ich es erst aus seinem Mund hören, um es wirklich glauben zu können.

»Ich habe Ja gesagt!«

Als ich mal recherchiert habe, wie das beim CPS läuft, habe ich gelesen, dass sie einen Anruf innerhalb von vierundzwanzig Stunden überprüfen können. »Vielleicht haben sie unsere Lehrer befragt ... und das Ganze für einen Telefonstreich gehalten.«

»Ich werde sie noch mal anrufen«, sagt Charlie, in der Annahme, ich bräuchte sein Versprechen. Stattdessen rauscht die Panik jetzt wie ein Wasserfall durch meine Lungen. Der Stein

251

ist ins Rollen gekommen, ich sollte ihn aufhalten, bevor es zu spät ist.

Langsam lehne ich mich auf meinem Stuhl zurück und schließe die Augen. »Vielleicht ...«

Ich fühle, wie er sich näher zu mir beugt. »Was?«

Zwischen uns taucht das Gesicht meines Vaters auf, so wie immer in diesen Momenten. *»Was in dieser Familie passiert, bleibt in dieser Familie. Es geht niemand anderen etwas an.«*

Es war vor zwei Jahren, unten im Fitnessraum. Beim Gewichtestemmen ist ihm die Hantel aus der Hand gerutscht. Es sah superlustig aus, der reinste Slapstick. Aufgerissene Augen, rudernde Arme, und in der nächsten Sekunde krachte die Stange mit allen Gewichten zu Boden. Mir rutschte ein Lacher raus, im falschen Moment.

Ich biss die Zähne zusammen, aber das verräterische Lächeln saß mir immer noch auf den Lippen.

»Wisch dir das dämliche Grinsen aus dem Gesicht, bevor ich es tue.«

Es war schon zu spät, auch wenn es mir gelang, das Lächeln hastig herunterzuschlucken.

Normalerweise legte sich der Schalter nach ein paar Schlägen um und er kriegte sich wieder ein. Nicht so dieses Mal. Er wollte immer weitermachen; ich konnte spüren, dass er alles geben musste, um sich zu bremsen. Es würde schwer werden, es am nächsten Tag zu verbergen, jeden schmerzhaften Schritt.

»Wenn irgendjemand fragt, lautet deine Antwort, du hast beim Spiel einen Tritt in den Arsch gekriegt. Ist das klar?«

Zentimeterweise robbte ich über den kratzigen Teppich von ihm weg, auf die andere Seite des Raums, zwischen das Laufband und den Crosstrainer.

»Was in dieser Familie passiert, bleibt in dieser Familie. Es geht niemand anderen etwas an. Ich schwöre bei Gott, Hadley, wenn du

jemals irgendjemandem irgendwas erzählst, bring ich dich eigenhändig um.«

Demonstrativ streckte er seine Hände aus und ballte sie zu gewaltigen, kantigen Schlagfäusten.

Dann stürzte er sich auf den schweren Boxsack, der von der Decke baumelte und prügelte drauflos. Ich sah zu, wie seine Fingerknöchel anfingen zu bluten, im vollen Bewusstsein, dass er bei jedem Schlag auf das harte Leder mein Gesicht vor Augen hatte.

Es gibt einen kleinen, angsterfüllten Teil in mir, der sich fragt oder vielleicht sogar sicher ist: Wäre der Boxsack nicht dort gewesen, wäre ich diejenige, auf die er eingeschlagen hätte, so lange, bis seine Hände von unser beider Blut überströmt gewesen wären.

»So schlimm ist es gar nicht«, fahre ich jetzt fort, und vergleiche – mit noch immer geschlossenen Augen – den Schmerz in meiner Hüfte mit dem Schmerz der Prügel im Keller. »Ich meine, manche Leute müssen mit richtig krankem Zeug klarkommen.« Ich verziehe das Gesicht. »Verstehst du? Knochenbrüche ...«

Wenn es nur um mich ginge, würde ich die nächsten paar Monate noch durchstehen und dann wäre ich frei. Niemand würde je erfahren, was geschehen ist. Wir wären das bestgehütete Geheimnis. Aber hier geht es nicht nur um mich.

Sein Blick gleitet nach unten auf meine Hüfte. »Was hat er getan?«

Ich erzähle ihm, wie er mir nachspioniert hat, wie er herausfand, dass ich mich aus dem Haus geschlichen habe, um Charlie zu sehen. Ich erzähle ihm sogar von meiner Panik, schwanger gewesen zu sein und der Fahrt zu Planned Parenthood. Dabei gleitet mein Blick zu ihm hoch, schließlich geht dieses Thema uns beide was an. Erst spiegelt sich die

Angst in seinen Augen, dann wird sein Blick sanft und zärtlich.

»Auch das hättest du mir erzählen sollen«, sagt er.

»Wenn ich es dir gesagt hätte, dann wäre es real geworden.« Ich spiele mit seinen Fingern, die mir auf meinem Schoß die Hand halten. »Dann hat er mein Zimmer auf den Kopf gestellt, die Pille gefunden und die Packung ins Feuer geworfen. Dein Weihnachtsgeschenk hat er auch verbrannt. Und dann –«

Gestern Abend hat mein Vater etwas getan, was er noch nie zuvor gemacht hat. Er hat mich mit einem *Gegenstand* verprügelt – einem brennend heißen. Wie damals im Fitnessraum hat er komplett die Kontrolle verloren. Er musste den Schürhaken durch den Raum pfeffern, um nicht weiter damit auf mich einzuschlagen. Vielleicht ist das der Grund, warum er sich so rar macht. Vielleicht geht er nicht nur meiner Mutter aus dem Weg oder hat seine Affäre. Vielleicht geht er *mir* aus dem Weg, weil ich diesen Hass, diese Rage in ihm auslöse.

»Er hat mich mit dem Schürhaken geschlagen. Während der noch heiß war.«

Charlie und ich sitzen schweigend da, ganz allein in diesem verlassenen Keller. In irgendeiner Ecke macht eine Grille auf sich aufmerksam. Ich beneide diese Grille dafür, dass sie hier vor ihren natürlichen Feinden in Sicherheit ist.

An diesem Nachmittag empfängt mich zu Hause der warme Duft von Gebackenem. Reihenweise liegen Bananen-Nuss-Minibrötchen zum Abkühlen auf dem Küchentresen. Mom bereitet sich auf Weihnachten vor, auch wenn Weihnachten mit uns nichts am Hut hat.

»Riecht super!«, sage ich und beuge mich über den Tresen.

»Die sind für die PTA«, sagt sie geschmeichelt. »Als Geschenke.«

»Lass ein paar für uns übrig.« Am liebsten würde ich mir eins schnappen und damit auf mein Zimmer rennen.

»Du weißt doch, dass wir die nicht essen können. Dein Vater ist allergisch dagegen.«

»Dann mach halt welche ohne Nüsse.« Ich nehme einen Apfel aus der Obstschale, um meinen knurrenden Magen zu beruhigen.

Sie nippt an ihrem Wein und verdreht die Augen. »Es sind nicht nur die Nüsse, das weißt du ganz genau. Es ist der Zucker, das Weißmehl ... das ist was für andere Leute –«

»Es ist Weihnachten«, jammere ich mit vollem Mund.

Sie dreht sich zum Doppelbackofen um und prüft, wie gar die vielen weiteren Brötchen sind.

»Wir machen uns ein leckeres Weihnachtsessen«, sagt sie.

Ich warte ein paar Augenblicke.

»Meaghan hat mich für morgen zum Abendessen eingeladen.« Beiläufig beiße ich in meinen Apfel.

Noch immer mit dem Rücken zu mir, versteift sie, als hätte ihr gerade jemand eine Eisenstange in den Hintern gerammt.

»Wird *er* da sein?«

Ich starre auf ihren Rücken, voller Verachtung.

»*Er* hat einen Namen«, schnappe ich zurück.

»Also? Wird er?«, insistiert sie und dreht sich zu mir um.

»Vielleicht«, sage ich, provoziere sie, verhöhne sie. Es wäre so leicht, all die Wut und Bitterkeit, die sich in mir aufgestaut haben, an ihr auszulassen.

Sie nimmt einen tiefen Schluck, dann setzt sie behutsam ihr Glas ab.

Sie hat schon jede Menge Weingläser auf der Granitplatte zu Bruch gehen lassen, wenn sie zu viel intus hatte.

»Was soll ich deiner Meinung nach sagen, Hadley? Willst du, dass ich deinen Vater *anlüge*?«

»Mach einfach gar nichts. Kuck weg, so wie immer«, gifte ich sie an.

Bevor sie irgendetwas erwidern kann, klingelt das Telefon. Mom geht ran. Sie wird blass und ihre Stimme kriegt diesen arroganten Ton, den sie immer dann aufsetzt, wenn sie jemand anderem zeigen will, dass sie besser ist als er.

»Das bin ich. Wer spricht da? ... *Wer?* ... Was soll das mit mir zu tun haben? ... Das kann nicht Ihr Ernst sein. Ist das irgendein kranker Scherz? ... *Morgen?* Das ist doch *absurd*«, schnaubt sie, während sie durch das Zimmer marschiert. »Morgen ist Heiligabend.«

Sie hält inne und hört zu. »Selbst wenn es vormittags ist, es ist immer noch Heiligabend ... Ich ... gut ... ja, natürlich, gut. Meiner Meinung nach ist das absolut unberechtigt. Ich will doch sehr hoffen, dass Sie das diskret behandeln. Ja, ja ... also zehn Uhr. Auf Wiederhören.« Sie krümmt sich, vergräbt das Gesicht in den Händen, dann wirbelt sie herum.

»Hast *du* irgendetwas damit zu tun?« Mit roten Wangen und zitterndem Kinn zeigt sie auf das Telefon.

»Mit *was?*«, frage ich und stelle mich ahnungslos.

»Das war CPS. Sie kommen morgen um zehn Uhr und wollen ein paar Fragen stellen.«

Sie sucht in meinem Gesicht nach brüchigen Stellen, versteckten Hinweisen. Aber im Laufe der Jahre habe ich gelernt, so viele dunkle Wahrheiten zu verbergen. Das verdanke ich ihr und Dad.

»Das ist lächerlich«, sagt sie, das Glas in der Hand. »Dein Dad wird ausrasten.«

Ja, das glaube ich auch. Und ich hoffe, der CPS wird Zeuge.

damals

Funkelndes Licht bricht sich in den Glasprismen meines Kron-
leuchters, als meine Schlafzimmertür aufgerissen wird. Ich
blinzele mir den Schlaf aus den Augen, versuche, mich daran
zu erinnern, welcher Tag heute ist, was ich vergessen habe, bis
ich am Kaffeegeruch erkenne, dass wir zurück in der alten
Routine sind. Ich lasse meine Beine aus dem Bett gleiten.

»Steh auf. Du hast heute etwas zu erledigen«, sagt Dad, seinen Kaffee schlürfend.

»Was?«, frage ich und unterdrücke ein Gähnen.

»Du und deine Schwester. Ihr werdet zu eurer Großmutter
fahren.«

Ich blinzele noch ein paar Mal mit den Augen und versuche,
meine Gedanken in eine logische Reihenfolge zu lenken.

»Kommt Grandma nicht morgen, um mit uns Weihnachten
zu feiern?«

»Nein.« Er dreht sich weg.

»Warum nicht?«, frage ich, aber er ist schon wieder gegangen.

Natürlich. Heute kommt jemand von CPS und er will uns
aus dem Weg räumen. Lange vor Charlies Anruf habe ich dort
bereits recherchiert. Mir ist klar, was der eigentliche Plan war.
Der *eigentliche* Plan war, Lila und mich in der Schule zu befragen, an einem neutralen Ort, außer Reichweite von unseren

Eltern, und vor ihrem Gespräch mit ihnen. Aber die nächsten zwei Wochen ist keine Schule.

Was mir nicht klar ist: ob es ihnen gelingen wird, auch in den Ferien mit uns zu sprechen, und bei der bloßen Vorstellung verknotet sich mein Magen.

Als Lila und ich uns auf den Weg machen, versuche ich, unser Haus mit den Augen der Sozialarbeiter zu sehen. Die Stechpalmenzweige, die sich in langen Girlanden das Treppengeländer emporschlängeln, der Stapel an festlich verpackten Geschenken unter dem drei Meter hohen Christbaum. Die Weihnachtsmusik, die im Hintergrund leise durch die Lautsprecher flötet, der Geruch von frischem Bananennussbrot im Ofen, das in Wirklichkeit nur Menschen außerhalb unserer Familie essen dürfen.

Als ich die Türe hinter mir schließe, bleibt mir nur noch, an ein Wunder zu glauben.

»Nie und nimmer, nimmer, *nimmer* dürft ihr Wasser in der Mikrowelle zum Kochen bringen«, sagt Grandma, als sie für Teewasser den Kessel auf den Herd setzt. »Immer den Kessel benutzen. Immer.«

»Warum?«, fragt Lila.

»Weil das einfach die zivilisierte Art und Weise ist«, sagt sie, als wäre damit alles erklärt.

»Aber warum? Die Mikrowelle ist viel schneller«, beharrt Lila.

»Tu es mir zuliebe, mein Schatz!«

Grandma deckt den Tisch für uns und stellt Zucker und Sahne für Lila dazu. Ich trinke meinen Tee mit Zitrone, weil ich weiß, dass es Grandma glücklich macht.

»Kann mir *bitte* irgendjemand verraten, warum du morgen nicht zu uns kommst?«, fragt Lila.

Grandma dreht sich weg, um die Teelöffel aus der Schublade zu holen, aber ihr ganzer Körper wirkt angespannt. »Dein *Vater* hat irgendeine Überraschung für dich morgen«, sagt sie mit übertriebener Betonung auf *Vater*.

»Weißt du, was es ist?«, fragt Lila.

Grandma dreht sich wieder zu uns. Mehr als ein schwaches Lächeln bringt sie nicht zustande. »Ja, aber aus mir kriegst du nichts heraus.« Lila zuliebe versucht sie die Stimmung aufzulockern und tut so, als würde sie ihre Lippen wie einen Reißverschluss zuziehen.

»Können wir dir unser Geschenk geben?«, frage ich.

Diesmal ist ihr Lächeln traurig. Welche Überraschung auch immer Dad für uns auf Lager hat, den Schmerz, dass Grandma den Weihnachtstag alleine verbringt, ist sie ganz bestimmt nicht wert.

Ich hasse ihn.

»Natürlich«, sagt sie. Ich überreiche ihr die Geschenkbox mit ihrem Lieblingsparfüm. Es ist unser Running Gag; seit ich sieben bin, versorge ich sie jedes Jahr damit. Lachend reißt sie das Papier auf, zieht das Parfüm aus der Box und gönnt sich einen schnellen Spritzer am Hals. Lila rümpft die Nase und wedelt mit ihrer Hand in der Luft herum.

Als Nächstes gebe ich Grandma das Päckchen mit dem pfirsichfarbenen Kaschmirschal, den ich an einer Schaufensterpuppe gesehen habe. Er ist etwas, das sich Grandma niemals selbst leisten würde, aber als ich fühlte, wie weich er war, wusste ich, dass ich ihn für sie kaufen wollte.

Sie öffnet die Packung und starrt für einen Moment auf den Inhalt, bevor sie ihn sanft mit den Fingern berührt. Dann dreht sie den Schal herum, um das Schild mit den Pflegehinweisen zu prüfen und schnalzt missbilligend mit der Zunge.

»Kaschmir, Hadley? Den muss ich mit der Hand waschen.«

»Aber er wird sich so kuschelig auf der Haut anfühlen«, sage ich und lege ihr den Schal um den Hals, damit sie sich selbst überzeugen kann. Zufrieden schließt sie die Augen.

»Es *ist* wirklich sehr weich.« Sie seufzt. »Und ich mag die Farbe.« Ihre Arme strecken sich nach mir aus und sie drückt mich. »Das war sehr fürsorglich. Ich danke dir. Ich hoffe, du hast nicht so viel dafür ausgegeben.«

»Natürlich nicht.« Ich lüge, weil Grandma wütend auf mich wäre, wenn sie wüsste, wie viel.

Lila schiebt ihr Geschenk über den Tisch. »Das hab ich auf dem Weihnachtsmarkt in der Schule gekauft«, prahlt sie.

Behutsam wickelt Grandma das Papier auf und zieht das Geschenk heraus. Es ist ein Teddy aus Keramik, der ein Schild mit der Aufschrift *Weltbeste Grandma* in den Pfoten hält. In Grandmas Augenwinkeln erscheint der zartrosa Schimmer. Sie beugt sich zu Lila und drückt sie so fest an sich, bis meine kleine Schwester quietscht: »Grandma, du bringst mich um.«

Dann überreicht uns Grandma ihre Geschenke. Sie sind immer ein bisschen schräg. Lila öffnet ihres zuerst, die CD irgendeiner Band, von der ich noch nie in meinem Leben gehört habe.

»Wer sind *die* denn?«, fragt mich Lila.

»Sie sehen gut aus, findest du nicht?« Grandma zeigt auf die vier süßen Typen auf dem Cover. »Ich mag den Hut auf dem Kopf von dem hier. Zu meiner Zeit haben Männer *immer* Hüte getragen.« Ich werfe Lila einen Klappe-halten-und-Danke-sagen-Blick zu.

Als Nächstes öffne ich mein Geschenk. Es ist ein Parfüm, das gleiche, das ich für Grandma gekauft habe.

»Wo du meins doch so magst, dachte ich, du solltest dein eigenes haben.« Sie nimmt mir den Flakon aus der Hand, besprüht meinen Hals und gibt mir einen fetten Schmatzer auf die Wange. Lila fällt vor Lachen fast vom Stuhl.

Sie wischt sich über die Augen. »Jetzt muss ich echt pinkeln.«

Grandma weist Lila mit einer Handbewegung zurecht. »Nicht ankündigen, Liebchen.« Ohne mit dem Lachen aufzuhören, rennt Lila über den Flur zur Toilette.

Pfeifend kündigt der Kessel an, dass das Wasser jetzt kocht. Grandma erhebt sich, um den Herd auszuschalten. Als sie sich mit dem Kessel in der Hand wieder zu mir dreht, erstarrt sie. Welcher Ausdruck auch immer sich auf meinem Gesicht spiegelt – er hat eine erschreckende Wirkung auf sie.

»Hadley, was ist los?«

Was soll es bringen, Grandma von CPS zu erzählen, die jetzt zu Hause meine Eltern befragen? Es wird sie nur bedrücken. Wir haben ihr Weihnachten schon genug ruiniert. Ich will es ihr nicht komplett verderben.

»Alles gut, Grandma. Ich habe nur daran gedacht, wie sehr ich dich vermissen werde.« Ich beiße ein Stück vom Keks ab. »Morgen.«

Nach unserem Besuch bei Grandma nehme ich Lila mit zur Mall. Es ist der helle Wahnsinn. Nur die totalen Chaoten machen ihre Weihnachtseinkäufe an Heiligabend.

Die totalen Chaoten – und Charlie.

»Hadley«, ruft er von Starbucks zu mir herüber. Dann hält er inne, um sich zu vergewissern, dass ich alleine bin.

Lächelnd winke ich ihn heran und beobachte, wie er sich seinen Weg durch das Gewimmel bahnt.

»Was ist *das* denn?« Lila zeigt auf mein Gesicht.

»Ein Lächeln. Hast du mich noch nie glücklich gesehen?«

»*Niemand* hat dich noch niemals *so* glücklich gesehen.«

Charlie mustert uns beide mit einem kleinen, verhaltenen Lächeln.

»Der lächelt ja genauso gestört wie du!« Lila wirft ihre Hände in die Luft. Er grinst zu ihr runter, und ich sehe, wie sie dahinschmilzt. Ich schätze, das ist die Wirkung, die Charlie auf die McCauley-Frauen hat.

»Du musst Lila sein.«

»Das muss ich wohl.« Sie kichert. Am liebsten würde ich sie jetzt damit aufziehen, dass ich sie noch *niemals* so kichern gehört habe, aber ich bin gnädig.

»Was führt dich am Heiligabend in die Mall?«, frage ich Charlie. Er fährt sich mit der Hand durch die Haare »Bin irgendwie auf dem letzten Drücker. Wie immer.«

Ich grinse. »Tja, ich dagegen sitze zum ersten Mal im selben Boot mit euch Drückebergern.« Meine Hände wedeln über das Gedränge hinweg.

»Wollen wir zusammen shoppen?«, fragt er, wieder mit einem vorsichtigen Seitenblick auf Lila.

»Würde ich gern«, sage ich zögernd, »aber ich muss was für dich besorgen.«

Einen Moment lang verdüstert sich das Leuchten in seinen Augen, natürlich im Wissen darum, was mit dem letzten Geschenk passiert ist. »Du musst mir nichts –«

»Halt die Klappe. Ich will aber!«, sage ich, während Lila zwischen uns beiden hin und her schaut, als verfolge sie ein Tennismatch. »Aber du kannst mir helfen, etwas für Meaghan und Noah zu finden, und dann teilen wir uns auf.«

Mit Charlie an der Seite folgen wir dem Menschenstrom. »Bei Meaghan kann ich dir wohl eher nicht helfen. Bei Noah vielleicht«, sagt Charlie. »Und du?«, er wendet sich an meine Schwester, »hast du ... deine Liste schon an den Weihnachtsmann geschickt?«

Darüber müssen Lila und ich beide lachen.

»Meint der das ernst?« Sie zeigt mit dem Daumen auf Charlie.

Wir gehen zu Abercrombie, wo ich mir das erstbeste Teil greife, das Meaghans Namen schreit. Sie ist ohnehin ein notorischer Umtauscher; ich darf nur nicht vergessen, mir eine Quittung geben zu lassen. Für Noah entdecke ich ein Shirt und halte es Charlie hin, damit er sein Okay gibt.

»Keine Ahnung«, sagt Charlie und zuppelt an dem Vorderteil seines Hoodies herum. »Falls es dir noch nicht aufgefallen ist, ich bin nicht unbedingt up to date, was gerade angesagt ist.«

»Hoodies sind angesagt«, kommentiert Lila gewichtig.

»Echt?«

»Total. Mach dir keinen Kopf.«

Wir verlassen den Laden und begeben uns wieder ins Getümmel.

»Okay, und hier trennen sich unsere Wege«, sage ich zu Charlie. Wir bewegen uns zeitgleich aufeinander zu, dann halten wir inne und werfen verstohlene Seitenblicke auf Lila.

Meine Schwester verdreht die Augen und streckt ihre Hand aus. »Gib mir mal'n bisschen Kleingeld«, sagt sie. »Ich hol mir einen Cookie.« Sie wirft mir einen wissenden Blick zu. Charlie fischt in seiner Tasche und reicht ihr ein paar Dollarnoten.

»Geht aufs Haus«, sagt er und sie grinst ihn an.

»Der ist Heiratsmaterial«, versichert sie mir und rennt über den Gang zum Kiosk.

»Also das ist Lila.« Charlie schaut ihr lachend hinterher.

»Das ist Lila.«

Er legt seine Hände an meine Taille und dreht mich zu sich herum.

»Dann hat er euch also aus dem Haus geschafft, hm?« Ich

hatte ihm am Morgen eine Nachricht geschrieben, um ihn zu informieren, was bei uns lief.

»Ja. Wir waren bis jetzt noch nicht zu Hause.« Mein Bauch ist ein einziger Knoten.

Schon den ganzen Tag über verfolgt mich die Vision meines Vaters, der nur darauf wartet, sich auf mich zu stürzen, sobald ich einen Fuß in die Tür setze. Wäre heute nicht Heiligabend, würde ich Lila bei einer ihrer Freundinnen absetzen.

»Wie geht's deiner Hüfte?« Sein Blick gleitet besorgt nach unten, dann wieder hoch zu meinem Gesicht.

»Ihr geht's ... gut«, sage ich, auch wenn mich der Stoff, der sich an meinem Verband reibt, bei jedem Schritt an Donnerstagabend erinnert.

Charlie zieht mich näher zu sich heran, dann hält er inne und schnuppert. »Bist du das?«, fragt er mit gekrauster Nase.

»Was?« Alarmiert weiche ich vor ihm zurück. »Hab ich Mundgeruch? Hat mein Deo versagt?«

»Versteh das jetzt bitte nicht falsch, aber du riechst wie eine alte Dame.« Er zieht eine Grimasse.

»Ach, das! Grandma hat mir ihr Lieblingsparfüm zu Weihnachten geschenkt und mir gleich eine Duftprobe verpasst.« Ich muss lachen. »Woher weißt du, wie alte Damen riechen?«

Er grinst und zieht mich wieder in seine Arme. »Sonntagsmorgen im Diner kommen sie in Schwärmen. Durch ihre dicken Duftwolken riecht man nicht mal mehr den gebratenen Speck.«

Er küsst mich zärtlich. »Also glaubst du, dass du heute Abend kommen kannst?«

»Ich werd's versuchen«, sage ich. »Zumindest zu Meaghan. Ich schreib dir, sobald ich Bescheid weiß.«

Er nickt, dann lehnt er seine Stirn gegen meine.

»Alles wird gut. Ich verspreche es dir.« Wieder küsst er mich.

Hinter uns schallt das Echo von Santas lautem *Ho-ho-ho.*

Wie Lila glaube ich seit Jahren nicht mehr an den Weihnachtsmann, aber ich schätze, Charlie hält Weihnachtswunder noch immer für möglich. Ich wünschte, ich könnte es ihm gleichtun.

»Wir sind wieder da«, kündigt Lila uns lauthals vom Garderobenraum aus an.

Das Haus ist geisterhaft still. Mom sitzt im Familienzimmer, ihr Weinglas in der einen, ihre Zeitschrift in der anderen Hand.

»Hi«, sage ich, blicke mich um und warte auf das Donnergrollen von Dads Schritten. Mein Bauch krampft sich nervös zusammen.

Mom schaut lächelnd zu uns hoch, ihr Oberkörper hat Schlagseite. Volltrunken. »Hi.«

»Grandma lässt grüßen und schickt einen Kuss.« Lila macht einen Satz auf Mom zu und küsst sie auf die Wange.

Ich rieche keine Spur von gekochtem Essen.

»Was gibt's zum Abendbrot?«, fragt Lila.

Mom zuckt die Achseln. »Dein Vater ist heute Abend ausgegangen. Und mir war nicht nach Kochen.« Eine Welle der Erleichterung überflutet mich. Ich muss ihm heute nicht gegenübertreten.

»Wollen wir Pizza bestellen?«, fragt mich Lila. Wenn Dad nicht da ist, wird niemand unsere Kohlehydrate-Zufuhr kontrollieren.

»Macht, was ihr wollt«, presst Mom zwischen zusammengebissenen Zähnen hervor. Sie blättert die Seite ihrer Zeitschrift um, so grob, dass das Papier reißt.

Nachdem ich die Pizza bestellt habe, gehe ich nach oben und packe meine Geschenke ein. Als ich fertig bin, klingelt es an der Tür. Mom hat ihre Nase viel zu tief im Glas, um noch irgendwelche Gedanken an Essen zu verschwenden, also werden nur Lila und ich am Küchentisch sitzen und schweigend die verbotenen Kohlehydrate zu uns nehmen.

Die Stimmung im Haus ist unheimlich. Nichts wirkt zerbrochen, die Möbel sehen nicht aus, als hätte sie jemand in einem Wutanfall durch den Raum geschleudert. Oder wenn, haben meine Eltern alles wieder aufgeräumt. Und trotzdem stimmt irgendetwas nicht. Es kommt mir vor, als hätte es eine Schlägerei gegeben, während Lila und ich aus dem Haus waren.

Meine Haut kribbelt, als würde eine Schar von Ameisen durch meine Adern marschieren. Um das nervöse Gefühl loszuwerden, schüttele ich meine Hände an den Seiten aus.

Jeder könnte CPS angerufen haben, versuche ich mich zu beruhigen. Jeder, der Augen im Kopf hat. Wenn er mich fragt, sage ich, es war vermutlich Coach Kimmel. Oder Mr. Murray. Ich müsste schon reichlich gestört sein, wenn ich ihn selbst bei der Kinderschutzbehörde angeschwärzt hätte, oder etwa nicht?

Als wir gegessen haben, gebe ich Lila ein Zeichen, mir nach oben zu folgen, damit ich unbeobachtet mit ihr reden kann.

»Hör mal, ich geh heute Abend aus.«

»Um Charlie zu sehen?«, fragt sie mit einem Funkeln in den Augen.

Ich setze mich neben sie aufs Bett. »Lila, wenn ich dir keine Einzelheiten erzähle, dann nicht, weil ich dir etwas verheimlichen möchte. Für den Fall, dass Dad dich über mich ausquetscht, oder darüber, wo ich bin, ist es mir einfach lieber, wenn du nichts weißt. Verstehst du das?«

Sie beißt sich auf die Lippe. »Okay. Aber wenn ich rate, könntest du dann nicht, irgendwie, zweimal mit den Augen blinken, damit ich weiß, dass ich recht habe?«

Ich lache. »Nein! Halt dich einfach von Mom und Dad fern. Hoffentlich kommt er erst spät nach Hause.«

Sie schnappt sich ein Kissen und presst es an ihren Bauch.

»Ich fass es nicht, dass bald Weihnachten ist«, quietscht sie. »Wie früh darf ich dich wecken?« Und in diesem Augenblick wird mir klar, dass Lila tatsächlich, in Wirklichkeit, erst zehn ist.

»Nicht vor sieben«, warne ich sie. Selbst *das* ist viel früher, als ich an einem freien Morgen aufstehen möchte. Aber ich weiß noch, wie ich in ihrem Alter war, und es nicht abwarten konnte, mich auf die Geschenke unter dem Baum zu stürzen.

Auf meinem Weg nach draußen gehe ich an meiner Mutter vorbei, die jetzt halb im Schlaf auf dem Sofa vor dem Fernseher liegt, in dem irgendein schlechter Film über eine betrogene Ehefrau läuft. Ich schüttle den Kopf. Unser Leben *ist* ein schlechter Film.

Charlies Auto steht auf der Straße vor Meaghans Haus.

Im Vorgarten schaukelt eine riesige aufgeblasene Schneekugel im Wind herum, in deren Innerem künstliche Schneeflocken umherwirbeln. Es ist die Art von Weihnachtsdeko, die meine Mutter als geschmacklos bezeichnet. Und da ich quer durch die Stadt fahren muss, um ein solches Exemplar zu entdecken, schätze ich mal, jeder in meiner Nachbarschaft ist derselben Meinung wie Mom. Als ich auf Meaghans Veranda stehe, tönt mir Weihnachtsmusik entgegen.

»Wird auch langsam Zeit, du Schlampe.« Meaghan reißt die Tür auf und umarmt mich stürmisch. Sie schwankt auf ihren hohen Hacken.

»Na, schon kräftig vom Eierlikör genascht?«, sage ich grinsend und schäle mich aus dem Mantel.

»Aber so was von.« Sie lacht, nimmt mir den Mantel ab und

wirft ihn über das Treppengeländer. »Komm schon. Die Jungs sind im Familienzimmer – ich besorg dir was zu trinken.« Sie eilt in die Küche, und ich schlage den Weg zu den Jungs ein, die Tüte mit meinen Geschenken in der Hand.

Meaghan hat ein Kaminfeuer angemacht. Charlie trägt ein kurzärmeliges T-Shirt und steht offensichtlich kurz vor dem Hitzschlag. Er und Noah halten beide ein Blatt Karten in der Hand.

Mit einem Lächeln schaut Charlie zu mir, die Wangen rot vom Feuer.

»Um in deinen Club aufgenommen zu werden, muss ich wohl lernen, wie man Rommé spielt.«

»Unser Aufnahmeritual ist definitiv Hardcore.« Ich setze mich neben ihn auf die Couch. Charlie legt einen Arm und meine Schulter und flüstert mir ins Ohr: »Gibt's was Neues?«

Ich zucke mit den Achseln, als er sich zu mir beugt, um mich zu küssen.

»Sofort aufhören«, fährt uns Noah in gespielter Rage an. »Mein Gott. Nichts zieht einen als Single um diese Jahreszeit mehr runter.«

»Ähm … nicht mal *Valentins*tag?«, erinnert ihn Meaghan, als sie mit einem randvollen Glas Eierlikör in jeder Hand ins Zimmer balanciert.

Noahs Augenlider flattern bescheiden. »Valentinstag ist so dermaßen kommerziell, dass es mich nicht mal im Ansatz so stört«, schüttelt er ihre Bemerkung ab.

Ich kommentiere seine plumpe Täuschung mit einem Lacher. »Alles klar. Und die Tatsache, dass du die meisten Rosen von der ganzen Schule absahnst, kratzt dich auch nicht.«

»Du bist ja nur neidisch«, schießt er mit einem selbstgefälligen schiefen Grinsen zurück. »Die Leute lieben mich halt.«

»Na ja, jedenfalls hast du dich nach deiner Trennung von

Matt fürs Singledasein entschieden. Du bist halt zu wählerisch«, sage ich und nehme ein Glas Eierlikör von Meaghan entgegen.

Noah sortiert die Karten in seiner Hand. »Ich bin nicht wählerisch. *Sie* ist wählerisch.« Meaghan unterstreicht seine Worte mit einem Hofknicks. Noah legt drei Karten ab. »Ich habe nur einen kleineren Kreis zur Auswahl. Und du hast die Königsregel gebrochen. Niemals mehr seinen Namen in meiner Anwesenheit in den Mund zu nehmen.«

Meaghan setzt sich in ihrem kurzen Kleid auf den Teppich und legt ihre Beine sittsam seitlich übereinander.

»Tut mir leid«, sage ich zerknirscht.

Noah zuckt mit einer Achsel. »Wie auch immer, ich schätze mal, dass ich endlich zur Besinnung gekommen bin, verdanke ich euch beiden.« Er schaut zwischen mir und Charlie hin und her. »Ich will das, was ihr habt.«

Ich hebe meine Tasse und proste Noah zu. »Dank dir.«

»Gern geschehn«, sagt er. »Und jetzt gebt mir meine verdammten Geschenke.«

Wir holen unsere Taschen und versammeln uns wieder im Familienzimmer. Charlie sitzt stocksteif auf der Couch und ich schiebe Panik. Noah und Meaghan haben mir erzählt, dass sie auch für ihn etwas gekauft haben. Aber ich dachte, das hätte Charlie eigentlich schon klar sein müssen, als Meaghan ihn einlud, Geschenke *auszutauschen*. Ich weiß, dass er kein Geld übrig hat, um was für uns zu kaufen, und niemand von uns *erwartet* etwas von ihm. Ich will nur nicht, dass es ihm jetzt peinlich ist.

»Okay, Regel Nummer eins«, sagt Noah, als er seine Päckchen hervorzieht. »Ihr zwei werdet vor uns keine kitschigen Geschenke austauschen. Das verbiete ich.« Er zeigt zwischen Charlie und mir hin und her. Charlie greift nach meiner Hand und drückt sie. »Abgemacht.«

»Gut«, sagt Noah, dann reicht er jedem von uns ein Päckchen.

»Charlie, du zuerst«, sagt er mit einem aufgeregten Leuchten in den Augen.

»Okay.« Charlie schaut zu Noah hoch. »Ganz schön schwer.«
Er öffnet das Geschenkpapier. »Oh ... wow! Danke!« Er hält
die *Art of Pixar* in die Höhe.

Noah lächelt selbstzufrieden. »Ich schätze mal, das ist es,
was du da ständig kritzelst.«

Als Nächstes überreicht Noah Meaghan einen Briefumschlag. Sie reißt ihn auf und wedelt ihn mit einem lauten Heulen durch die Luft. »Echt jetzt? Ein Gutschein? Du hast dir
über *Charlies* Geschenk mehr Gedanken gemacht als über
meins.«

Kopfschüttelnd schaut Noah auf sie herab. »Du weißt ganz
genau, dass du doch alles umtauschen würdest, was ich dir
schenke. Ich hab dir nur einen Umweg gespart.«

Einlenkend senkt sie den Kopf. »Hast ja recht.«

Feierlich überreicht mir Noah ein dünnes, eingewickeltes,
quadratisches Etwas. »Hol schon mal die Taschentücher raus.«

Ich packe es aus. Es ist ein Fotobuch.

»Oh«, sage ich. Und dann sehe ich es, ich meine, sehe es richtig. Ich blättere durch die Seiten, die mit Fotos von Meaghan,
Noah und mir gefüllt sind, unsere ganzen letzten Jahre in chro-
nologischer Reihenfolge. Ausflüge, Geburtstagspartys, Schul-
turniere, Tanzfeste, das Schmücken des Parade-Wagen für
Homecoming, den Benefiz-Staffellauf für die Krebshilfe.
Gnadenlos hat Noah all die peinlichen Momente festgehalten,
seine schlaksige Gottesanbeterinnen-Phase in der sechsten
Klasse, Meaghans pink-und-mintgrünes-Zahnspangen-Fiasko
und meine gigantische Zyste auf der Stirn, die mir für die gesamte siebte Klasse Claudias Spitznamen Zyklop eingehandelt

hat. Die letzte Seite zeigt ein Bild von uns vieren, ein Selfie, das uns Noah vor ein paar Wochen im Schulflur aufgedrängt hat.

»Ich musste doch auch ein Bild von Charlie dazutun.« Er beugt sich über Charlies Schulter, als er auf das Foto zeigt. »Er ist neu in unserer Gruppe, aber ich hab das Gefühl, so schnell werden wir ihn nicht los.«

Meine Kehle schnürt sich zu. »Ich liebe es«, krächze ich und versuche, nicht loszuheulen.

Noah lehnt sich in seinem Sessel zurück und nippt an seinem Eierlikör. Eingehend sieht er mich über den Rand seines Glases hinweg an, es ist ein Pass-gut-auf-was-ich-dir-jetzt-sage-Blick. »Ich will, dass du weißt: Wir stehen immer hinter dir.«

Unsere Blicke verhaken sich ineinander und in diesem Moment fühle ich – weiß ich – dass Noah mein Leben besser kennt, als er jemals zugeben würde.

»Na toll, gegen das sind meine Geschenke jetzt ja wohl richtig erbärmlich«, beschwert sich Meaghan, als sie aufsteht.

Wir packen die restlichen Geschenke aus. Als Meaghan meins öffnet, wirft sie mir – wie erwartet – ihr verkrampftes Bambi-Lächeln zu. »Wow.« Demonstrativ hält sie das Shirt in die Höhe, aber ihr Versuch, Begeisterung zu heucheln, scheitert kläglich

Ich stöhne auf. »Die Quittung ist in der Packung.«

Sie stößt einen erleichterten Seufzer aus. »Ich liebe dich!«

Charlie hat seine Beute im Schoß, das Buch von Noah und den karierten Wollschal von Meaghan, den er niemals anziehen wird, weil er niemals friert. Als alle fertig sind, steht er auf und zieht einen Briefumschlag aus seiner Jeanstasche.

»Also, das ist jetzt echt noch ein bisschen hin, aber ich dachte, es wär schön, wenn wir nächsten Sommer alle vier zum Taconic Music Festival gehen. Ich hab uns Karten besorgt.« Er legt den Briefumschlag auf den Couchtisch.

Noah und Meaghan stürzen sich gleichzeitig auf die Tickets.

»Es sind Stehplätze ... also, wir sind auf freiem Feld, und es könnte je nach Wetter ziemlich matschig werden, aber egal ...«, fügt er hinzu, als ob er ihre Erwartungen herunterspielen wollte.

Ich drehe mich zu ihm um und drücke seine Hand. »Das ist so toll!«

Ich glaube, das Schönste an seinem Geschenk ist für mich, dass Charlie offensichtlich vorhat, noch eine ganze Weile zu bleiben.

»Geh niiiiiicht.« Abgefüllt bis zum Anschlag schlingt mir Meaghan ihre Arme um den Hals und lässt sich wie ein Äffchen vom Ast herabbaumeln.

Noah befreit mich aus ihrer Umklammerung. »Ich mach das schon«, sagt er und winkt mich zur Tür heraus.

»Pass auf, dass sie nicht auf dem Rücken einschläft«, erinnere ich ihn, während ich rückwärts aus der Tür gehe. »Soll ich lieber doch bleiben?«

Noah verdreht die Augen. »Ich bin absolut in der Lage, einen betrunkenen Zwerg ins Bett zu kriegen.« Darüber muss er lachen. »Jep, ich hab's gehört, sobald es aus meinem Mund kam. Voll daneben. Ab mit euch, seid geile Teenies. Es wird mir das Herz erwärmen.« Er legt sich eine Hand auf die Brust, dann knallt er uns die Tür vor der Nase zu.

»Deine Mom hat also *nichts* gesagt?«, fragt Charlie, als wir zum Auto laufen.

Ich schüttle den Kopf. »Als wir nach Hause kamen, war sie schon komplett hinüber. Von meinem Dad keine Spur.« Ich zittere, und das nicht wegen der Kälte. »Charlie, ich hab totale Panik. Was, wenn er rauskriegt, dass wir es waren?«

Er schließt mich fest in seine Arme. »Deine Mom wurde

von der Polizei geschnappt, als sie betrunken mit Lila im Auto saß. Das ist *Grund genug* für CPS, ihnen einen Besuch abzustatten, verstehst du?«

»Vielleicht«, sage ich, weil ich ihm wirklich gerne glauben will.

»Hör mal ... ich hab nachgedacht.« Charlie hält mich auf Armeslänge von sich. »Vielleicht solltest du bei uns bleiben, bei mir und meiner Mom.«

»Lila«, erinnere ich ihn.

»Lila *schlägt* er nicht«, sagt er, und seine Stimme klingt schneidend scharf in der kalten Luft.

»*Noch* nicht.« Er öffnet den Mund, aber ich lege meine Hand auf seine Lippen. »Ich möchte nicht mehr drüber sprechen. Es ist Heiligabend. Wir sind zusammen. Lass uns ein bisschen glücklich sein, okay?«

Ich nehme meine Hand von seinem Mund, er atmet die Luft tief in sich hinein, bevor er sie als klirrendkalte Atemwolke wieder ausstößt. »Okay.«

»Soll ich dir im Auto hinterherfahren?«, frage ich.

Er überlegt einen Moment. »Mach mal dein Auto auf und gib mir dein Handy.«

Ich reiche es ihm, drücke den Türöffner auf meinem Schlüssel und Charlie legt mein Handy ins Handschuhfach.

»Na bitte. Du warst den ganzen Abend bei Meaghan, genau wie du es gesagt hast.«

»Er kommt mir vor wie NORAD auf den Spuren von Santa Claus.« Ich lache bitter, über mich, über mein Leben. Wir gehen zu Charlies Auto und er hält mir die Beifahrertür auf.

Wir fahren in die Stadt und hören uns Weihnachtslieder im Autoradio an. Charlie biegt auf den Besucherparkplatz vor Sal's, aber nachdem er den Wagen geparkt hat, lässt er die Schlüssel noch stecken, beugt sich über mich und öffnet sein

Handschuhfach, aus dem er eine schmale Schachtel heraus-
zieht.

»Fröhliche Weihnachten«, sagt er mit einem breiten Lächeln.

Zögernd nehme ich die Schachtel entgegen. »Du hättest mir
doch nicht noch etwas kaufen müssen. Die Konzertkarten –«

»Mach sie schon auf«, sagt er genervt.

In der Schachtel ist eine Kette mit silbernem Anhänger.
»Oh. Er ist wunderschön.« Behutsam ziehe ich ihn heraus und
wiege ihn zwischen meinen Fingern, während ich das Design
betrachte: zwei Hände, die ein Herz mit einer Krone halten.

Charlie legt mir die Kette um den Hals, und während ich
meine Haare im Nacken hochhalte, kämpft er mit dem Ver-
schluss. »Es ist eine Claddagh-Kette«, erklärt er mir.

»Okay«, sage ich und lege meine Finger auf den Anhänger,
der sich an mein Schlüsselbein schmiegt.

»Weißt du, was das Symbol bedeutet?«

»Nein, nicht wirklich.«

»Eine McCauley, die sich ihrer noblen irischen Wurzeln
nicht bewusst ist?«, zieht er mich auf.

Ich schneide eine Grimasse. »Wir sind einige Generationen
von diesen Wurzeln entfernt.«

Seine Finger umspielen mein Schlüsselbein, bis sie zum Anhänger gelangen. »Der Claddagh symbolisiert Liebe, Freundschaft und Treue. Ich zitiere das jetzt, aber es ist ›der sichtbar
gewordene Ausdruck der Herzensfreude des Schöpfers, als
jener nach Hause kam, wo seine wahre Liebe noch immer auf
ihn wartete.‹«

»Das ist das Kitschigste, was ich je gehört habe«, ziehe ich
Charlie auf. Aber meine Gefühle kann ich nicht verbergen.
Kitschig oder nicht. Ich liebe es. Charlie zieht mich näher zu
sich heran. »Ich wollte, dass du eine beständige Erinnerung

hast. Ich werde immer für dich da sein, Hadley. Egal, was passiert. Ich kann mir keine Welt vorstellen, in der ich nicht für dich da wäre.«

Wir küssen uns lange, so lange, dass die ganzen Scheiben beschlagen, bevor ich ihn loslasse.

»Jetzt will ich noch mal zur Mall«, sage ich.

»Wieso?«

»Weil ich nach diesem Geschenk ganz bestimmt kein blödes T-Shirt schenken kann.«

Er lacht. »Hat es kurze Ärmel?«

»Ja!«

»Dann ist es extrem fürsorglich. Ich dachte, ich schmelze zu einer Charlie-Pfütze in Meaghans Haus. Her damit.«

In der St. Pat's-Kirche gibt es nur noch Stehplätze.

Aber Charlie entdeckt seine Mutter, die uns zwei freie Plätze auf der Bank frei gehalten hat. Sie beugt sich zu mir und gibt mir ein Küsschen auf die Wange.

»Ich freu mich so, dass du gekommen bist, Hadley«, flüstert sie mir ins Ohr. Charlie und seine Mutter nehmen mich in die Mitte. Kaum dass wir sitzen, geht die Messe auch schon los. Perfektes Timing.

In den Kirchenbänken sehe ich vertraute Gesichter. Viele von ihnen erkenne ich wieder, die meisten aus der Zeit, in der ich noch jeden Sonntag zum Konfirmationsunterricht hierherkam. Danach haben wir die Kirchenbesuche eingestellt. Es würde mich überraschen, wenn Lila sich überhaupt konfirmieren lässt. Meinen Eltern geht Showtime über alles, aber selbst sie konnten den Anschein einer frommen Familie nicht Woche für Woche aufrechterhalten.

Zwei Bänke vor uns dreht sich Claudia um, sie täuscht vor, einen Blick über die Menge zu werfen. Aber ich weiß, dass sie in Wirklichkeit nur uns im Auge hat. Sie beugt sich vor und flüstert ihrer Mutter etwas ins Ohr, die sie mit einem *Psst* zum Schweigen bringt und ihren Blick nach vorne richtet.

Ich weiß nicht, warum mir die Kirche so nahgeht. Vielleicht, weil wir so selten hier sind. Vielleicht, weil die Leute, die hierherkommen, wirklich und wahrhaftig an etwas glauben. Vielleicht, weil ich gerne glauben *will*, dass die Dinge besser werden, wenn ich nur inständig genug dafür bete. Meine Augen füllen sich mit Tränen. Ich versuche sie wegzuwischen, ohne dass jemand es bemerkt. Aber Charlies Mutter sieht es.

Sie ergreift meine Hand, faltet ihre Finger um meine, so wie meine Mutter es früher getan hat, als ich ein Kind war und mit ihr über die Straße ging. Ihr Händedruck ist so beruhigend, und als sie mir einen Blick zuwirft, nickt sie, als antworte sie damit auf all meine unausgesprochenen Fragen.

»Alles wird gut«, sagt sie.

Hier ist Brady.

Ich habe eine von Mrs. McCauleys Freundinnen vernommen. Mrs. Jillian Wiley, die nicht wollte, dass ihre Antworten aufgezeichnet werden, aber sie hat ihre Aussage unterzeichnet. Sie sagte, der Ehemann hätte eine Affäre mit einer Arbeitskollegin gehabt. Ich glaube, sie will damit punkten, dass sie es gewesen ist, die seiner Frau die Nachricht übermittelt hat.

Sie berichtete außerdem, Mrs. McCauley hätte gesagt, sie »sollte diesem Arschloch einfach sein Essen in Erdnussöl braten«. Wie schon an anderer Stelle festgehalten, ist das einzige Gesundheitsproblem, das zugeordnet werden konnte, die Nussallergie des verunglückten Piloten.

Ich warte noch immer auf das Eintreffen der toxikologischen Berichte. Sie könnten die Antwort auf viele Fragen sein.

Des Weiteren ... gab es zwei anonyme Anrufe beim CPS. Die für den 23. Dezember beauftragte Sozialarbeiterin konnte die Mädchen nicht befragen, weil bereits die Schulferien begonnen hatten.

Aber es ist ihr gelungen, zwei Telefongespräche zu führen: das erste mit Mrs. Beatrice Stevenson, der Fünftklasslehrerin der jüngeren Tochter. Bei dem Mädchen hätte es ihrer Ansicht nach nicht die geringsten Anzeichen von Missbrauch gegeben, weder körperlicher noch psychischer Natur.

Mrs. Stevenson berichtete, die Mutter sei eine Säule des Schullebens gewesen, Vorsitzende der PTA und eng involviert in das Leben ihrer Töchter. Der Vater leistete bei Benefizveranstaltungen der Schule äußerst großzügige Spenden und wurde oft bei den Konzerten oder Aufführungen der Kinder gesehen.

Das zweite Telefongespräch führte die Sozialarbeiterin mit Mr. George Roussos, dem Literaturlehrer der älteren Tochter. Er sagte, Hadley war eine Musterschülerin. Die Sozialarbeiterin hatte vor, die Mädchen nach den Ferien noch einmal in der Schule zu besuchen,

aber nur als reine Formalie. Ihrer Einschätzung nach hatten die An-
rufe alle Merkmale eines dummen Streiches.

Ab diesem Stadium habe ich die gerichtliche Freigabe, die Auf-
zeichnungen der Überwachungskameras sichten zu dürfen.

damals

»Hadley, wach auf!«

Schlaftrunken öffne ich die Augen und erhasche einen Blick auf den grauen Himmel vor meinem Fenster, bevor ich mich zu der geöffneten Tür meines Zimmers umdrehe. Im Türrahmen steht Lila in ihrem roten Flanellschlafanzug, dem mit den aufgedruckten Sockenaffen.

»Es ist Weihnachten.« Zum Beweis für die Uhrzeit hält sie ihre Armbanduhr hoch: Punkt sieben.

Mein Kopf sinkt zurück ins Kissen. »Okay, gib mir eine Sekunde.«

Sie zieht an meinem Ärmel. »Biiiittte? Du hast sieben gesagt!«

Ich strecke meine Beine unter der kuscheligen Bettdecke hervor. »Okay, okay, ich steh ja schon auf.«

Wir schleichen die Treppe runter. Vor ein paar Jahren haben Mom und Dad die Regel festgelegt, dass wir jeder ein Geschenk ohne sie öffnen dürfen. Auf diese Weise können sie ein bisschen länger schlafen.

Als Erstes tapse ich in die Küche. »Willst du einen heißen Kakao?«, frage ich Lila.

»Klar«, sagt sie leidenschaftslos; ihre Augen sind auf den Weihnachtsbaum im Familienzimmer geheftet, unter dem sich die Geschenke stapeln. Mir fallen die langen, dünnen Pakete auf, die senkrecht an der Wand lehnen. Da kriegt wohl jemand Skier.

Ich bereite unseren Kakao zu, bringe das Wasser zum Kochen, im Kessel, so wie Grandma es uns gezeigt hat, auch wenn es kein Tee ist. Wir gehen zurück ins Familienzimmer.

»Jeder eins«, sage ich. »Such dir eins aus.«

Sie schiebt die Geschenke hin und her, bis sie mein Päckchen gefunden hat.

»Das da«, sagt sie und hält es hoch.

»Sicher? Das ist von mir.«

Sie nickt. »Ich weiß.« Das versetzt meinem Herzen einen kleinen Stich – auf eine schöne Weise.

»Okay, dann musst du mir auch dein Geschenk geben«, sage ich und stelle meine Tasse auf dem Untersetzer ab.

Mit einem Grinsen überreicht sie mir ein leichtes, rechteckiges Geschenk. »Öffne deins zuerst«, sagt sie. Mir fällt auf, dass sie eine neue Zahnlücke hat. »Sind die Zahnfee und der Weihnachtsmann heute Nacht ineinandergekracht?«

»Kannst du endlich damit aufhören?« Sie verdreht ihre Augen. »Mach es schon auf.« Ihre Worte sind das Echo von Charlies Aufforderung gestern Abend.

Ich berühre die Stelle, auf der eigentlich mein Claddagh-Anhänger liegen sollte, aber ich traue mich nicht, die Kette vor meinen Eltern zu tragen. Sie liegt wieder in ihrem Schächtelchen in meinem Kleiderschrank hinter einem Stapel Sweatshirts.

Unter dem Geschenkpapier verbirgt sich ein kleiner Bilderrahmen. In seinen oberen Teil ist das Wort »SCHWESTERN« eingeritzt, in den unteren Teil die Worte »BESTE FREUNDINNEN«. Er zeigt ein Bild von uns beiden. Es ist vom letzten Sommer. Die Sonne ging gerade unter und das

Licht hebt all die rosigen Töne auf Lilas Wangen hervor, lässt ihre blauen Augen noch blauer, ihr blondes Haar noch blonder leuchten und inszeniert in meinem braunen Haar die rötlichen Nuancen.

Wir sehen nicht annähernd wie Schwestern aus, aber meine Arme schlingen sich von hinten um ihre Schultern und stellen klar, dass sie zur mir gehört.

»Ich liebe dieses Foto von uns beiden.« Meine Fingerspitzen zeichnen die Spur der eingravierten Worte nach. »Das ist echt besonders, Lila. Danke.« Ich beuge mich vor, um meine kleine Schwester zu umarmen.

»Eklig! Verschon mich bloß mit deiner PMS«, sagt sie. Um sie zu ärgern drücke ich sie nur noch fester und bedecke ihre Wange mit Küssen.

Als Nächstes öffnet sie ihr Päckchen, und zum zweiten Mal war ich zum Thema Geschenke komplett vorhersehbar. Sie zieht die Leggings und das Sweatshirt von Tilly's hervor und quietscht. »Danke! Ich hatte echt Schiss, du kommst nicht drauf.«

»Du hast mir den aufgeschlagenen Katalog aufs Bett gelegt und das Outfit mit lila Filzstift umkringelt. Was war daran falsch zu verstehen?« Ich muss lachen. »Aber trotzdem ... ich hab das bessere Geschenk bekommen. Tut mir leid, dass deins nicht so besonders war.«

Sie zuckt mit den Achseln und vermeidet es, mir in die Augen zu sehen. »Mir sind Geschenke egal. Du bist eine coole Schwester, an jedem Tag des Jahres.«

Über uns knarren Schritte – sie sind wach.

»Ich bin froh, dass wir unser Weihnachten zuerst hatten.« Ich hebe meine Tasse. »Auf uns.«

»Auf uns«, sagt sie und nimmt einen Schluck.

Sie kommen beide in ihren Bademänteln nach unten und

sehen ungewöhnlich zerzaust und beinahe glücklich aus. Sogar Dad.

Mom hebt Lilas Bilderrahmen hoch und stößt ein Gurren aus. Auch Dad wirft einen Blick darauf und nickt, mit dem Anflug eines Lächelns auf den Lippen. Er geht in die Küche, um sich seinen Kaffee zu machen, wozu er als Erstes die Bohnen mahlt. *Whirr, whirr.* Wir werden auf ihn warten müssen, bevor Weihnachten weitergehen kann. Während er aus seinem gigantischen Kaffeebecher schlürft, zieht er ein kleines Päckchen unter dem Weihnachtsbaum hervor und wirft es Mom in den Schoß. Sie lächelt, beinahe wissend.

»Was hast du da ... oh, Miles!« Mit einem breiten Grinsen zieht sie den Smaragdring aus der Schatulle, streift ihn über ihren Finger und streckt demonstrativ die Hand in die Luft. »Er ist *wunderschön*! Ich danke dir!« Sie steht auf und gibt ihm einen dicken Kuss auf den Mund. Lila würgt. Dad schlürft weiter seinen Kaffee und meine Schwester sucht unter dem Weihnachtsbaum nach ihren Geschenken für unsere Eltern. Ich weiß, dass sie ihre gesamten Einkäufe auf dem Schulweihnachtsmarkt erledigt hat, den die PTA jedes Jahr veranstalten.

Mom bekommt einen abscheulichen Paisleyschal aus Polyester, den sie im Leben nicht anziehen wird. »Oooh. So schön. Wer hat dir geholfen, ihn auszusuchen, Lila?«

»Mrs. Hawthorne.« Mom dreht sich von meiner Schwester weg und das Lächeln auf ihren Lippen verwandelt sich in eine Grimasse. Ich beiße mir auf die Lippen, damit ich nicht laut loslache.

Dann überreicht Lila ihr Geschenk an Dad, und als er eine Kaffeetasse aus dem Papier wickelt, bin ich diejenige, die ein Würgen unterdrücken muss.

»*Weltbester Dad*« liest er und schenkt ihr ein lahmes Lächeln.

Ich beobachte Lilas ausdruckslose Miene und begreife zum ersten Mal in meinem Leben, dass sie eine weit bessere Lügnerin ist als ich.

»Weil du halt gerne Kaffee trinkst.« Achselzuckend setzt sich Lila wieder hin.

Als Nächstes überreiche ich den beiden meine Geschenke, oder besser gesagt: Geschenkgutscheine, weil es nichts gibt, das sie sich nicht schon selbst gekauft hätten.

Wieder stößt Mom ein Gurren aus. »Oh, Lord & Taylor! Danke, Hadley!«

Dad dreht seine Karte zwischen den Fingern herum, auf seinem Gesicht erscheint ein verwirrter Ausdruck. »Die Kunst des Rasierens? Na, dann«, sagt er und wirft den Gutschein auf den Couchtisch. »Danke«, fügt er tonlos hinzu.

Am liebsten würde ich Lila nachäffen und sagen: »Weil du dich halt gerne rasierst«, aber das wäre eine Kampfansage. Was hätte ich ihm schon besorgen sollen? Ein Paar Boxhandschuhe?

Jetzt ist er an der Reihe, steht auf und greift nach den beiden langen, an der Wand lehnenden Paketen. Das eine überreicht er mir, das andere Lila.

»So«, sagt er mit einem Grinsen. »Wenn ihr nicht draufgekommen seid, was da drin ist, seid ihr *beide* Idioten.« Er lacht. »Wir fahren für eine Woche nach Vermont. Heute geht's los.«

Also war das die Überraschung, die Grandma für heute ausgeladen hat? Dad konnte mit der Abreise nicht mal bis morgen warten?

Er schaut zu mir, die eine Augenbraue erwartungsvoll hochgezogen, und ich weiß, was ich zu tun habe, wenn ich die nächste Woche mit ihm auf dem Berg überleben will.

»Das ist fantastisch, Dad. *Vielen* Dank.«

Es ist so entfernt von fantastisch, dass ich alles geben muss, um nicht vor ihm in Tränen auszubrechen. Auf Skiern ist Dad ein noch größeres Arschloch als im Fitnessraum. Er zwingt uns, die steilsten Hänge in Angriff zu nehmen. Je mehr wir uns fürchten, desto mehr will er, dass wir unseren Ängsten ins Auge sehen.

Als Lila acht war und er ihr mitteilte, dass sie die schwarze Piste mit ihm runterfahren würde, hat sie sich aus lauter Angst in die Hosen gepinkelt. Es ersparte ihr die Abfahrt, aber trotzdem.

Während ich oben meine Sachen packe, schicke ich Charlie eine rasche Nachricht.

> Dads Weihnachtsgeschenk an uns ist Skifahren
> in Vermont. Wir fahren heute für eine Woche.

Oh.

Er braucht ein paar Minuten, um ausführlicher zu antworten.

Ich mach mir Sorgen, dass du eine Woche mit ihm
da bist.

> Sie haben nichts über den Besuch vom CPS
> gesagt.
> Wenn du irgendwas rausfindest, kannst du
> mir schreiben?

Auf jeden Fall!

Gerade als ich Meaghan und Noah die Nachricht schicken will, dass ich nächste Woche weg bin, steht Dad in meinem Zimmer.

»Na, gibst du bei deinen Freunden an?«, fragt er, während er seinen Kaffee schlürft.

»Ja.«

Er nickt und streckt die Hand aus.

»Her mit dem Handy, Hadley.«

»Was?«, frage ich, während ich schnell meinen Chat mit Charlie lösche.

»Her damit.« *Schlürf.*

»Aber —«

»Ich will es nicht ein drittes Mal sagen.«

Ich geb es ihm.

»Sechzehnsechzig?«, fragt er.

1660 ist ein wichtiges Datum in der Geschichte der Eiscreme. Es war das Jahr, in dem in Italien das erste Eiscafé eröffnet wurde. Außerdem ist es das Passwort meines Handys. Meine Eltern bestanden darauf, dass ich es ihnen mitteilte, falls sie mich kontrollieren wollten, weshalb ich alle meine Threads lösche. Jetzt wünschte ich, ich hätte es geändert. So hätte ich wenigstens ein bisschen Zeit schinden und verhindern können, dass mein Vater sofortigen Zugang zu meinen Nachrichten hat.

»Gut.« Er steckt das Handy in die Tasche seines Bademantels. »Ihr Kinder verbringt zu viel Zeit an diesen Dingern. Das wird ein Familienausflug. Keine Ablenkungen.«

Sein zusammengepresster Kiefer warnt mich, es dabei zu belassen.

E-Mail! Sobald Dad aus dem Zimmer ist, werde ich Charlie eine Mail schreiben, ihn warnen, mir keine Nachrichten aufs Handy zu schicken.

»Und den Laptop«, sagt er, während seine Hand noch einmal hervorschnellt. »Den wirst du nicht brauchen, während wir weg sind.«

»Ich hab ein Englischprojekt, das fertig sein muss, wenn wir zurück sind.«

»Du hast zwei Wochen Ferien. Du kannst es erledigen, wenn wir zurück sind. Dann kannst du die Zeit wenigstens *sinnvoll* nutzen.«

Er führt mich zu meinem Schreibtisch. Während ich das Stromkabel von meinem Laptop abziehe, nimmt er die Broschüren vom Hofstra und Stony Brook College vom Tisch. Er sagt kein Wort. Er wedelt nur zwischen uns in der Luft damit herum.

Vielleicht ist da wirklich eine Art von Weihnachtszauber, auf den ich heute zählen kann. Vielleicht schuldet mir das Universum ein Urlaubswunder. Ganz egal, wie grauenhaft das Leben zu Hause sein kann; an Weihnachten hat immer Frieden geherrscht. Als wäre es in der Genfer Konvention festgeschrieben worden.

»Dad?« Ich nehme allen Mut zusammen. Er dreht sich zu mir. »Ich hab nachgedacht ... ich würde wirklich gern auf eine örtliche Schule. Ich ... ähm ... hab mich bei Hofstra und Stony Brook beworben.«

»Warum?«, schnappt er und durchbohrt mich mit einem wissenden Blick. »Liegt es an dem Freund?«

»Nein!« Hastig versuche ich, die Situation zu entschärfen. »Nein ... Ich glaube einfach, dass ich noch nicht bereit bin, woanders aufs College zu gehen. Es ist ... es macht mir Angst.«

Sein höhnisches Lachen geht auf meine Kosten. »Hadley, irgendwann musst du erwachsen werden.«

»Aber, meinst du nicht ... vielleicht ja wenigstens für das erste Jahr?« Ich verhandele, versuche ein Schlupfloch zu finden.

Er kneift die Augen zusammen und kneift sich mit den Fingern in die Nase, offensichtlich kostet es ihn alle Kraft, nicht komplett auszurasten. »Nein.«

»Aber warum nicht?« Ich beschließe, mein Glück herauszufordern.

»Warum nicht? Weil ich ganz bestimmt kein Geld dafür bezahle, dass du auf irgendeinem Faulenzer-College einen Einführungskurs zum Korbflechten machst.«

»Aber es sind doch immer noch gute Schulen.«

Seine Wut knistert wie ein elektrisch geladener Zaun. »Cornell ... Harvard ... Yale ... Brown.« Er zählt sie an den Fingern ab. »*Das* waren die Schulen, die wir vereinbart haben, Hadley.«

»Aber was, wenn ich nicht angenommen werde?«

Sein starrer, eiskalter Blick sagt alles, was ich wissen muss.

Er schmeißt die Broschüren in den Papierkorb, dann schnappt er sich meinen Laptop. »Beeil dich und pack deinen Kram. Wir fahren in einer Stunde.«

Mit diesen Worten dreht er mir den Rücken zu, und das Thema ist beendet.

Vielleicht war mein Weihnachtswunder, dass sich dieses Gespräch nicht in etwas sehr viel Hässlicheres verwandelt hat.

Wie er versprochen hat, sitzen wir eine Stunde später im Auto und fahren Richtung McKinley Flughafen. Zwanzig Minuten später hebt Dad ab und fliegt uns in den Norden, nach Vermont.

Bei unserem Flug über die beigefarbene, öde Landschaft von Westchester schauen Lila und ich aus dem Fenster. Der Schnee ist noch meilenweit von uns entfernt. Ich bete, dass Dad mein Handy zu Hause gelassen hat und nicht meine Nachrichten checken wird. Denn wenn er herausfindet, dass der Anruf beim CPS von Charlie war und dass ich davon wusste ...

Eine angstvolle Faust krampft sich in meinem Bauch zusammen.

»Was machen die Flugstunden?«, schreit Dad über das dröh-
nende Geräusch des Flugzeugs hinweg zu mir nach hinten.

Mein Kopf schießt in die Höhe. »Okay.«

Während er das Flugzeug steuert, starre ich auf das dicke
Haar seines Hinterkopfes.

»Ich hab neulich mit Phil gesprochen«, setzt er an. Und mir
ist klar, worauf er hinauswill.

Dad dreht seinen Kopf, sodass ich sein Profil sehen kann,
seine krumme Nase, die er sich bei einer Prügelei auf dem
College gebrochen hat.

»Also?«

»Ich hab's in der letzten Zeit einfach nicht geschafft.«

»Dass ich den Grund dafür kenne, sollte dir ja wohl klar
sein.«

Das Brüllen der Maschine füllt die unbequeme Stille. Er
denkt wahrscheinlich, all das läge nur an Charlie, aber das
stimmt nicht. Ich hasse fliegen. Jedes Mal, wenn ich eine Flugstunde habe, lastet am gesamten Tag ein schwerer Stein auf
meiner Brust. Im Cockpit schlägt mir das Herz bis zum Hals,
ich fühle das Pochen in den Ohren, hinter den Augen, und es
verschluckt die Anweisungen von Phil. Meine Hände zittern
noch Stunden, nachdem es vorbei ist.

»Du stehst kurz vor der Flugscheinprüfung. Sobald wir zurück sind, will ich, dass du weitermachst«, schleudert Dad mir
über die Schulter entgegen.

Gerade als ich etwas entgegnen will, um ihn zu besänftigen,
kommt mir Lila zuvor.

»Es ist ja wohl nicht gerade so, dass sie einen Flugschein
braucht«, sagt sie aufmüpfig. Ich würde ihr am liebsten einen
Fußtritt versetzen.

»Hey!« brüllt er zurück. »Hab ich mit dir geredet? Nein. Also scher dich um deinen eigenen Kram.«

Ich fange Lilas Blick ein und warne sie mit einem leichten Kopfschütteln. *Hör auf.* Ich werde nicht viel ausrichten können, um Lila zu retten, wenn sie nicht mitmacht und versucht, sich selbst zu retten.

damals

»Ich werd einfach nur was trinken gehen.«

Mom steuert die Lodge an. Mit ihren blonden Haaren, dem pinken Lippenstift und dem eng anliegenden Skianzug sieht sie aus wie ein Pistenhase. Wir fahren nicht oft in Skiurlaub, aber wenn, geht sie nie mit uns auf die Piste.

»Okay, dann los«, sagt Dad und führt uns zum Skilift.

Dad teilt sich einen Sessel mit Lila, und ich warte auf den nächsten. Als ich oben ankomme, sind die beiden verschwunden. Ich suche die Abfahrt ab und erkenne Lila an ihrer knallpinken Jacke. Sie saust hinter Dad die Piste runter. Ich jage hinterher, kämpfe mich durch den Schmerz in meiner Hüfte und behalte Lila, so gut ich kann, im Auge.

Und so bleibt es für den Rest des Tages. Demonstrativ lässt Dad mich zurück. Er denkt, er bestraft mich damit. Womit er falschliegt. Es ist Lila, die es ausbaden muss, also gebe ich mein Bestes, mit ihnen mitzuhalten. Irgendwann hole ich sie dann endlich beim Lift ein.

»Aber ich bin *müde*«, wimmert Lila, die sich kaum noch aufrecht halten kann.

»Ich bezahle keinen Haufen Geld dafür, dass du hier rumhängst und heißen Kakao trinkst. Der Tag ist noch lang und ich habe nicht vor, ihn zu verschwenden.«

Als ich näher komme, schaut Lila mich flehentlich an.

»Wie wär's, wenn wir mal eine leichtere Piste fahren?«, frage ich.

Dad zieht die Schnallen seiner Schuhe fester. »Eine leichtere? Sicher nicht. Zum Abschluss der Skiferien werden wir die Black Hole runterfahren.«

Mir klappt der Unterkiefer runter. »Dad, das ist viel zu fort- geschritten für Lila. Für *jeden* von uns.«

»Sie schafft das«, entgegnet Dad herablassend. »Los jetzt.« Er führt den Weg zum Skilift an und ich gebe Lila einen Stups in die Rippen.

»Fahr ihm einfach nach. Ich bleibe bei dir.«

»Hadley ...«

»Wir denken uns schon was aus. Keine Sorge.«

Heute lassen wir ihm seinen Sieg. Aber um keinen Preis der Hölle kriegt er Lila auf diese Selbstmörderpiste.

Das Ferienhaus, das Dad gemietet hat, hat fünf Schlafzimmer, aber Lila und ich teilen uns eins mit zwei Einzelbetten, damit wir zusammen sein können. Am nächsten Tag weckt Dad uns früh morgens.

»Auf geht's zur Piste, bevor die Massen kommen«, sagt er im Türrahmen. Lila und ich starren uns an, schicken uns stumme Botschaften, wie wir das hier überstehen werden, diese Minu- te, diesen Tag, diese Woche.

Wir stehen auf und ziehen uns an. Lila zuckt bei jedem Schritt zusammen.

»Muskelkater?« Sie nickt. Ich geb ihr eine Kinder-Ibuprofen. »Lass dir den Schmerz nicht anmerken. Das stachelt ihn nur an, dich noch mehr abzuhärten.«

Sie schluckt gerade ihre Tablette runter, als Dad von unten zu uns hochbrüllt: »BEEILUNG!«

Weihnachten ist vorbei. Der Krieg geht weiter.

Den ganzen Tag über kämpfe ich mich ab, um mit Dad und Lila Schritt zu halten. Und dann passiert ein Wunder. Ein Sturm kommt auf, und der Wind tobt so heftig, dass die Skilifte geschlossen werden.

Dad streitet sich mit dem Liftführer.

»Das hier ist ein Skigebiet. Und der *Schnee* ist zum *Skifahren* da!«

»Der Wind ist zu stark, Mann! Wir müssen dichtmachen«, erklärt er Dad.

Gegen das Wetter kann selbst Dad nichts ausrichten, also sammeln wir Mom bei der Hütte ein und fahren zu viert zurück nach Hause. Das Unwetter ist ein zweischneidiges Schwert. Es hält Dad davon ab, Lila auf die Horrorpiste zu zwingen, aber es zwingt uns auch zusammen ins Haus.

Als Lila den Fernseher einschaltet, macht er ihn sofort wieder aus.

»Ihr Kids seid süchtig nach Technik«, sagt er, während er zum x-ten Mal sein Handy checkt.

Lila kann sich den Kommentar nicht verkneifen. »Aber *du* hängst doch auch am Handy.«

Der Laserblick, den er in ihre Richtung schießt, hätte sie auf der Stelle in heiße Luft auflösen können, aber sie hält ihm stand.

»Weil ich mich bei der Arbeit melden muss – und ganz bestimmt nicht, weil ich den ganzen Tag mit *Angry Birds* verdaddele, oder was auch immer ihr Kids heute spielt.«

Lila ist wie ein offenes Bilderbuch. Sie öffnet den Mund, um einen Witz über *Angry Birds* zu machen, aber ich gebe ihr mit einem unmerklichen Kopfschütteln zu verstehen, dass sie es lassen soll. Sie beißt sich auf die Zunge.

Im Regal beim Kamin ist ein Stapel abgenutzter Brettspiele,

die Sorte, die harmonische Familien miteinander spielen. Mom, die an ihrem Wein nippt, entscheidet, dass wir eine von ihnen sind.

»Ich weiß was. Lasst uns Monopoly spielen.«

Fehler.

Dad baut das Brett auf dem Couchtisch auf und ernennt sich selbst zum Bankier. Innerhalb kürzester Zeit fängt er an, Lila runterzumachen und würgt ihr so lange eine rein, bis ihr die Tränen in den Augen stehen.

»Och, jetzt komm schon, benimm dich doch nicht wie ein Baby«, zieht er sie auf. Sie steht auf und geht weg.

»Wo willst du hin?«, fragt er verärgert.

»Was anderes machen«, sagt sie schmollend.

Er zeigt mit dem Finger auf die Couch. »Nix da. Beweg deinen Arsch wieder hierher. Dann kannst du wenigstens was lernen.«

Mom pflichtet ihm bei. »Dein Dad versteht keinen Spaß, wenn es um Sieg *oder* um Geld geht.« Ihre Lippen zucken, sie kann das zufriedene Lächeln kaum verbergen.

Dad blickt von den turmhohen pastellfarbenen Spielgeld-scheinen auf, die er gerade zählt. »Ich weiß nicht, was du am Thema Geld auszusetzen hast, während du fleißig dafür sorgst, es zum Fenster rauszuwerfen.«

Lila lässt sich auf das Couchkissen neben mir plumpsen, mit einem trübseligen Ausdruck auf dem Gesicht, einem Aus-druck, für den Dad nur wenig Toleranz kennt. Zunehmend angepisst, schaut er immer wieder zu ihr rüber.

Um ihn abzulenken, kaufe ich jede Straße, auf der ich lande, damit ich als Nächste pleitegehe. Unglücklicherweise macht Mom genau dasselbe.

Draußen heult der Wind, und der Schnee wirbelt in allen Richtungen umher, sodass sich bald nicht mehr unterscheiden lässt, ob er aus den Wolken oder vom Boden kommt. Es fühlt sich an, als wären wir in einer Schneekugel gefangen. Mom verliert als Zweite, all meinen Bemühungen, als Nächste auszuscheiden, zum Trotz.

Sie steht auf, das leere Glas zum Nachfüllen in der Hand. »Wo wollen wir heute Abend essen gehen?«, fragt sie im Weggehen.

Dads Kopf schießt in die Höhe. Ich schätze mal, ich sollte ihr dankbar sein, dass sie die betrunkene Tussi ist, denn es zieht seine Aufmerksamkeit so schnell von uns weg, dass wir das saugende Geräusch förmlich hören können.

»*Gehen*?« Er schaut aus dem Fenster und dann fassungslos wieder zu ihr.

»Wir *gehen* nirgendwohin. Wir haben eingekauft. Mach ein paar Rühreier oder irgendwas.«

Sie greift nach der Weinflasche, die auf dem Esstisch steht. »Ich dachte, ich hätte auch Ferien verdient«, sagt sie. Mit der Flasche in der Hand stürmt sie in die Küche, reißt Schranktüren auf und knallt sie wieder zu.

Dad steht auf und geht ihr hinterher. »Welcher Teil der Ferien war Euch bis jetzt nicht genehm, *Prinzessin*?«, blafft er sie an. »Das Abhängen in der Bar von morgens bis abends? Oder das Abhängen in der Bar von morgens bis abends?«

Sie geht zurück ins Wohnzimmer, in der Hand ihren frisch gefüllten Weinkelch. Sie senkt ihre Stimme. »Sprich gefälligst nicht so vor den Mädchen mit mir!«

»Die wissen eh Bescheid. Die ganze verfickte Stadt weiß Bescheid, dank deiner kleinen Fahrerflucht! Verdammt noch mal, Courtney, ist dir eigentlich klar, wie viel Geld es kostet, uns aus dieser Scheiße wieder rauszuziehen?«

Wie festgefroren und mit weit aufgerissenen Augen sitzen Lila und ich auf der Couch, bewegen uns keinen Millimeter, um nur ja keine Aufmerksamkeit auf uns zu lenken.

Dad stürmt durchs Zimmer, wobei er wie ein Pavian mit den Armen in der Luft herumfuchtelt. »Wegen dir habe ich jetzt CPS am Hals!« Er geht zum Esstisch, der als Sammelstelle für den Urlaubsvorrat an Alkohol genutzt wird, und schenkt sich ein Glas Scotch ein.

Mom folgt ihm, eine Hand in die Hüfte gestemmt. »Und was bitte lässt dich im Glauben, das läge an *mir*, du Arschloch?«

Das ist unser Stichwort. »Los!« Ich packe Lila am Arm und renne mit ihr nach oben in unser Schlafzimmer, wo ich die Tür hinter uns schließe. Wir sitzen auf unseren Betten und hören zu, wie die beiden sich anbrüllen. Jetzt haben sie den Sturm also doch ins Haus gebracht.

Lila starrt ins Leere, die Augen riesig, die Lippen leicht geöffnet.

»Hast du deinen iPod mit?«, frage ich. Sie nickt. Logisch. Dads Sorge galt einzig *meinen* elektronischen Geräten. »Warum hörst du dir nicht lieber was an?«

Sie dreht sich zu mir. »Hadley, was ist CPS?«

Soll ich's ihr sagen? Oder soll ich sie noch für ein Weilchen im Dunkeln lassen? Sie ist so jung, wie ein Pfirsich, der ein wenig mehr Zeit braucht, um am Ast zu hängen und zu reifen.

»Ich glaube, sie haben Ärger wegen dieses Autounfalls, in den Mom verwickelt war«, biete ich an.

Sie akzeptiert meine Version der Wahrheit und steckt sich die Ohrstöpsel in die Ohren. Den Kopf aufs Kissen zurückgelehnt, schließt sie die Augen und versinkt in ihrer Musik.

Ich versuche mich wieder in den Streit meiner Eltern einzuloggen, für den Fall, dass noch mal CPS zur Sprache kommt. Aber es bleibt aus. Der Streit ist zu Dads Affäre im Büro übergegangen, wie die ganze Stadt auch *darüber* Bescheid weiß ...

Es läuft immer gleich ab. Morgen wird es wieder so sein, als wäre nichts geschehen. Er wird sie mit Küssen und Geschenken überhäufen. Sie werden das Liebespärchen raushängen lassen, den ganzen Tag und manchmal nur für ein paar Stunden. Aber es wird Mom mit neuer Energie versorgen. Ihr das Gefühl geben, dass diese ganze beschissene Show es wert ist.

Draußen tobt noch immer der Sturm. Ich hoffe, er hört bald auf. Ich brauche dringend, dass meine Eltern für ein paar Stunden das Haus verlassen, damit ich ihr Zimmer nach meinem Handy durchsuchen kann. Der Akku müsste jetzt leer sein, aber Dad hat auch ein iPhone. Wenn er sich schon die Mühe gemacht hat, mein Handy mitzunehmen und wirklich vorhätte, mir weiter hinterherzuschnüffeln, dann könnte er einfach sein Aufladekabel benutzen.

Sollte Charlie mir irgendwas über CPS schreiben, bin ich so gut wie tot.

jetzt

Da ist die tägliche Einzeltherapie bei Dr. Bruce. Die Gruppentherapie bei Linda. Und dann ist da noch die Kunsttherapie
mit Miss Lucy in der Cafeteria.

Heute reicht sie jedem von uns einen Klumpen Kinderknete
und weist uns an, »unsere Gefühle zu modellieren«. Für einen
Ort, der dazu da sein soll, uns aufzumuntern, zieht mich diese
Knet-Session von allen Pflichtveranstaltungen am allermeis-
ten runter. Mit nur einem Arm zu kneten, ist unmöglich.
Rowan schaut mir vom anderen Tischende dabei zu, wie ich
meinen Daumen in die Knete ramme, als wollte ich jemandem
das Auge aus dem Kopf pressen. Sie streckt ihre Hand aus und
schnappt sich meinen Knetklumpen, als Nächstes den von
Melissa, und klatscht beide zu einem Haufen zusammen, aus
dem sie in Lichtgeschwindigkeit einen gigantischen, regen-
bogenfarbenen, pilzgekrönten Penis formt.

Stolz hält sie ihn über ihren Kopf.

»Hey, Miss, Lucy«, ruft sie quer durch den Raum. »Ich habe
meine Gefühle modelliert! Ich bin geil!«

Die Gruppe explodiert vor Lachen, mich eingeschlossen.
Alle starren, aber nicht auf Rowan, sondern auf *mich*. Wie
schräg ist das denn bitte? Schließlich bin nicht *ich* diejenige, die
hier einen Knet-Dildo gemacht hat.

Nach der Stunde ruft mich Miss Lucy zu sich. »Hadley, hast du noch eine Minute?«

Rowan stößt mir den Ellenbogen in die Rippen. Sie macht einen auf Freud, flüstert mir ins Ohr, heiß und geifernd und nach besten Kräften seinen deutschen Akzent imitierend: »Alsso, ssag mir, Hadley, wass lößt dießer Peniss in dir auss?« Ich muss wieder lachen und halte mir die Hand vor den Mund.

Als Miss Lucy die Knete von den Tischen einsammelt, verlassen alle anderen den Raum. Mit einem Lächeln schaut sie zu mir hoch.

»Sieht so aus, also ob du und Rowan gut miteinander auskommt.«

»Ja, kann sein.«

»Es ist schön, dich lachen zu hören«, sagt Miss Lucy.

»Danke.«

»Ist ganz schön groß, findest du nicht?«, fragt sie mich, ihren Blick fest auf mich geheftet, während ihre Hände abwesend Rowans Penis massieren. Ich muss den Atem anhalten, damit ich nicht lospruste.

Nach Rowans Theorie sind die Kids, die es hier rausschaffen, diejenigen, die mitspielen. Donnie weigert sich noch immer zuzugeben, dass sie versucht hat, sich zu Tode zu hungern, also wird sie bis auf Weiteres hier festsitzen. Franklin dagegen ist drauf und dran, nach Hause entlassen zu werden, weil er endlich seine Probleme in Angriff genommen hat.

Ob ich schon bald oder erst später von hier entlassen werde, liegt also ganz bei mir.

Ich bin wie Dorothy aus dem *Zauberer von Oz*. Ich hatte schon immer die Macht, zurück nach Kansas zu gehen. Ich brauche nur zu tun, was ich schon mein ganzes Leben getan habe: den anderen was vormachen.

Ich helfe ihr, die Knetreste von den Tischen zu kratzen. »Riesig«, sage ich mit zu viel Begeisterung in der Stimme. Ich erkenne es daran, dass der glückliche Schimmer in ihren Augen ein wenig trüber wird.

Ich reiche ihr einen Knethaufen und sie stopft ihn in eine große Plastiktüte. »Na ja, einen Tag nach dem anderen«, sagt sie, offensichtlich bestrebt, positiv zu bleiben.

Als ich über den Flur laufe, könnte ich mir in den Hintern treten. Um hier rauszukommen, reicht es nicht, drei Mal pro Stunde meine Hand zu heben. Ich kann nicht all die zersplitterten Teile in mir hinter einem Lächeln verstecken. Ich kann mich nicht unsichtbar machen, damit sie mich in Ruhe lassen.

In unserem Zimmer steht Rowan neben meinem Bett und steckt ihre Nase in einen Stapel Briefe.

Schnell werfe ich einen Blick auf mein Kissen, das einzige Stück Intimsphäre in diesem Zimmer – in das Rowan jetzt eingedrungen ist. Meine Füße fliegen über den Boden und die Finger meines gesunden Arms krallen sich um ihr Handgelenk.

»Das sind meine!«, kreische ich.

»Hier.« Sie reißt ihre Hand los und schleudert die Briefumschläge in die Luft. Wie Konfetti flattern sie über unsere Köpfe.

Ich falle auf die Knie, um sie mit einer Hand vom Boden aufzuheben.

»Mein Gott!« Rowans ballt die Fäuste am Körper. »Was zum Teufel ist dein Problem?«

Ich lasse die Briefumschläge auf mein Bett fallen und gebe ihr einen Stoß gegen die Brust. »*Du* bist mein Problem.«

Rowan schubst mich zurück, heftig. Meine Beine stoßen gegen den Holzrahmen meines Bettes. Warnend hebt sie einen Zeigefinger. »Fass mich *niemals* wieder an.« Ihr Blick ist wild.

Ich hab sie nicht nur geschubst. Ich hab sie in ihre dunkle Ecke geschubst.

»Mädels?« Janet steht im Türrahmen, überprüft uns beide mit sorgfältigen Blicken. Hinter ihr steht ein Krankenpfleger, der nur darauf wartet, eine von uns aus dem Zimmer zu ziehen. »Was ist hier los?«

Vor lauter Panik werden meine Knie weich. Wie viel hat sie gesehen? Da ihre Blicke ausschließlich auf Rowan gerichtet sind, schätze ich mal, sie haben nur das Ende mitbekommen. Ich hab den Streit angestiftet, aber jetzt sind sie drauf und dran, Rowan nach draußen zu befördern. Es ist kaum ein paar Tage her, dass Quentin aus seinem Zimmer gezerrt wurde, weil er wegen der Fernbedienung ausgerastet ist. Seitdem haben wir ihn nicht mehr zu Gesicht bekommen.

Rowans Wangen fallen in sich zusammen und werden kreidebleich. Ich hab angefangen. Ich muss es in Ordnung bringen.

»Es war meine Schuld.« Ich drehe mich zu Janet. »Wir haben nur ein bisschen rumgealbert. Ich hab sie geschubst, sie hat mich geschubst. Aber nur im Spaß. Nicht, wie ... Sie wissen schon ... *Grrrrr*.«

Ich strecke meine Ellenbogen vor und mache ein wütendes Hulk-Gesicht, das Rowan laut losprusten lässt. Das Timing ist perfekt. Es zerstreut den Moment. Ich fange auch an zu lachen, lasse es so aussehen, als ob sie uns beide bei einem gechillten Wir-machen-uns-ne-geile-Zeit-im-Irrenhaus-Moment erwischt hätte.

Janet seufzt schwer, in ihren Augen schimmert ein Zweifelfunken.

»Also ... ihr beide wisst, dass jegliche Form von Körperkontakt hier drin verboten ist, Mädels. Egal ob aus Spaß oder anderen Gründen«, sagt sie und versucht in unseren Gesichtern zu lesen.

Ich nicke. »Es wird nicht noch mal passieren.«

Janet und der Krankenpfleger ziehen ab. Ich beuge mich vor, um die letzten Briefumschläge aufzuheben. Als ich aufstehe, hält Rowan meinen Kissenbezug wie eine Tasche auf, sodass ich sie zurück an ihren Platz legen kann. Dann wirft sie mein Kissen wieder auf mein Bett und setzt sich auf ihres.

»Tut mir leid. Ich hätte nicht schnüffeln sollen. Aber mich zu schubsen war echt eine Scheißhausaktion.«

Ich lasse mich auf meine Matratze fallen, kreuze die Arme hinter meinem Kopf und schließe die Augen. »Mir tut's auch leid.«

Ich habe an genügend Gruppensitzungen teilgenommen, um zu begreifen, dass Rowan Opfer von Stößen und Schlimmerem war. Sich zu ritzen ist das Einzige, das ihr das Gefühl gibt, ihr eigenes Leben unter Kontrolle zu haben.

»Hey. Hadley?« Als ich meine Augen öffne, beugt Rowan sich vor. »Als du hierhergekommen bist ...« Sie knabbert an einem Hautfetzen. »Ich wollte dir keine Anweisung geben, wie du es *tun* sollst, verstehst du? Ich meine, es würde mich irgendwie schon fertigmachen, wenn du hier rauskämst und ... na ja, du weißt schon ...«

Ich schließe meine Augen wieder. »Ich weiß.«

»Also, ich meine, tu's nicht. Okay?«

Sie schweigt für einen Moment. Als ich meine Augen wieder öffne, starrt sie mich ängstlich an.

»Ich werde es nicht tun«, sage ich, um ihr das Schuldgefühl zu nehmen.

Ihre Augen werden schmal, suchen ungläubig in meinem Gesicht.

Ich war mal viel besser in so was.

damals

Über Nacht lässt der Sturm nach.

»Los, aufstehen!« Dad reißt unsere Schlafzimmertür auf, mit ihm fegt ein eiskalter Windstoß zu uns hinein. Über die Decke huscht der Schatten, zerteilt in feine Scheiben, als sich zwischen den Lamellen der Rollläden die Sonne hindurchschlängelt.

»Ich werde keine weitere Sekunde dieser Ferien verschwenden.«

Auf der Fahrt zur Piste essen wir gekochte Eier und Orangenscheiben aus der Hand. Mom sitzt schmollend auf dem Beifahrersitz.

Nachdem wir geparkt haben, nehmen wir unsere Skier vom Dachträger und schnallen sie an unsere Stiefel. Sogar Mom.

Dad dreht sich zu mir.

»Du nimmst deine Mutter heute mit auf die Babyhänge.«

»Wie bitte?« Ich schiele zu Mom, die sich in ihrem Kraftakt, den Augenkontakt mit mir zu vermeiden, förmlich selbst übertrifft.

»Lila und ich werden die Schwarzen Pisten in Angriff nehmen.« Er zieht sich die Skibrille über die Augen und passt die Handschlaufen seiner Skistöcke an.

Meine Schutzbrille klemmt noch auf dem Kopf, und plötzlich nimmt mir das alles-verschluckende Weiß die Luft zum Atmen, es betäubt mich und beraubt mich all meiner Sinne.

Lila drückt sich enger an mich. »Dad, kann ich mit Hadley gehen?«

»Benimm dich nicht wie ein Baby«, sagt er. »Los jetzt!«

»Miles«, ruft Mom ihm hinterher. Ungeduldig dreht er sich um.

»Bitte sei vorsichtig.«

Er streckt die Hand in die Luft, ob als Zugeständnis oder als Ablehnung lässt sich schwer sagen. Dann zieht er ab und Lila folgt ihm, mit einem letzten kummervollen Blick über ihre Schulter.

Vielleicht ist das der Augenblick, an dem es mir schlagartig klar wird: All diese idiotischen Pläne, in der Nähe von zu Hause zu bleiben, werden Lila nicht helfen. Ich kann sie nicht vor ihrem eigenen Vater retten.

Mom zieht die Handschlaufen ihrer Skistöcke nach. »Komm«, sagt sie bestimmt und zugleich kindisch.

Im Geiste bin ich bei Lila, den ganzen Morgen über, als ob die Kraft meiner Gedanken sie auf der Piste beschützen könnte. Mom und ich zockeln die Anfängerpisten runter, vor uns die Vorschüler auf wackligen Beinen, die gerade lernen, ihr Gleichgewicht zu halten und die Knie richtig zu beugen. Mom stellt sich kaum besser an, als sie.

Nach ein paar Stunden schließe ich zu ihr auf, als sie mit dem Hintern im Schnee sitzt und nicht mal mehr versucht, sich aufzurappeln. Ich strecke meine Hand aus, um ihr aufzuhelfen. Als sich ihre Finger um meine Hand krallen, schießt mir *Ein voll verrückter Freitag* durch den Kopf, der Film, in dem Mutter und Tochter die Rollen tauschen.

Ich hieve sie hoch.

Alles in mir schreit nach Streit, aber die Worte, die ich ihr an den Kopf werfen will, sind zu dunkel und zu grauenhaft, also versetze ich ihr einen unerwarteten Schlag.

»Du bist echt grottenschlecht«, sage ich mit so viel Bitterkeit, dass es mich wundert, warum ich keine Galle spucke.

Sie klopft ihren Skianzug sauber. »Ich mag keinen Schnee«, brummt sie.

»Und weshalb sind wir dann hier?«, frage ich provozierend.

Sie seufzt, auf ihren Schultern lastet das Gewicht von allem, was scheiße ist in unserem Kosmos. »Damit es friedlich bleibt.«

Ihre Antwort überrascht mich, aber sie ändert nichts.

»Wenn das so ist, machst du einen ziemlich beschissenen Job«, sage ich und gleite auf meinen Skiern nach unten. Sie folgt mir.

»Hadley.« Sie muss rufen, weil sie nicht mit mir Schritt halten kann.

Ich halte an und drehe mich um.

»Komm, wir kehren irgendwo ein und wärmen uns ein bisschen auf«, sagt sie. Ich werfe einen kritischen Blick auf die Mittagssonne. Schätze, es ist nicht zu früh für sie, um mit dem Trinken anzufangen.

Als ob sie meine Gedanken gelesen hätte, fügt sie hinzu: »Mit heißem Kakao und Lunch.«

»Na gut.«

Wir bekommen einen Tisch am überdimensionalen Natursteinkamin; das Feuer prasselt und knistert in meinem Rücken, warm und erdig. Bevor wir in die Speisekarte schauen, trinken wir unsere heißen Kakao. Dad ist nicht hier, also klaue ich mir ein Brötchen aus dem Korb. Mom blickt über die Speisekarte hinweg zum Brotkorb, zu mir, dann greift sie ebenfalls nach einem Brötchen. Ihr verschwörerisches Lächeln schürt das Feuer in meinem Bauch nur noch mehr. Ein verbotenes Milchbrötchen wiegt ganz bestimmt nicht den Schaden von Jahren, den sie ignoriert hat, wieder auf. Es ist, als würde man Sonnencreme auftragen, nachdem das Melanom im Kopf gestreut hat.

Sie studiert ihre Speisekarte. »Und wonach ist dir?«

»Spaghetti«, sage ich und weigere mich, sie anzuschauen.

Sie zuckt mit den Achseln. »Nimm was du willst. Ich werd den Burger bestellen.«

Ich verdrehe die Augen. Oh, Wahnsinn, Dad ist nicht hier, also schlägt Mom sich die Wampe voll.

Der Kellner kommt und nimmt unsere Bestellung entgegen. Mom textet mich unablässig mit CPS zu. Während sie redet, starre ich an ihr vorbei aus dem Fenster, auf die weiß verschneiten Bahnen, die sich den Berg herabschlängeln. Ich versuche, mir auszumalen, welchen Abhang Lila gerade ansteuert, oder mir vorzustellen, wie sie mit Dad zurechtkommt.

Als unser Essen da ist, pflüge ich mich durch meinen Berg aus Spaghetti.

Mom beißt herzhaft in ihren Burger. »Oh mein Gott, ist das gut«, stöhnt sie und schließt verzückt ihre Augen. Die Rückkehr zu gedünstetem Gemüse wird schwer sein.

Sie schaut auf meinen Teller. »Wie ist dein Lunch?« Sie nippt an ihrem Wasserglas.

»Fantastisch.« Ich schaufele mir eine weitere gigantische Gabelladung in den Mund.

»Ich kann keine Spaghetti essen«, sagt sie. »Ich meine, ich *kann* schon, es bringt nur schlechte Erinnerungen hoch.«

Stirnrunzelnd schaue ich von meinem Teller auf. »Inwiefern bringen *Spaghetti* schlechte Erinnerungen hoch?« Noch einmal nippt sie an ihrem Wasser und hebt dann behutsam ihren Burger an, damit der Inhalt nicht seitlich rausfällt.

»Als es in Grandpas Firma so schlecht lief, haben wir andau-
ernd Spaghetti gegessen.« Nach einem gewaltigen Bissen von
ihrem Burger schiebt sie bedächtig das zwischen ihren Lippen
heraushängende Salatblatt hinterher.

Mit der Serviette tupfe ich mir die Saucenreste vom Mund.
»Was meinst du damit? Die Geschichte kenne ich gar nicht.«

Ich wusste, dass mein Großvater Elektriker war und auch,
dass sie damals ziemlich harte Zeiten hatten. Aber aus Grandmas Sicht waren sie glücklich gewesen.

Mom schluckt. »Hab ich dir das nie erzählt? Oh ... also, in
einem der Häuser, an denen Grandpa gearbeitet hat, ist ein
Feuer ausgebrochen. Du weißt, wie die Leute reden. Alle
gaben Grandpa die Schuld, selbst als sie bei der späteren Untersuchung herausfanden, dass die Ursache ein Lockenstab gewesen ist, der in einem der Schlafzimmer angelassen worden war.
Aber wenn du deine eigene Firma hast, bist du immer nur so
gut wie dein Ruf. Die Leute haben aufgehört, ihn zu beauf-
tragen.«

Sie greift nach einer Pommes und knabbert gedankenver-
loren daran herum. »Das Geld wurde knapp. Ich lag im Bett
und hörte meine Eltern in der Küche reden. Grandma hatte
Angst, wir würden unser Haus verlieren. Sie hat einen Job als
Näherin in einer chemischen Reinigung angenommen. Es war
viel Arbeit für sehr wenig Geld, aber es war alles, was sie
konnte. Sogar mir hat sie aus den übrig gebliebenen Polster-
stoffen Kleider geschneidert.« Angewidert zieht Mom die
Nase kraus. »Es waren finstere Zeiten zu Hause. Die Angst
schlug mir auf den Magen, ich hatte ständig Bauchschmerzen,
als ob ich mich *mit* ihnen sorgte, obwohl ich doch nur ein Kind
war.«

»Wie alt warst du?«

»Sieben, acht.« Ihr Blick driftet ins Leere. »Die Lage wurde besser, aber wir hatten nie etwas übrig.« Sie zieht die Nase hoch. »Das billigste Essen, mit dem wir unsere leeren Mägen füllen konnten, waren Nudeln. Und wann immer ich jetzt Nudeln sehe, dreht sich mir der Magen um.«

Ich bin voll. Ich schiebe meinen Teller weg und trinke mein Wasser aus.

»Es gibt Schlimmeres«, sage ich, und sie schaut mich über den Rand ihres Burgers hinweg an. Ihr Blick wird hart. Wenn sie geglaubt hat, sie könnte mir Honig ums Maul schmieren, hat sie sich geschnitten.

»Weißt du, was dein Problem ist? Du bist verwöhnt«, schießt sie zurück. Sie hebt ihr Glas mit Wasser an den Mund, und an ihrem angeekelten Gesichtsausdruck kann ich ablesen, wie sehr sie sich wünscht, es wäre mit Alkohol gefüllt.

»Verwöhnt? Wie bitte kommst du *darauf*?«, blaffe ich sie an.

Sie senkt das Glas. »Dir hat es nie an etwas gefehlt. Du weißt nicht, was es bedeutet, hungrig zu sein oder sich Dinge zu wünschen.«

Ich starre sie an, vor Empörung steht mir der Mund offen.

Mir hat es nie an etwas gefehlt? Wie wäre es mit dem Wunsch nach einem Vater, der mir keine Scheißangst einjagt?

»Dein Vater ist ein guter Versorger.« Sie nickt, als wäre mit dieser Feststellung das Thema beendet, und beißt noch einmal in ihren Burger, allerdings ohne den verzückten Appetit von vorhin.

Ich schaue wieder aus dem Fenster und schüttele den Kopf. »Das redest du dir ständig ein.«

Sie unterschreibt gerade den Scheck, als ich die Durchsage höre.

»Courtney McCauley, bitte begeben Sie sich in die Ambulanz.«

307

»Mom!« Ich springe auf. »Komm schon!« Ich übernehme die Führung, stürze aus dem Restaurant.

»Wo ist die Ambulanz?«, frage ich den erstbesten Rotjacken-Sanitäter von der Bergrettung.

»Es ist das große, gelbe Gebäude am Fuß der Piste, an der Unterführung der Zugangsstraße«, sagt er.

Bitte, lass es Dad sein. Bitte, lass es nicht Lila sein, bete ich, als wir uns durch die Horden von Skiläufern schlängeln, die für eine Pause vom Berg runterkommen oder gerade auf dem Weg nach oben sind. Als wir das gelbe Gebäude gefunden haben, stürmen wir durch die Türen.

»Wir haben eine Durchsage für Courtney McCauley gehört«, erkläre ich einem Bergretter, der gerade das Gebäude verlässt.

Angesichts meines offensichtlichen Schocks hält er beide Hände hoch. »Sie ist okay.«

»*Sie?*«, schreie ich auf. »Es ist Lila?«

Er nickt und schaut zu meiner Mutter. »Sie hat sich den Arm gebrochen, aber es geht ihr gut.«

»Wo ist sie?«, fragt Mom nachdrücklich und gibt ihren herablassenden Tonfall zum Besten. Er zeigt auf ein Zimmer, das hinter ihm liegt. Durch die Glasscheibe sehe ich, wie der Arzt mit Dad spricht, während Lila auf der Untersuchungsliege für Kinder liegt.

»Lila!« Ich dränge mich vor meiner Mutter durch die Tür, und sobald wir im Zimmer sind, entlädt sich explosionsartig Lilas Wehklage.

Ich kenne diesen Schrei; Lila hat ihn wegen meines Vaters in sich eingesperrt und je stürzt er unaufhaltsam aus ihr heraus.

»Was ist passiert?«, fragt meine Mutter. Mit einem gelangweilten Ausdruck im Gesicht blickt der Arzt zu ihr auf. Mit so was hat er ständig zu tun. Denkt er. Aber so ist es nicht. Er hat nicht den Hauch einer Ahnung.

Lilas aufgewühltes Gesicht verkrampft sich, sie ist zu abgekämpft, um auch nur ein Wort hervorzubringen. Stöhnend und schluchzend streckt sie ihre gesunde Hand nach mir aus.

Dad fängt an zu lachen. »Das ist doch verrückt. Sie war unerschütterlich, bis *du* hier aufgetaucht bist.« Er zeigt auf mich, aber adressiert die Worte an den Arzt, der in sein Lachen einstimmt.

»Warum wartest du nicht draußen«, sagt Dad zu mir. »Ich glaube, du machst es nur schlimmer.« Lilas Stöhnen wird panisch.

»Neiiiiin! Had-ley«, schreit sie mir zwischen jähen Hicksern zu.

»Tu, was dein Vater sagt.« Mom schiebt mich sanft Richtung Tür, was Lilas Stöhnen in lautes Heulen und schließlich in Geschrei verwandelt.

Dem Arzt muss klar sein, dass es sich hier nicht um normale Schreie handelt. Er muss doch hören, dass mehr dahintersteckt.

»Erzähl dem Arzt, wie du dir den Arm gebrochen hast, Lila!«, schreie ich ihr über meine Schulter zu, als Moms Hand auf meinem Rücken vom sanften Schieben in ein unsanftes Schubsen übergeht.

Dad wendet sich an den Arzt. »Können Sie ihr etwas gegen die Schmerzen geben? Etwas, das sie ruhigstellt?« Mom knallt mir die Tür vor der Nase zu.

Von draußen höre ich zu, wie Lilas Schreie in einem tiefen Stöhnen verebben.

Unser Heimflug am Nachmittag verläuft schweigsam. Lila ist noch vollgepumpt von irgendwelchen Mitteln, die sie schlafen lassen, ihr gebrochener, eingegipster Arm wiegt sich in seiner Schlinge an ihrer Brust. Mom starrt aus dem Fenster. Dad bebt vor Wut.

Die Entscheidung, unsere Ferien abzubrechen, kam von ihm.

»Was soll das Ganze noch?«, sagte er, während er den Mietwagen einlud. »Seit wir hier sind, habt ihr allesamt nonstop herumgemeckert.«

Während wir unsere Sachen zusammenpackten, ruhte sich Lila auf der Couch aus, ihre Lider flatterten auf und zu. Jeder Blick, den Dad auf sie warf, kostete ihn alle Mühe, seinen Ärger zu unterdrücken. Aber selbst er war nicht dumm genug, ihr die Schuld zu geben. Also warf er uns alle in einen Topf.

Ich bin einfach nur froh, dass wir heimfliegen. Jetzt ist das Schlimmste bereits geschehen: Durch seine Schuld hat Lila sich verletzt. Wieder ihr Arm. Damit wiederholt sich der Morgen, an dem er ihr drei Jahre zuvor die Schulter ausgekugelt hat.

Auf den Tragflächen des Jets schimmert die späte Nachmittagssonne; links unter uns liegt der tiefblaue Meeresarm Long Island Sound, während wir Richtung Osten über die Insel fliegen. Schon den ganzen Tag über hat Dads Zorn wellenartige Schwingungen ausgesendet, und mit jedem Zentimeter, den wir unserem Zuhause näherkommen, schwillt er weiter an.

Ich kann sein Profil sehen, als er sich zur Seite dreht und meine schlafende Schwester auf dem Sitz neben sich anstarrt. Seine Mundwinkel ziehen sich angeekelt nach unten, während ihm düstere Gedanken durch den Kopf rasen. Ich weiß es. Zu viele Male war ich diejenige, der diese Blicke gegolten haben.

Angewidert stößt Dad die Luft durch seine Nasenflügel aus und reißt den Gashebel in den Leerlauf. Ruckartig sinkt das

Flugzeug tiefer, im Sturzflug geht es Richtung Long Island Sound. Dad hat nicht länger vor, uns sicher nach Hause zu fliegen. Er hat vor, uns eine Scheißangst einzujagen, um es uns heimzuzahlen.

»Dad«, schreie ich. Flatternd öffnen sich Lilas Augen. Sie sieht mich an, versucht, den Blick zu fokussieren, den Nebel der Erschöpfung zu durchdringen. Dann schaut sie aus dem Fenster, auf die Schräglage des Flugzeugs, und schreit.

Dad dreht sich herum, schaut Lila an und *lächelt*. Die panischen Schreie von Mom und Lila, während wir kopfüber in den Abgrund stürzen, sind es ihm wert, uns alle in Lebensgefahr zu bringen.

Bis zu dem Moment, in dem die Maschine anfängt zu stottern und zu rattern. Und dann gibt es nichts mehr außer einer grauenerregenden Stille.

»Scheiße!«, schreit Dad.

Vor dem Fenster des Cockpits dreht sich der Propeller wie ein Windrad, er wird nicht länger vom Motor angetrieben, sondern vom Wind, der durch die Propellerblätter rauscht, während wir weiter in die Tiefe fallen. Ohne das Dröhnen der Motoren wird die drückende Stille jetzt von Moms und Lilas Schreien durchbohrt. Mom krallt sich an ihrem Gurt fest, als die Flugzeugnase nach unten kippt und mit uns auf das Meeresgrab zuschießt. Dad greift nach vorn und startet den Motor neu.

Durch unser Cockpit flutet das beruhigende Geräusch der Maschine, die dröhnend wieder zum Leben erwacht. Dad richtet das Flugzeug wieder aus und fliegt weiter, als wäre nie etwas geschehen. Aber als die einzigen zwei Personen, die wissen, wie man ein Flugzeug fliegt, weiß er genauso gut wie ich, wie haarscharf wir gerade dem Tod entkommen sind.

»Es gibt ein altes Sprichwort, Hadley«, hat Phil mir zu Anfang meiner Flugstunden erzählt, während er mich um das Flugzeug herumführte, um mir die wichtigen Teile zu zeigen. »Der Propeller ist ein riesiger Ventilator, der dem Piloten hilft, einen kühlen Kopf zu bewahren. Wenn er aufhört, sich zu drehen, ist das Erste, was du sehen wirst, wie dem Piloten der Schweiß ausbricht.«

Die Hände in die Hüften gestemmt, fing er an zu lachen. Und als ich nicht kapierte, was er meinte, erklärte er's mir. »Es ist ein Witz, denn wenn das Teil ausfällt, dann ist es vorbei.« Er zeigte auf den Propeller. »Dann kannst du deinem Arsch den Abschiedskuss geben.«

Jetzt, wo Dad die Kontrolle über das Flugzeug zurück- erobert hat, dreht sich Mom zu ihm, das Gesicht bleich, die Lippen straff. »Hör auf Miles. Es ist mein Ernst.«

»Oooh.« Er lacht. »Es ist dein Ernst. Das ist lustig.«

In ihrer Panik hat sich Lila den gebrochenen Arm gestoßen. Als Dad zur Landung ansetzt, werden ihre Angstschreie zu einem schmerzerfüllten Wimmern.

Während wir jetzt langsam tiefer sinken, ziehen Bäume und Häuser an unserem Fenster vorbei. Als Dad das Flugzeug auf die Landebahn ausrichtet, konzentriere ich mich auf den Horizont. Nach zwei Jahrzehnten Flugerfahrung kennt er alle Tricks, selbst den, eine Landung absichtlich so holprig wie möglich zu machen. Bei jedem Hüpfer, der die Räder auf dem Asphalt aufprallen lässt, schreit Lila auf.

Als das Flugzeug endlich stillsteht, führen Mom und ich Lila hinaus, um sicherzugehen, dass sie nicht fällt. Dad geht mit einem satten, selbstgefälligen Grinsen von Bord. Er hat einen Weg gefunden, sich für die ruinierten Ferien zu rächen. Und jetzt ist er endlich zufrieden.

Während Lila weint und Mom in ihrer Tasche nach den Schmerzmitteln wühlt, die uns der Arzt aus dem Skiresort gegeben hat, rast uns Phil aus dem Terminal entgegen, der Versuch, seine geschockte Miene zu überdecken, misslingt ihm.

»Diese Landung hatte es aber ganz schön in sich. Ist alles okay, Miles?«, fragt er, während er seine Schritte verlangsamt. Seine verstohlenen Blicke streifen mich, Moms bleiches Gesicht, die weinende Lila.

Dad gibt Phil einen kräftigen Handschlag. »Alles bestens, Phil.«

Phil nimmt seine Fliegerbrille ab, vielleicht um in meinem Gesicht nach der Wahrheit zu suchen. »Für eine Sekunde dachte ich, ihr hättet da oben ein Problem.«

Dad schneidet mir das Wort ab, bevor ich überhaupt dazu komme, etwas zu erwidern. »Ich hab mit Hadley geübt, den Motor abzuwürgen« Dann zeigt er mit dem Daumen zu Mom und Lila. »Ihre Mägen vertragen das Fliegen nicht.«

Ich kann mir nicht vorstellen, dass Phil Dads Bullshit glaubt. Aber Dad bezahlt meine Flugstunden, also macht Phil gute Miene zum bösen Spiel.

Grinsend wendet er sich an mich und fasst mich an der Schulter, rüttelt mich, bis mir die Zähne aufeinanderklappern. »Hadley, wann kommst du zurück? Wir sind so dicht dran, deinen Flugschein zu kriegen.«

Der Geruch nach Maschinenöl und Rauch und Phils Geschüttel gibt meinem ohnehin schon aufgewühlten Magen den Rest. Ich hab Angst, mich auf der Stelle und vor allen zu übergeben. Letztendlich war die Pasta doch ein Fehler. Ich schlucke und dränge mein Mittagessen gewaltsam zurück. Dad tritt vor, der Repräsentant sämtlicher Angelegenheiten, die Hadley betreffen. »Oh, sie wird bald zurück sein. Nächste Woche. Lass mich wissen, an welchen Tagen du noch freie Stunden hast.«

Mit diesen Worten schlingt Dad einen Arm um Moms

Schulter. »Fahr schon mal den Wagen vor. Ich mach mich ans Ausladen.« Er lässt die Autoschlüssel in ihre Handflächen gleiten und küsst sie auf den Mund.

Pfeilschnell bohrt sich seine Zungenspitze zwischen ihre Lippen, bevor ich zum nächsten Mülleimer laufe und kotze.

damals

In meinem Zimmer packe ich meine Tasche aus und lege die Schmutzwäsche zur Seite. Mein Vater läuft über den Flur und bleibt in meinem Türrahmen stehen. Er greift in seine Hosentasche, zieht etwas heraus und wirft es auf mein Bett.

Mein iPhone versinkt in den luftigen Tiefen meiner rüschenweißen Daunendecke. »Ich werde meinen Laptop brauchen, damit ich die Englischaufgaben machen kann«, erinnere ich ihn beiläufig.

»Liegt auf meiner Kommode. Hol ihn dir selbst«, sagt er im Weggehen. Bevor ich mich auf mein Handy stürze, warte ich mit gespitzten Ohren, bis er sämtliche Treppenstufen hinuntergestampft ist.

Die Batterie ist leer, was hoffentlich bedeutet, dass er das Handy hiergelassen hat. Ich schnappe mir das Ladekabel vom Tisch und stöpsele es ein. Während ich auf das zwitschernde Lebenszeichen meines Handys warte, öffnet sich ratternd das Garagentor. Durch mein Fenster beobachte ich, wie Dads Auto auf die Straße und schließlich davonfährt. Mom geht an meiner Tür vorbei und steuert ihr eigenes Zimmer an, der leidende Ausdruck auf ihrem Gesicht ist mir mittlerweile allzu vertraut. Leise schließt sie die Tür hinter sich. Ich schätze, für den Rest des Abends werde ich keinen der beiden zu Gesicht bekommen.

Als mein Handy genügend Saft hat, um wieder hochzufahren, lese ich mich durch meine Nachrichten. Fast alle kommen von Charlie. Zum Glück hat er CPS nicht erwähnt. In der ersten Nachricht steht nur »Ruf mich an«. Von da an sind seine Nachrichten panische *Wo-bist-du*s, eine nach der anderen. Erst kommen sie alle paar Minuten, dann stündlich, dann täglich. Diese letzten paar Tage müssen ein Albtraum für ihn gewesen sein. Ich höre auf zu lesen und rufe ihn an.

»*Hadley*!« Er ist nach dem ersten Klingeln dran und betont meinen Namen, als wäre ich eine Geisel, die gerade von ihren Entführern freigelassen wurde, was ich auf eine Weise ja auch bin. Schon beim Ton seiner Stimme könnte ich heulend zusammenbrechen.

»Wo bist du? Ich komme und hol dich ab.«

Ich ziehe die Nase hoch. »Ich bin okay. Ich bin zu Hause.«

Erleichtert atmet er aus.

»Komm zu mir, wenn du kannst. Und wenn nicht ... lass dir was einfallen.«

Ich nicke und ich schlucke. »Bin schon unterwegs.«

Ich schaue noch einmal nach Lila. Ausgeknockt liegt sie in ihrem Bett, zugedröhnt mit Schmerzmitteln. Ihre gespreizten Füße berühren sich an den Fersen, wie in der ersten Position im Ballett. Der gebrochene Arm ruht auf ihrem Bauch, ihre andere Hand hält ihn schützend fest. Ihre Dornröschenlippen sind leicht geöffnet, sie atmet sanft.

Seine Demontage von ihr hat begonnen. Ich erkenne es an der Art, wie sie schläft; nicht mehr quer über das ganze Bett ausgestreckt, sondern kerzengerade auf dem Rücken. Ich erkenne es an ihren Armen, die sie nach innen schlingt, anstatt sie weit auszubreiten, als wollte sie die ganze Welt umarmen. Es gab eine Zeit, da war ihre Welt noch heil und ohne eine Spur von Sorgen. Das ist jetzt verloren.

Auch Long Island haben Ausläufer des Sturms erreicht. Die Bürgersteige vor den Geschäften sind frei geschaufelt, an den Straßenrändern türmen sich die schmutzigen Schneeberge, aber dazwischen liegt immer wieder ein Stück Niemandsland, eine dünne Eisdecke, von den Fußtritten Hunderter Einkäufer zu einer gefrorenen, schimmernden Fläche platt getreten. Auf meinem Weg zu Charlie rutsche ich auf einer von ihnen aus und lande um ein Haar auf dem Hintern.

Ich habe kaum geklingelt, da reißt er schon die Tür auf. Und noch bevor mir bewusst wird, wie sehr ich sein Gesicht vermisst habe, werfe ich mich in seine Arme. Küssend und übereinander herfallend stolpern wir nach oben. Er befreit eine Hand, um die Tür zu öffnen. Grob reiße ich ihn mit mir ins Innere der Wohnung, schlüpfe aus meiner Jacke und lasse sie auf den Boden fallen. Als Nächstes zerre ich an seinem T-Shirt.

»Hadley, warte!«

Mit einem Fußtritt schließt er die Tür und beugt sich vor, um abzuschließen. Obwohl es nur Sekunden sind, ist die Luft zwischen uns kalt. An seinem T-Shirt ziehe ich ihn wieder zu mir heran, um es ihm über den Kopf vom Leib zu reißen. Seine Hände legen sich auf meine, wollen mich bremsen. Ich schlinge ihm die Arme um den Hals, damit er stillhält, aber er windet sich aus meiner Umarmung, als wäre er ein Welpe, der sich von mir erdrückt fühlt. Als er sich von meinen Händen befreit, die ich hinter seinem Nacken verknotet habe, muss ich daran denken, wie er dasselbe bei Claudia gemacht hat, damals auf der Party, in der Nacht, in der er mich zum ersten Mal küsste. Die Zurückweisung brennt in mir, aber sie macht mich nur noch entschlossener.

»Warte«, flüstert er an meinen Lippen.

»Nein«, stöhne ich und zerre jetzt stattdessen an meinen

eigenen Klamotten. Ich versuche mein Sweatshirt hochzuziehen, mit flatternden Händen. Er greift erneut nach ihnen, und als er mich diesmal umschlingt, ist seine Umarmung ungefähr so romantisch wie eine Zwangsjacke.

»Hadley, schalt einen Gang runter.«

»Warum?« Meine Wangen brennen, wütend und verletzt.

Seine Antwort ist ein Kuss auf die Stirn, als wollte er dort mein Fieber messen. Er hält mich weiter umklammert und führt mich zum Sofa.

»Sprich mit mir.« Er legt meine Hände in seine. »Was ist passiert?«

Ich schüttle den Kopf, ziehe meine Hände weg und vergrabe mein Gesicht darin. »Sie hat sich den Arm gebrochen.«

»Wer? *Lila*?« Er löst meine Hände von meinem Gesicht und ich nicke.

Während ich ihm erzähle, was ich weiß, strömen die Tränen nur so aus mir heraus.

»Hast du in der Zwischenzeit irgendwas von CPS rausgefunden?«

Er schüttelt den Kopf, seine Lippen sind eine grimmige Linie. »Sie wollten mir nichts sagen.«

Ich lache bitter. Das Ergebnis dieser Ermittlung kann ich mir auch selbst ausmalen. Lila und ich sind noch hier. Die Beweise sprechen für sich.

Ich habe immer gewusst, dass es darauf hinauslaufen würde. Wir passen nicht in die Schublade einer Missbrauchsfamilie. Der denkbar schlimmste Fall ist eingetreten: Wir haben die schlafende Bestie geweckt – und jetzt sind wir ihr ausgesetzt.

Ich weiß, warum CPS nichts rausfinden konnte. Ich habe meine Spuren so perfekt verwischt, dass es jetzt so scheint, als wären sie nie dagewesen.

»Ich weiß nicht, was wir sonst noch tun können«, gebe ich

zu. Solange ich denken kann, habe ich hart gearbeitet, und ich war eine gute Schülerin. Ich habe mein Bestes auf dem Spielfeld gegeben, und ich habe gewonnen. Ich dachte, ich hätte das alles getan, weil mein Vater mich dazu gezwungen hat. Aber wie es scheint, sind Niederlagen einfach nicht mein Ding. Ich verliere nicht gern. Vor allem dann nicht, wenn die Wetteinsätze so hoch sind.

Wir holen uns eine Pizza von Sal's und schauen fern. Charlie zappt durch die Kanäle und landet auf *Cosmos*. Der Moderator steht auf einem kosmischen Kalender und entfaltet den Lauf von 13,8 Milliarden Jahren im Universum zu einem einzigen menschlichen Jahr. Jedem Monat entsprechen 1,14 Milliarden Jahre, jedem Tag entsprechen 40 Millionen Jahre, jeder Stunde entsprechen 1,3 Millionen Jahre. Die Amerikanische Revolution, der Zweite Weltkrieg, die erste Mondlandung, all das geschah in der letzten Sekunde des 31. Dezembers.

Charlie beugt sich vor, die Ellenbogen auf den Knien, total fasziniert. Er dreht sich zu mir, schüttelt mit aufgerissenen Augen den Kopf.

»Wahnsinn.«

Ich nicke, aber die Perspektive des kosmischen Kalenders reißt den letzten seidenen Faden, der mich noch zusammengehalten hat, auseinander. Wenn jeder Sekunde 438 Jahre entsprechen, dann bedeutet das alles hier ... wir ... ich ... nichts. Wir sind statistisch gesehen nicht mal das winzigste Fünkchen auf dem Radar. Alle Atemzüge, die ich im Laufe meines Lebens genommen habe, hinterlassen im Zeitstrahl menschlicher Existenz nicht einmal einen Abdruck. Die Welt ist voll von schlimmeren Dingen. Wir sind eine reiche Familie mit einem abgefuckten Vater. Wir sind nichts.

Ich bin komplett erschöpft, körperlich und geistig. Nie wieder aufzuwachen, nie wieder diese dunklen Gedanken haben zu müssen, ist in diesem Augenblick die einzige Lösung, die einen Sinn ergibt. Sie schießt mir nicht zum ersten Mal in den Kopf, aber sie jagt mir genug Angst ein, um mich auf die Füße springen zu lassen.

Charlie hilft mir in die Jacke. Seine Finger verweilen an meinem Kragen, glätten ihn, ziehen daran, dann senkt sich sein Kopf zu mir herab, bis sich unsere Stirnen berühren.

»Das mit CPS tut mir leid«, sagt er schließlich. »Ich dachte, es würde helfen.«

»Wird schon wieder«, lüge ich, weil der Ausdruck auf seinem Gesicht unerträglich für mich ist. Er schüttelt den Kopf, aber ich nicke und versuche, ihn zu überzeugen. Wenn er jetzt auch noch die Hoffnung aufgibt, bin ich verloren.

Seine Arme legen sich wieder um mich, drücken mich, fester und fester. Ich kann kaum noch atmen, aber das ist okay. Das hier wäre der schönste Abgang überhaupt.

Heute ist Donnerstag. Seit wir zu Hause angekommen sind, hat Lila fast ununterbrochen geschlafen, aufgewacht ist sie nur, wenn die Medikamente nachließen, aber da war Mom schon bei ihr mit der nächsten Dosis, die sie gleich darauf wieder ausgeknockt hat.

»Ich glaube nicht, dass sie so viel schlafen sollte«, sage ich, als Mom mal wieder die Uhr auf dem Kaminsims checkt.

»Wir sollen die Schmerzen unterdrücken. Das war der Rat des Arztes, sagt dein Vater.«

»Aber sie schläft seit Dienstag. Das kann einfach nicht gut sein«, sage ich und laufe hinter Mom die Treppen nach oben, wo sie Lilas Zimmertür öffnet. Die Rollläden sind runtergezogen. Lilas sonst so lebhaftes, strahlend helles Zimmer, überquellend von Musik und Tanz und tonnenweise Attitüde, ist bedrückend und dunkel. Meine sonst so überlebensgroße kleine Schwester ist ein Häufchen Elend unter der Decke.

»Hey«, sage ich, als ihre Augen aufflattern. Lila reckt sich, versucht, gegen die Benommenheit anzukämpfen. Als sie auf ihren Arm schaut, zuckt sie zusammen, sie war so komplett ausgeschaltet, dass sie vergessen hatte, dass er gebrochen ist.

»Zeit für deine Medizin«, sagt Mom, reicht ihr eine Tablette und etwas Wasser. »Bald bring ich dir auch was zu essen.«

Während ich meine Mutter zum unzähligsten Mal in dieser Woche verfluche, schlage ich vor: »Vielleicht sollten wir ihr zuerst etwas zu essen geben, damit sie nicht noch eine Mahlzeit verschläft.«

Mom schürzt die Lippen. »Okay. Klingt nach einer guten Idee.« Sie stellt das Wasserglas auf Lilas Nachttisch ab und legt die Tablette daneben. »Ich bin gleich mit einem Happen zu essen zurück.«

Als sie weg ist, wende ich mich Lila zu.

»Wie fühlst du dich?«

»Müde.« Selbst ihre Worte sind so schwerfällig, als wären sie von Sirup umhüllt. Ich gehe zu ihren Rollläden und ziehe sie ein Stück hoch, um Lila wieder ans Tageslicht zu gewöhnen.

»Es ist das perfekte Schlittenwetter«, sage ich. »Ich wünschte, es würde dir besser gehen. Allein kann ich da bestimmt nicht hin, da mach ich mich zum Affen.«

»Noch mehr als sonst«, fügt Lila hinzu und ringt sich ein Lächeln ab. Ihr sarkastischer Anlauf macht mir Mut. Wieder zuckt sie zusammen, wahrscheinlich vor Schmerz.

»Bist du okay?«, frage ich und streiche ihr eine Haarsträhne aus der Stirn.

Sie schaut zu mir hoch.

»Ist Dad hier?«, flüstert sie. Mein Herz setzt einen Schlag lang aus.

»Nein.«

Ihre Unterlippe bebt. »Er war das.«

»Er war ... was?« Die Panik prickelt wie mit tausend Nadelstichen auf meiner Haut.

»Ich bin nicht gefallen«, presst sie hervor.

»Was?« Mein Herzschlag dröhnt mir in den Ohren. Die Lawine, die jetzt anrollt, wird mich lebendig unter sich begraben, aber ich kann nicht schnell genug ausweichen.

»Ich hab ihm gesagt, dass ich nicht mit ihm auf diesen Hang gehe. Ich hatte Angst. Ich war sauer auf ihn, weil er mich ein Baby genannt hat. *Jeden Tag.* Jedes Mal, wenn ich Angst hatte, hat er mich *Baby* genannt.« Ihr bricht die Stimme weg. »Es ist aus mir rausgeplatzt. Es war keine Absicht. Ich weiß, ich hätte es nie sagen sollen.«

»*Was* sagen sollen?«

»Ich hab ihn ein Arschloch genannt.«

»Oh Gott.« Ich schlage die Hand vor den Mund.

»Wahrscheinlich weil ich gehört hab, wie Mom ihn so genannt hat.«

»Lila. Was hat er gemacht?«

Ich höre, wie Mom unten in der Küche herumhantiert. Der Mixer ist an, wahrscheinlich macht sie einen Smoothie – ihre Version von zärtlicher Fürsorge.

»Er hat mir eine geknallt«, sagt Lila. Ich zucke zusammen, als wäre es mir geschehen, das Knallen seiner Hand auf ihren Wangen, wie sehr es in der Kälte gebrannt haben muss. Und für einen kurzen Moment bin ich erleichtert. In diesem Haus haben wir eine ganz persönliche Skala, an der wir unsere Schmerzen messen können. Ein Schlag entspricht einer Zwei, einer Drei. Aber noch hat Lila nicht zu Ende erzählt, auch wenn ich ihr am liebsten den Mund zuhalten würde, so drängend ist mein Wunsch, dass sie aufhört.

»Dann hat er mich an der Jacke gepackt, mich bis zu seinem Gesicht in die Luft gehoben und mich angebrüllt. Er war verrückt vor Wut. Und dann, keine Ahnung, irgendwie hat er mich losgelassen oder gestoßen, jedenfalls bin ich gefallen und ewig lang irgendwo runtergerollt. Ich hab es knacken gehört ... in meinem Arm. Und als ich endlich stilllag, war ich allein. Und ich hab gedacht ... ich hab gedacht, er war so sauer, dass er mich dort einfach liegen lassen hat.«

Unten stoppt der Mixer und wir starren uns einfach nur schweigend an.

Ich bin dort – dort oben auf der Piste, als wäre ich diejenige, die er den Berg hinuntergestoßen hätte. Denn das ist es, was Lila immer für mich war. Der Teil von mir, den ich beschützen und in Sicherheit halten musste. Und ich habe versagt.

Blinde Wut ergreift Besitz von mir und löscht auch noch den letzten Funken Hoffnung in mir aus.

»Hadley?« Erschrocken schaut mich Lila an. Was auch immer sich da gerade auf meinem Gesicht spiegelte, es hat ihr Angst eingejagt. »Alles gut bei dir?«

»Nein. Aber es wird gut sein.«

Ich verstecke ihre Schmerztablette in meiner Hand.

Mom kommt nach oben, mit einem Betttablett, das sie über Lilas Schoß aufstellt. Ihre Blicke suchen den Nachttisch nach der Tablette ab.

»Sie hat sie schon genommen«, sage ich und schüttele Lilas Kissen auf. Dann nehme ich den Smoothie vom Tablett und reiche ihn Lila. Ohne zu fragen, weiß meine kleine Schwester Bescheid. Ab jetzt übernehme ich die Führung.

damals

Später am Abend pochen meine Knöchel scharf gegen den Türrahmen. »Dad?«

Er ist in seinem Arbeitszimmer, schaut auf seinen Computerbildschirm, seine Blicke jagen von links nach rechts über Zahlen, die nur für ihn einen Sinn ergeben. Auf seinem Gesicht liegt ein Hauch von Zufriedenheit; offensichtlich hat er gerade mehr Geld gemacht.

Für eine Sekunde gleitet sein Blick zu mir, dann wieder zurück an den Bildschirm.

»Ja?«

Zögernd trete ich ein.

»Ich wollte mit dir reden. Über Cornell.« Vor seinem Schreibtisch bleibe ich stehen. Er schaut zu mir hoch und reibt sich mit der Hand über seine Bartstoppeln. Anscheinend hat seine Freundin bei sich zu Hause keinen Rasierer vorrätig. Oder er hat meinen fürsorglichen Geschenkgutschein für die Kunst des Rasierens noch nicht eingelöst.

Er deutet auf den Stuhl vor seinem Schreibtisch, den ich dankbar in Anspruch nehme, da meine Knie kurz davor sind, mich im Stich zu lassen oder wie in einem Comic gegeneinanderzuschlagen.

Einatmen, ausatmen. »Es tut mir leid, dass ich die Deadline

zur Vorab-Registrierung verpasst habe. Ich hab's vermasselt. Und jetzt tut es mir erst recht leid, denn je mehr ich darüber nachdenke, desto aufregender finde ich es, dahinzugehen. Wenn sie mich nehmen, meine ich.«

Er lehnt sich in seinem Stuhl zurück, wie ein selbstgefälliger König, der auf einen reumütigen Diener herabschaut.

»Gut.«

Er wendet sich wieder seinem Computer zu.

»Ich überleg gerade, ob ich da mal hochfahren soll, um mit Coach Jeffrey zu sprechen.« Ich hebe eine Schulter. »Ich könnte Meaghan fragen, ob sie mich begleitet, aber ich dachte, ich frag erst mal dich. Ob du vielleicht Lust hast mitzukommen?«

Sein Gesicht hellt sich auf. »Ehrlich gesagt, hätte ich nur zu gern eine Ausrede, da mal wieder vorbeizuschauen.«

Er greift nach seinem iPhone und checkt mit ausgestrecktem Arm und diesem Alte-Leute-Blinzeln seinen Kalender, bevor er nach der Lesebrille auf seinem Schreibtisch greift.

»Lass uns morgen fahren.«

»Morgen?«

Er mustert mich mit einem misstrauischen Funkeln über den Rand seiner Brille hinweg. »Warum? Hast du Pläne?«

»Nein. Ich dachte nur ...« Denk, denk.

Er klopft auf sein Handy und zieht eine Grimasse. »Morgen geht's nicht. Es soll Sturm geben. Da kann man nicht fliegen.« Seine Finger scrollen über den Bildschirm, die Mundwinkel abschätzig nach unten gezogen. »Wir fliegen am Zweiten. Klarer Himmel.«

In einem wilden Stoß entfährt mir die Luft. Keine Ahnung, wie lange ich den Atem angehalten habe.

»Okay. Super.« Ich erhebe mich auf wackeligen Beinen, wende mich zum Gehen.

»Hadley.« Er nimmt die Brille ab und bedeutet mir mit einer Handbewegung, dass ich wieder Platz nehmen soll. »Weißt du, wer CPS angerufen hat?«

Das Herz schlägt mir wie ein Presslufthammer in den Ohren.

»Nein.« Ich schüttele den Kopf, langsam, ruhig, ich verschließe die Panik in meinem Inneren, wo sie für ihn unerreichbar ist. »Ich meine, ich hab mir gedacht, das wäre, weil Mom betrunken gefahren ist«, sage ich und lenke den Köder von mir weg.

Er beugt sich vor, ohne den Blickkontakt abzubrechen. »Ich hab da so eine Ahnung, wer hinter diesem Anruf stecken könnte. Aber eins will ich klarstellen: Ich werde nicht zulassen, dass die Staatsgewalt in mein Haus kommt und mir vorschreibt, wie ich meine Kinder zu erziehen habe. Nur über meine Leiche. Verstanden?«

Er starrt mich an und ich stimme ihm mit einem schnellen Nicken zu.

Er wartet auf ein Blinzeln, auf irgendein Zeichen von Schwäche, das meinen Anteil an dem Anruf verraten könnte.

Noch immer nickend, versuche ich zu schlucken, stattdessen muss ich würgen, huste in meine Faust, um es zu verstecken. »Ich weiß.«

Früh am nächsten Morgen verlässt Dad das Haus, gerade als die ersten Schneeflocken wie Zuckerbäckerkonfetti vom Himmel fallen, sanft und harmlos. Am späten Vormittag ist ein echter Schneesturm draus geworden.

Mein Laptop klingelt. Auf dem Bildschirm erscheint Meaghans strahlendes, ungeschminktes Gesicht, ihr dunkles Haar ist zu einem Pferdeschwanz zurückgebunden.

»Juch-hu! Du bist wieder da!« Sie schüttelt die Fäuste in der

Luft. Ich traue mich nicht, ihr zu sagen, dass ich schon seit Dienstag zurück bin.

»Jep«, sage ich.

Sie greift nach der Kaffeetasse neben sich, hebt sie an den Mund und trinkt einen Schluck. »Als Weihnachten nichts von dir kam, hab ich Charlie gesimst. Er sagte, dein Dad ist mit euch in den Skiurlaub gefahren.« Sie wirft mir einen strafenden Blick zu. »Das von deinem Freund erfahren zu müssen, war schon ein bisschen schräg.«

Meaghans Befindlichkeiten kriege ich heute nicht auf die Reihe.

»Mein Vater hat mein Handy für die gesamte Reise beschlagnahmt. Er hat's mir buchstäblich aus der Hand gerissen, während ich dir eine Nachricht geschrieben habe. Er hat gesagt, er will nicht, dass wir uns auf dem Familienurlaub mit anderen Dingen beschäftigen, aber in Wahrheit war das nur seine Art, meine Gespräche mit Charlie zu verhindern.«

Meaghan schaudert. »Das ist echt krank.«

Sie schaut zur Seite und räuspert sich, das ist ihr nervöser Tick, erst mal zu stocken, während sie ihre Gedanken sammelt, so wie sie es auch macht, wenn sie von Señora Moore aufgerufen wird und keine Antwort auf Lager hat. Ich angle nach einer Büroklammer auf meinem Schreibtisch, biege sie auf und wieder zu, während ich warte.

»Was?«

»Nichts ... es ist nur ... dein Dad wird irgendwie echt immer krasser. Ich meine, dir das Handy wegzunehmen, damit du nicht mit Charlie sprechen kannst, ist ganz schön sadistisch.«

Ein konfisziertes Telefon ist mein kleinstes Problem. Fast jedem, den ich kenne, wurde schon mal sein Handy von den Eltern abgenommen. Damit wäre ich im Grunde einfach nur normal. Aber ich wette, keiner von ihnen wurde schon einmal wegen einer Zwei Minus im Mathetest k.o. geschlagen.

Meaghan schnappt nach Luft. »Scheiße. Glaubst du, er liest unsere Nachrichten? Oder die von *dir* an Charlie?«

»Ich lösche sie.«

Sie nickt und lächelt ... Zeit für ein angenehmeres Gesprächsthema.

»Also ...« sagt sie und versucht, die Stimmung aufzuhellen. »Morgen Abend.«

»Was ist damit?«, frage ich. In ihrer Leitung ertönt ein trällerndes Geräusch.

»Das ist Noah. Komm, wir nehmen ihn dazu«, sagt sie. Mein Bildschirm stellt sich auf ihre beiden Gesichter um. Noahs dunkles schlaffes Haar ist feucht, an den Haarspitzen hängt noch der Schnee.

»Es ist grässlich da draußen. Die Straßen sind eine Katastrophe«, sagt er und schüttelt sich die nassen Flocken aus dem Haar.

»Meine Schwester hat heute Nachmittag einen Arzttermin. Ich hoffe, bis dahin sind die Straßen wieder frei.«

»Lila ist krank?«, fragt Noah.

»Arm gebrochen. Beim Skilaufen«, sage ich.

Beide schnappen nach Luft. »Oh nein! Die Ärmste«, sagt Meaghan.

Die Büroklammer, die ich im Laufe meines Gespräches mit Meaghan verdreht und verbogen habe, bohrt sich unter meinen Nagel. Ich lasse sie fallen und schnappe mir eine neue, die ich zerstören kann. Die beiden ahnen nicht mal die halbe Wahrheit. Wenn CPS uns nicht helfen kann, bringt es mir nichts, Noah und Meaghan davon zu erzählen. An diesem Punkt kann ich sogar nur noch mehr verlieren.

Meaghan sagt: »Noah, ich wollte Hadley grad von unseren Silvesterplänen erzählen.«

Silvester war schon immer mein ungeliebtester Feiertag des Jahres. Niemanden zu haben, den man um Mitternacht küssen kann, ist ungefähr dasselbe wie zum Abschlussball mit seinem Cousin zu gehen. Und obwohl ich zum ersten Mal in meinem Leben tatsächlich jemanden zum Küssen habe, wird dieses Silvester das schlimmste von allen sein. Ich hatte gehofft, dass Charlie und ich einfach etwas Ruhiges zusammen machen könnten, nur wir beide.

»Was ist damit?«, frage ich vorsichtig.

»Ich mache eine Party«, kündigt Meaghan an. »Und *du* musst dich aufbrezeln.« Ihre Finger zeigen auf den Bildschirm, aber Noah und ich antworten zeitgleich: »Wer? Ich?«

»Nicht du, Noah.« Meaghan verdreht die Augen. »Um dich mach ich mir keine Sorgen. Ich hab Angst um unsere Madame-glaubt-Omas-Kuscheljacke-ist-das-perfekte-Party-Outfit.«

»Das glaube ich keinesfalls«, sage ich, bevor ich im Geist meinen Kleiderschrank durchgehe. »Aber wie auch immer, ich werd's wahrscheinlich eh nicht schaffen.«

Jetzt herrscht bei beiden fassungslose Stille.

»Was?« Meaghans Stimme quietscht förmlich vor verletzter Gefühle.

»Du weißt, dass ich große Partys hasse«, rudere ich zurück und versuche den Schaden, den ich mit meinen Worten angerichtet habe, einzudämmen.

Meaghans Augen schimmern. Ich kann ihr das nicht antun, auch wenn das Anstoßen auf ein fröhliches neues Jahr wirklich das Letzte ist, was ich will, jetzt, wo ich weiß, was vor mir liegt. Aber ich kann Meaghan nicht so verletzen.

»Tut mir leid. Ich war ein Idiot. Natürlich komme ich.«

Meaghan lächelt erleichtert, aber Noah mustert mich durch seine Wimpern.

»Alles klar da drüben, Muscles?«, fragt er.

Es ist der wissende Unterton, mit dem er diese Worte ausspricht, der mir jetzt beinahe den Rest gibt. Als ob er die letzten Puzzleteile zusammengefügt hätte und endlich klar sieht, wie mein Leben wirklich ist.

Noah würde seinen linken Arm dafür geben, wenn sich die Dinge dadurch für mich verbessern würden, das weiß ich tief in meinem Innersten. Aber was jetzt ins Rollen gebracht wurde, kann niemand mehr stoppen.

Ich nicke und blinzele mit aller Kraft, um die Tränen zurückzuhalten.

»Fantastisch! Ich kann's nicht erwarten, euch morgen zu sehen. Was soll ich mitbringen?«

»Dich selbst! Und deinen Mann!« Meaghan lacht, wieder ganz in ihrer aufgeregten Party-Prep-Laune.

Später an diesem Nachmittag schrappt ein Schneepflug vor unserem Haus entlang. Mom hat schon ordentlich Chardonnay getankt, also bringe ich Lila zu ihrem Arzttermin.

Der kinderärztliche Orthopäde ist zufrieden damit, wie der Knochen in Vermont gerichtet worden ist. Er tätschelt Lila den Kopf und nennt sie Suzy Chapstick.

»Wer?«, fragt Lila voller Verachtung

Er lacht. »Sie war eine berühmte Skiläuferin, als ich jung war. Versuch, dir die dreifache Lindy zu verkneifen, bis du reif für Olympia bist, okay?«

»Die was?«, fragt Lila. Dr. Sher, der höchstwahrscheinlich im Alter meiner Eltern ist, schüttelt den Kopf. »Rodney Dangerfield? Mach's noch mal, Dad? Nein? Gott, ich bin alt.« Lila und ich lächeln höflich.

Er will gerade aus dem Zimmer gehen, als ich die Packung mit den Schmerzmitteln aus der Tasche ziehe.

»Dr. Sher?« Er dreht sich wieder zu mir um. Ich reiche ihm die Packung.

»Die hier haben sie Lila gegen die Schmerzen gegeben.«

Er wirft einen Blick auf die Packung, dann auf Lila und nickt einmal kurz. »Die sollen ihr nur helfen, dass sie erst mal über den Berg kommt.«

»Also ... dann soll sie die nicht alle vier Stunden nehmen«, sage ich.

»Nur, wenn sie sie braucht.« Er wendet sich Lila zu. »Nimmst du die jetzt auch?«

»Nein«, sagt sie.

»Sie nimmt Ibuprofen für Kinder«, füge ich hinzu.

»Und die lindern den Schmerz?«

Sie nickt.

»Okay.« Er wendet sich wieder an mich. »Im Ernst. Die Ibuprofen sollten reichen. Ich bin kein Freund von denen hier.« Er hält die Packung hoch, bevor er sie mir zurückgibt. »Wann hattest du zum letzten Mal Stuhlgang?«, fragt er Lila.

»Eklig«, ist ihre Antwort.

»Lila! Sag's ihm einfach.« Ich werfe ihr einen finsteren Blick zu.

Sie tut so, als würde sie würgen, dann sagt sie. »Weiß ich nicht mehr.«

Er nickt wissend.

»Holt euch in der Apotheke ein Mittel gegen Verstopfung. Das sollte helfen.«

Er wendet sich erneut zum Gehen und ich mache einen weiteren Vorstoß. »Es ist nur ... meine Eltern waren der Ansicht, dass Lila diese Pillen alle vier Stunden nehmen sollte.«

»Nur wenn Bedarf ist«, betont er. »Und nachdem sie den nicht hat ...«

»Richtig«, bekräftige ich mit einem Nicken. »Okay, gut.

Die haben sie nämlich ganz schön viel schlafen lassen«, füge ich hinzu. Und genau das war Dads Absicht, da bin ich mir sicher. Sie sollten Lila ruhigstellen, damit sie nichts ausplaudert.

»Das kann ich mir vorstellen.« Er erwidert meinen Blick. Hinter seinen Augen rotiert es. »Also, weder deine Mutter noch dein Vater konnten zu diesem Termin mitkommen?«

Ich kralle mich an der Kante der Untersuchungsliege fest, unter meinen Fingern knistert das Papier.

»Nein.« Ich mag Dr. Sher. Er stellt die richtigen Fragen.

»Sind sie beide berufstätig?« Er öffnet seine Patientenakte und klickt seinen Kugelschreiber.

»Nur mein Dad«, biete ich ihm an. *Frag weiter ...*

»Und eure Mom?« Er fängt an, sich Notizen zu machen.

Sie war besoffen. Sie wurde mit Lila im Auto wegen Trunkenheit am Steuer verhaftet und ich werde es nicht mehr zulassen, dass sie meine Schwester irgendwo hinbringt. Sag es ihm! Sag ihm, dass Lila ihren Arm nicht durch die dreifache Lindy gebrochen hat, sag ihm, dass unser Vater sie den Berg heruntergestoßen hat, weil sie ihn ein Arschloch nannte!

»Hat's nicht geschafft«, sage ich, und meine Augen flehen ihn an, zwischen meinen Zeilen zu lesen.

Er kritzelt noch etwas in seine Akte, und ich hoffe, er ist ein ebenso guter Gedankenleser wie Kinderorthopäde. Ich stelle mir vor, wie Dr. Sher zu unserer Rettung kommt. Wie er Lilas Akte mit einem Warnsignal kennzeichnet, es mit *auffällig* abstempelt und darauf besteht, mit irgendjemandem von CPS zu reden, der tatsächlich in der Lage ist, uns zu helfen.

Aber als er mich mit einem schlaffen Handschlag verabschiedet und über den Flur geht, um seinen nächsten Patienten ebenso überschwänglich zu begrüßen wie uns vorhin, wird mir klar, dass diese Akte einfach nur zurück in die Schublade wandert, sobald wir sein Zimmer verlassen haben.

Ich öffne den Mund, um ihn zurückzurufen. Ihm alles zu sagen. Aber da taucht wieder das drohende Gesicht meines Vaters vor mir auf und bringt mich zum Schweigen.

Zurück im Auto steuere ich den Wagen über die matschigen Straßen auf die Autobahn. Aber Lila nach Hause zu bringen, fühlt sich an, als würde ich sie wieder dem Feind ausliefern. Vor meinem geistigen Auge entfaltet sich ein Stadtplan mit Umgehungsstraßen, Ausfahrten und Fluchtwegen. Als wir unsere Ausfahrt erreichen, reiße ich den Wagen auf die Spur Richtung Westen.

Eine ganze Weile lang fällt es Lila gar nicht auf, sie bemerkt es erst, als wir an der *Unisphere* vorbeifahren, dem zwölfstöckigen Metallglobus in Flushing Meadow Park.

»Hey ... Hadley! Du hast dich verfahren.«

Mein Fuß drückt fester aufs Gaspedal.

»Hadley! Das ist die Weltausstellung! Wir sind in Queens!«

Meine Hände umklammern das Steuerrad so fest, dass meine Knöchel weiß hervortreten.

»Hadley!« Jetzt schreit sie, und in einem Anflug von Panik bricht ihr die Stimme weg. Es macht meinen Entschluss zunichte.

»Okay«, sage ich, biege mit gedrosseltem Tempo in die rechte Spur und nehme die nächste Ausfahrt.

Bei einer Tankstelle halte ich an, meine Beine zittern so heftig, als wären wir gerade einem Frontalzusammenstoß mit einem 18-Tonnen-Lkw entkommen.

»Brauchen wir Benzin?«, fragt Lila, und noch immer hat ihre Stimme einen Anflug von Angst.

Ich lasse meinen Kopf auf der Nackenstütze vor- und zurückrollen.

»Ich muss mich nur kurz wieder einkriegen«, sage ich.

Mit einer Kreditkarte auf den Namen meines Vaters, einem

Handy, das mein Vater auf Schritt und Tritt verfolgen kann, und dreiundzwanzig Dollar Bargeld, habe ich mir eingebildet, ich könnte einfach weiterfahren und damit davonkommen. Wie Charlie sagen würde: Es war ein abgefuckter Plan.

jetzt

»Hadley?« Janet steckt den Kopf ins Gemeinschaftszimmer, in dem ich gerade allein am Tisch sitze und eine Partie Solitaire spiele. Rowan ist gestern entlassen worden. Unser Abschied war unspektakulär. Eine schnelle Umarmung und das Versprechen, in Kontakt zu bleiben, und schon wurde sie von ihrer Mutter und ihrem Bruder fortgeschwemmt. Schon jetzt ist Rowan Vergangenheit.

Neben Janet taucht Grandmas Kopf auf, mit einem künstlichen Lächeln auf den Lippen. Sie hat mich schon öfter hier besucht, aber nie mit diesem nervösen Gesichtsausdruck. Irgendwas ist passiert.

Ich stehe auf und gehe ihr entgegen. Grandmas Arme legen sich um mich und drücken, aber es kommt nicht mal in die Nähe der stürmischen Umarmungen, die sie mir vor dem Unfall immer gegeben hat. Diese neuen, laschen sind für mein gebrochenes, zerbrechliches Ich reserviert.

»Der Mann, der den Flugzeugabsturz untersucht, ist hier, um mit dir zu sprechen«, sagt Grandma, als sie mich aus ihrer Umarmung entlässt. »Er hat ein paar Fragen.« Nervös zuppelt sie an den Trägern ihrer Handtasche herum.

»Okay.« Grandma und Janet starren mich an. »Oh. Das soll heißen, jetzt?«

Janet nickt.

»Kann ich einen Moment mit Hadley sprechen, bevor wir gehen?«, wendet sich Grandma an sie. »Allein?«

»Klar.« Janet setzt ein Lächeln auf.

Grandma schaut sich im Zimmer um und zeigt auf einen kleinen Tisch am Fenster, abseits der Sofas. Wir setzen uns einander gegenüber.

Sie stellt die Handtasche auf ihrem Schoß ab. »Er war schon ein paar Mal hier, aber die Ärzte wollten warten, bis sich ... dein Zustand etwas gebessert hat.« Sie wählt ihre Worte mit Bedacht.

»Oh«, sage ich.

»Was meinst du, schaffst du das, Liebes?«, fragt sie. Sie beißt sich auf die Unterlippe, was auf ihren Zähnen eine korallenrote Lippenstiftspur hinterlässt. Ich reibe mir mit meinem Finger über die Zähne, um ihr zu signalisieren, dass sie es weg-wischen sollte. Ich werde ganz bestimmt nicht zulassen, dass die Leute meine Großmutter anstarren, als wäre sie eine durchgeknallte alte Dame mit Lippenstift auf den Zähnen.

»Bäh. Ich hol mir ein Taschentuch.« Sie öffnet ihre Hand-tasche. »Oh, und das. Hab ich dir mitgebracht.« Sie reicht mir eine Schachtel mit Lorna-Doone-Keksen und kramt weiter in ihrer Tasche herum, bis sie ein Taschentuch gefunden hat. Sie tupft ihre Vorderzähne damit ab und versenkt es wieder im Inneren der Tasche.

»Ach. Und das hier ist auch für dich.«

Sie zieht einen Notizzettel mit der vertrauten lila Hand-schrift hervor und hält ihn mir hin.

Ich zögere. Grandma beobachtet mich, also falte ich ihn auseinander, drücke ihn als Erstes gegen meine Nase und atme den duftenden Filzstift ein, den chemischen Traubengeruch, der noch so frisch ist.

Liebe Hadley,

Bist du sauer auf mich? Warum hast du mir nicht zurück-
geschrieben? Wenn ich etwas getan habe, das dich wütend
gemacht hat, tut es mir TOTAL leid.
Ich bin hier nicht gerne ohne dich.
Bitte, bitte, bitte, bitte, bitte, BITTE, komm schnell her.
Bitte ankreuzen: JA oder NEIN.
Mit Liebe,
Lila
PS: Grandma lässt mich Tomaten als Gemüse essen.

»Hadley? Hast du gehört, was ich gerade gesagt habe?«, fragt
Grandma.

Ich nicke. »Klar.«

»Bist du dann so weit?«

Seit dem Tag des Absturzes weiß ich, dass dieser Moment
kommen wird. Ich dachte, ich wäre darauf vorbereitet. Aber
Lilas Nachricht wirft all meine Gedanken über den Haufen.

Ich stehe auf.

»Ich bin so weit.«

damals

Charlie beobachtet mich vom Fuß der Treppe, als ich den Weg nach unten antrete, meine Hand um das Treppengeländer gekrallt, damit ich mein Gleichgewicht nicht verliere. Ich zucke mit den Schultern und ziehe eine Grimasse, als wortlose Entschuldigung dafür, dass ich ausgerechnet in der Minute, die wohl für jedes Paar auf dem Planeten die heiligste des ganzen Jahres ist, verschwunden bin. Ungünstiger Weise für Charlie und für mich, habe ich um Punkt Mitternacht über der Kloschüssel gehangen und mir die Seele aus dem Leib gekotzt.

Unten ist es gerammelt voll von Dutzenden einander umarmenden und küssenden Körpern. In das verheißungsvolle neue Jahr mischt sich literweise Champagner, der von jedem die liebenswerteste Version zum Vorschein bringt. Charlie schlingt seinen Arm um meine Schulter. »Bist du okay?«, flüstert er mir ins Ohr.

»Besser«, biete ich an. Er küsst meinen Kopf. Ich schätze mal, er ist nicht wild darauf, mich jetzt noch auf den Mund zu küssen, nachdem ich gerade gespuckt habe.

»Für jemand, die nie Alkohol trinkt, hast du dir heute aber ganz schön die Kante gegeben«, sagt er und wartet offensichtlich auf irgendeine Erklärung. Eine, die ich ihm nicht geben werde.

Drüben im Wohnzimmer umklammert Meaghan Noahs Arm. »Ich liebe dich einfach so sehr«, schluchzt sie. »Und ich will, dass du jemanden findest, der *wertschätzt*, was für ein einzigartiger Mensch du bist ...«

Flehend schaut Noah zu mir rüber und formt mit den Lippen »Hilfe«.

Ich zucke lächelnd mit den Achseln. Wir wissen beide, dass Meaghan extrem rührselig wird, wenn sie betrunken ist.

»Willst du jetzt gehen?«, fragt Charlie.

Verblüffender Weise hat die Minute des Kotzens ihren Zweck erfüllt. Mein aufgewühlter Magen hat sich beruhigt. Nicht mal mein Kopf ist übermäßig benebelt. Ich will nicht heim. Aber hier bleiben will ich ganz bestimmt auch nicht.

»Nicht nach Hause«, schlage ich vor, und beiße mir auf die Lippe. Charlie bugsiert mich in eine ruhigere Ecke der Wohnung. Er beugt sich vor und flüstert mir ins Ohr: »Bei mir ist meine Mom.«

»Wir können einfach irgendwo parken.« Ich schmiege mich an ihn, streife mit meinen Fingern seinen Nacken entlang, kreise mit dem Daumen über sein Ohr. Seine Augen flattern für einen Moment lang zu und er stöhnt.

»Du bist sternhagelvoll.«

»Ich bin nicht *so* voll«, widerspreche ich ihm mit einem Lächeln.

Er schüttelt den Kopf, fast bereit, mir nachzugeben. »Ich hol deinen Mantel. Wir fahren einfach ein bisschen rum oder so.« Mit einem schnellen Kuss auf meine Stirn macht er sich auf den Weg nach oben. Während er sich durch den Haufen Mäntel auf Meaghans Bett wühlt, gehe ich zu meinen Freunden rüber. Meaghan lässt von Noah ab und stürzt mir in die Arme.

»Oh Hadley, ich liebe dich einfach so unfassbar doll!«, lallt

339

sie, und schwankt auf ihren lächerlich hohen Absätzen herum.

»Ich liebe dich auch, Meaghan.« Ich umarme sie stürmisch. »Das tue ich wirklich. Ich meine, vergiss das nie, okay?«

Als Nächstes schnappe ich mir Noah. »Dich auch, Lulatsch. Ich liebe dich.«

»Nicht auch noch du«, stöhnt er. »Ihr zwei gebt mir echt den Rest mit eurem Suffgelaber. Die heult jetzt ernsthaft über *meine* Trennung von Matt.«

Ich lehne mich zurück und packe Noah an beiden Armen. »Noah, hör mir mal zu, okay? Seit ich denken kann, bist du die Stimme meines Gewissens und mein engster Freund. Ich liebe dich. Und ich will, dass du das weißt.«

Er lacht verhalten. »Eigentlich wirkst du sogar irgendwie nüchtern.« Sein scharfer Blick prüft mich eingehend.

»Ich mein's ernst.« Ich drücke seine Arme.

»Ich liebe dich auch, Hadley«, sagt er und tariert seine Worte sorgfältig aus. Seine langen Arme schlingen sich um mich und ziehen mich in eine dicke Umarmung.

»Glückliches neues Jahr«, sagt Noah in mein Ohr, und mein Hals schnürt sich zu.

Charlie steht hinter mir, meinen Mantel in der Hand. Ich schlüpfe hinein und werfe meinen Freunden einen letzten Blick zu.

»Ruf uns an, wenn du aus Ithaca zurückkommst«, ruft mir Noah hinterher. Ich tue so, als hätte ich ihn nicht gehört und gehe hinter Charlie aus der Tür.

Auf dem Gehweg angelt sich Charlie die Autoschlüssel aus meiner kalten Hand. »Du fährst heute Abend nicht.«

Die kalte Luft bläst mir den Kopf wieder frei. »Mir geht's gut«, sage ich und meine es, bis ich stolpere; Charlies Griff um meinen Ellenbogen wird fester und bewahrt mich vor dem

Sturz. Ich starre auf den Gehweg, der wie aus dem Nichts nach meinem Zeh geschnappt hat.

Charlie drückt auf meinen Schlüssel, um die Autotür zu öffnen. »Handy?« Er streckt seine Hand aus. Ich krame es aus meiner Tasche und reiche es ihm. Er wirft es ins Handschuh-fach und schließt die Tür. Er schiebt mich behutsam zu seinem Auto und hilft mir einzusteigen, bevor er die Beifahrertür schließt.

Wir fahren Richtung Stadtzentrum. Ich versuche, mich nä-her an ihn heranzukuscheln, aber die Mittelkonsole ist im Weg.

»Lass uns erst mal zusehen, dass du was in den Magen be-kommst«, schlägt er vor, als wir auf den Diner zufahren. Mei-ne Hände vergraben sich in seinem Haar, tanzen um sein Ohr herum. »Wollen wir nicht zum Strand fahren? »

»Hadley ...«

»Was?« Ich muss kichern.

Er wirft mir einen Seitenblick zu, dann biegt er an der nächsten Ampel rechts ab in Richtung Bucht.

Das Beach Gate ist geschlossen und versperrt uns die Zu-fahrt zum Parkplatz. Charlie wendet das Auto und ich zeige auf einen Weg, der sich im Dunkeln versteckt. »Fahr da rein.«

»Der ist privat«, sagt er mit einem Blick auf das Schild.

»Ich kenne die Familie, die da lebt. Mein Dad spielt mit ihrem Dad Golf. Die sind jetzt auf Hawaii.«

Wir parken den Wagen am Rand des Privatweges. Charlie stellt den Motor ab. Ich beuge mich zu ihm, um ihn zu küssen, und er hält mir die Wange hin.

»Das ist jetzt aber echt schräg«, beschwere ich mich. Er lächelt mich an und drückt meine Hand. Ohne mich abschre-cken zu lassen, schnalle ich mich ab und knie mich hin, um ihm die Arme um den Hals zu schlingen.

»Ist es, weil ich mich übergeben habe?«, murmele ich ihm ins Ohr.

Er grinst grimassenhaft und zuckt mit den Achseln. »N'bisschen? Tut mir leid.«

Ich küsse sein Ohr. »Ich hab mit Mundwasser gespült«, beschwichtige ich ihn und knabbere an seinem Ohrläppchen. Ich krabbele über die Mittelkonsole auf seinen Schoß und nagele ihn mit einem Knie auf jeder Seite fest.

»Komm schon«, necke ich ihn. »Es ist Silvester. Stell den Sitz zurück.«

Er küsst meinen Hals, schlingt seine Arme um meine Hüften. Dann stöhnt er und zieht sich zurück.

»Hadley ... ich hab kein Kondom dabei.«

Ich blinzele. »Oh.« Offensichtlich habe ich es vergessen, aber nicht Charlie. Seit mein Vater vor einer Woche die Packung ins Feuer geworfen hat, nehme ich nicht mehr die Pille. »Warum nicht?«

Er zuckt mit den Achseln und schaut peinlich berührt zur Seite. »Ich wusste, dass meine Mutter zu Hause ist. Und ich will *keinen* Sex im Auto haben.«

»Warum?« Ich drücke meine Lippen auf seinen Mundwinkel. »Mir macht das nichts aus.«

»Hadley.« Wie süß mein Name aus seinem Mund klingt. Er streicht mir eine Haarsträhne hinters Ohr. »Weil ich ein Scheißromantiker bin, wenn es um dich geht. Weil du sternhagelvoll bist. Und weil Sex im Auto nicht im Entferntesten so toll ist, wie es klingt.«

Alles was er sagt, tritt durch seinen letzten Satz in den Hintergrund.

»Und das weißt du aus eigener Erfahrung?«, fahre ich ihn an.

Seine Augen blitzen. »Ja, weiß ich. Bist du jetzt glücklich?«

Ich stöhne auf und krümme mich, als mich mein großkotzi-
ger Anmach-Mut verlässt. Logisch macht mich das nicht
glücklich. Aber ich hab's nicht anders verdient. Das Lenkrad
bohrt sich in meinen Rücken, macht mir quälend die vernich-
tende Enttäuschung dieses ganzen Abends bewusst. Charlie
unternimmt keinerlei Anstalten, den Sitz zurückzuklappen.

Ich nehme einen zweiten Anlauf und beuge mich vor. »Es ist
okay. Nur dieses eine Mal.« Ich küsse seinen Kiefer, seinen
Hals.

Diesmal stößt er mich noch etwas entschlossener zurück.
»Hadley, dich in deinem Abschlussjahr zu schwängern, ist auf
keinen Fall okay.«

Zurückweisung und Verzweiflung und Wut und Angst
und Hoffnungslosigkeit vermischen sich in meinem Magen zu
einem widerlichen Brei. Ich lege meine Hand an die Fensterscheibe, um das Gleichgewicht zu halten. Das Glas ist kalt und
nass. Als ich die Hand wieder wegziehe, hinterlasse ich einen
Abdruck. Dass die Scheibe beschlagen ist, liegt nur an mir. Ich
bin die Einzige hier drin, die heiß und geplagt ist.

Hinter meinen Augen beginnt das vertraute Stechen, und
ich habe nicht mehr die Kraft, dagegen anzukämpfen. Trös-
tend schlingen sich Charlies Arme um mich, aber wie ich da
mit gegrätschten Beinen, im kurzen Rock auf ihm sitze und in
meine Hände weine – fühle ich mich verletzlicher denn je.

»Hadley, alles ist gut. Du hast einfach nur zu viel getrun-
ken.«

»Nichts ist gut«, plärre ich.

Sein Lachen poltert unter mir. »Du bist ein Totalschaden,
wenn du trinkst, weißt du das? Komm schon. Wir haben noch
so viel Zeit. Noch jede Menge gemeinsamer Silvesternächte.«

Es bringt mich nur noch mehr zum Weinen.

»Hadley, komm schon. Bitte? Ich mach es wieder gut, okay?

Wenn du zurückkommst. Wir feiern Silvester bei mir zu Hause nach. Nur du und ich. Es wird den heutigen Abend wie einen Anfängerevent aussehen lassen.«

Die Tränen hören nicht auf, aus mir herauszuströmen – wegen allem, was ich noch immer zu verlieren habe.

damals

Lichtstrahlen bohren sich wie Dolche durch meine Jalousien und zielen auf meine geschlossenen Lider.

Ich wehre sie mit dem Handrücken ab und drehe mich zur Uhr auf meinem Nachttisch um. Es ist nach elf. Noch nie hat mich jemand so lange ausschlafen lassen. Besorgt frage ich mich, ob etwas passiert ist, vielleicht bin ich die einzige Überlebende einer Kohlendioxidvergiftung. Bevor sich die Panik in mir ausbreitet, dringen die Lebenszeichen in mein Bewusstsein; Musik aus Lilas Zimmer, das Geklapper von Töpfen aus der Küche.

Ich stehe auf und gehe an meinen Schreibtisch, um meine Nachrichten von letzter Nacht zu checken.

Die erste ist von Noah:

Charlie und ich haben dein Auto nach Hause gebracht. Die Schlüssel sind im Handschuhfach. Hol sie raus, bevor jemand dein Auto klaut. Du weißt schon, weil du in so'nem üblen Viertel wohnst.

Charlie hat mich gestern Nacht zurück zu Meaghan gefahren, damit ich mein Handy aus dem Auto holen konnte und mich dann direkt nach Hause gebracht. Er wollte nicht zulassen, dass ich selbst fahre. Er war fest davon überzeugt, dass mein hysterischer Anfall letzte Nacht von meinem Rausch kam.

Kam er aber nicht.

Die nächste Nachricht ist von Charlie:

Ich hasse es, dass wir mit dem falschen Fuß im neuen Jahr gelandet sind.
Lass es mich wiedergutmachen. Können wir uns treffen?
Mom arbeitet.
Ich liebe dich.

Ich mache mich auf den Weg nach unten.

»Guten *Morgen*«, sagt Mom. »Wie war Meaghans Party?«

Ich zucke mit den Achseln und öffne den Kühlschrank, um mir einen Schluck Orangensaft rauszuholen. Mein Hals ist so ausgetrocknet, dass ich am liebsten gleich aus der Flasche trinken würde. Was ich auch täte, wenn Mom nicht direkt neben mir stehen und mich beobachten würde.

Stattdessen setze ich mich mit einem Glas an den Tisch, gieße es randvoll und kippe die Hälfte davon in einem Zug runter, sodass die herbe Süße den ekligen Geschmack aus meinem Mund spült.

Mom schaut mich wissend an.

»Heute lass ich dich vom Haken«, sagt sie mit einem selbstgefälligen Lächeln. »Ich weiß, dass Noah letzte Nacht das Auto vorbeigebracht hat.«

»Oh«, murmele ich, ohne aufzuschauen.

»Dein Vater hat nichts mitbekommen. Als er aufgewacht ist, war dein Auto hier. Genau wie du. Das ist alles, worauf es ankommt.« Sie setzt sich mit ihrer Kaffeetasse neben mich.

»Danke.«

»Also.« Ihr Lächeln wird zu einem Strahlen. »Morgen ist der große Tag, was?«

»Mhm.« Ich lasse meinen Saft im Glas kreisen, beobachte die Wellen, die fast über den Rand schwappen. »Kann schon sein.«

Sie schenkt sich noch eine Tasse Kaffee ein, während ich meinen Saft austrinke.

»Ich muss noch entscheiden, was ich anziehe.« Sie dreht und wendet das Tütchen mit Süßstoff zwischen ihren Fingern.

»Anziehen zu was?« Ich lecke den Rand meines Glases ab. Ich hab noch immer Durst. Ich sollte wohl besser Wasser trinken, aber der Saft war ein Volltreffer. Ich stehe auf und öffne noch mal die Kühlschranktür.

»Für morgen«, sagt sie schlicht, als wären wir beide auf demselben Stand.

Ein kalter Schauer durchfährt mich, aber es hat nichts mit dem geöffneten Kühlschrank zu tun. »Wo gehst du denn morgen hin?«

In gespielter Verzweiflung verdreht sie die Augen. »Wir kommen mit dir nach Cornell.«

»Wir?«

»Ja, wir alle.« Sie greift an mir vorbei nach ihrem zucker-freien, fettfreien, aromatisierten Kaffeeweißer.

Mein Arm gefriert im Kühlschrank, meine Hand hält sich am Henkel der Orangensaft-Karaffe fest.

»Warum?« Der Klang, mit dem es aus mir herauskommt, ist weinerlich. »Lilas Arm«, erinnere ich meine Mutter. »Sie soll ihn ruhig halten.«

Mit einer Handbewegung fegt sie meine Bedenken vom Tisch. »Ich habe mit Dr. Sher gesprochen. Er sagt, es spricht nichts dagegen.«

»Es sollten aber nur Dad und ich sein«, erinnere ich sie. »Wir fliegen nur kurz hoch, um uns umzuschauen und mit dem

Lacrosse-Trainer zu sprechen, dann wollen wir gleich wieder zurück. Es gibt keinen Grund, dass wir alle fliegen. Ich tu das eh nur, damit er glücklich ist.«

Sie rührt in ihrem Kaffee, nippt an der Tasse und versucht trotzig an ihrer pseudoguten Laune festzuhalten. »Dein Vater hat beschlossen, einen Ausflug daraus zu machen.«

»Das ist doch Schwachsinn«, stöhne ich. »Es ist im Hinterland von New York – und es ist Januar! Es ist kalt. Es schneit. Es gibt nichts, was man dort machen könnte.«

Sie fährt mich an. »Vielleicht will ich einfach nur aus dem Haus?« Empört schüttelt sie den Kopf. »Um Gottes willen, Hadley. Wir kommen mit. Ende der Diskussion.«

Mir klappt der Unterkiefer runter. Es gibt so vieles, was ich ihr zurück ins Gesicht schreien will. Aber die vertraute Faust verkeilt sich in meiner Kehle und macht es unmöglich.

»Ich würde mir einfach nur wünschen, dass du zu Hause bleibst und dich um Lila kümmerst.« Ein letztes Mal versuche ich an ihre mütterlichen Instinkte zu appellieren.

»Tja, also, willst du wissen, was *ich* mir wünsche?«, schnappt sie zurück.

Nein, das will ich nicht. Ich drehe mich um und stürme aus der Küche.

Die vier Wände meines Zimmers fühlen sich an wie ein Käfig. Ich ziehe mir die Laufklamotten an und gehe freiwillig nach unten in den Fitnessraum. Meine Haut juckt vor Nervosität, selbst nach einer Stunde auf dem Laufband, auf dem ich über den Schmerz in meiner Hüfte hinwegrenne. Trotz der inzwischen verheilten Verbrennung ist die Stelle noch immer ein bisschen wund.

Normalerweise beruhigt mich eine heiße Dusche, aber heute schöpfe ich den Tank bis auf den letzten heißen Tropfen aus und fühle mich noch immer so hibbelig wie damals, als ich mir beim Powerlernen für eine Zwischenprüfung drei Tassen Kaffee reingeschüttet hatte.

Es ist dieses Haus. Aus jedem Zimmer schallt mir das Echo seines Zorns, ihrer Nichtachtung entgegen. Ich marschiere zurück nach unten und schnappe mir meine Tasche, meine Schuhe.

»Wo gehst du hin?«, fragt Mom.

»Ich muss ein paar Dinge besorgen«, sage ich. »Und ich brauche Luft.«

Sie nickt. »Um sechs bist du zurück. Ich geh zum Dinner zu den Wileys. Du musst bei Lila bleiben.«

Während ich mir den Mantel anziehe, drehe ich mich zu ihr um, sehe ihr ins Gesicht, lasse diese neue Information auf mich einwirken. »Kommt Dad mit dir?«

An der Art, wie sich ihre Schultern versteifen, weiß ich, wie die Antwort lautet.

»Nein«, sagt sie schlicht. Ein sanfter Seufzer kommt mir über die Lippen. So sollte es nicht sein. *Wir* sollten so nicht sein.

Ich breite die Arme aus, nur mit meinen Blicken, ich flehe sie an, sich mehr zu kümmern, uns mehr zu schützen, uns mehr eine Mutter zu sein. Genau jetzt könnte sie das alles ändern. Aber sie dreht mir den Rücken zu und stürzt sich in Geschäftigkeit, indem sie ein makelloses Kissen aufschüttelt.

Ich drehe mich um und gehe. Im Auto ziehe ich mein Handy hervor.

Während ich Charlies Nachricht lese, angele ich den Cladagh Anhänger hervor, der an der Halskette unter meinem Kragen versteckt ist. Er gibt mir Halt, bevor ich zurückschreibe.

Heute geht's nicht. Muss mich auf die Reise
morgen vorbereiten.

Er schreibt sofort zurück.

Okay. Also dann, sobald du zurück bist.
Ich vermisse dich und alles, was dies noch
beinhaltet. ☺

Charlie hat mal gesagt, er würde nicht lügen. Ich habe ihm
geglaubt. Glaube ihm immer noch. Aber ich habe ihm nie das
Gleiche erwidert.

Ist gebongt.

jetzt

In Lindas Sprechzimmer setzen Grandma und ich uns neben-
einander auf die Stühle. Linda tritt ein, gefolgt von dem
Mann, der seit dem Flugzeugabsturz versucht hat, mit mir zu
sprechen.

»Hadley?« Er streckt seine Hand aus, um meine zu schütteln.
Sie ist rau und schwielig. »Ich weiß nicht, ob du dich noch an
mich erinnerst.«

»Doch«, sage ich und belasse es dabei. Die Fältchen um seine
Augen vertiefen sich, wollen mir noch einmal versichern, dass
er ein guter Kerl ist.

Linda nimmt auf ihrem Stuhl Platz.

»Ich bin Gerald Brady«, sagt er, »Oberinspektor der nationa-
len Behörde für Flugsicherheit.«

»Okay.«

»Wie geht es deinem Arm?« Sein Blick wandert an meinem
Gips entlang, bevor er auf meinen Handgelenken landet. Er
schaut weg, als ob er etwas gesehen hätte, das ihn nichts anginge.

»Danke, es geht ihm gut.«

»Ist es okay für dich, wenn wir uns heute unterhalten?«,
fragt Brady, während die Krähenfüße um seine Augen ein
freundliches Lächeln widerspiegeln.

Ich nicke.

Er hält ein schwarzes Gerät hoch. »Digitales Aufzeichnungs-
gerät.« Er hält es mir hin, als wäre ich ein Hund, der daran
schnüffeln wollte.

»Macht es dir etwas aus, wenn ich unser Gespräch aufneh-
me? Es erleichtert mir die Arbeit, wenn ich später den Bericht
verfasse.«

»Ich habe nichts dagegen.« Die Sonne, die den Schnee vor
dem Fenster reflektiert, blendet mich. Schützend halte ich die
Hand vor meine Augen. »Können wir vielleicht nur die Rollläden schließen?«

Linda erhebt sich von ihrem Stuhl und zieht an der Schnur,
lässt die Rollläden ein Stück herunter. »Besser?«

Ich nicke.

Brady sagt: »Das war ein ziemlicher Sturm vor ein paar
Tagen, was?«

Ich nicke wieder, aus Höflichkeit. Er atmet aus und kommt
zum Thema.

»Hadley, an was erinnerst du dich bei dem Flugzeugabsturz?«

Grandma beobachtet mich. Diese Frage hat sie schon die
ganze Zeit stellen wollen, das ist mir klar.

»An alles.«

Im Zimmer herrscht fassungslose Stille. Bradys Augen werden schmal und er nickt.

Er setzt sich auf die Kante von Lindas Tisch. Ihre geschürzten Lippen lassen erkennen, dass sie sein Verhalten missbilligt.
Aber für ihn ist es besser, weil er mich in dieser Position direk-
ter ansprechen kann.

»Gab es irgendwelche Probleme mit dem Motor?«

»Nein«, sage ich.

»Was dann? Warum hat niemand per Funk um Hilfe ge-
beten?«

»Es ging alles viel zu schnell.« Der Gedanke, wie mich das Flugzeug herumgeschüttelt hat, lässt mich schmerzhaft zusammenzucken.

»*Was* ging zu schnell?«, fragt er.

Mein Herz hämmert mir gegen die Rippen, als sich unter meinen Füßen der Boden auftut.

»Ich wollte das Flugzeug landen und habe es nicht geschafft.«

»Was meinst du damit, du hast es nicht geschafft?«

»Er wollte nicht von seinem Sitz weg. Und meine Mom –«

Ich halte inne, sie ist jetzt ganz nah, ihre schrillen Schreie durchbohren die Luft um mich herum, ihre Augen, einen Moment lang wild und voller Grauen, im nächsten leblose blaue Murmeln, richten sich auf mich.

»Hadley.« Seine Blicke, seine so freundlichen Augen, suchen nach meinen. »Was ist *geschehen*?«

Jetzt starren mich alle an und warten auf eine Antwort.

damals

»Wo zum Teufel ist die Kaffeemühle?«

Erst mal öffne ich die Augen. Vor meinem Fenster geht gerade die Sonne auf, genau wie am Weihnachtsmorgen. Ich werfe einen Blick auf die Uhr: 7:02.

Unten scheppern die Töpfe und Schubladen werden zugeknallt. Meine Zehen graben sich in den weißen Wollteppich, als ich zu meinem Kalender rüberschaue, auf dem das heutige Datum wie ein rotes Bullauge umkringelt ist. Ich ziehe mich an und lege mir die Claddagh-Kette um den Hals. Für einen Moment halte ich den Anhänger zwischen den Fingern und schließe meine Augen für ein Stoßgebet, bevor ich ihn unter meinem Pulli verschwinden lasse.

Unten ist die üble Laune meines Vaters mit Händen zu greifen.

Vorsichtig schleiche ich in die Küche.

»Morgen«, sage ich und reibe mir die Augen.

»Und was soll daran bitte gut sein?«

Dad knallt die nächste Schublade zu. Ich will ihm klarmachen, dass ich das Wort »gut« gar nicht ausgesprochen habe, aber ich beiße mir auf die Zunge. Er ist schon geduscht und angezogen, trägt dunkelblaue Jeans und sein Lieblings-Sweatshirt von Cornell.

Mom kniet auf allen vieren und durchsucht die unteren Schubladen.

»Hadley, hast du die Kaffeemühle gesehen?«, fragt sie mit panischem Unterton. Ich schüttle den Kopf und greife nach dem Orangensaft im Kühlschrank.

»Waren die Putzfrauen gestern hier?«, bellt Dad meine Mutter an.

»Nein, natürlich nicht. Es war ein *Feiertag*«, erinnert sie ihn, was höchstwahrscheinlich als Seitenhieb auf Dads Kosten gehen sollte, weil er gestern den ganzen Tag weg war.

»Also, wo zum Teufel ist sie dann?«

Ich setze mich an den Küchentisch und versuche, mich unsichtbar zu machen, während sein Zorn die Luft um mich herum zum Knistern bringt.

Meine Mutter hält sich an der Arbeitsplatte fest, um sich hochzuziehen.

»Sie wird sich ja wohl kaum auf eigenen Beinen aus dem Staub gemacht haben.« Dad knurrt etwas Unverständliches und sie hebt beschwichtigend die Hände. »Wir holen uns einfach einen Kaffee am Flughafen, okay?«

Bevor ich irgendetwas sagen kann, kommt Lila in die Küche, sie krümmt sich und hält ihren Bauch.

»Mommmmmyyy!«, heult sie. Mommy nennt Lila sie nur, wenn sie krank ist.

»Oh nein. Was denn *jetzt* noch?« Meine Mutter geht auf sie zu.

»Ich komm nicht vom Klo runter«, jault Lila. Sie wirbelt herum und rennt zur Toilette am anderen Ende des Flurs. Mom folgt ihr und presst mit angeekeltem Naserümpfen das Ohr an die Tür.

Mit aufgerissenen Augen verfolge ich, wie die Dinge ihren Lauf nehmen, während mein Vater sich zwischen zwei Fingern

355

den Nasenrücken reibt. Tausendmal habe ich beobachtet, wie er durch diese Geste versucht, seinen wachsenden Zorn und seinen Frust über jede von uns auszuradieren. Es funktioniert nie. Er schaut zu mir rüber und ich lächle ängstlich. Dämlich.

»Wisch dir das selbstgefällige Grinsen aus dem Gesicht, bevor ich es tue.«

Ich versenke den Blick in meinem Orangensaftglas.

Ein paar Minuten später kommt meine Mutter zurück in die Küche und schüttelt hilflos mit dem Kopf. »Ich weiß auch nicht, was mit ihr los ist.«

Ich stehe auf, gehe rüber zum Klo und klopfe sanft an die Tür.

»Lila?«

»Hau ab!«, schreit sie.

»Lila, bist du okay?«

»Was glaubst *du* denn?« Sie stöhnt, während sich ihr Darm ins Klo entleert, rasend und wutentbrannt.

Ich gehe zurück in die Küche. »Es ist ernst«, sage ich und verziehe das Gesicht.

Kapitulierend schleudert mein Vater die Hände in die Luft und dreht sich zu meiner Mutter. »Also gut. Du bleibst mit Lila zu Hause. Ich fliege mit Hadley. Wir kommen heute Abend zurück.«

Mom schnappt nach Luft, als hätte er sie geschlagen.

»Nein! Ich habe mich darauf gefreut!«

Er starrt sie an. »Hast du vielleicht einen besseren Vorschlag?«

Sie greift nach dem Telefon. »Wenn du's genau wissen willst, ich hab einen.«

Als sie die Nummer wählt, gehe ich zu ihr rüber, um sie zur Vernunft zu bringen. »Mom, bleib einfach daheim bei Lila. Bitte!«

Sie dreht mir den Rücken zu und stopft sich einen Finger ins Ohr, um mich auszublenden.

»Hallo, Mom? Hier ist Courtney ... ja, ich weiß, du hast jetzt eine Anruferkennung ... Ich muss dich um einen Gefallen bitten.«

Ich ziehe meine Mutter am Ärmel. »Mom. Bleib hier bei Lila. Sie braucht dich«, flehe ich. Mom ignoriert mich und fährt fort, Grandma am Telefon zuzuraunen.

Als sie auflegt, breitet sich ein Grinsen auf ihrem Gesicht aus.

»Alles klar. Meine Mutter kommt und bleibt bei Lila.«

Mein Vater jammert, dass er durch den Koffeinentzug nicht in der Lage ist, uns zum Flughafen zu fahren, also fahre ich sie in meinem Auto. Er setzt sich auf den Beifahrersitz und zappt durch die Sender, bis er etwas findet, das er »echte« Musik nennt. Er brüllt jedes »Arschloch« an, das zu schnell oder zu langsam fährt, fuchtelt mit seinem Zeigefinger vor meiner Nase herum, um mir zu klarzumachen, dass ich die Spur wechseln soll. Meine Nerven liegen blank. Das plötzliche Aufheulen der Polizeisirene hinter mir lässt mich aufschrecken; ich fahre seitlich raus.

»Er meint nicht dich«, sagt mein Vater mit einem schneidenden Lacher, als der Polizeiwagen an mir vorbeisaust. Dann schaut er auf meine zitternden Hände. »Mein Gott, Hadley, du bist so ein Weichei.«

Ich stelle den Schalthebel auf Parken. Meine Beine zittern, meine Zähne klappern aufeinander, meine Kehle wird eng. Zu eng.

»Hadley?« Mom beugt sich auf dem Rücksitz vor. »Was ist los?«

Ich vergrabe den Kopf in den Händen. »Keine Ahnung.«

Wortlos öffnet Dad seine Tür, steigt aus und läuft um das Auto herum. Er klopft gegen mein Fenster und wedelt ungeduldig mit den Händen. Wir tauschen die Plätze. Nachdem er meinen Sitz um mehrere Handbreit zurückgejagt und die Spiegel neu eingestellt hat, rast er die Straße entlang als säße er im Endspurt des Daytona 500-Rennens.

»Ich weiß, was es ist.« Er wirft mir einen Seitenblick zu. »Ich krieg sie auch. Vielleicht ist es erblich. Von allen Eigenschaften, die du von mir hättest erben können, muss es ausgerechnet diese sein, was?« Angewidert schüttelt er den Kopf.

Ich presse meine Hände zwischen die Knie.

»Was?«, frage ich.

»Kampf oder Flucht«, sagt er. »Manchmal kämpfst du, manchmal nicht.«

Ich schüttele langsam den Kopf, kann ihm immer noch nicht folgen.

»Überkommt mich immer mal wieder. Manchmal sogar beim Fliegen. Und bei dir?« Er dreht sich zu mir.

Ich schüttle den Kopf. »Ein bisschen. Aber kein Vergleich zu jetzt.«

Er nickt. »Na, dann ist ja gut.«

Wir biegen zum Flughafen ab und parken.

Ich schüttle meine kribbelnden Hände aus und nehme mehrere tiefe Atemzüge. Mom karrt ihr Handgepäck über den Parkplatz auf die Rollbahn.

»Kaffee.« Dad schaut sehnsüchtig zum Terminal rüber.

»Ich hol welchen.« Es bricht wie ein Schrei aus mir heraus. »Und Frühstück. Ich muss sowieso noch mal aufs Klo«, biete ich mich an und versuche, die Hysterie aus meiner Stimme auszuradieren. Dad zieht vierzig Dollar aus seinem Portemonnaie und drückt sie mir in die Hand.

»Beeil dich.«

Der Asphalt federt unter meinen zitternden Knien, als ich mich zum Terminal umdrehe und loslaufe. Am Tresen der Cafeteria bestelle ich zwei Mal Kaffee für meine Eltern und drei Blaubeermuffins.

»Ich muss nur klarstellen, dass keine Nüsse in den Muffins sind«, sage ich zu dem Typen an der Kasse. Er scheint neu zu sein und ist kaum älter ist als ich.

»Nö.« Er reicht mir das Wechselgeld.

»Ganz bestimmt nicht?« Jetzt sieht er mich verunsichert an. »Mein Vater reagiert extrem allergisch auf Nüsse, deshalb. Und er wird fliegen. Kannst du noch mal bei Lou nachhaken?« Ich deute auf den breiten Rücken des Geschäftsführers, der ein paar Schritte von uns entfernt steht.

Der Kassierer geht zu ihm rüber und tippt ihm auf die Schulter. »Lou? Die Kundin da will sicherstellen, dass in den Blaubeermuffins keine Nüsse sind.« Er zeigt auf mich.

Lou kommt grinsend auf mich zu. »Hey, Kamille. Wo hast du denn gesteckt?«

»Hatte schon länger keine Flugstunden mehr.« Ich zwinge mich zu einem Lächeln.

Er hebt die Hand hoch und imitiert ein Zittern. »Keine schwachen Nerven heute? Keine magische Kräuterteekur?« Er lacht, zieht mich mit meinem Standard-Kamillentee auf, den ich nach jeder Flugstunde mit Phil bei ihm bestelle, um meine Nerven zu beruhigen.

Ich schüttele den Kopf. Ich traue meiner Stimme nicht. »Nüsse?«, quieke ich und halte die Tüte mit den Muffins hoch.

»Keine Nüsse. Bist du allergisch?«

»Mein Vater.« Ich greife nach der Rechnung und stopfe sie in meine Handtasche. »Ich frag immer lieber zwei Mal nach.«

Ich steuere das Damenklo an. Als ich fertig bin, gehe ich wieder raus, wo meine Eltern schon am Flugzeug warten. Ich

reiche Dad die Tüte und Mom den Karton mit den Kaffee-
bechern.

Dad verzieht das Gesicht, als er einen Blick in die Tüte
wirft. »Muffins?«

Ich räuspere mich und versuche noch einmal, mir die nadel-
spitzen Stiche aus den Händen zu schütteln. »Die haben nicht
grad eine Riesenauswahl da drüben.« Dann fällt es mir wieder ein. »Ich hab aber sichergestellt, dass keine Nüsse drin
sind.«

Er nickt und wir klettern an Bord. Ich nehme den Sitzplatz
hinter Mom. Innerhalb von fünfzehn Minuten sind wir in der
Luft. Als wir die richtige Flughöhe erreicht haben, sagt Dad
zu Mom: »Ich hab Hunger. Gib mir mal einen von den Muffins.«

Während Mom und Dad ihr Frühstück herunterschlingen,
starre ich aus dem Fenster auf die weiße Schneedecke unter
uns.

Dad räuspert sich. Einmal, zweimal. Er nimmt einen Schluck
Kaffee, um den Frosch im Hals runterzuschlucken.

Mom schaut besorgt zu ihm rüber. »Bist du okay?«

Wieder räuspert er sich, dann zerrt er an seinem Kragen.
»Sind nur die Nerven«, sagt er, aber seine Worte klingen nicht
überzeugend. Von meinem Sitz aus kann ich sehen, wie ihm
an den Schläfen der Schweiß ausbricht; auch auf seinen Handrücken breitet sich ein glänzender Film aus.

»Hadley«, brüllt er mir über die Schulter zu. »Kuck mal in
meiner Jackentasche nach den Pillen.«

»Welche Pillen?« Ich zerre seine Jacke vom Sitz, wühle in
den Taschen. Mom legt ihm die Hand auf den Arm.

»Alles gut«, sagt er zu ihr, während er sich räuspert. »Das
passiert manchmal. Obwohl ich heute Morgen eine Pille ge-

nommen habe. Keine Ahnung, warum sie nicht ...« Wieder
räuspert er sich.

»Miles ... dein Gesicht«, schreit Mom auf.

Ich beuge mich vor und sehe, wie auf den Wangen meines
Vaters die roten Flecken explodieren.

jetzt

Die Blicke der anderen drücken mich nieder, als ich ihnen von den Muffins erzähle, die ich in der Cafeteria des Flughafens gekauft habe. Wie Dad zuerst dachte, es wären seine Nerven, und dass irgendeine Tablette, die er immer nahm, nicht gewirkt hätte. Wie wir die Flecken sahen und sie für eine allergische Reaktion hielten. Wie der EpiPen nicht half.

»Mom hat ihm zwei Dosen gespritzt.«

Brady nickt, als wüsste er Bescheid. »Das haben wir im toxikologischen Befund gesehen«, sagt er. »Dein Vater war auf Beta-Blockern. Patienten, die überempfindlich auf Beta-Blocker reagieren, sind häufig resistent gegen Adrenalinspritzen.«

Beta-Blocker und mein Vater in einem Satz ergeben absolut keinen Sinn. »Das ... nein, das ist unmöglich. Beta-Blocker sind für Menschen mit Herzproblemen. Stimmt's? Dad hatte kein schwaches Herz. Er ist jeden Morgen gejoggt.« Ich drehe mich zu Grandma, die kopfschüttelnd ihre Hände hebt und dabei so verwirrt aussieht, wie ich mich fühle.

»Wir haben mit seinem Arzt gesprochen. Dein Vater hat sie immer mal wieder gegen Panikattacken genommen. Also nicht für den Zweck, für den sie eigentlich gedacht sind«, sagt Brady.

»Hat der EpiPen deshalb nicht gewirkt?«

»Sie waren schon in seinem Blut. Sein Arzt hätte sie ihm gar nicht erst verschreiben dürfen, nicht mit seinen Allergien. Wahrscheinlich wollte er wegen der Nebenwirkungen keine anderen Psychopharmaka nehmen. Sie können einen abstumpfen, benebeln.«

Ich beiße mir auf die Innenseite meiner Wange, während ich die neue Information verdaue. Mein Vater, der uns ständig drangsalierte, unseren Ängsten ins Auge zu sehen, um besser als alle anderen zu sein, hat unter Panikattacken gelitten?

»Hadley.« Brady beugt sich vor. »Wusstest du von den Sicherheitskameras in eurem Haus?«

»Klar ... draußen vor der Tür und in der Garage.«

»Und innen.«

Mein Mund geht auf und wieder zu. »Innen?«

»Im ganzen Haus versteckt.«

Ein panisches Zittern jagt durch meine Muskeln. *Oh Gott.* »Wo?«

Sein Blick sucht meinen. »Im Flur. Im Familienzimmer. Im Arbeitszimmer.«

Ich hole tief Luft. »Noch irgendwo?« Eine feine Schweißspur schlängelt sich meinen Rücken herab.

Er senkt den Blick. »Nicht in den Schlafzimmern oder Badezimmern, wenn das deine Sorge ist.«

Mein Herz schlägt so stark gegen meine Rippen, dass ich sicher bin, er kann es hören, er kann sehen, wie mein Körper vor Angst bebt.

Brady starrt mich an, er wartet.

Er weiß es.

damals

Als ich durch die Tür des Garderobenraums nach Hause komme, gibt Mom ihr entnervtes Seufzen zum Besten.

»Lass mich raten. Bücherei?«, fährt sie mich an, während sie
in ihren Mantel schlüpft. Sie knöpft ihn zu und brummelt dabei in sich hinein, als wäre ich gar nicht im Zimmer. »Neu-
jahrstag, und sie hat Besorgungen zu machen. Sie verkauft
mich für dumm, als wüsste ich nicht, dass die Läden heute alle
geschlossen sind.«

Ich sehe ihr dabei zu, wie sie ihr Zeug zusammensammelt,
ihr sorgfältig verwuscheltes Haar über den Kragenmantel
wirft, mit den Autoschlüsseln in der anderen Hand klimpert.

Irgendwann war sie mal eine Mutter für mich, die mit mir
auf den Spielplatz ging, um Seite an Seite mit mir zu schaukeln
und dann Hand in Hand einmal um den großen Teich zu laufen, auf die Schildkröten und Goldfische zu zeigen, die gleich
neben den Seerosenblättern herumschwammen. Es gab Umarmungen und Gelächter, aber seitdem ist so viel Zeit vergangen,
dass die Erinnerung daran verschwommen und verblasst ist.

Als sie durch die Tür des Garderobenraums geht, renne ich
hinter ihr her.

»Mom? Warte!« Ich werfe meine Arme um sie, presse sie an
mich, vergrabe mein Gesicht an ihrem Hals.

Sie atmet scharf ein, dann tätschelt sie mir die Schulter ...
ein ... zwei ... drei Mal. Exakt die Anzahl, die es braucht, um
Unannehmlichkeiten aus dem Weg zu räumen.

»Hadley, ich bin spät dran. Die Wileys erwarten mich um
sechs«, sagt sie und entzieht sich meiner Umarmung, um sich
mit ihren Freunden zu treffen.

Und dann ist fort. Aber das ist sie schon so lange gewesen.

Ich schaue nach Lila, die oben in ihrem Bett liegt und Musik
hört.

»Alles gut da oben?«

Ihre Augen sind immer noch stumpf.

»Mom hat mir eine Tablette gegeben«, sagt sie, und ihre
Stimme klingt breiig, ihre Zunge zu müde, um die Worte
richtig zu betonen. Ich stöhne auf. Ich hätte die ganze verdammte Packung ins Klo spülen sollen. Aber für heute ist es
vielleicht nicht grad das Schlechteste.

»Okay, Süße. Schlaf einfach.«

Ich ziehe die Tür hinter mir zu und gehe wieder nach draußen zu meinem Auto, schnappe mir die Tüte aus dem Koffer-
raum.

Ja, Mom, heute haben alle Läden geschlossen. Alle, außer
dem Supermarkt.

Zurück in der Küche, ziehe ich Dads Kaffeemühle unter
dem Küchenschrank hervor und stöpsele sie ein. Dann hole ich
die Blechdose aus der Tüte und öffne den Deckel.

Die Tatsache, dass sich Lila da oben auf dem Berg nur den
Arm gebrochen hat, gleicht einem Wunder. Es hätte schlimmer kommen können, viel schlimmer. Sie hat ein großes
Mundwerk; sie hat Temperament. Ich kann nicht länger mit
der Möglichkeit leben, dass noch weitere »Unfälle« passieren.

Bis auf diesen letzten.

Ich starre in den leeren Behälter der Kaffeemühle, dann gebe ich zwei großzügige Handvoll ungesalzener, gemischter Nüsse hinein und drehe den Schalter auf.

Whirr, whirr, whirr.

Aus einem von Moms Kochbüchern suche ich mir ein Rezept für Blaubeermuffins heraus und hole die Zutaten aus der Tüte, messe das Mehl ab, den Zucker, das Salz, das Backpulver…

Meine Haut prickelt, heiß und klamm zugleich, und in meinem Bauch blubbert es, als würde ich eine Krankheit ausbrüten. Ich will nur noch ins Bett und schlafen und vergessen, wenn auch nur für ein paar Stunden. Aber das ist jetzt keine Option mehr.

Um meinen Mut zu stählen, gehe ich im Geist noch mal all die Tritte und Schläge durch. Weil ich das Garagentor offen gelassen habe … weil ich eine Zwei Minus bekommen habe … weil ich die Deadline zur Vorabregistrierung verpasst habe … weil ich auf die Strafbank geschickt wurde … weil ich schlampig beim Blätterharken war … weil ich vergessen habe, ihm eine wichtige Nachricht weiterzuleiten … weil ich sein Auto auf dem Parkplatz gerammt habe … weil ich einen Wasserfleck auf dem Esstisch hinterlassen habe … weil ich mich in einen Jungen verliebt habe … weil ich gelacht habe, als ich unsichtbar hätte sein sollen … weil ich unsichtbar gewesen bin, als ich hätte glänzen sollen …

Aber was mich von allen Dingen am meisten antreibt, ist das Wissen, dass ich genauso alt war wie Lila, als alles anfing. Lila ist Dads neues Lieblingsprojekt.

Ich vermenge die Mehlmischung mit den gemahlenen Nüssen und mixe alles zusammen.

Nachdem ich drei Papierbackförmchen in das Blech gesteckt habe, fülle ich sie vorsichtig mit Teig und schiebe sie bei 190 Grad für 20 Minuten in den Ofen. Eine süße Wärme erfüllt die Luft, während die Muffins backen.

Um den Geruch zu vertreiben, reiße ich alle Fenster auf. Als ich fertig bin, schrubbe ich das Muffinblech, die Rührschüsseln, die Messbecher und Löffel sauber und trockne sie sorgfältig ab, bevor ich sie wieder an ihren Platz zurückstelle. Ich wische durch jede einzelne Rille in der Kaffeemühle, untersuche sie nach versteckten Resten, aber dennoch bin ich nicht überzeugt, dass ich sämtliche Spuren beseitigt habe. Das Risiko, dass Dad sich morgen seinen Kaffee mahlt und eine allergische Reaktion hat, bevor wir uns überhaupt auf den Weg machen, kann ich nicht eingehen, also schmeiße ich die Kaffeemühle in den Müll.

Als die Muffins abgekühlt sind, nehme ich sie mit nach oben auf mein Zimmer und verstecke sie in einer Plastiktüte in meiner Handtasche.

Gegen 21 Uhr wacht Lila auf und muss aufs Klo.

»Da bist du ja«, sage ich, als sie noch immer halb im Schlaf an mir vorbeitappst. »Hast du Hunger?«

Sie nickt grummelnd.

Ich gehe nach unten, um ihr ein Sandwich zu machen. Und dann bereite ich ihr einen Schokoladen-Beeren-Smoothie zu.

Vor Jahren hat mir Claudia mal nach einem unserer La-crosse-Spiele Schokolade geschenkt. Nach einem albtraum-haften Morgen, an dem ich nicht von der Toilette runterkam, hatte ich noch immer keinen Schimmer, was passiert war, bis mir Olivia am folgenden Montag steckte, dass Claudia in der ganzen Schule herumposaunte, sie hätte mir Abführmittel mit Schokogeschmack verpasst. Während der Mixer die gefrore-nen Beeren zermalmt, werfe ich zwei »Schokoladenstücke« hinein. Aus eigener Erfahrung weiß ich, dass es Lila morgen Nachmittag wieder gut gehen, aber sie den ganzen nächsten Morgen an die Toilette gefesselt sein wird. Sie wird nicht in der Lage sein, mit nach Ithaca zu kommen, und Mom wird mit ihr daheim bleiben müssen.

Ich werfe die Schachtel mit den Abführmitteln zur Kaffee-mühle in den Abfall und bringe die Mülltüte nach draußen zu den Mülleimern auf dem Gehweg. Morgen früh um sechs Uhr werden sämtliche Beweismittel vom Müllwagen abtranspor-tiert werden.

Das Parfüm meiner Mutter und das sinnfreie Geplapper im Auto verschlucken den gesamten Sauerstoff. Während der ganzen Fahrt ringe ich nach Atem und versuche verzweifelt, meine Lungen mit Luft zu füllen.

Sie sollte nicht mitkommen.

Bis gestern war mein Plan, dass Dad während des Flugs eine allergische Reaktion bekommen sollte, die mich zwingen würde, das Flugzeug zu landen, irgendwo an einem entlege-nen Ort, um jede Hilfe zu spät kommen zu lassen. Aber ich hatte noch nie ein Flugzeug gelandet. Ich wusste, dass es ziem-lich wahrscheinlich keiner von uns beiden nach Hause schaf-fen würde. Ich hätte in Kauf genommen, dass die Chancen nicht gut für mich standen, wenn es bedeutete, dass Lila in Sicherheit war.

Aber jetzt ist Mom dabei.

Nach ihrem Anruf bei Grandma war ich kurz davor, mei-nen Plan aufzugeben. Aber dann sah ich auf Lilas gebrochenen Arm, stellte mir vor, wie mein Vater sie den Berg herunter-stieß. Ich erinnerte mich an den Morgen, als er sie so gewalt-sam vom Stuhl zerrte, dass er ihr den Arm auskugelte und dem Arzt im Krankenhaus erzählte, es sei meine Schuld ge-wesen.

Beim nächsten Mal würde sie vielleicht nicht so viel Glück haben. Es könnte ihr Genick treffen oder ihr Kopf könnte durch einen seiner Tritte gegen eine Kante knallen. Es sind die Visionen davon, wie er schlägt, so wie er mich geschlagen hat-te, die mich weiter antreiben.

Dad schafft es immer wieder, unsere Verletzungen wie Unfälle aussehen zu lassen. Und jetzt werde ich dasselbe tun.

Ich muss mich an den Plan halten. Aber ich muss es auch auf die Reihe kriegen, das Flugzeug zu landen. Meine letzte Flugstunde bei Phil war eine Katastrophe; er musste übernehmen, nachdem ich zu schnell, zu tief auf die Landebahn zusteuerte.

Nachdem wir am Flughafen angekommen sind, Dad seine beiden Zwanziger gezückt hat und ich zum Terminal gerannt bin, um Kaffee und Frühstück zu besorgen, rutscht mir beim Anblick des neuen Service-Typen fast das Herz in die Hose. Er wird sich nicht an mich erinnern. Ich brauche ein Alibi. Ich muss sicherstellen, dass ich die Muffins hier gekauft und mich vergewissert habe, dass auch wirklich keine Spuren von Nüssen enthalten sind. Dann sehe ich den vertrauten Rücken von Lou hinter dem Tresen, er fummelt gerade an der Kaffeemaschine herum. Lou wird sich daran erinnern, dass ich gefragt habe. Als ich auf die Toilette gehe, fühlt es sich an, als wären meine Lungen mit Blei gefüllt.

Ich checke jede Kabine, ob sie leer ist.

Ich öffne die Papiertüte und stelle die gekauften Muffins auf der Edelstahlablage über dem Waschbecken ab. Als Nächstes ziehe ich die Plastiktüte mit den selbst gebackenen Muffins aus meiner Handtasche. Meine Finger zittern, als würde ich mit scharfen Handgranaten hantieren. Jetzt, wo alle sechs in Reih und Glied nebeneinanderstehen, sehen meine drei nicht *übertrieben* hausgemacht aus. Ich stopfe die gekauften Muffins in die Plastiktüte, werfe sie in den Müll und setze stattdessen meine in die Papiertüte.

Nach einem weiteren gescheiterten Versuch, normal zu atmen, steuere ich auf den Ausgang zu. Meine Hand liegt schon auf dem Türknauf, da summt mein Handy in der Tasche wie eine Alarmanlage.

369

Noch bevor ich auf das Display schaue, weiß ich, dass es Charlie ist.

Mit kalten, zitternden Händen lese ich seine Nachricht.

Ich vermisse dich jetzt schon. Mach, dass du nach Hause kommst.

Es ist, als stünde er direkt neben mir, mit einem Lächeln auf dem Gesicht. Seinem unbeschwerten, aufrichtigen Lächeln.

Mit meinen zitternden Knien kann ich mich nicht mehr auf den Beinen halten. Den Rücken gegen die gekachelte Wand gelehnt, sinke ich nach unten, bis mein Hintern den Boden berührt.

Visionen von Charlie, dann von Lila entwaffnen mich. Lila, die mir am Heiligabend das gerahmte Bild überreicht. *Schwestern. Beste Freundinnen.* Charlie, der die Konzerttickets für nächsten Sommer aus seiner Hosentasche zieht. Sie beide mit ihrem unerschütterlichen Glauben an *mich*. Ihrem tiefen Vertrauen, dass ich für sie da bin.

Ich kann das hier nicht durchziehen.

Denn hierbei ging es nicht nur darum, Lila zu schützen. Hierbei ging es darum, mich an meinem Vater zu rächen. Für all die Jahre, in denen ich sein Boxsack gewesen bin. Ich habe zugelassen, dass meine Bitterkeit, mein Zorn und mein Hass meine Hoffnung erdrosselt haben. Wenn ich das hier durchziehe, dann gewinnt er. Dann habe ich mich in ihn verwandelt.

Meine Rachegelüste machen einem überwältigenden Gefühl der Erleichterung Platz.

Hier ist Schluss. Und zwar jetzt.

Vorsichtig und meiner zitternden Knie zum Trotz rappele ich mich wieder auf. Ich nehme die Plastiktüte aus dem Müll und tausche die Muffins noch einmal.

Heute fliegen wir nach Cornell. Wenn wir nach Hause kommen, werde ich CPS anrufen. Ich werde sie dazu bringen, die Ermittlungen wieder aufzunehmen.

Ich werde mich gegen meinen Vater behaupten. Ich werde stark sein. Ich werde mich wehren.

Kalte, erfrischende Luft rauscht in meine Lungen, als ich am Flugzeug zu meinen Eltern stoße. Mein Körper, der so lange Zeit angespannt und bereit war, zuzuschlagen, ist geradezu schlaff vor Erleichterung.

Innerhalb von fünfzehn Minuten sind wir in der Luft. Während Mom und Dad das Frühstück herunterschlingen, starre ich aus dem Fenster und versuche, mir mit einem letzten Funken Hoffnung eine Zukunft vorzustellen.

»Miles ... dein Gesicht!«

Kalte Panik verdrängt jeden Tropfen Blut aus meinem Körper.

Ich habe sie doch weggeworfen!

Die Tüte. Beim Hineinlegen der hausgemachten Muffins muss ich Spuren in der Bäckertüte hinterlassen haben.

Ich öffne meinen Gurt und beuge mich vor, zwischen ihre beiden Sitze. Dads Ärmel sind bis zu den Ellenbogen hochgeschoben; auf seinen gesamten Unterarmen blühen rote Flecken.

Mom wühlt in ihrer Handtasche. »Es müssen Nüsse in diesen Muffins gewesen sein!«

»Beeil dich«, schreit Dad sie an. Er blickt starr geradeaus, zwinkert rapide mit den Augen, aber ich fühle es, das allmähliche Absinken. Er bereitet das Flugzeug für eine Notlandung vor.

Mom kippt ihre Handtasche über ihrem Schoß aus. »Wo ist der EpiPen?«, kreischt sie, als ihr Lippenstift, ihr Portemonnaie und ihre Tampons durch das Cockpit fliegen.

371

Er ist zu Hause in der Schublade für Krimskrams, in die ich ihn hineingelegt habe, nachdem ich ihn mitten in der Nacht heimlich aus ihrer Handtasche gefischt habe.

Dad hustet und zieht am Kragen seines Sweatshirts, als wäre es das, was ihm die Luft abschnürt. Es gibt noch einen zweiten Steuerknüppel, vor dem Sitz meiner Mutter. Ich kann kaum vom linken Sitz aus landen, wie ich es geübt habe, ganz zu schweigen vom rechten, auf dem ich jeden Handgriff seitenverkehrt ausführen und die Instrumente von einem anderen Blickwinkel aus lesen müsste. Und das Landen ist auch so schon der schwierigste Teil beim Fliegen. Ich muss auf Dads Sitz.

»Dad! Hör mir zu!« Ich lehne mich noch einmal vor, ducke den Kopf zwischen die Vordersitze. »Dir geht es nicht gut. Du musst mich das Flugzeug landen lassen.«

Mein Vater dreht seinen Kopf zu mir. Schaut mich aus seinem feuchtkalten, bleichen Gesicht an, verwirrt, verängstigt. Verletzlich. Vertraut, auch wenn ich diese Seite von ihm noch nie zuvor gesehen habe. Dann fällt mir ein, wo ich diesen hilflosen Ausdruck schon einmal gesehen habe. Im Spiegel.

Ich kann das in Ordnung bringen. Ich kann machen, dass es aufhört, jetzt sofort.

»Hadley! Gibt es einen EpiPen im Erste-Hilfe-Kasten?«, schreit mir Mom über ihre Schulter zu

JA! Den Erste-Hilfe-Kasten hatte ich völlig vergessen!

Ich schaue aus der Windschutzscheibe in den offenen Himmel. Noch hat er alles im Griff. Das Flugzeug ist ausbalanciert, sinkt langsam tiefer. Ich greife hinter meinen Sitz und ziehe den Erste-Hilfe-Kasten aus dem Seitenfach. Nachdem ich ihn aufgerissen habe, zerre ich das Zweierpack mit den EpiPens heraus und reiche einen davon Mom.

Ihre Hände zittern und sie weint und wimmert und betet,

»Lieber Gott, lieber Gott, lieber Gott«, alles gleichzeitig. Mit beiden Händen rammt sie die Spritze durch die Jeans in seinen Oberschenkel. Er zuckt zusammen und schreit auf.

Unter uns ziehen Häuser vorbei. Ein Kirchturm. Eine Straße, verstopft von Autos. Wir kommen dem Boden immer näher, schon jetzt fliegen wir so tief, dass alles unter uns wie eine Spielzeuglandschaft aussieht. Ein Bach. Ein Einkaufszentrum. Eine Autobahn.

»Dad«, schreie ich wieder. »Du musst mich auf deinen Sitz lassen! Ich kann landen, aber nur von deinem Sitz aus!« Ich greife nach ihm, reiße verzweifelt an den Ärmeln seines Sweatshirts.

Während unter uns die Miniaturversion der Welt durchrauscht, versuchen Mom und ich mit vereinten Kräften Dad von seinem Sitz zu zerren.

Oh Gott, hilf mir! Um Himmels willen, hilf mir!

Ich kralle mich an Dad fest, will uns verzweifelt aus der Lage retten, die ich selbst verursacht habe.

Er nickt, gibt endlich nach und kämpft mit seinem Sicherheitsgurt. Mom beugt sich vor, um ihm zu helfen, zerrt an ihm, treibt ihn an. Er ist zu groß, ihre Bemühungen bewirken nicht das Geringste.

»Hadley, gib mir den anderen Stift!« Ich reiche ihr den zweiten EpiPen und sie verpasst ihm noch eine Injektion. *»Warum wirkt das denn nicht?«*

Mit einem letzten Stöhnen verliert Dad das Bewusstsein und bricht über seinem Steuerknüppel zusammen.

Es ist zu spät.

Als wir in die Tiefe stürzen, schnalle ich mich an und presse meinen Kopf zwischen die Knie.

»Es tut mir leid«, schreie ich, und dann …

Der beißende Geruch weckt mich auf.

Rauch wabert in Wellen vor meinen Augen, lässt alles vor meinen Augen verschwimmen. Meine Arme baumeln herab, streifen die Decke, die jetzt der Boden ist.

Ich bin kopfüber.

Der Körper meines Vaters liegt zusammengekrümmt auf der Decke/dem Boden unter mir, sein Hals ist auf eine schauderhafte, unnatürliche Weise verrenkt. Er hat einen Schuh verloren. Durch sein Cornell-Sweatshirt sickert Blut.

Der Geruch ist jetzt noch beißender, Benzin und Rauch, eine grauenvolle Kombination. Mein Gehirn schaltet auf Neustart, sendet Signale, mich schneller zu bewegen. Von hier wegzukommen. Aber der Nebel will sich einfach nicht lichten und ein Teil von mir kämpft darum, wieder einzuschlafen.

Mit dem rechten Arm öffne ich meinen Sicherheitsgurt – mein linker Arm ist nutzlos und schmerzt – und so falle ich auf den leblosen Körper meines Vaters, mit einem lauten Schrei des Entsetzens. Ich krieche vorwärts, auf meine Mutter zu. Sie hängt kopfüber in ihrem Sitz, angeschnallt, ihre aufgerissenen blauen Augen sind leer und irgendwie immer noch voller Panik.

Ich will sie von ihrem Gurt befreien und in meine Arme nehmen, ihr sagen, wir furchtbar leid es mir tut.

Stattdessen schleppe ich mich die Decke entlang zu dem klaffenden Loch im hinteren Teil des Flugzeugs und krieche hindurch.

Meine Welt steht Kopf. Der strahlendblaue Himmel begrüßt mich wie der Grund des Meeres.

jetzt

Brady durchschaut mich. Sie alle wissen Bescheid, ich erkenne es, sogar an der steifen Art, wie Grandma sich im Stuhl neben mir aufrecht hält, die Zentimeter, die uns trennen, wirken wie Meilen. Brady spielt mit mir. Gleich wird er mir sagen, dass die Sicherheitskameras meines Vaters mich auf frischer Tat dabei erwischt haben, wie ich die gemahlenen Nüsse in die Muffins mischte, die meinen Vater getötet haben.

Brady atmet geräuschvoll aus, die Schwere dieses ganzen Themas bringt seine dünnen, trockenen Lippen zum Flattern.

»Das Krankenhaus berichtet von auffälligen Prellungen an deinem Körper, die sich nicht in Verbindung mit dem Flugzeugabsturz bringen lassen«, fängt er an. »Die Blutergüsse auf deinen Gesäßhälften hatten die gerundeten Abdrücke von Fußtritten. Auf deiner Hüfte gab es einen Bluterguss, dessen Form auf Schläge mit einem rechteckigen Gegenstand hinwies.«

Ich schiele zu Grandma. Ihre Lippen sind geschürzt, ihre Augenränder pink. Sie schließt die Lider und zieht schniefend die Nase hoch, dann greift sie nach meiner Hand und drückt sie fest.

»Die Ermittlungen führten zu keinem schlüssigen Ergebnis«, fährt Brady fort. »Es hatte keinen Notruf über Funk gegeben und offensichtlich auch keinen technischen Schaden. Um Fremdeinwirkung auszuschließen, mussten wir ein wenig tiefer graben. Wir haben auch mit einer Freundin deiner Mutter gesprochen. Angeblich hat deine Mutter eine Bemerkung gemacht, sie wollte mit ihrem Mann abrechnen, indem sie sein Essen in Erdnussöl brät. Die Autopsie und die toxikologischen Befunde deuteten darauf hin, dass er tatsächlich einen anaphylaktischen Schock erlitten hat.«

Ich lasse Grandmas Hand los und verknote meine Finger ineinander, während ich auf die Worte warte, die mich verurteilen werden.

»Der Geschäftsführer der Flughafen-Cafeteria sagte aus, du hättest dich eindringlich erkundigt, ob keine Nüsse in den Muffins wären.«

Ich habe einen Horror davor, zu ihm aufzuschauen, so sehr fürchte ich, was er als Nächstes sagen wird.

»Erst gestern haben wir herausgefunden, dass die Einrichtung, in der die Muffins hergestellt werden, ein kleiner Betrieb aus dem Hinterland ist. Es scheint, als hätte zwischen den einzelnen Produktionsdurchläufen keine gründliche Reinigung stattgefunden. Dies hier ist der dritte Fall einer Nussallergie, die in Verbindung mit ihrer Fabrik gemeldet wurde.«

Mir fällt, aufrichtig geschockt, die Kinnlade runter.

»Der *dritte*?«, flüstere ich, wiederhole es, um mich zu vergewissern, dass ich ihn richtig verstanden habe.

»Zum Glück haben die beiden anderen Fälle keine Todesopfer verursacht. Aber diese Leute hatten weder Beta-Blocker im Blut noch dreitausend Fuß zwischen sich und der Erde. Und da du die einzige Augenzeugin bist, musste ich von dir hören, was an diesem Tag geschah. Jetzt, wo der medizinische

Notfall bewiesen ist, können wir das Ganze zu den Akten legen.«

Er drückt auf den Knopf des Aufnahmegerätes. Das Interview ist beendet.

Es war nicht meine Schuld.

jetzt

Grandma begleitet mich zurück in das Gemeinschaftszimmer, wo wir uns an denselben Tisch setzen wie vor dem Interview.

Grandma hat ihre Handtasche auf dem Schoß. Sie fummelt an den Henkeln herum, schüttelt den Kopf, senkt ihren Blick. »Wie konnte ich davon nichts mitbekommen?«

Diese ganzen Momente, in denen ich versucht habe, Lila und Grandma zu schützen, indem ich ihnen nichts erzählte. Und am Ende wurden trotzdem beide verletzt. Wir alle wurden es.

»Es tut mir leid«, sagte ich.

Ehe ich mich versehe, bin ich in Grandmas Armen, vergrabe meinen Kopf an ihrer Brust und schluchze in ihre Bluse. Sie wiegt mich vor und zurück wie ein Baby, beruhigt mich, versichert mir, dass es nicht meine Schuld war.

Nachdem Grandma fort ist, gehe ich wieder auf mein Zimmer. Ich bin total erschöpft von der Sitzung mit Brady. Als ich mich auf die dünne Matratze fallen lasse, ist mein quietschendes Bett das einzig vertraute Geräusch. Das Zimmer ist zu still ohne Rowan. Jetzt, wo sie fort ist, vermisse ich sie. Ich vermisse sie alle.

Ich setze mich im Bett auf, greife nach meinem Kopfkissen

und schüttele den Bezug kopfüber auf meinem Bettlaken aus. All die Briefe, die ich in den letzten paar Wochen erhalten habe, purzeln raus, von Meaghan, von Noah, so viele von Charlie, und die duftend-lilafarbenen von meiner Schwester, die Rowan in ihrem Versteck erschnüffelt hat. Jeder einzelne Brief ist ungeöffnet, weil ich nicht wissen wollte, wie sehr sie mich vermissten, ich wollte keine »Werde schnell wieder gesund«- oder »Komm bald nach Hause«-Beteuerungen. Zurückzugehen war nie eine Option für mich gewesen.

Der Anblick des leblosen Körpers meiner Mutter, der kopfüber vor mir baumelte, wird mich für den Rest meines Lebens heimsuchen. Ihre angstvoll aufgerissenen Augen, die mich für den Unfall verantwortlich zu machen schienen. Es war die Überzeugung, sie getötet zu haben, die mich dazu brachte, die Klinge an mein Handgelenk zu führen. Ich konnte nicht mehr mit mir selbst leben, mit diesem immerwährenden, mich verurteilenden Bild von ihr.

Ich ziehe einen von Charlies Briefen aus dem Stapel, fahre mit den Fingern die spitz zulaufenden Linien seiner Handschrift nach. Ich reiße den Umschlag auf und lese seinen Brief, erlaube mir, ihn zu vermissen, mich zum ersten Mal wirklich nach ihm zu sehnen. Dann lese ich Meaghans Briefe. Dann die von Noah. Dann einen von Lila, dem ein ausgeschnittenes Kreuzworträtsel aus der Zeitung beiliegt, »falls dir langweilig ist«.

Wie jeder Muskel, der eine Weile nicht benutzt worden ist, tut mir das Herz zunächst einmal weh. Aber der Schmerz lässt mit jedem Brief nach und macht Platz für die Sehnsucht nach den Menschen, die mich lieben. Die mich noch immer lieben.

Als Janet ihren Kopf ins Zimmer steckt, ist mein Bett übersäht von hastig aufgerissenen Briefumschlägen und Stapeln aufgefalteter Briefe. Auf Janets Gesicht erscheint ein zufriedenes Lächeln. Sie nickt und verzieht sich wieder. Ich glaube, ich verstehe jetzt, was sie von mir sehen wollten.

Am Tag nach dem Treffen mit Brady betrete ich das Sprechzimmer von Dr. Bruce für unsere tägliche Sitzung.

»Hallo Hadley.«

Mr. Bruce deutet auf meinen Stuhl gegenüber von seinem.

»Wie geht es dir heute?«

»Gut.« Ich sehe einen Bleistift auf seinem Tisch und frage mich, ob er etwas dagegen hätte, wenn ich ihn mir unter den Gips schöbe.

»Wie geht es deinem Arm?« Er beobachtet, wie ich meinen Finger unter den Gips grabe, um mich zu kratzen.

»Er juckt.«

Er nickt und lächelt. »Ich kann mich noch gut erinnern. Als Kind habe ich mir auch mal den Arm gebrochen. Als der Gips ab war, bin ich wochenlang herumgelaufen, als wäre der Arm noch immer in einer Schlinge.« Er hält sich den gekrümmten Arm gegen den Bauch. »Komisch, oder? Selbst wenn etwas vorbei ist, kann es noch wehtun. In unserem Gefühl bleibt es anwesend.«

Sein stiller, nachdenklicher Blick verweilt ein wenig länger als nötig. Seine Worte ergeben mehr Sinn, als es ihm vielleicht bewusst ist. Oder, wie ich Dr. Bruce kenne, hat er seine Worte mit der Präzision eines Scharfschützen gewählt.

»Irgendetwas, worüber *du* heute sprechen willst, Hadley?«

Diese Sitzungen sind immer brutal. Die ersten paar Minuten, bis das Gespräch in Gang kommt, sind die schlimmsten, gefolgt von den grauenhaft langen Schweigepausen, in denen Dr. Bruce mich drängt, die beklemmende Stille zu füllen.

»Lila hat mir eine Nachricht geschickt. Sie will, dass ich nach Hause komme.«

»Das kann ich mir lebhaft vorstellen«, sagt er. »Vermisst du sie?«

»Ja.« Jedes Mal, wenn ich von Lila spreche, schnürt sich meine Kehle zu. »Ich weiß nur nicht, wie ich ihr gegenübertreten soll, nach dem, was ich zu tun versucht habe«, gebe ich zu.

Er klopft mit seinem Stift auf das Papier. »Du wirst sehen, dass die Menschen dir leichter vergeben als du dir selbst.«

Ich schiebe meine Finger noch tiefer unter den Gips und kratze. »Vielleicht. Ich hoffe es.«

Er nickt und kritzelt eilig etwas hin, dann schaut er wieder hoch, mit leuchtenden Augen.

»Also, wenn der Gips erst mal ab ist. Was dann? Zurück aufs Lacrosse-Feld?« Er imitiert einen Schlag mit dem Lacrosse-Schläger.

»Was? Nein!« Meine Stimme bebt vor Wut.

Er fährt überrascht zusammen. »Wirklich nicht? Ich dachte, du spielst gern Lacrosse.«

»Woher haben Sie *das* denn?«

Er blättert durch die Unterlagen auf seinem Schoß. »Du warst Mannschaftskapitän.«

Ich starre aus dem Fenster. Draußen liegt eine unfassbar weiße Schneedecke, vollkommen unberührt. Die Sonne scheint zu grell darauf, sie schmerzt in meinen Augen. Aber ich schaue nicht weg. »Ich will für den Rest meines Lebens kein Lacrosse mehr sehen.«

Ich höre das Kratzen seines Stiftes über das Papier, als schriebe er mir eine Entschuldigung für Lacrosse auf Lebenszeit. »Also, kein Lacrosse mehr. Wird es dir fehlen?«

»Nein.« Meine Augen brennen.

Sein Schweigen zwingt mich, ihn wieder anzusehen. Durch das grelle Sonnenlicht schimmert seine Silhouette wie ein Heiligenschein. »Schätze, du hast genug davon?«

Eine Faust in der Größe eines Vorschlagshammers macht sich in meiner Kehle breit.

»Warum hast du Lacrosse gespielt, Hadley?«

Ich versuche zu schlucken, aber es gelingt mir nicht. »Für meinen Dad.«

»Es hat ihn glücklich gemacht, dich spielen zu sehen?«

»Ich glaube, nichts, was ich getan habe, hat ihn glücklich gemacht.«

Die Stille zwischen uns dehnt sich aus, wird straffer, fesselt uns an diesen Moment.

»Dein Dad war hart mit dir, stimmt's Hadley?«

In mir schwillt die Wut an. Ich starre ihn an. »Sie haben doch die Berichte aus der Notaufnahme. Die Prellungen. Sie wussten von Anfang an Bescheid.«

Er bleibt stumm. Er beobachtet mich einfach nur mit diesem verfickten Röntgenblick, als wären seine Augen klinische Instrumente, die sich in mich hineinbohren wollen, um herauszuschneiden, was zerstört wurde.

»Sie haben es gewusst und Sie haben nie auch *ein einziges Wort* darüber gesagt! Sie haben mich einfach nur reden lassen und wie ein *Arschloch* abgewartet, bis ich es Ihnen erzähle!«

Sein Blick lässt mich nicht los. Aber aus seinem Mund kommt kein einziges Wort. Er sitzt es aus. Seine Uhr zählt die Sekunden.

Ich ertrinke in der Stille. Wenn ich es nicht an die Oberfläche schaffe, werde ich ersticken.

»Ich hasse ihn, okay?«, gebe ich zu, wische mir über die Wangen, dann korrigiere ich mich. »Ich *habe* ihn gehasst.«

Endlich fängt Dr. Bruce an zu sprechen. »Du hattest mit dem Ersten recht. Die Gefühle sind noch immer da, Hadley. Richtig? Sie gehen nicht einfach weg.« Er reicht mir die Kleenexbox. Ich nicke und wische mir über das Gesicht.

Dr. Bruce wartet, während ich weine. Als ich wieder sprechen kann, gestehe ich es.

»Ich wollte, dass er stirbt.«

Dr. Bruce zuckt nicht zusammen. »Viele Missbrauchs-Opfer wünschen dem Täter den Tod.«

»Aber dann ist er gestorben. Ich wollte, dass es passiert, und es geschah.«

»Wir alle haben Gedanken, die unangemessen … ja sogar *grausam* sind. Es ist eine ganz normale menschliche Erfahrung. Aber diese Gedanken machen dich nicht schuldig.« Er streckt seine Hand nach unten und kratzt sich an seinem Fußgelenk, was in diesem Moment ein so sonderbar menschliches Bedürfnis ist, dass es mir ins Bewusstsein ruft: Sogar Dr. Bruce kann einen Juckreiz haben, der befriedigt werden muss.

Meine Eingeweide sind drauf und dran vor lauter Druck zu explodieren. Franklin hatte recht. Ich bin ein Messie. Die Worte drängen aus mir heraus, weil es nicht mehr anders geht. Weil ich an ihnen ersticke.

»Ich hatte vor, es zu tun. Im Flugzeug. Und dann habe ich mich anders entschieden. Aber es ist trotzdem passiert.«

Diesmal fühlt sich die Stille an wie mein Richter, meine Jury, wie mein Augenblick im Gerichtssaal, kurz bevor Dr. Bruce das Urteil ausspricht, dass ich ein grauenhafter Mensch bin und mir deshalb nicht gestattet werden darf, zurück ins Leben zu gehen.

Er atmet durch die Nase ein und beugt sich vor. »Aber du *hast* es nicht getan. Und du hattest nichts mit seinem Tod zu tun.« Er beobachtet mich, als wollte er sehen, ob ich seine Absolution annehme.

»Hadley, ich hoffe so sehr, dass du es eines Tages begreifst: Du hast keine Schuld. Wütende Gedanken, Rachegedanken zu hegen, ist kein Verbrechen.«

Ich starre auf meine Finger.

»Hadley.«

Ich blicke zu ihm auf.

»Ich möchte, dass du etwas versuchst. Schließ deine Augen.«
Ich schließe sie.

»Jetzt, stell dir die Menschen vor, die du von ganzem Herzen liebst. Tausch die Rollen. Stell dir vor, sie hätten unter demselben Missbrauch gelitten wie du. Und jetzt kommen sie zu *dir* mit diesen gleichen Gefühlen … von Schuld … von Scham … Würdest du ihnen vergeben? Würdest du dir wünschen, dass sie sich selbst vergeben können?«

Als Erstes taucht Lila vor meinem inneren Auge auf. Dann Charlie. Dann Noah, und Meaghan und Grandma. Meine Fäuste krampfen sich zusammen bei der Vorstellung, dass auch nur eine von ihnen das durchmachen müsste, was ich durchgemacht habe.

Lila schaut zu mir hoch, ihre blauen Augen sind aufgerissen vor Angst, ihr Kinn puckert. Ich will ihr die Angst abnehmen, ich will ihr sagen, dass es okay ist. Sie wird okay sein. *Wir* werden okay sein.

Mit geschlossenen Augen kann ich Dr. Bruce nicht sehen. Aber ich höre ihn, wie er wild auf seinem Notizblock herumkritzelt.

Ein paar Tage später in der Gruppe, umgeben von neuen Gesichtern, mache ich auf und erzähle vom Abend des Schürhakens. Diesmal streckt Linda ihre Hand aus und drückt meine Schulter. »Das hast du großartig gemacht, Hadley.« Die schwere Last auf meiner Brust lässt nach, zumindest ein wenig.

Eine Woche später entlassen sie mich in die Obhut meiner Großmutter. Dr. Bruce, in seiner stillen, analytischen Art, entschied, ich sei nicht länger eine Gefahr für mich selbst und hätte Gründe, für die es sich zu leben lohnt. Er hat recht. Bei unserer letzten Sitzung sagte mir Dr. Bruce: »Du hast noch jede Menge Arbeit vor dir, Hadley. Aber unsere Arbeit *hier* ist erledigt.« Er empfahl mir einen Therapeuten für zu Hause, dessen Praxis in meiner Nähe liegt.

Auf dem Weg nach draußen kommen Grandma und ich am Gemeinschaftsraum vorbei. Ich kenne kaum noch jemanden hier. Alle, die ich kannte, sind schon weg.

Während der langen Heimfahrt wirft mir Grandma immer wieder nervöse Blicke zu. Vielleicht hat sie Sorge, dass ich mich aus dem fahrenden Auto auf die Straße stürzen könnte.

Ich beobachte, wie mich die vertraute Kulisse meiner Heimatstadt begrüßt. Meine Finger pressen sich gegen die Fensterscheibe, als könnte ich die Bäume, die aufgereihten Bäume am Straßenrand berühren.

»Ist Lila da?«, frage ich, während ich auf mein verschwommenes Spiegelbild im Fenster starre. Eine Fremde. Ein Mädchen, das ich nicht wiedererkenne.

Grandma schaut zu mir rüber. »Nein. Sie ist bei Casey. Sie bringen sie heute Abend zurück.«

Ich lächele. Lila. Ich kann es kaum noch erwarten, sie zu sehen.

Grandma räuspert sich. »Dein junger Herr hat ziemlich oft angerufen. Er hat sich große Sorgen um dich gemacht.«

Pfeilschnell schießt mein Kopf wieder in Grandmas Richtung.

»Charlie?« Ich berühre die leere Stelle an meinem Schlüsselbein. Sie haben mir die Halskette zurückgegeben. Ich habe sie in meinen Koffer gepackt, zu meinen Kleidern und meiner Zahnbürste.

Sorgenfalten erscheinen auf ihrem Gesicht. »Tut mir leid, Liebes ... ich dachte, es würde dich glücklich machen.«

Ich nicke. Es sollte mich glücklich machen. Aber ich bin nicht sicher, ob ich Charlie schon gegenübertreten kann.

Seit ich wieder zu Hause bin, hatten Lila und ich jede Nacht eine Pyjamaparty. Wie ein Koalabär hängt sie an mir, lässt mich nie aus den Augen. Oder vielleicht ist es auch andersherum.

Jetzt liegt sie neben mir im Bett und betastet die Narben auf meinen Handgelenken. »Tut es weh?«

»Nein«, sage ich, und beobachte, wie sanft sie die pulsierenden Spuren nachzieht. Der Schmerz sitzt nicht in meinen Handgelenken oder meinem gebrochenen, noch immer eingegipsten Arm. Der Schmerz sitzt überall.

Die Stille klingelt konstant in meinen Ohren, die Leere jedes einzelnen Zimmers fällt ihr Urteil über mich. Aber schlimmer noch sind die Geräusche im Haus. Das ratternde Garagentor lässt meine Finger prickeln und beschleunigt meinen Atem. Jedes Zuklacken der Tür zum Garderobenraum jagt elektrische Ströme über meine Wirbelsäule. Der massige Schatten meines Vaters lauert in jeder Ecke, bereit zum Sprung. Jedes Mal, wenn ich die Küche betrete, rechne ich damit, meine Mutter an der Anrichte zu sehen, eine Hand schon am Glas, um ihre Welt zum Schweigen zu bringen.

Und dann ist da noch Grandma. Der Anblick, wie sie aus dem Fenster starrt, ihre Augen alt und müde, erinnert mich daran, was der Flugzeugabsturz ihr geraubt hat.

Ich bin dankbar, dass ich nichts über die vertikalen Schnitte gewusst habe. Rowan hatte Recht; irgendwo tief in meinem Inneren wollte ich nicht wirklich sterben. Aber zu leben ist schwer. Und dann muss ich wieder daran denken, wie es damals war, als Lila gerade aus dem Krankenhaus kam, wie ich vor ihrer Babywippe hockte, um ihre Lungen zum Weiteratmen zu zwingen. Jetzt muss ich dasselbe einfach für mich tun.

Nach einer Woche erfolgloser Versuche, mir einen Termin für ein Treffen abzuringen, textet mir Noah ein Ultimatum.

Entweder lässt du die Zugbrücke runter oder wir
stürmen die Burg.

Eine halbe Stunde später winken mir Noah und Meaghan nervös von der Veranda aus zu.

Meghan stürmt als Erste über die Türschwelle und schmeißt mich beinahe um mit ihrer Umarmung. Im selben Moment bricht sie in lautes Geheule aus. Als ich hilfesuchend über ihre Schulter zu Noah schaue, kommt er auf uns zu und schält sie mir vom Leib.

»Okay, ich bin dran«, sagt er zu ihr. Noahs Umarmung ist sanfter, als hätte er Angst, ich könnte in der Mitte durchbrechen.

Und dann flüstert der einzige Mensch, der imstande ist, jede nur denkbar schlimme Situation in einen Witz zu verwandeln, in mein Ohr: »Es tut mir so leid.«

Wir sitzen im Familienzimmer, der Fernseher läuft, aber niemand schaut hin. Sie beißen sich beide auf die Lippen, ihre Blicke schießen in alle Richtungen, nur nicht auf meine Handgelenke.

Meaghan plappert ohne Unterlass, informiert mich darüber, was ich in meiner Abwesenheit alles verpasst habe. Sie und Mike sind wieder zusammen. »Wir hatten ein langes Gespräch. Wir mögen uns wirklich, aber wir lassen es langsam angehen. Es sind erst drei Wochen, aber ...«

»… für sie ist das Weltrekord.« Noah zeigt mit dem Daumen auf Meaghan.

Sie stimmt ihm grinsend zu. »Okay, was noch? Letzten Freitag war eine Party bei Faith. Die Nachbarn haben sich über den Lärm beschwert und dann kamen die Bullen und haben den Laden dichtgemacht – zum Glück! Ich hab Claudia nicht abschütteln können. Den gesamten Abend hat sie mir das Ohr abgekaut, wie schlecht sie sich fühlt, weil sie so gemein zu dir war. Sie war so dermaßen nervig, ich war echt drauf und dran, mir die Kugel zu geben, nur um –« Noah klappt die Kinnlade runter.

»Ich hab das gerade nicht gesagt.« Meaghan schnappt nach Luft.

»Doch, das hast du«, sage ich und pruste los.

Sie plappert weiter, will sich rechtfertigen. »Kennst du das nicht auch, wenn du total doll versuchst, irgendetwas nicht auszusprechen, aber du sagst es dann trotzdem, weil du versucht hast, es *nicht* zu sagen? Ich hatte solche Angst, das Falsche zu sagen und …«

Noah kneift die Augen zu und schlägt sich vor die Stirn. »*Halt endlich die Klappe.*«

Ich kann nicht aufhören zu lachen. Es ist genau der Eisbrecher, den wir gebraucht haben. Endlich reden wir wieder so miteinander wie früher.

Und schließlich stellt Noah die Eine-Million-Dollar-Frage.

»Warum gehst du Charlie aus dem Weg?«

Meine Finger flattern zu der Kuhle an meinem Schlüsselbein.

»Ich bin noch nicht bereit.«

Meaghan schaut zu Noah, dann zu mir.

»Bereit für *was*?«

Sie sehen komplett verwirrt aus. Sie haben keine Vorstellung davon, wie schwer es ist, jemandem gegenüberzutreten, den man vorhatte zu verlassen, ganz besonders jemanden wie Charlie. Wie kann ich ihm ins Gesicht sehen, den Schmerz in seinen Augen ertragen, im Bewusstsein, dass ganz egal, wie sehr er mich geliebt hat, wie sehr ich ihn geliebt habe – es nicht gereicht hat?

»Der Kerl leidet wirklich heftig, Hadley. Er vermisst dich«, sagt Noah.

Ich schaue weg. »Ich vermisse ihn auch.« Meine Stimme stockt.

Es ist keine Lüge. Ich vermisse ihn so sehr, dass es wehtut.

An diesem letzten Tag, als Mr. Brady ins Krankenhaus kam, war ich bereit, ihm alles zu sagen. Ich *musste* beichten. Ich hätte nicht weiterleben können, ohne irgendeine Form von Sühne.

Bis ich Lilas Brief in Grandmas Handtasche sah. Ich hatte es vermieden, auch nur irgendeinen ihrer Briefe zu öffnen, weil ich nicht wissen wollte, wie sehr sie mich vermisste. Ich verdiente Lilas Liebe nicht. Oder die von irgendjemandem sonst. Aber diese Nachricht veränderte alles. Sie vermisste mich nicht nur, sie *brauchte* mich. Ich war bereit, mit der brennenden Scham in mir weiterzuleben, wenn das der Preis dafür war, zu ihr nach Hause zurückzukehren.

Und dann sprachen mich Brady und Dr. Bruce von meinen Sünden frei.

Obwohl ich meinen Weg zurückgefunden habe; das Bewusstsein, was beinah aus mir geworden wäre, was ich vorhatte zu tun, was ich fast bis zum Ende durchgezogen hatte – es jagt mir immer noch Angst ein.

Es klingelt, und noch bevor mich Grandma nach unten ruft, weiß ich, dass er es ist.

Als ich die Treppen runtergehe, zieht sie sich diskret zurück.

Seine Augen sind dunkel und verquält. Die Hände tief in den Taschen seines Hoodies vergraben, tritt er nervös von einem Bein aufs andere, als ich auf ihn zugehe. Je näher ich komme, desto mehr sehe ich ihm die Last dieser vergangenen Wochen an, in den dunklen Schatten unter seinen Augen, in seinen eingefallenen Wangen.

Wir starren einander an, beide unsicher, wie es von hier aus weitergeht. Meine Finger berühren die leere Stelle meines Schlüsselbeins, wie sie es immer tun und immer tun werden, wenn ich an Charlie denke. Seine Augen verfolgen meine Finger, füllen sich mit Entsetzen, als er auf meinem Handgelenk den Beweis für das sieht, was bis zu diesem Punkt eine unfassbare Nachricht über seine Freundin gewesen ist.

Zögernd schaue ich zu ihm auf. »Hat dich niemand gefüttert, als ich weg war?« Im Versuch, einen Witz zu reißen, kräuseln sich meine Mundwinkel nach oben. Er zieht seine Hände aus den Taschen und streckt die Arme nach mir aus, wartet zögernd ab, ob ich es ihm erlaube. Als ich keinen Widerstand leiste, schlingt er sie um mich und zieht mich an sich, fest, jeden Millimeter zwischen uns auslöschend.

Ich lasse meine Wange an seiner Brust ruhen, schließe meine Augen. Sein Geruch, sogar der Zigarettenrauch, der sich in dem weichen Stoff seines Hoodies eingenistet hat, ist warm und tröstlich. Versöhnlich.

Seine Lippen wandern zu meinem Ohr. »Ich liebe dich.«

Vorsichtig wegen des Gipses schlinge ich meine Arme fester um ihn und sauge seine vertraute Wärme in mich auf.

Jetzt ist er hier, und dieses Jetzt ist in Ordnung; es ist mehr, als ich noch vor einer Woche geglaubt hatte, zu verdienen. Unser Jetzt ist vielleicht nichts im Vergleich zu den Milliarden

Jahren und Sternen, die das Universum ausmachen, aber vielleicht ist Jetzt alles, was wir erwarten können. Jetzt ist alles, was wir haben.

Später an diesem Abend legt er mir die Kette um und schließt sie in meinem Nacken.

Wir sitzen vor dem Fernseher, wo ich es mir in seinem Arm bequem mache. Oben tanzt Lila und bringt die Zimmerdecke über uns zum Beben. Ich berühre den Claddagh-Anhänger an meinem Hals, konzentriere mich auf den pulsierenden Rhythmus der Füße meiner Schwester und auf die Wärme, die von Charlie ausgeht. Mein Herz ist voll – von Liebe und Trauer, von Schmerz und von Glück. Von Leben. Ich nehme einen Atemzug. Und dann noch einen und noch einen.

Was mir wichtig ist

Ein persönliches Nachwort von Amy Giles

Wenn dir Hadleys Geschichte vertraut vorkommt, dann lies an dieser Stelle bitte weiter. Jedes Jahr werden in den USA mehr als drei Millionen Fälle von Kindesmissbrauch registriert.[1] In Deutschland stieg die Zahl der gemeldeten körperlichen Kindesmisshandlungen von 3.929 (2015) auf 4.202 Vorfälle (2016).[2]

Missbrauch unterscheidet nicht zwischen Rasse oder Religion, zwischen Geschlecht oder sozialem Status in der Gesellschaft. Missbrauch existiert in reichen Familien, armen Familien, gläubigen Familien, gebildeten Familien. 2013 lag bei knapp 80 Prozent der verzeichneten Todesfälle durch Missbrauch oder Vernachlässigung die Schuld bei einem oder beiden Elternteilen des kindlichen Opfers.[3]

Doch was ist mit den Fällen von Missbrauch, die nicht gemeldet werden?

Opfer von emotionalem, physischen oder sexuellen Miss-

---

1 www.childhelp.org/child-abuse
2 Für die deutschen Leser/Innen haben wir die Statistiken im Inland dazu gefügt. www.deutscher-kinderverein.de/pressemitteilung-bka-statis tik-2016-133-tote-kinder (Anmerkung der Übersetzerin)
3 www.nationalchildrensalliance.org/media-room/media-kit/national-statistics-child-abuse

brauch werden oft dazu getrieben, sich so klein und unbedeutend zu fühlen, dass sie glauben, es würde niemanden kümmern, niemand würde ihnen glauben, oder schlimmer noch: ihre Probleme hätten keinen Wert. Ich möchte, dass du weißt: Du bist wertvoll. Und die Menschen kümmern sich.

Ein Mensch, der missbraucht wird, fühlt sich in aller Regel verstört, wütend oder aufgelöst, empfindet Scham oder sucht die Schuld sogar bei sich selbst. Vor diesem Hintergrund kann es extrem schwer sein, jemanden, der dich verletzt, anzuzeigen. Um die Aufmerksamkeit von ihren Taten abzulenken, versuchen Missbraucher oft, dir das Gefühl zu geben, du hättest etwas getan und es deshalb verdient. Möglicherweise droht der Missbraucher dir auch damit, jemandem, den du liebst (manchmal sogar einem Haustier) etwas anzutun, wenn du auch nur irgendwem ein Sterbenswörtchen verrätst. Auf diese Weise wollen sie dir klarmachen, dass du wehrlos bist, dass du nichts gegen das, was dir zugefügt wird, unternehmen kannst. Sie irren sich.

Wenn du oder irgendjemand, den du kennst, missbraucht wird, dann gibt es Hilfe! Den Missbrauch zu melden, ermöglicht der Familie, die therapeutische Begleitung zu erhalten, die sie braucht. Und es kann außerdem ein Leben retten. Je früher die betreffenden Personen oder Behörden über einen Fall von Missbrauch Bescheid wissen, desto früher können sie einschreiten und helfen.

Hilfe kann in so greifbarer Nähe sein wie ein Beratungs-, Fach- oder Klassenlehrer, die Schulsekretärin oder sogar der Elternteil eines Freundes oder einer Freundin. Hadley hätte sich an Mr. Murray wenden können, an Señora Moore, an Dr. Sher oder an Coach Kimmel. Jeder Einzelne von ihnen hätte den Anruf gemacht, vor dem Hadley sich so fürchtete. Der bloße Verdacht auf Missbrauch ist dazu ausreichend – und manche Fachkräfte haben eine gesetzliche Melde- oder Anzeigepflicht. Dazu zählen Lehrkräfte und Schulpersonal, Ärzte und ihre Mitarbeiter, Notfallsanitäter, Pflegeeltern oder Mitarbeiter in Pflege-, Kinder- und Jugendheimen, Polizisten, Sozialarbeiter, Sporttrainer, sowie viele andere Menschen, deren Arbeit mit Kindern und Jugendlichen in Verbindung steht.

Wenn du aus Hadleys Geschichte irgendetwas ziehen kannst, dann ist es die Notwendigkeit, sich jemand anderem anzuvertrauen. Um einen Überlebenden von Missbrauch zu zitieren: »Wenn du nicht darüber sprichst, wie zum Teufel sollst du dann imstande sein, damit umzugehen? Du kannst nicht mit etwas umgehen, das nicht da ist.«[4]

Wenn du unter Missbrauch oder Vernachlässigung leidest oder irgendjemanden kennst, auf den es zutrifft: Bitte, mach den entscheidenden Anruf. In Deutschland bieten unter anderen folgende Institutionen und Anlaufstellen Hilfe an:[5]

    www.hilfetelefon.de
    www.weisser-ring.de
    www.awo.org

---

4 www.bostonmagazine.com/200605/poor-little-rich-kids
5 Für die deutschen Leser/Innen haben wir einige Anlaufstellen im Inland ausgewählt. (Anmerkung der Übersetzerin)

Danke

Einzelne Worte zu einer Geschichte zusammenzufügen, fällt leicht – verglichen mit der Herausforderung, meinen aufrichtigen Dank an all die unbeschreiblichen Menschen in meinem Leben in Worte zu fassen. An die Tiefe meiner Liebe, meiner Wertschätzung und Dankbarkeit reichen Worte nicht heran.

Kein Leser würde heute dieses Buch in den Händen halten, hätte es meine fantastische Agentin, Alexandra Machinist, nicht gegeben. Dein Anruf an jenem Abend zählt zu den besten Augenblicken meines Lebens. Ich danke meinen Superstar-Lektorinnen Rosemary Brosnan und Jessica MacLeish, für ihre gleichermaßen große Leidenschaft und editorischen Zauberkünste, und dafür, dass sie Hadley genauso lieben wie ich.

Danke an alle bei HarperTeen, die an diesem Buch gearbeitet haben, von der Produktion bis zum Marketing und jedem einzelnen Bereich dazwischen.

Danke an meine ersten Leser und besten Cheerleader, die ein Schriftsteller sich nur wünschen kann, meine kritischen Partner, Amanda Jasper und Nicole Sewell. Der Freundlichkeit und Unterstützung meiner Debütgruppe von 2017 verdanke ich so viel. Ein extralauter Dankesruf geht an Melissa, Stephanie, Robin und Jeff für die Lacher und improvisierten Therapie-Sessions.

Um Clarence aus *Ist das Leben nicht schön?* zu zitieren: »Ein Mensch, der Freunde hat, ist niemals ein Versager.«

Danke an mein Team: Jessie, Debbie M, Leslie, Karen,

Debbie S, Anna, KT, Lisa, Zina, Dawn, Debbie P, Lauren, an meine »Ladies Who Wine« aus dem Viertel, und an meine erweiterte Familie. Ich liebe euch alle. Ein spezielles Dankeschön an Benjamin Baldwin, der mir geholfen hat, Hadleys Therapie-Sitzungen zu gestalten. Viele zusätzliche Experten habe ich während meiner Schreibzeit konsultiert, von Piloten bis zu Fachärzten. Mein herzliches, gigantisches Dankeschön für Ihre Zeit. Sollten sich dennoch irgendwelche Fehler eingeschlichen haben, gehen sie garantiert auf mein Konto.

An mein Team zu Hause: Mom, ich danke dir dafür, dass du in mir den Funken für die Liebe zum Lesen und Schreiben gezündet hast, und dafür, dass du mich als Kind mit in die Bücherei nahmst, damit ich einen Einblick bekam, wie ich meine Kurzgeschichte über den Mann im blauen Hut und seinen seltsamen Affen veröffentlichen konnte. (Ich schrieb Fan Fiction, ohne es zu wissen!) Danke dir, mein Bruder, Evans, weil du all meinen Kleine-Schwester-Kram ausgehalten hast. An meinen Mann, Pat, für die zahlreichen »Bacon«-Salate während der Überarbeitungsphasen und dafür, dass du an diesen Tag geglaubt hast, lange bevor ich ihn selbst für möglich hielt. Und an meine Mädchen, Maggie und Julia. Es fühlt sich an, als hätte es niemals eine Zeit ohne euch gegeben.

© Danny Schrafel

Autorin

Amy Giles ist Werbetexterin und hat Texte für alles geschrieben, von Frühstückflocken-Spots über animierte Webisoden bis hin zu klassischen Anzeigen und Katalogtexten für Anglerprodukte. Ihre wahre Leidenschaft gilt jedoch dem Schreiben von Romanen für Jugendliche. Sie lebt auf Long Island mit ihrem Mann, ihren zwei Töchtern im Teenageralter und einem Rettungshund. Ihr Roman »Jetzt ist alles, was wir haben« wurde mit dem renommierten Jugendbuchpreis »Buxtehuder Bulle« ausgezeichnet.

© Boris Rostami

Übersetzerin

Isabel Abedi wurde in München geboren, wuchs in Düsseldorf auf und arbeitete nach dem Abitur zunächst in Los Angeles. Sie machte eine Ausbildung als Werbetexterin und arbeitete 13 Jahre in diesem Beruf. Immer schon wollte sie jedoch Bücher schreiben und heute ist sie Autorin zahlreicher sehr erfolgreicher Bücher für Kinder und Jugendliche. Sie lebt und arbeitet in Hamburg.

Mehr über cbj auf Instagram unter @hey_reader

Jay Asher
Tote Mädchen lügen nicht

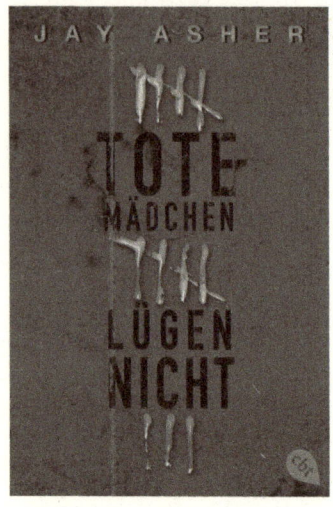

288 Seiten, ISBN 978-3-570-30843-1

Als Clay Jensen aus der Schule nach Hause kommt, findet er ein Päckchen mit 13 Kassetten vor. Er legt die erste in einen alten Kassettenrekorder, drückt auf „Play" – und hört die Stimme von Hannah Baker. Hannah, seine ehemalige Mitschülerin. Hannah, für die er heimlich schwärmte. Hannah, die sich vor zwei Wochen umgebracht hat. Mit ihrer Stimme im Ohr wandert Clay durch die Nacht, und was er hört, lässt ihm den Atem stocken. Dreizehn Gründe sind es, die zu ihrem Selbstmord geführt haben, dreizehn Personen, die daran ihren Anteil haben. Clay ist einer davon ...

6380

www.cbj-verlag.de